人民艺术家·王蒙
创作70年全稿

读论编

论文学与创作

（一）

王 蒙

目 录

综 论

伟大的起点 …………………………………… （3）
"反真实论"初探 ……………………………… （9）
作家应有真知灼见和真情实感 ………………… （15）
睁开眼睛面向生活 ……………………………… （20）
领导文艺工作要树立生产观点 ………………… （26）
文学与安定团结 ………………………………… （30）
生活、倾向、辩证法和文学 …………………… （36）
漫谈文学的对象与功能 ………………………… （48）
对一些文学观念的探讨 ………………………… （58）
一点感想 ………………………………………… （63）
是一个扯不清的问题吗？ ……………………… （68）
为了更加成熟的文学 …………………………… （73）
"人性"断想 …………………………………… （80）
一个值得探讨的问题 …………………………… （88）
文学现状断想 …………………………………… （95）
社会进步与道德、审美评价 …………………… （102）
读评论文章偶记 ………………………………… （115）
学文偶拾 ………………………………………… （129）

1

理论、生活、学科研究问题札记 …………………………… (145)
文学三元 ……………………………………………………… (167)
文学：失却轰动效应以后 …………………………………… (177)
自由与失重 …………………………………………………… (185)
何必悲观：对一种文学批评逻辑的质疑 …………………… (195)
不要泡沫，要真的文学 ……………………………………… (208)
人文精神问题偶感 …………………………………………… (210)
沪上思絮录 …………………………………………………… (221)
随感与遐思 …………………………………………………… (233)
献疑四记 ……………………………………………………… (240)
献疑札记 ……………………………………………………… (246)
文学与时代精神 ……………………………………………… (254)

创 作 论

关于写人物 …………………………………………………… (269)
当你拿起笔 …………………………………………………… (272)
创作得失杂说 ………………………………………………… (298)
关于"意识流"的通信 ………………………………………… (308)
短篇小说杂议 ………………………………………………… (313)
论风格 ………………………………………………………… (319)
短篇小说创作三题 …………………………………………… (326)
谈短篇小说的创作技巧 ……………………………………… (334)
不拘一格写短篇 ……………………………………………… (337)
漫话小说 ……………………………………………………… (338)
翻与变 ………………………………………………………… (346)
谈触发 ………………………………………………………… (352)
谈创新 ………………………………………………………… (361)
漫话文学创作特性探讨中的一些思想方法问题 …………… (368)

短篇小说优势谈 …………………………………… (383)
创作是一种燃烧 …………………………………… (386)
我看微型小说 ……………………………………… (392)
再谈微型小说 ……………………………………… (394)
风格散记 …………………………………………… (395)
故事的价值 ………………………………………… (406)
我不想谈小说 ……………………………………… (413)

综　　论

伟大的起点

毛主席《在延安文艺座谈会上的讲话》发表十五周年了,编辑同志要我写一点感想。我能说什么呢?"讲话"发表的时候我才在小学学鸡兔同笼的计算方法。我们这一辈是太年轻了,许多历史性的事件都没赶上。黑格尔说过,同样一句话,小孩子与老人接受起来就很不同,老人是运用他毕生经验去理解那一句话的。年轻人往往不会从一些公认的思想、行动准则里体味更多的东西。我们学习《延安文艺座谈会上的讲话》学得还非常不够。

我常常回忆起解放前读一本书的情形,从来也没有那样激动过。大约是一九四八年的夏天,伪"华北剿匪总司令部"正在大搞"肃清匪谍",地下党的一个同志和我的联系暂时中断,空气沉闷极了。这时,从北大工学院自治会的"六二"图书馆借来了康濯的《我的两家房东》,我一口气读完了,欢喜得流出了眼泪,沉重的心情为之一振。那土改后农村的新生活的图景,那种朴素而清新的力量,使自己仿佛第一次知道大地还会有这样一种面貌,人们还会有这样一种生活,也是第一次知道还有这样的使人奋发的文学……重提旧事,并不是为了对《我的两家房东》做什么谀赞,只想表达在毛主席的文艺方针的指导下,老区的、反映我们的新时代和新人的作品对于一个还处在黑暗的包围中的青年,有多么强大的吸引力。

日子一天天地过去,我们慢慢长大起来,口味也变得"高"了些。当开始看了一两本托尔斯泰、曹雪芹或者肖洛霍夫、法捷耶夫的小说以后,我们对于当代本国作家的作品就不那么爱看了。我同和自己年纪差不多的朋友们在一起时,对于今天的我国的作品的弱点的嘲笑,远比应有的正当的自豪多。

读毛主席的讲话,在严格的要求、批评之中,也让人受到强烈的鼓舞。使"革命文艺更好地协助其他革命工作""和新的群众的时代相结合",这是多么豪迈而广阔的任务!契诃夫的《海鸥》里的特里果林①如果也能听听毛主席的讲话,他的深沉的苦恼不就会被明朗的自信所代替了么?过上百十年,那时候我们的后人如果重新翻开《白毛女》《李有才板话》《王贵与李香香》,也许并不把这些作品摆在多么高的地位,但是他们仍会怀着感激的心情把现在的作家看作备经磨难的新时代的新文学的开路人,延安文艺座谈会作为我国文学史上的里程碑的意义也会更加显著。文学,是不能按月份来计算历史的。

从延安文艺座谈会到现在,过了一段不很短也不算长的时间。我觉得,这十五年或许可以算做伟大的起点。文学事业与其他工作不同,一般的事情在制定了正确的政策、配备了得力的干部之后,就可以较快地做出成绩。而从"讲话"的发表到讲话所提出的任务——创造"为人民大众热烈欢迎的优秀作品"——的实现,还要走长长的路,还需要解决许多问题,以丰富和发展我们的思想。

几年来,我们在击败反动的、资产阶级的文艺思想方面取得了重大的成就,但是,讲起新的文学大厦的建筑,还是用"万里长征走了第一步"来形容最合适,"万水千山"都在前面。

建设为工农兵服务的新文学要比破坏反动文艺困难得多。这首先是因为我们好久以来就处于史无前例的社会大变动的情况下。"在这样巨大的复杂的变化中,人们一方面兴奋地看到了新时代的

---

① 特里果林是契诃夫的名剧《海鸥》中一个有声望的作家,他的公民责任感常常受到责备,他为自己"只能写写风景",而写不好"人民,他们的痛苦、他们的将来"而十分苦恼。

光明的前景,另一方面又不可避免地会感到这样那样的不习惯,不协调,生疏,不摸底,不能掌握自己的命运。""人们心理上的七上八下正是这种过渡时期的必然现象。"(以上两段引文均见《人民日报》四月二十三日社论《全党必须认真学习正确处理人民内部的矛盾》)解放后许多老作家的搁笔,固是由于教条主义的束缚,也可能还由于思想的动荡:旧的欲去未去,新的该来未来。政治认识也许几个月就可以跃进,感情、趣味的改造就要花费很久的时间,接受"为工农兵服务"的方向和根据这一方向写出作品中间的距离也并不短。这里,不是说必须改造完毕才能写作,是说任何严肃的作家绝不会拿出自己已经没有把握的旧东西给读者,更不愿以浅薄的公式图解哗众取宠。

困难还在于,实践毛主席指示的方针,并没有多少现成的经验可以遵循。师承古典大师是要紧的,不仅要学习他们的艺术技巧,而且必须学习他们对真理的探索、对人情的洞悉和对生活的深思(目前,这种精神并不够!有人以为既然党正确地领导着一切,文学就减轻了自己的任务)。但是,建立一种表现工农兵、教育工农兵、为工农兵喜爱的文学,究竟是一种全新的事业。无论我们在《红楼梦》《西厢记》面前如何五体投地和自惭形秽,我们的任务的光荣与艰巨仍然是历代的作家不能比拟的。有人在为了"今不如昔"而着急埋怨,其实,有什么办法呢?作家生在这样一个倒霉(?)的时候,他们流着汗为新时代的新文学打地基,暂时看不见矗立的大厦高楼。

上面说的困难是属于那些努力按照"讲话"指出的方向前进的人们的。有没有人不接受,或者口头上接受、实际上跟这个方向相抵触呢?我想是有的。我自己就一直没有好好地学习过毛主席的讲话,没有警惕那种"比较地注重研究小资产阶级知识分子……原谅并辩护他们的缺点,而不是引导他们和自己一道去接近工农兵群众,去参加工农兵群众的实际斗争"的早已有之的偏向,直到最近……

讲了这么一些创作方面的情况,有什么根据呢?什么根据也没有。对于自己心爱的朋友,即使音信杳然也愿意对他的生活做出种种猜测,我这里零乱谈到的对于心爱的文学的一些臆断,大概也是这一类的尚可原谅的"主观主义"……

那么就"猜"下去吧。动荡不稳的情况好像并不仅存在于作家方面,谁能说近年来某些对于文艺工作的领导是充分恰当、充分一贯、充分有经验的呢?那篇"人造矛盾"的代表作——小说《结婚》,就曾经被转载在《人民日报》上,而且编者把它当做典范向社会推荐。这其实是提倡公式化、概念化。不过,据说这种做法多少符合当时的"具体条件"……

在文艺问题上,存在着比较多的分歧看法、比较复杂的思想状况,这是可以理解的。大变动时期的互相矛盾的阶级意识,必然会反映到文艺思想上。认识上的各有短长,以及艺术风格、手法、趣味的不同都会造成不一致。文艺本身就是一种十分复杂的意识形态,任何伟大的理论,多半只能使"方向"取得一致,而不可能精确地概括文艺问题的各个方面,用逻辑思维来解释形象思维,是难以做到面面圆满的。可是,有些人似乎不了解、不同意这种客观状况,以为一切不同思想都是阶级斗争的反映,硬要以方向的一致性抹杀不同的观点、风格、爱好……的存在(其实,方向问题也可以争鸣嘛),我觉得这是教条主义在文艺思想上显得特别突出、特别可悲而且可笑的一个原因。

同时,也有一些不肯下苦功夫学习文艺的人,他们有的甚至宣称自己不懂艺术也不想懂艺术,却想靠背诵"讲话"的片言只字和一般的政治分析能力插手领导文艺。该让这些好心的、靠教条主义吃饭的人歇歇了。

最近,谈教条主义谈得够多了,矛头大部分指着领导和批评家。我想再说说教条主义的"群众性"。我们的社会制度十分优越,我们的人民在各方面日益表现出主人翁的精神,文学作品在今天拥有最多的读者,受到最大的关怀,这都是极好的事。同时,文学第一遭与群众相结合,除了发生了文学事业不能满足群众需要的问题,也不可避免地产生了群众对文学的热情关怀、迫切要求,与群众的文学知识、艺术欣赏能力不相适应的现象。今天,确实有一些读者是被教条主义的理论与公式化概念化的作品培养起来的。有一些担负着各种工作的同志不了解文艺的特点,他们片面地、孤立地把政治标准第一理解为政治标准唯一,又把政治标准理解成能否从作品中抽出几条"主题思想""教育意义""模范事迹"。当然,这不能怨读者,《中国青年》上就发表过一篇文章,甲乙丙丁列举了娜斯嘉的若干条优点,让青年读者从《拖拉机站站长与总农艺师》中学习,在这种煞风景的"指导"下,读文学作品与读团课记录稿有什么两样?我也屡次听到团中央的同志在给青年做报告时攻击民歌《在那遥远的地方》的歌词,说:"你们有人愿意变成一只小羊让人拿鞭子打吗?我反正不愿意。"还有,听说报刊编辑部常常收到一些读者的来稿,他们热衷于给他们看着面生的作品扣大帽子,帽子越大越好。据我了解,有的热心的青年朋友已经把这当做踏上"文坛"的一条捷径,写小说至少得多懂点人生,写这种"批评"只需要学会挥舞棍子。教条主义的危害是多方面的。

　　创造新的文学不会是一帆风顺的,在创作方面、领导方面、社会舆论方面都会碰到困难。当回顾近年来文学的状况时,有些牢牢地掌握着延安文艺座谈会确定的方针做工作的同志,似乎不大去正视我国文学事业严重地不能满足人民的要求的状况,不去彻底地检查、说明这种状况,害怕"座谈会"后党所领导的文学事业的光辉成就被贬低。也有些为我国的文学事业而忧心忡忡的同志(包括许多读者),他们实际上已经不那么热情地去学习、宣传、实践毛主席的文艺方针了。即使在"争鸣""齐放"之前,如果不只看报刊上的某些"官样文章",而且听听文艺界人士的"街谈巷议",就会知道问题并不那么单纯,想法并不那么一致。其实,正如毛主席所说,"讲话"解决的是"根本方向"的问题,"根本方向"确定了,不等于不朽之作接踵而至，我们是既不必惶惶然也不可高枕无忧的。新的事物是最有生命力、最有前途的，也不可免地有许多弱点和困难。不论走多少弯路，付出多少代价，"讲话"的精神终将贯彻，文学事业终将取得伟大的成绩。在这四面春风的美好时节，虽然叹息声也时有传来，更多的脸上是挂着衷心的微笑……

发表于《文汇报》1957年5月22日

"反真实论"初探

《纪要》①不是从天上掉下来的,《纪要》的阴魂也不会随着"四人帮"的一朝覆亡而在一个早晨消灭。回顾解放以来的文学理论工作,在取得了巨大的、无可置疑的成绩的同时,我们确实有一些弱点,一些正确的命题被夸大和被绝对化,因而走向了自己的反面。当然,这些被绝对化了论点,同"四人帮"的极左的荒谬绝伦的反动论点在政治上是有区别的。目前,在进一步批判《纪要》的同时,探讨一下多年来理论问题上的某些值得商榷的论点,是必要的。

多年来存在着一种现象:竭力贬低乃至嘲笑真实性对文学作品的意义,竭力用好言好语的劝诱、花言巧语的诡辩以至恶言恶语的恫吓来劝导和训诫作家不要去写真实,不要相信亲眼看到、亲身经历、亲自感受的真实,不要按照作家所见、所感、所信的生活的本来面目去真实地反映生活。他们千方百计地把作家们反映的生活纳入先验的模式、框框和样板。至于在"四人帮"统治文坛时期,粉饰生活变成了赤裸裸地伪造生活,谎言文学变成了睁着眼说瞎话的"阴谋"文艺,而由斯大林同志首先提出来的"写真实",似乎已经变成了"反动口号"之类的东西。

值得追索一下:人们常常用一些什么似是而非的论点来反对写

---

① 指"文化大革命"中"四人帮"炮制的《林彪同志委托江青同志召开的部队文艺工作座谈会纪要》。

真实、来给"真实"罗织罪状呢？

　　第一叫做世界观决定一切论。按照这种看法,文学作品反映出来的生活,并不是生活本身通过作家头脑的反映而只是作家世界观的体现。譬如你写了一个官僚主义者,他不问生活中是否存在官僚主义者,反而责问作者,为什么别人不看、不写这种官僚主义者而你偏偏要写呢？显然是因为你的世界观有问题。这样,世界观变成了先验的和凝固的东西,不是生活决定人们的世界观的形成和发展变化,倒是世界观决定了生活的面貌；不是世界观要接受生活的检验并随着生活的发展而发展,倒是生活要接受世界观的检验以决定去取,决定是否被承认。这样,客观世界成了世界观的派生物,岂不是颠倒了？与此类似的还有立场决定论、倾向决定论。我们是唯物论的反映论者,当我们阐述世界是物质的这样一个哲学的基本问题的时候,并不加什么前提,并不需要说当人们只有站在工人阶级的立场、具备正确的世界观的时候世界才是可以认识的。这是因为,工人阶级的立场、革命的倾向、马克思主义的世界观,这本身就是社会发展到一定阶段的客观规律的反映,是生活本身所要求、所决定、所培育出来的。这还因为,正确的立场、倾向和世界观,首先要求我们不带偏见地、如实地去认识生活和反映生活,工人阶级的利益与生活的客观进程完全一致。那么,为什么唯独在文学创作上,我们却要忽略唯物论的反映论的基本原理而鼓吹世界观决定一切呢？如果反过来,我们强调面向生活、如实地认识生活和研究生活、接受生活实践的检验以充实发展和改造自己的世界观,不是更为必要吗？即使讨论在文学创作中起着特别大的作用的作家的主观因素的时候（文学创作中的主观因素显然大于社会学研究中的主观因素）,也不能说世界观是决定一切的。个人风格、流派、创作个性、艺术气质、美学趣味、选择题材的角度和构思的路子,能说这一切都是被世界观所决定的吗？一个相声创作者的世界观一定和一个颂歌作者的世界观相矛盾吗？"皱着眉头看生活"的作家的世界观一定比"含着微笑看生活"的作家的世界观更阴暗一些吗？不见得。

第二可以叫做唯本质与主流论。按照这种论点，作家和读者的肉眼凡胎所见、所感、所信的一切都只不过是现象和支流，因而写起来读起来是没有意义的、有害的和危险的。只有符合某种意图的东西才算本质和主流。特别是当一个作品写得是如此真实，当这个作品的真实性是如此之被公认，以至于连责难者也无法否定其真实性的时候，他们就要拿出本质和主流这两个概念，戏法一变，真实的作品似乎就黯然失色了。问题不在本质和主流这两个概念本身，而在于过去有些人之运用本质和主流这两个本来是科学的概念当棍子打倒一大批真实地反映着生活的作品。这与其说是由于理论上的混乱，不如说是由于浅薄的实用主义的考虑。他们所说的本质与主流，其实就是"歌德"的桂冠，而所谓现象和支流，就是阴暗面，就是"缺德"。你写了悦耳醉人的莲荷盈盆、艳阳高照，就算写了本质和主流；你写了"错误路线"，写了"英雄之死"，写了"中间人物"，写了"伤痕"，就是违背了本质和主流。这种论调，开始只不过是某种自欺欺人的庸人心理的反映，或者是某种报喜不报忧的阿谀心理的反映，到了"阴谋文艺"时期，则可以无视"濒于崩溃边缘"的俯拾即是的现象，一心去炮制"收获最大最大最大"的"本质"，文学完全变成了麻醉人民的鸦片，成了"四人帮"的帮凶和遮羞布。

第三是假浪漫主义、假理想主义，把粉饰生活说成是浪漫主义、理想主义。至今有许多痛恨谎言文学的同志，主张还是多提点现实主义，似乎浪漫主义和理想主义与真实性是不相容的概念。其实，文学的反映生活，特别包括着反映人们的精神生活，反映人们的爱憎、喜怒、理想、想象、幻想、奇想。而浪漫主义的作品的真实性，就在于它真实地反映了人们的自由驰骋的精神活动，反映了人们的感情。"高堂明镜悲白发，朝如青丝暮成雪""忆君清泪如铅水"，其真实性不仅在于它也有一定的生活依据，尤其在于它反映了诗人的强烈奇突的感受。而我们的某些言不由衷的粉饰生活的作品以及"四人帮"炮制的那种"一号人物",它们究竟是谁的理想、谁的精神活动呢?恐怕连作者本人也并不具备这种"理想"和感情,它们代表的,只不过是"四人帮"愚弄人民、吓唬人民的政治需要罢了。察言观色、看风使舵、迎合"长官意志"的人难道能有什么自由驰骋的精神活动?战战兢兢、唯恐越雷池一步,或者利欲熏心、昧着良心指鹿为马的人难道能具有什么远大的理想?难道能谈得上什么浪漫主义?如果说现实主义的原则被《纪要》所否定、所破坏,那么,浪漫主义、理想主义则被《纪要》所歪曲、所冒名顶替。如果说"四人帮"时期现实主义的创作方法被排斥、被忽视,那么,浪漫主义的东西解放以来就很少存在,连抒情诗都是"实"写工厂、电站、高产田,哪里来的浪漫主义?"人神同台,畅想未来"不是浪漫主义,极为浮夸的某些民歌也不是浪漫主义,那只是廉价的一厢情愿罢了。可以说,浪漫主义与理想主义是和禁锢思想、和形而上学、和平均划一绝不相容的。没有思想解放,没有激情,没有灵魂,没有个性,没有勇气,没有对真、善、美的火一样的爱和对假、恶、丑的火一样的恨,就不可能有真正的想象力,就不可能以强烈的对比、绚烂的色彩、奇异的想象和令人目瞪口呆的艺术创新的能力写出浪漫主义、理想主义的作品。我们再不能允许挂着"浪漫""理想""高于"的幌子,进行渺小卑微的、甚至是无耻的歪曲真实、伪造生活的勾当。

　　第四是"根本任务"论。《纪要》里提出了许多人们闻所未闻的、令人惊骇莫名的高超论点,如"黑线专政"论、"够用"论等,唯独这个"根本任务"论,却并不令人觉得陌生。至今有些批"根本任务"论的文章也还是叫人不知所云,批来批去,似乎也看不出批"根本任务"论的人的论点与"根本任务"论到底有什么实质性的区别。这种现象是发人深省的。多年来,我们的一些同志把塑造英雄的任务突出到压倒一切的地位,这难道不是事实吗?首先我们常常把人物的分类简单化、类型化,比如英雄人物(据说其中还分为已经完成的英雄人物和成长中的英雄人物)、正面人物、中间人物、转变人物、反面人物等等,其结果只能导致对生活的理解和表现的简单化。接着,我们把塑造英雄的要求远远摆在真实地反映生活的要求之上。似乎英雄形象可以离开生活真实的土壤(都是一些"冲云天""冲霄汉""能胜天"的好汉),似乎英雄的形象可以不在真实的生活固有的矛盾与发展之中、在既揭示正面力量的必胜的前途又充分估计前进道路的曲折与困难之中加以表现,似乎塑造英雄可以脱离开反映生活的真实并从而反映生活的真理这一根本要求。相反,反映生活只是为塑造英雄服务,生活成了英雄的陪衬,至多不过提供英雄叱咤风云的舞台,而英雄的标准又是"高大完美""没有缺点""无产阶级阶级性的集中表现""处处主动,每战皆捷"……这种否定生活和抹杀生活的英雄,究竟和现实生活有什么相干呢?其最后被生活所否定和抹杀,不是显然和必然的么?我们是赞美英雄主义的。但是,我们不赞成把人民群众同英雄对立起来。英雄来自人民并且是人民的一分子,英雄也是人,也有七情六欲、有人间烟火味、有烦恼和挫折。同时,平凡而正直的普通人也会做出英雄的业绩,我们不赞成用造神的方法来塑造英雄。可不可以提出这样一个问题:对于我们的文艺,究竟是提塑造英雄人物,还是提努力表现人民群众固有的优秀品质、表现人民群众的英雄主义和历史首创精神更贴切、更唯物一些呢?

第五是唯歌颂论,或者叫做"歌德"论。据说只有歌颂才符合工农兵的心愿,才有道德和良心,才能教育和鼓舞读者,才能维护四项基本原则;而写真实即暴露阴暗,即给社会主义抹黑——大概最后就要亡党亡国,人头落地了。多么奇怪的逻辑!一个唯物主义者却如此害怕和仇恨真实,难道生活的真实不是在证明着社会主义的胜利,党的事业的必胜和林彪、"四人帮"之类的社会主义的死敌的必败吗?这种逻辑,说它更近似于被生活的客观进程所注定要灭亡的没落阶级心理,不是并不冤枉吗?谁需要单调和贫乏的一味歌颂呢?不知道有哪个工农兵有这种癖好。做工农兵和广大人民群众的代言人,说出他们的心里话,为实现四个现代化并从而改善工农兵的物质生活与文化生活条件而斗争，为反对压制和戕害工农兵的坏人坏事而斗争，不是更符合工农兵的利益、更有道德和良心吗？没有颂歌就过不了日子的恰恰是林彪、江青之类的貌似强大、实际上十分虚弱的野心家，这与工农兵有什么相干呢？

以上五点姑且名之为"反真实论"，因为它们视真实为祸水，视写真实为罪恶。它们客观上为阴谋文艺、谎言文学，为《纪要》某些论点出笼做了理论准备，因此有加以探讨、并把它颠倒过来的必要。

这些论点的一个共同特点是主观唯心论，它们总是要求文学作品、要求作品所反映的生活符合先验的模式。它们总是把对文学的主观的要求、意图、标准放在文学所反映的真实的生活之上，总是不肯倾听生活真实的声音，最后到"四人帮"手里就发展到与生活为敌、与真实对着干的地步。因此，在文学创作的有关理论问题上，大力进行辩证唯物主义认识论的再教育，是十分必要的。

这些论点的另一个特点是以"左"的面貌出现的，即使历史已经证明了它们的某些论断的破产，但它们的提出似乎仍然是为了维护社会主义。它们维护的其实是普遍贫穷的假社会主义，维护的其实是反马克思主义的主观唯心主义、唯意志论的谎言文学。"左"的面貌必须揭穿，"左"比右好的流毒必须继续肃清。

当然，在这些问题上也还会有右的干扰。上述一些论点有些本来是为了反对右的干扰而提出的，如强调世界观的作用、强调写英雄人物等，最初并不错，但是片面夸大、绝对化的结果，使之本身变成了从左面对马克思主义的修正。这是当前的主要危险。

由于篇幅限制，也由于只是"初探"，还不成熟，先提这么几个问题，暂不展开论述，希望能听到指正的意见。

发表于《文学评论》1979 年第 5 期

作家应有真知灼见和真情实感

好的文学作品往往成为推动历史前进的一个能动的因素。它不是可有可无的、转瞬即逝的、消极被动的装饰品。《红楼梦》全面地、深刻地展示了中国封建社会的腐烂和解体。鲁迅的作品推动了"五四"以来的中国人民的觉醒和抗争。《堂吉诃德》抨击了中世纪的荒唐、陋俗。《黑奴吁天录》从思想上准备了美国的解放黑奴的战争……

杰出的作家往往也是大思想家,他们有着那样智慧的头脑、敏锐的神经和沸腾的热情,所以,他们能洞幽烛微,有所发现,有所宣告,表达人民的愿望和历史的要求;他们常常做出正确的预言(自觉地或不自觉地),他们的作品常常成为历史运动的前兆。

当然,不是每一个作家和每一部作品都能获得这样巨大的成就。但是,"取法乎上,得乎其中",如果反过来在某个历史时期,所有的作家都没有这样的勇气、追求和责任感,如果他们满足于奉诏应制,人云亦云,那将是很可悲的情景。

但是,前些年却有一种说法,按照这种说法,生活在社会主义社会的中国作家似乎有一种特殊的幸福:我们有党来掌舵;我们有马列主义、毛泽东思想的罗盘;我们的航线清楚、确定;我们能够而且已经做到了洞察一切,对一切社会生活现象都能做出货真价实、言无二价的准确的解释与明白的结论。有了马列的书、毛主席的书,有了党中央和国务院的文件,又有了《人民日报》和《红旗》杂志的社论,我们将不需要对生活进行独到的探求和思考，不需要别出心裁地去揭示生活的底蕴，不需要艰苦卓绝、奋不顾身地去追求和传播真理。需要我们做的，只是紧跟和照办，重复和图解文件和报刊社论上的现成的结论；只有不加置疑地去重复和图解现成的结论，才证明你是马列主义者，是党的作家，是党性的最高表现。相反，谁如果敢于独立思考、别出心裁，就只能"独立"到马列主义之外，"别出"到反党反社会主义的阶级敌人的营垒中去……

可惜，这种说法本身就是彻头彻尾的伪马列主义、伪科学。马克思主义认为，真理是一个过程，真理是不能够穷尽的，真理不是解释一切、回答一切生活中的问题的万应灵丹。任何现成的结论都必须接受实践的检验，多么"幸福"的人也不能用阅读和背诵现成的结论来代替实践——认识——实践，这一伴随着激情和苦恼、失望和欢乐、疑惑和彻悟的过程，何况是作家呢？鼠目寸光的庸人，看风转舵的市侩，迷信僵化的冬烘，追求自保的甲虫，难道能在新的历史时期为人民群众生产出营养丰富的精神食粮来吗？难道能为人民群众、特别是为青年读者带来什么新的、有益的东西吗？难道能无愧于我们的伟大的时代吗？

要为无产阶级的政治服务。因为无产阶级的政治不是某个个别长官的意志，而是无产阶级团结广大人民群众所进行的争取全人类解放的历史性的斗争。要学习革命理论，学习文件和报刊社论。因为实践已经证明了革命导师的理论的正确并正在检验着和发展着、丰富着革命的理论，因为文件和报刊社论多数也是来自生活、作用于生活的。我们不是虚无主义者。我们承认实践的权威，故而也能全面地、准确地接受理论——方针——政策的权威。

然而，生活之树是常绿的。我们更要深入生活，观察、研究和感受生活。文学作品贵在独创，没有比似曾相识和看头知尾的作品更倒胃口的了。而独创的前提是发现，发现生活中新的问题、新的萌芽、新的可能性。不但要发现文件和报刊社论中已有的结论下面的具体事例,而且要善于和勇于发现暂时还没有见诸文件和报刊社论,或者用现成的结论还不能解答透彻的东西。要善于和勇于及时地、艺术地、深思熟虑地和负责地把自己的新发现传达给读者,要努力和读者一道,运用马列主义、毛泽东思想的基本原理来解释和回答新的问题。

如果一时解释和回答得不那么完全,不那么清楚,也不要紧。因为一种生活现象,一种矛盾,都有它的发生和发展的过程。人们的认识也会有一个过程。所谓提出问题而没有解决问题的作品,只要不是冷漠的、不负责任的和敌意的,仍然是有益的,它同样推动人们思索和前进。

以自然现象为例,关于地震的形成和规律,至今仍在研究和讨论之中。但这并不妨碍作家早在古代就生动地描写发生地震的情景。这种描写甚至对自然科学家也是有意义的。同样,社会生活中也有地震,有潮汐,有风浪,有雷电,也有和风细雨。这些社会生活中的地震、潮汐、风浪、雷电与和风细雨,同样会震撼着或者沐浴着作家的心灵,引起强烈的冲动,要去描写它们、再现它们,要抒发人民(包括作家本人)对它们的反应——爱或是恨、惊惧或是振奋……我们怎么能要求作家必须在气象专科学校毕业以后才可以描写气候的变化呢?正确的逻辑思维、理念的判断无疑可以指导作家更正确地、更深刻地运用形象思维去观察和感受生活;反过来,形象思维对逻辑思维也有巨大的反作用,它可以促进、启发、推动逻辑思维,它可以在人民群众运用自己的社会实践去认识、检验和发展真理的万古长青的运动中做出自己的贡献。

政治是挂帅的,但是"帅"不可能深入到每一个堡垒、壕沟、阵地,"帅"一般来说更不可能深入敌后。让文艺给我们的"帅"当好侦察兵吧。作家应该自觉地做党的耳目、神经、喉舌,除了人民的利益党再无别的利益。图解长官意志、浮夸的(实际上助长了阿谀之风)歌颂太平、虚假的矛盾(如每篇都有一个走资派或者老地主)、赶浪头的题材……不但破坏了艺术性,也破坏了思想性,降低和妨碍了艺术为政治服务的巨大功能,它们已经理所当然地愈来愈受到读者的厌恶与摒弃。人们在打开新书的第一页的时候有权利问作者:"你将告诉我们什么新的东西?带来什么新的体验?提出什么新的问题?用什么样的新的思想的果实来丰富我们?"

我们反对各级领导变成照抄照转的"收发室",我们也反对作家把自己的创作变成照抄照转再加上进一步图解的功夫的"收发图解室"。我们希望在作品中看到作家的探求、思索、追寻、怀疑、焦虑、呐喊、呼吁、苦恼、喜悦、信念……我们希望从作品中感到作家的体温、头脑、脉搏和灵魂。可惜,某些作品读完后你只能感到一个苍白的躯壳。

我们希望从文学作品中获得更多的精神力量,好的文学作品甚至可以成为人们的精神支柱。不是许多革命先烈吟诵着悲壮的诗句从容走向刑场吗?我们这一批四五十岁的人,年轻时候有几个不曾虔诚而郑重地在自己的笔记本上抄录下《钢铁是怎样炼成的》上"人最宝贵的是生命……"那一段话呢?《钢铁是怎样炼成的》教育了苏联的、中国的、世界的不止一代革命者。特别是当林彪、"四人帮"的倒行逆施引起了(远远不仅是在青年中)以"看透论"为代表的虚无主义泛滥的时候,人们多么希望从文学作品中得到新的力量、新的鼓舞、新的支柱啊!当然,靠重复现成的结论、靠粉饰和谎言是得不到这种力量的。因为这样的作品只能说明它的作者从精神上比它的读者更弱,更空虚,只能说明它的作者本身已经丧失了对革命理论、对唯物主义、对社会主义生活的信心。只有严肃而热情地面向生活、正视生活、有所发现、有所探求的作品,才能真正成为读者的精神力量的源泉。

我们还希望从文学作品中获得滋润人们的心灵的甘霖。林彪、"四人帮"搞得人们——特别是青年的心灵好像是大旱后龟裂的土地,心灵的焦渴使一些人变得粗暴。"四人帮"把一切美好的、善良温柔的东西都说成是资产阶级的,而无产阶级的语言则只能是"滚他妈的蛋""砸烂狗头""永世不得翻身"。人与人之间动辄吵嘴、打架或是勾心斗角整人。在这种情况下,滋润人们的心灵,更是我们的文学家的义不容辞的责任。要发现和宣扬生活的诗意和美感,要在仇恨敌人的同时,在人民内部、在同志、战友、亲子、夫妻、上下级之间提倡爱、善良、谅解、宽厚、友谊、温柔……要使我们的文学作品成为帮助我们的国家实现安定团结的精神黏合剂……这些年来,林彪、"四人帮"在人民中间人为地制造的深沟、裂痕、隔膜……实在是太多了。

而要做到这一点,同样需要作家的真知灼见和真情实感,要求作家热爱生活,热爱人民,永远和人民站在一起;要求作家在开掘生活的同时也开掘自己的灵魂;要求作家拿起笔的时候,向千千万万忠实的和严格的读者掏出自己的心来。照抄照转加图解式的作品,实际上是对人民的愚弄。

血管里流出来的是血,绝不会是水。一个革命作家,一个有良心、有血性的文学家、艺术家,终将突破林彪、"四人帮"及我们自己的形而上学所制造的精神藩篱,自觉地、积极主动地、多方面地为无产阶级的政治服务,推动生活的发展,推动历史的前进,做出无愧于我们的伟大祖国和伟大时代的应有的贡献。这样的作家和作品,人民是不会忘记的。

发表于《光明日报》1979 年 3 月 20 日

睁开眼睛面向生活

我们的作家应该睁开眼睛，面向生活。

睁开眼睛，面向生活，就是说要目光敏锐，勤于搜索，敢于面对现实而不问现实是否合乎自己的主观意愿。既要看到我们的事业的胜利、成功、凯歌行进，看到我们生活中属于未来的萌芽，看到蔚蓝的天空、金色的阳光、节日的鲜花和孩子的笑脸；也要看到我们工作中的挫折、缺陷、困难、麻烦，看到我们周围的属于过去的渣滓，看到乌云、险风、恶浪，看到普通人的眼泪和愁容。要把生活中真实的矛盾和冲突、试验和突破、痛苦和欢乐、激情与沉思告诉读者，把生活的辩证法，把生活的经验、智慧和力量，把对真、善、美的追求和信念传播给读者。

不幸，我们的党内出现过、将来也仍然可能出现靠帽子和棍子，靠讹诈、靠唬人吃饭的骗子。我们的文学园地中，出现过、将来也仍然可能出现粉饰生活、甚至伪造生活欺骗读者的谎言文学。

如果说，在五十年代和六十年代初期，表现在我们的某些作品中的不足还只是粉饰太平，是为了讨好某些"长官"而给生活镀一层金，是怯懦地在生活中的矛盾面前、在社会主义大厦的蛀虫面前背过脸去，是只给读者吃糖球因而造成了读者的精神上的营养不足和缺乏抵抗力；那么，到了"四人帮"的阴谋文艺时期，就是赤裸裸地对生活进行歪曲、颠倒和伪造，是有意识地和生活真实"对着干"，是为了使少数野心家能够任意宰割人民而炮制麻醉人民的毒药了。

现在好了,打倒了"四人帮",文艺得解放,"真实"也为自己恢复了名誉。然而,仍然有一些似是而非的说法束缚着我们的头脑和笔。仍然有一些人利用这些似是而非的说法试图阻挡我国文学作品愈来愈真实地再现生活这一不可逆转的趋势。

反映生活还是反映生活的本质与主流?

当一个作家在自己的作品中真实而生动地刻画了某些人物,描写了某些场面、事件和细节的时候,特别是当这些刻画和描写带有某种批判色彩,而这种人物、场面、事件和细节是如此地被读者所熟知、所承认,以至于无法否认这部作品的真实性的时候,他往往受到责难:"你没有反映出生活的本质和主流,你写的只是现象和支流罢了!"

好一个本质和主流!有了它,似乎肉眼凡胎的作家和读者所亲眼看到、亲耳听到、亲身感到并反映到作品中的一切全不算数了,而只有发出这种责难的圣贤的慧眼所看(?)到、所要求、所惬意的规格,才算是生活的本质和主流。

在文艺理论与文艺批评中,确实有人想将反映生活的本质与主流的提法与反映生活的提法、特别是与反映生活的真实的提法相对抗,利用本质和主流这两个概念来为唯心主义、唯意志论、模式化、图解、粉饰和伪造生活辩解,利用这两个概念当做棍子,来抹杀一大批真实地反映着生活的作品。

在现实生活中,我们只能看到千差万别、千姿万态的活人,我们只能看到千曲百回、时聚时离的事件的波流。而文学作品,正是以生活本身的形式,以形象的方式,亦即以现象的全部丰富性和多样性,以各种波流的全部曲折性和复杂性来反映生活的。

文学家怎么能不注意着生活的大千现象和大千波流呢?离开这些现象和波流,又到哪里去寻找那个看不见、摸不着、抓不住的本质和主流呢？莫非客观世界当真还有一个不可知的"物自体"？不去描写这些现象和波流，他又怎么样表现生活的本质和主流呢？本质和主流是单一的，而生活的现象和波流是多样和多变的，只强调本质和主流，不是很容易产生像"一个阶级一个典型""一个时代一个主题""一个题材一个事件"这种简单化、图解化的弊病吗？

没有完全不反映本质的现象，也没有完全超脱于现象之外的高高在上的本质。当然，作家应该是一个有头脑的人，应该是一个思想家，他不但要睁开眼睛看，还要用心想，要比较、概括、综合、分析他从生活的现象和波流中所获得的全部材料，要努力在生动具体的现象和波流中体现出生活的本质和主流，我们并不提倡照像式的有闻必录，这是没有疑问的。但我们不应该把本质和主流同现象和支流割裂开来，不应该让作家离开自己的所见、所感、所信去凭空表现什么本质和主流。

所以说，反映生活、反映生活的真实、真实地反映生活，既包括了反映生活的现象和支流，也包括着反映本质与主流，这是一个正确的提法，唯物主义的提法。而所谓反映生活的本质与主流，至少是一个容易被误解、被利用的提法，我们不允许继续利用这种提法当做棍子，扼杀反映生活的优秀作品。

伪造生活还是写了理想？

人不能没有理想，没有理想，就没有生存和斗争的目标，也就不会有革命。共产党人是古往今来最伟大的理想主义者，我们的理想是在全世界实现共产主义。我们的文学作品应该宣传这种伟大的理想，我们的文学作品应该给读者一点精神上的营养，使读者读后在精神上能有哪怕一点点提高，能有哪怕是一点点开阔，至少，也要引人深思、发人深省。因此，我们不能满足于"这是真实发生过的"这样一句评语，如果只要是真实发生过的就能成为文学的材料，不需要理想和倾向,不需要激情,不需要艺术概括和想象,不需要美学价值,那么,任何一个长舌妇都可以宣称自己是文学家了。

这里,真实地反映生活的要求与写理想和艺术虚构是并不矛盾的。问题在于,你所写的应该是作家本人的真情实感,而这种真情实感应该真实地反映了人民的理想和愿望。而伪造生活的人,必然也伪造理想。例如包龙图的形象虽然在文学史上并没有太大的意义,而且比他的原型(实有其人的包拯)"高大完美"多了,其中甚至有近于荒诞的夸张(如阴间审案),然而,它仍然能够存在,能够至今为我国群众所喜闻乐见。这是因为在冤案如山、贪赃枉法的封建社会,人民衷心盼望清官的出现,"包公戏"的真实性不在于反映了哪几个实有其人的清官,而在于反映了人民的愿望。

同样,"白发三千丈""感时花溅泪""不知天上宫阙,今夕是何年",这些诗句虽然不具备生理学、植物学、天文学的真实性,却仍然是真实的,因为它们反映了诗人的真情实感,是诗人最恳切、最动人的心灵的独白。而诗人的这种内心体验,又是能被当时的和后世的许多人所理解、所同情的。至于初澜所鼓吹的那种高、大、全的英雄,却只能体现江青之流君临九亿中国人民的既定方针,那既不是人民的理想和愿望,也很难说是作者的理想和愿望,大多情况下,那只是自欺欺人的伪造。

由此可见,文学的真实性既包括着对于客观外部世界的如实反映,也包括着对人们的(包括作家自己的)内心世界的如实反映,我们决不因为提倡真实而排斥浪漫主义,排斥理想、想象、艺术的虚构与概括,但我们也决不允许以渺小的粉饰生活和卑污的伪造生活来冒充浪漫主义,冒充什么理想和虚构。

鼓舞人还是骗人?

既然主观和客观、人类和自然、人和人之间总是存在着一定的矛盾，那么，即使天下大同，实现了共产主义，仍然不会是无忧无虑的极乐世界。如果现在就提前宣布，我们这里已经是河水涣涣、莲荷盈盈、艳阳高照、无愁无苦的天堂，那就更像是梦呓了。但是我们的作家一经认真地、深入地接触和研究到生活中的矛盾和"忧患"，并在自己的作品中反映出来，有时就会受到一种责难："你的作品不能鼓舞人！"

我们是热爱生活、肯定生活，坚信人民的生活将会愈来愈光明、愈来愈进步、愈来愈美好的，当然，要通过我们的作品鼓舞人民更积极、更勇敢也更坚定地去生活、去劳动、去战斗，我们反对并且摒弃颓废的、灰暗的、否定人生乃至仇视人类的各种文学流派。问题在于，用什么去鼓舞人？怎样去鼓舞人？是像哄慰幼儿那样用甜言蜜语、用糖球去鼓舞人呢？还是用生活的真理，不管是多么严峻、多么带苦味儿的真理去鼓舞人？是闭上眼睛、念念有词，像和尚道士那样去鼓舞人呢？还是睁开眼睛，充分地估计、正确地评价生活中的矛盾和麻烦，既从现实的可能性中看到必胜的前途，又同样从现实的可能性中发出警报，叫人们去提防、去扑灭已经出现或者正在出现的祸害，这样去鼓舞人呢？

在某些人的眼睛里，不是"四人帮"的屠刀而是揭批"四人帮"的小说给我们纯净如蒸馏水的生活带来了血腥气味；不是官僚主义、特权思想等货色败坏着社会主义的基础而是反官僚主义、反特权思想的小说给社会主义抹了黑，这种颠倒难道还要继续下去吗？

睁开眼睛面向生活的作家和作品能鼓舞人，而闭上眼睛背对生活、迎合风向的人则谈不上鼓舞人，糖球哄慰不叫鼓舞人，自欺欺人也不是鼓舞人，挥动棍子更不是鼓舞人，那叫吓唬人、整人。当然，国内外也还有一些敌视社会主义中国的人，他们也是闭眼派，他们对我国人民为社会主义而斗争的英雄气概和巨大业绩装做看不到，而只是发出猫头鹰式的诅咒；也还有一些颓废的小市民，他们用无限夸大的牢骚和哀叹掩饰他们对祖国、对人民的冷漠无情和无所事事。这同样是违背生活的真实,这样的作品同样是瞒和骗的文学。

　　解放思想是繁荣创作的必要条件,但还不是充分条件。拨乱反正,把颠倒了的是非再颠倒过来之后,仍然会产生新的不平衡以至新的颠倒。例如,在摒弃了旧的皆大欢喜的套子以后,可能又出现新的哭哭啼啼的套子。出现这种套子,不是因为写了真实,而恰恰是因为他们的作者不肯面向生活,却是面向已有的成功的作品的范本。生活之树是常青的,只有在睁开眼睛面向生活、深入生活、认识生活、反映生活的实践中,才能解决这些新的矛盾、新的不平衡、新的问题,生产出更多更好的作品。中国的文学将沿着日益深刻而真实地反映生活的道路走下去,愈来愈赢得人民的信任和喜爱,在新长征的路程中,成为读者的朋友和顾问,历史的见证和丰碑。

　　　　　　　　　发表于《光明日报》1979年9月5日

领导文艺工作要树立生产观点

文艺是一种精神生产。文艺工作的中心任务应该是给人民生产更多、更好的精神食粮：写更多的好小说，拍更多的好电影，创作和演出更多的好歌曲……精神食粮的缺乏会引起精神的饥荒，这已经被近十年的事实证明了。

那么，检验我们的文艺理论、方针、政策，检验我们的党对于文艺工作的领导、措施是否正确有效，就应该以精神生产的实践为标准，以精神产品的数量和质量为标准，以对发展文艺生产力是起了促进作用还是束缚作用乃至破坏作用为标准，一句话，以创作（广义地说，表演也是一种创作）是否繁荣为标准。

但是，过去这个标准有时被忽视了。一场运动过去，作家、艺术家胆战心惊，甚至搞得文苑寂寞，百花凋零。但是有人却出面做总结了："我们取得了伟大的胜利，我们揪出了×××，批倒了×××，除掉了×××。"倒像是领导文艺工作的任务不在于培养多少文艺家而在于打倒多少文艺家，不在于生产多少作品，而在于消灭多少作品似的。

到了"四人帮"时候，于会泳之流更是得意洋洋而又杀气腾腾地宣布文化部就是公安部了。"公安部"者，对广大文艺工作者，甚至对广大文艺欣赏者实行全面专政之谓也。

于是以"把关"为己任的文艺工作的领导者出现了，"一夫当关，万夫莫开""宁可压杀千株香花，决不放过一根毒草""多一戏不如少一戏""不摇头、不点头""不求艺术有功,但求政治无过"等等反生产的论调和精神状态,一度弥漫在我们的文艺工作领域里。

为什么会发生这样的事态呢？一个重要的原因,就是我们对全国在基本上完成了社会主义改造之后的阶级、阶级矛盾和阶级斗争的形势缺乏比较科学、比较恰当的估计。林彪和"四人帮"以及那个理论权威,更是用无中生有、无端陷害、无限上纲的方法来夸大文艺创作和文艺队伍里的阶级斗争状况,谎报敌情,大搞堂吉诃德式的对风车的决战,用这种"左"的面貌来掩饰他们这一小撮阴谋家、野心家向党向人民夺权的阶级斗争。

林彪、"四人帮"打着"念念不忘阶级斗争"的幌子,疯狂迫害广大干部、知识分子和劳动人民,在文艺领域,其后果尤为严重和骇人听闻,这是因为:

第一,文艺是用形象说话的,一般不直接阐述作者自己的观点,而对形象的解释是有一定的自由发挥的余地的。于是,姚文元之流的恶棍,便发现了从文艺开刀整人是一条捷径。要打陶铸了,但是陶铸同志的工作是不容易否定的,于是先批他的两本书:你不是说太阳也有黑点吗？这就是攻击毛主席！这样,"恶毒攻击"的罪名加在了陶铸同志身上,骇人听闻的迫害也就有理了。批《刘志丹》,批《海瑞罢官》和《燕山夜话》也莫不如此。项庄舞剑,意在沛公。从批"毒草"入手,株连一大片,打倒一大批无产阶级革命家和一大批劳动人民的知识分子,这乃是姚文元之流的一大发明,是他们害人起家,杀良冒功的一个秘诀。

第二,文艺现象是纷乱的,争论是经常的,形式是多样和多变的。这种纷乱、争论、多样和多变本来是正常的事情,其中也会产生一些不好的作品或者谬误的意见。这种不好的作品或谬误意见的产生有阶级的根源,也有认识论的根源,有政治的原因,也有生活经验不足、文化水准不够以及某些民族的或地区的偏见,历史的局限,个人经历的局限等等原因。但是对一些喜爱封建秩序,喜爱一言堂,喜爱什么都整齐划一，或者习惯于用行政命令方法进行"领导"的同志来说，这种纷乱、争论、多样和多变似乎成了天下大乱的征候。于是乎他们就用阶级斗争的方法、搞运动的方法，用"大规模"和"急风暴雨"的方法来解决属于精神领域的、十分细腻、十分复杂的文艺学术问题和作品评价问题。而江青之流则更是有意识地颠倒黑白，深文周纳，罗织罪名，声嘶力竭地大喊什么"毒草丛生""空气恶浊""群魔乱舞"，使用专政的方法，你死我活的方法，"占领"的方法"改造"起文艺来了，这种"改造"（应该为消灭）的结果，已经是人人都知道的了。

第三，文艺创作有相当一部分主要靠个体劳动，作家没有个性便没有创造，不坚持艺术个性就无法攀登艺术高峰。因此，文艺工作者都有自己的劳动习惯、自己的特点、自己的语言，甚至有一些独特的癖好。另外，文艺家特别是作家，往往比较敏锐，喜欢探索新问题，提出新论点，"语不惊人死不休"，这更不是坏事。但在这一点上，正像陈景润那样的人曾经遭到误解一样，搞文艺的人也容易遭到误解。有些同志总觉得文艺家思想复杂，不可靠，甚至视作家、艺术家为会使我国变修的主要危险之一。因此，历次政治运动中，往往先拿出几个"有问题"的作家、艺术家示众。而江青之流为了篡权，也为了隐讳自己的丑恶历史，更是对广大文艺工作者怀着一种特别的憎恨，对文艺队伍干脆来了个一网打尽。

实践是检验真理的唯一标准。历史是衡量是非的一面镜子。事实证明，除去"四人帮"的御用文人炮制的"阴谋文艺"以外，我们的文艺作品中真正称得上反党反社会主义的毒草的，数量很少，动辄发出所谓"毒草丛生"的指责，是没有根据的。同样，解放以来，我们的作家艺术家做出了不小的成绩，取得了可喜的进步，经受了严峻的考验。真正敌视党和社会主义的人为数甚微，什么"群魔乱舞"之类的说法，是没有道理的。这许多没有根据的说法，居然在那么长的时间里，能够成为打倒一切作家、扼杀一切作品、破坏文艺生产力的借口，不能不说是我国文艺史上一个极为惨痛的历史教训。

党的十一届三中全会已经提出了全党工作着重点转移的伟大任务。我们对文艺工作的领导也要坚决地把着重点转移到发展创作、帮助创作、保护创作上来。当然，这不是说文艺战线上再没有阶级斗争了，对坏作品、坏倾向、错误观点，我们仍然要用百家争鸣的方法、批评自我批评的方法进行必要的和适当的斗争。对作家艺术家当中做了坏事，犯了法的人，也要审判，要制裁，但那是司法部门的事。党的宣传部门和政府的文化部门，应该树立起生产观点，我们的工作重点不是把关而是开路，不是锄草而是浇花，不是搞政治运动而是发展文艺的生产力。当然，我们并不一般地反对把关和锄草，有些关还得把，有毒草也要锄，这同开路和浇花是不矛盾的。总之，有利于发展生产力的事就做：如进一步落实对作家、艺术家的政策，搞好刊物和文艺书籍的编辑和出版，提高文艺表演团体的水平，以使人民得到更多更好的精神食粮，进一步贯彻按劳取酬的原则和试行对文艺成果的奖励以调动生产积极性，特别是进一步狠批《纪要》，拨乱反正，肃清"左"的流毒，以解除套在精神生产力上的枷锁等等。不利于发展文艺生产力的事情就不做，就要加以改革，如对过多地干预和瞎指挥，人为地规定题材百分比，凭长官一句话便禁演、禁止发行，以及"五子登科"之类的做法等等。只要我们把工作重点转移到发展和保护创作上来，就会懂得爱护作家、艺术家，就会逐渐学会用符合精神生产规律的方法去进行领导，就会逐渐减少以至完全避免由于我们领导的某些举措不当而发生的对文艺生产的消极影响，就会使我们党的正确领导成为发展文艺生产的最重要、最根本的保证，我国文艺创作的繁荣是指日可待的。

发表于《红旗》1979年第11期

文学与安定团结

粉碎"四人帮"以来,一批真实地、尖锐地反映生活中的矛盾冲突的作品吸引了读者的注意。现在,这些作品面临着一个新的考验:在强调安定团结和消除动乱因素的今天,它们还是合乎时宜的吗?大胆地揭露矛盾,会不会助长离心倾向、火上浇油、制造动乱、破坏安定团结呢?

确实有许多好心人(我愿意相信他们是好心人)忧心忡忡。这样,我们就不能不认真地研究一下我们的生活和文学。

经过了许多年的一个接一个的政治运动,绷紧了许多年的"阶级斗争的弦",许多无辜者、许多优秀的人倒在自己营垒射出的子弹下面,最后,十年浩劫使我们清醒了。我们要搞生产、搞建设,要安定团结。安定团结,是人民的迫切需要,是生存和发展的需要,是实现四个现代化的需要,是中华民族的需要。

为了中国的安定、发展和繁荣,我们流过血,我们付出了牺牲,我们等白了头发!

可见,安定团结不是出自哪个人的善良愿望,而是历史的客观进程所决定的必然。真实地反映生活的文学作品,不可能不反映出这种客观的必然性来。

但是生活中充满了矛盾。这些矛盾如果解决得好,就会促进社会的发展和进步。促进安定团结的巩固和加强。我们是马克思主义者,我们承认矛盾、正视矛盾、解决矛盾,我们认为事物的内在的矛盾乃是事物的运动和发展的动力。因此,我们的文学作品就不能不正视和反映这些哪怕是很尖锐的矛盾和冲突。如果我们反映得深刻,如果我们对此有一个正确的、积极的和负责的态度和解释,那么,这样的文学作品将是对促进安定团结的重要贡献。如果我们闭着眼不看这些矛盾,如果我们在这些矛盾面前惊慌失措或者束手无策,或者如果我们用一种消极的、不负责任的甚至是幸灾乐祸式的态度来对待这些矛盾,这些矛盾就有可能转化成为动乱的因素。为了实现和巩固安定团结,必须消除动乱因素。而为了消除动乱因素,必须承认和正视这些因素。我们的文学作品同样不能回避这些动乱因素。我们要研究它、解剖它、反映它,我们的目的是消除它、解决它和克服它,这是没有疑问的。

三十年来活生生的事实告诉我们,破坏我们的国家、我们的人民生活的安定团结的不是别人,正是那些用极左、超左的言词装扮自己的野心家。人们对林彪、"四人帮"制造的十年大动乱记忆犹新,甚至迄今心有余悸。同时,无可否认,我们自己工作中的错误,主要是"左"的错误——我们搞的阶级斗争扩大化,甚至是无中生有地制造的阶级斗争,也是一个动乱的因素。回想建国初期,在我们的九百六十万平方公里土地上,曾经出现了怎样一个万众一心、安定团结、繁荣昌盛、生动活泼的局面,后来这种局面又是怎样被破坏的。惨痛的教训是不应该忘记的。

所有这些,在叶剑英同志为庆祝建国三十周年所做的报告中已经得到了全面的、语重心长的阐述。三年来,我们的许多文学作品正是向着林彪、"四人帮",向着"左"的思潮猛烈开火的。我们国家的安定团结的局面,正是在战胜了林彪、"四人帮",战胜了"左"的干扰之后才实现的。我们的文学作品,在这方面做出了自己的贡献,是有功劳的。

不幸,仍然有那么一些鼠目寸光的庸人,他们总是害怕文学作品真实地反映生活中的矛盾和冲突,在粉饰太平和自欺欺人面前,他们心安理得;在言过其实的颂扬面前,他们陶然怡乐;而任何哪怕是轻微的批评性的言词,都使他们感到刺耳、不安、可怕。在他们的眼睛里,似乎不是火星和火灾引起了报警,而是消防队的警笛引起了火灾;不是礁石和台风威胁着航船,而是气象预报和航海地图引起了翻船的危险;不是病毒、细菌和癌细胞破坏着健康和生命,倒是听诊器、X光机威胁着人体的健康。这真是一种古怪而又愚蠢的偏见。

我们可以设想一下,如果按照这些自称"歌德派"的人的意思办,我们的文学将重新走上粉饰生活和伪造生活的绝路,读者所关心、所无法摆脱的那些矛盾的问题,将不能在我们的文学作品中得到应有的反映,读者从我们的作品中看到的将是虚假的、没有生命的说教,读者将被反复告知:你们已经是生活在蜜缸和糖罐子里了,你们已经是蜜饯干果了,你们是身在甜中不知甜啊!过去的年代,我们的某些作家曾经这样地教育过读者,可悲的是,这样的话恐怕连作者自己也不再相信了。

粉饰生活的谎言文学,将会发挥什么作用呢?第一,解除读者的思想武装;第二,掩护林彪、"四人帮"之类的野心家粉墨登场;第三,降低党的文学事业的声誉,甚至降低党的信誉。我们的文学事业是党的事业的一部分,创作、编辑、出版、发行、阅览……一切有关的人员和机构,一切设备和手段都是由党来领导或者由国家来掌握的,我们并没有什么同路人的文学,我们并没有其他党派主办的文学刊物(何况民主党派也是接受党的领导的),因此,我们的文学作品的声誉,是我们党的信誉的一个组成部分。如果读者对我们的文学作品的真实性发生怀疑,如果读者不相信我们的作家和报刊,这才是一种离心离德的倾向,这才是一种动乱的因素。生活中的矛盾、消极面,这是客观的存在。你不反映它,它照样存在。你视而不见,它就会往更坏的方面发展。再说,读者从我们的文学作品中得不到共鸣和教益,他们就将转而从街谈巷议中,从小道消息以至政治笑话中,从秘密流传的民间故事、手抄本或自发性刊物中去寻找对于生活的感受、理解和探求,这就有把思想工作的阵地,把文艺的阵地,把精神生活的阵地让给别人的可能。这其实是把广大读者,把人民群众从我们的身边推开。有以往年代的坎坷、三十年的实践、三十年的学费,难道时至今日还有人以为靠甜言蜜语的粉饰能掩盖矛盾、能维护安定团结么?

当然,这也不是说在文学作品中揭露阴暗面愈尖锐愈好,愈刺激愈好,甚至愈恐怖、愈丑恶愈好。我们是革命的乐观主义者,我们是以改造中国、改造世界、解放全人类为己任的爱国主义和国际主义者,困难、牺牲、挫折和失败并没有吓倒我们,我们坚信人民在痛苦中成长,祖国在曲折的道路上前进,中国的前途是光明的,世界的前途是光明的。暴露黑暗,揭露我们工作中的缺点和过失,揭露我们的生活中的消极面、阴暗面,揭露我们所面临的矛盾和冲突,这并不是我们的目的。我们不是为了暴露而暴露,不是为了发泄而暴露,更不是为了吓人、为了哗众取宠而暴露。暴露的目的是为了驱散黑暗,为了前进,为了扩大和发展光明。我们不希望我们的多灾多难的祖国再回到十年浩劫的那种动乱局面中去,我们也不希望我们的初步呈现了生动活泼的政治局面的祖国重新变成被禁锢的无声的中国。正因为如此,我们搞文学创作的人,不能在激动着、苦恼着、纠缠着千千万万中国人的现实问题面前闭目合十、麻木不仁;不能够在破坏着我们党的优良传统和社会主义的风尚的专制主义、官僚主义、特权思想以及无政府主义、极端个人主义面前违心地一味去"歌德"。我们不能不更敏感一些,更勇敢一些;我们不能不先天下之忧而忧,后天下之乐而乐;不能不做群众的代言人,不能不努力站在正确的立场,正视现实,反映现实,给人民以尽可能好的精神食粮,来提高人民的精神境界,来推动现实的发展和社会的发展。我们这样做了,才是真正地有利于安定团结。

以刘心武、刘宾雁的深受读者欢迎的作品和话剧《报春花》《权与法》等为例,难道这些作品会有"助长离心倾向"的副作用吗?难道这些作品的读者和观众会从作品中得到暗示或者煽动,因而去闹事,去怠工或者罢工,去搞"运动",去破坏工作秩序、生产秩序和社会秩序吗?不,这些作品是教人爱的,爱我们的社会主义祖国,爱善良正直的人民,爱我们党的实事求是、联系群众的好传统。当然,这些作品也教人憎,憎恨林彪和"四人帮",鞭挞思想僵化和两个"凡是",鞭挞各种不正之风,也鞭挞那种对社会不负责任的冷漠的"看透论"。这些作品更教人深思,发人深省,教人们认真地去思考,为什么一个这样光荣伟大的党,一个这样可爱的国家,却被林彪、"四人帮"蹂躏达十年之久?为什么会出现王守信这样的丑类和谢惠敏这样的畸形儿?这些作品还教人警惕,使人们注意那些动乱的因素,去提防、去扑灭那些与我们党的性质、与社会主义的性质、与实现四个现代化的目标格格不入的封建主义、资本主义的东西,所有这些难道不是对安定团结,对推动"四化"的宝贵贡献吗?他们不是理应受到表扬、受到鼓励而不应受到压力、受到责难吗?

这些作品还有一个重要的作用,就是使人民对我们生活中的一些消极现象(如不正之风)的正当的不满乃至愤懑得到表达、得到抒发,伸张正义,打击歪风邪气。这不但对通过健康的社会舆论来限制、制裁乃至消除各种歪风邪气起了有益的作用,而且在某种意义上,它缓解了某些应该缓解的人民内部矛盾,使人民的某些不满乃至愤懑情绪不致因得不到抒发和表达甚至受到压制而在暗中向极端和偏激方面发展;不致使客观存在的诸如领导和群众、城市和乡村、脑力劳动和体力劳动的矛盾由于得不到引导而发展激化到带有破坏性的程度;不致使群众的某些意见,发展成具有冲决堤防的力量的暗流。这是一个极可珍贵的贡献,这也是民主生活的表现。实践已经证明,用民主的方法,让人讲话的方法,"放"的方法来维护安定团结,虽然会经常暴露一些小摩擦、小矛盾,却避免了大矛盾、大爆炸;而用压制的方法,禁锢的方法,"收"的方法来维护安定团结,即使可以短期奏效,却孕育着更大的动乱的危险。十年浩劫之中,"歌德"

之声响彻云霄、不绝于耳,书架和舞台都像真空一样干净,不但没有阴暗面,没有官僚主义者,而且连落后人物、中间人物都没有,任何敢于思考的头颅都要打碎,任何敢于呐喊的喉管都要割断,其结果怎样呢? 不是什么"安定团结",而是濒于崩溃!

历史的经验是不会被忘却的。愈来愈真实地反映生活,乃是我国文学发展的不可逆转的势头。当然,具体到某一篇作品,也总还有高低、深浅乃至准确与不准确之分。成败得失,是可以批评、可以讨论的。同时,文学对安定团结的贡献也远远不限于揭示生活中的矛盾冲突。文学是人学,作家是人类灵魂的工程师。要使我们的作品充实、美化、提高人民的灵魂,要沟通、温暖和润泽人们的心灵,要愉悦和抚慰人们。我们脑子里的"弦",多年来实在是绷得太紧太紧了。关于全面地认识和利用文学的功能的问题,笔者将另行著文论及。

发表于《文汇》1980年增刊第1期

生活、倾向、辩证法和文学

一

我常常感到一种也许是不必要的忧虑：我们的后代能够理解我们这一代人所经历过的那些五花八门的论争吗？声势浩大的辩论，洋洋大观的文章，马拉松式的争执，随风而变的、在各个不同的时期就必须强调不同侧面的论点，费了偌大的代价而得到的结论却只不过是早已被公认的常识……这究竟是怎么回事？是因为我们太复杂还是太简单？太聪明还是太愚蠢？太认真还是太无聊？

例如红与专的问题。难道这是类似什么关于地球外的生命体系，关于宇宙和物质的结构，关于控制论，或者关于社会主义道路的统一性和多样性，关于当代资本主义的总危机、相对繁荣及其前景之类的"尖端"问题吗？难道不是小学生也懂得品学兼优的重要性，懂得各门功课考零蛋的学生即使纪律再好也不可取，打人、骂人、偷窃的学生即使门门功课考一百分也不足为训吗？品学兼优，这不就是又红又专吗？我的老天爷！为了这个问题，一九五八年展开了全国全民的大辩论，一九六六年更是几个中央级的报纸连篇累牍地发表社论，什么突出政治啦，什么政治比业务大因而不能落实到业务上啦，什么政治可以冲击其他啦……各种高腔高调令人眼花缭乱。这些总算过去了，现在我们提倡的仍然是又红又专——品学兼优。为了能够接受这个常识性的提法，我们付出的代价大概不比哥白尼、布鲁诺和伽利略少。但是哥白尼、布鲁诺和伽利略之所以付出代价,是因为他们提出了、论证了新的、向人们的一般常识挑战的学说。而我们的代价呢?却是为了类似耳朵是管听的,眼睛才是管看的,人是要吃饭的,所以要搞生产……这样人所共知的道理而付出的。

文艺上的歌颂与暴露的问题也是这样。我这个浅薄的头脑简直不理解这个问题有什么奥妙。该歌颂就歌颂,该暴露就暴露,对真、善、美要歌颂,对假、恶、丑要暴露,这不是和人们碰到了喜事要笑,碰到了丧事要哭;吃了糖会说甜,吃了黄连会说苦;夏天会喊热,冬天会喊冷一样自然,一样合理,一样不值得大惊小怪吗?难道当真需要什么大人物或者理论家,需要什么"左"派或唯一革命的教师爷来规定人们哭和笑的比例,甜和苦的配方,热和冷的守则吗?或者论述笑是有德的,哭是缺德的;吃糖是有德的,吃黄连是缺德的;放暖气的是有德的,开电风扇是缺德的吗?离开了对象,离开了对象所处的具体时间、地点和条件,这种关于歌颂与暴露的论争,究竟有什么意义呢?如果我得了肠胃炎,你却只准我吃糖球而不准吃黄连素,那咱们俩到底是谁缺德呢?如果我的母亲死了,你却只准我笑不准我哭;如果室内温度已经到了摄氏三十七度,你却只准我放暖气而不准开动电风扇,请问,又是谁缺德呢?马克思说:离开实践的思维是否具有现实性的争论,是一个纯粹经院哲学的问题。

但我们面临的却不是一个什么经院哲学的问题。那种只准歌德、吃糖球、笑和放暖气的人并不是由于在逻辑推理上出了差错。他们其实是非常"现实性"的人物,他们看到了林彪、"四人帮"败坏我们的党风、社会风气,他们总结了一套一味歌功颂德、阿谀奉承、报喜不报忧以求宠的经验,他们适应了这种风气,因而在脸上涂抹起"维护""誓死捍卫"牌的脂粉。

但我们这里要谈的不是这些,我们要谈的是,这种关于歌颂与暴露的烦琐的、简单化的、有时候是相当庸俗和粗鄙的讨论,怎样造成了人们认识上的混乱,怎样降低了我们的文艺理论、我们的文艺批评、我们的论争的水平。

例如有的同志认为:为了冲破只准歌颂不准暴露这条清规戒律,针对中国当前的现实状况——十年浩劫及其后遗症,实现四个现代化、进行改革所遇到的阻力,就是要大张旗鼓地强调暴露,强调批判,强调揭露阴暗面;还有的青年提出什么"社会主义的批判现实主义"的口号;也有一些作品,在那里争相表现尖锐、大胆、淋漓尽致:写发疯、写自杀、写被杀、写强奸、写肉刑、写尸体……这些理论和作品的情况不尽相同,其中有一些用意是很好的,是完全可以理解的,但是,他们与自称"歌德派"的人的针锋相对,却有些简单化,有些肤浅,甚至面临着被"歌德派"请君入瓮的危险。

这个"瓮"首先是指政治上的陷阱。以左的面貌出现的以"歌德"为己任的人具有政治上的某种"优势"。他们是最爱党、最爱社会主义、最爱工农兵的,他们是最最最爱我们的党的领袖的,如果他们做出了一些抹杀事实的论断——如那个被引用得够多了的"莲荷盈盈"之类,也无非是他们爱得太深太痴,就像一个钟情的男子根本看不见自己心爱的姑娘脸上有雀斑或者麻子,或者认为这雀斑和麻子使那姑娘的姿色更加绝伦。如果他们发出了刺耳的警报,例如宣称现今中国的文艺界到处是蛆虫、动物、洋毒草、古毒草,那也无非是他们对党、对社会主义关心太过,就像母亲为了护卫自己的孩子,老是提心吊胆,生怕有什么神鬼灾病侵犯自己的心肝。如果他们宣告错了,至多不过是有点不合时宜,没有碰对"点儿"罢了。这是一些多么可爱的人,多么可爱的错误呀!强调歌颂总不会招惹来歌颂对象的讨厌吧。

如果你简单地和他对着干,如果你大谈揭露阴暗面或暴露黑暗的必要性,甚至专门以暴露黑暗为己任,即使你一时受到了喝彩,从长远来说,从全局来说,你的形象和论点不能不受到理所当然的、正当的疑惑。划清批评和批判、和反对、和攻击的界限,划清讽刺和丑化、和诬蔑、和中伤的界限对于某些人来说并不是十分容易的事情。

敌视新中国、敌视中国共产党的人千方百计地从我们的生活中、从我们的文艺作品中寻找黑暗面,他们幸灾乐祸地利用我们的自我批评,不幸,这也是不可否认的事实。再说,如果我们的文艺作品中充满了被暴露的黑暗,那么,社会主义的优越性到底在哪里?人们艰苦奋斗、流血牺牲、进行革命的必要性到底在哪里?我们的信心,我们的希望,我们的光明到底在哪里?这个问题是不能不郑重地予以考虑的。一有风吹草动,这些似乎是热衷于暴露的人被视为异端,被视为"闹事"的煽动者或后台,被视为不可靠的或者危险的人,不是很难避免的吗?

这里也有艺术上的歧途。如果我们简单地认为现在的读者所讨厌的乃是歌功颂德本身,需要的乃是暴露、暴露、再暴露,我们就会在大胆和尖锐上开展一场自发的竞赛,看谁笔下敢于写出最丑恶、最恐怖、最痛心甚至最离奇和刺激的事情。现在确实有这样的作品,编辑部退回了更多的这样的稿件。但是,请问,当真读者见了这一类的作品就一定喜欢吗?如果做做调查,我们就会发现并非如此。一味的、虚假的、千篇一律的歌功颂德是令人厌恶的,同样,简单的、肤浅的、做作的和似曾相识的暴露黑暗也只能引起读者的反感。

所以,对歌颂与暴露这样一个被人谈滥了、本来不需要再喋喋不休地谈下去的问题,我们不得不进行深入一步的探讨。

二

先谈谈歌颂。对生活,对人类,对宇宙、自然和我们生于斯、老于斯、栖息于斯的大地——祖国,对母亲,对劳动者的双手和良心,对工人阶级及其先进的有组织的部队,对人民争取自由和幸福的斗争,对巴黎公社、十月革命、中国革命、对毛泽东、周恩来、朱德等老一辈无产阶级革命家,对我们自己的建立和完善社会主义的斗争,对我们的青春、我们的爱情、我们的友谊、我们的老人和我们的孩子,我们究竟是抱着肯定的态度、怀疑的态度还是否定的态度呢？我们是爱这一切、漠视这一切还是憎恨这一切呢？我想，毫无疑问，我们是肯定这一切、爱这一切的。文学本身就代表着对真善美的追求、对光明的追求，代表着这种肯定、这种爱。如果没有这种追求、这种肯定和爱，没有对于光明的信念，文学创作活动也就失去了意义和动力。文学是光明的，文学家的心也应该是光明的。文学作品的力量在于表现光明，这本身并不是一个错误的提法。

但是，当有人把这种表现光明的方式确定为"歌颂"的时候，当有人洋洋得意地标榜自己在"歌德"的时候，事情就被弄得肤浅、片面、狭隘以至荒谬起来了。歌颂光明的作品本身就一定代表着光明吗？不见得。譬如说歌颂毛主席当然是歌颂光明无疑了。然而说到歌颂毛主席，我看我们所有的热情歌颂的诗人和歌手比起林彪的歌颂都会感到自愧弗如。什么"句句是真理""一句顶一万句""精神原子弹""世界几百年出一个，中国几千年出一个"的"天才"，什么"顶峰""最高最活"……如果我们颁发"歌德"奖的话，林彪理所当然地应该得到特等金质奖章。再说对社会主义的歌颂，在众所周知的十年也算达到了"顶峰"，言必称"形势大好""愈来愈好"，文必称"莺歌燕舞""特大喜讯"，歌必称"东风劲吹""红旗飘扬"，标语必称"热烈欢呼""伟大胜利"，迫害屠杀必称"千钧霹雳开新宇，万里东风扫残云"，国家经济面临崩溃的边缘，人民家破人亡必称"成绩最大最大最大，损失最小最小最小"……好了，人们并不健忘，对于这种"歌颂光明"，九亿人民，十年时间，已经领略得够了。由此可见，不能把歌颂不歌颂当做判断一部作品的政治倾向的标尺。

我们还要分析一下：对于光明，需要的难道仅仅是歌颂吗？对于一个革命的领袖和执政党，难道首先需要的不是支持、不是帮助、不是反映真实的情况、不是提供群众创造的新鲜经验，而是无休止的颂扬吗？这种唯歌颂论不是已经和仍然可能继续为奸佞开路吗？其次，对于工、农、兵来说，难道首先需要的不是为他们讲话，向损害他们的权益的封建势力、资本主义势力的残余做斗争,提高他们的政治觉悟、知识水平,开阔他们的眼界,愉悦、温暖、沟通和滋润他们的心灵,而是无休止的颂扬吗?当党面临艰巨的任务和复杂的问题的时候,我们如果不通过我们的作品去反映生活的要求和真实的矛盾,不去号召读者坚定地、科学地、有纪律地去支持党、帮助党来完成她的艰巨任务、解决她面临的复杂问题,而只是大喊几声"您真伟大呀""您太好啦",或者告诉读者现在已经是人间天堂啦,你们已经掉到蜜缸和糖罐里啦,这样的做法对于正在艰苦奋斗、挥汗如雨的党来说,不是在起哄、在添乱、在欺骗吗?同样,对于正在矿井和车间、稻田和麦场、堑壕和工事里坚守着自己的岗位的正在和天斗,和地斗,和大小霸权主义斗,和林彪"四人帮"的余毒斗,和官僚主义、特权观念斗,和自身的落后、愚昧斗的工农兵来说,如果我们不去给以支援,给以娱乐,给以启迪、提醒和鼓舞,而只是给以"歌颂":"你用秦砖汉瓦盖房子,好啊!""你用五代时候的犁犁地,好啊!""你被假、大、空话所愚弄,好啊!"这种歌颂,对于艰苦奋斗、挥汗如雨的劳动人民来说,不是在起哄、在添乱、在下蒙汗药吗?想来想去,有什么人像需要吃饭和喝水一样地需要无休止的歌颂呢?马克思是不需要的,恩格斯是不需要的,毛主席、周总理是不需要的,鲁迅是不需要的,哥白尼、布鲁诺和伽利略、居里夫人和爱因斯坦也是不需要的,不但不需要,他们对那种饶舌的、夸张的、不实事求是的、做作的所谓歌颂是很"讨嫌"的。倒是林彪和"四人帮",这些外强中干,极其虚弱的野心家,他们离了颂歌就过不了日子,他们害怕批评,害怕真实地反映生活,就像害怕瘟疫一样。

光明不是从天上掉下来的,也不是靠歌颂来保持和发展的。光明需要的是向往,追求,传播,斗争。文学是光明的。然而单单歌颂光明是远远不够的,而且打着歌颂光明的大旗的人本身未必一定光明。我们要向往光明,追求光明,传播光明,歌颂光明,我们更要为光明而与黑暗斗争。

再谈谈暴露黑暗。什么是我们所指的黑暗呢？国内外的敌人，林彪和"四人帮"及其死党、帮派骨干，封建主义、资本主义的残余势力，以及我们的党、我们的人民自身的一些缺点，一些与党的无产阶级性质，与实现"四个现代化"的目标格格不入的旧思想、旧习惯、旧传统，等等。存在不存在这些反面的、消极的、对历史的前进起着阻碍作用的不愉快的东西呢？这是无需讨论的，只要不是别有用心，就不会怀疑这些东西的现实性。那么，这些东西需要不需要暴露呢？不能说不需要，然而，仅仅暴露还是太不够、太不够了啊！

例如对于林彪、"四人帮"及其余毒，仅仅暴露已经远远不能满足人民的要求，他们造成的浩劫是有目共睹的，如果只是："看啊，多么丑恶！多么悲惨！多么可怕！"如果只是："请看，这里有脓，有血，有疮疤……"实在可以不劳作家的大驾，茶余酒后，车站旅店，我们不是到处都在谈论这些事情么？如果我们的揭批"四人帮"的作品不是向历史背景的宏大与广阔、向人们的心灵的细致入微的深处、向各种人与人的关系的本质方面发展，而是向表面的尖锐、生理的刺激、情节的离奇方面发展，就只能降低这些作品的真实性和思想性。现在需要的是深入一步去剖析、探索在二十世纪社会主义的中国产生这些怪胎的原因，号召人们不但要与这种浩劫的后果做坚持不懈的斗争，更要消除产生这种"左"的封建法西斯主义的温床，尤其要鼓舞人们各自以切实有效的劳动来促进安定团结，促进生产力的发展，尽快地消除目前还存在的某种贫困、落后和不发达的状态，以杜绝再产生林彪、"四人帮"式的怪胎的可能性。我们要揭示伤痕，更要疗救伤痕，促进伤口更快地愈合，我们要暴露黑暗，更要剖析黑暗，以增加战胜黑暗的力量和信心，以达到驱散黑暗的目的。

至于人民内部的、我们党内的一些缺点问题，情况更是多种多样。有一些人本身虽不是帮派分子，但中毒太深，又为了某种利益的需要，时至今日仍然拿着"四人帮"的棍子，唱着"四人帮"的调子，与党的三中全会的精神，与广大人民的愿望相对立。对这种黑暗，确实要进行一针见血的针砭,但同时也要给这样的人以发言权、辩护权,也要有同志式的批评,探讨,论战。仅仅给以暴露,是不够的。至于劳动人民的一些弱点缺点,如崇拜权势、委曲求全、保守因循,那就更需要给以药石的治疗而不能单纯暴露了。严格地说,这种劳动人民身上的弱点到底能不能算黑暗呢?还是算黑斑呢?这些黑斑又是怎样生长在健康的或者基本健康的肌体上的呢?又是怎样与健康的或者基本健康的血管、神经、心脏、大脑联结在一起的呢?这就更需要具体分析和区别对待了。

仅仅说暴露,还有一种客观主义的味道,从这里看不到作家的责任心。中国是我们自己的祖国,党的事业是我们每一个人的事业,所有这一切,光明也罢,黑暗也罢,顺利也罢,受挫也罢,好也罢,赖也罢,赔也罢,赚也罢,都有我们的份,我们只能有一个心,希望我们的国家搞得好一些,希望我们的党搞得好一些,希望我们的作品对我们的国家、我们的人民、我们的党有利。我们是和党和人民一起弯着腰来建设国家的,是一起来扩大光明、消除黑暗的,我们不能仅仅满足于直着腰指指划划地暴露,更不能搞那种所谓的"我"暴露"你"。

说实话,也许是偏见或者咬文嚼字,我并不那么欣赏暴露黑暗的提法,当然,这不等于我不会在创作中揭露黑暗腐朽的东西,我只是觉得作为一个口号,它太不完整了。如果把这个提法吹得过火,我认为它会和歌颂光明的提法一样的简单、肤浅,可能流于片面甚至荒谬。

对一类黑暗——如霸权主义,如林彪、"四人帮",需要暴露,更需要剖析、声讨,战而胜之,摧而毁之。

对另一类所谓黑暗——如劳动人民自身的奴性残余,需要暴露,更需要教育、引导,唤而醒之,疗而治之。

暴露黑暗,批判黑暗,驱散黑暗,照亮黑暗,靠的是光明、光明的力量、光明的自信和作家的光明的心胸。正因为文学从生活中、从人民中汲取了足够的光明,它才具有洞察黑暗、睥睨黑暗、照亮黑暗的力量。它本身就是光明的化身,它应该成为火炬、成为明灯、成为璀璨的珠贝、成为闪亮的星。

三

当我们的探讨涉及到对具体的文艺作品的评价的时候,用歌颂光明和暴露黑暗来进行划分,其荒谬性不下于仅仅用夏和冬来划分季节,仅仅用黑和白来区别颜色,或者仅仅用正午和子夜来区分一天的时间。

生活是复杂的,人是复杂的,色彩是斑驳的,旋律是多样和多变的,好和坏、善和恶、亮和暗、白和黑、强和弱、新和旧……还有不同程度的较好、较坏,半好、半坏……是如此错综地交织着,羼杂着,转化着。所以,我们的感情、倾向、评价也同样多种多样的和处于流动的状态之中。对大千世界的评价,必然有大千的样式、大千的调子、大千的风格。我们中国的汉语是足够丰富的,我们有足够的语言来表达我们的感情、倾向、评价,在这里,仅仅用歌颂和暴露这种简单的和极端的用语,是多么浅陋啊!

以鲁迅的作品为例,在《一件小事》中,鲁迅对人力车夫的态度应该是比较鲜明的了,但这里与其说是歌颂,不如说是赞美、赞叹、赞扬、叹服。这些词与歌颂是有级的区别的。对《伤逝》中的涓生和子君呢,那就显然既非歌颂又非暴露,作者的态度是复杂而又含蓄的。有批评,也有更多的同情;有赞赏,也有哀怜;有喜爱,也有深沉的疑虑、担忧;有无可奈何的叹息,也有顽强执着的追求……在这里,歌颂和暴露的两极划分法之于作品,无异于用小学一年级学到的加减法来解高等数学难题。

再以《红楼梦》为例。《红楼梦》大概可以算是暴露文学,专司暴露黑暗的吧,看它揭示了多少丑恶、肮脏、可悲可怖的事情!但是,其中不仅对贾宝玉和林黛玉的悲剧式的爱情作品是赞美和同情的——

但赞美和同情之中又有一种镜花水月,空虚失望,甚至希图看破和摆脱之的意念;即使对薛宝钗,作品也绝对不像如今的某些"立场坚定"的评论者那样坚定地予以"暴露"的,谁能说在对薛宝钗的描写中没有某种好感、惋惜,乃至无可奈何的怜悯与同情呢?"悲金悼玉",这难道仅仅是作者的障眼法吗?还有王熙凤呢,在我们的某些评论者看来,这里作家似乎是在大胆暴露、"批倒批臭"的了,实际上怎么样呢?即使在王熙凤身上也照样有着挽歌的调子,协理宁国府一节,谁能说不是对王熙凤的才能的渲染和赞美呢?当然,令人悲愤、令人顿足、令人汗毛倒竖的恰恰在于这种才能、美貌和绝顶的聪明,正是和王熙凤的蛇蝎心肠结合在一起的。然而,即使是王熙凤,她所造成的审美效果也绝不仅限于憎恨和恶心,在王熙凤身上,我们仍然看到了人的能力、人的价值。人本来可以多么美丽和聪明!可惜所有这一切可爱的东西都被地主阶级的生活和意识所歪曲、所毒化,因而变成了恶人的画皮和毒牙了。

由此可见,如果仅仅用歌颂和暴露这两个词来区分作品,实在只是一种幼儿划分"好人"和"坏蛋"的智力水平。它体现的是一种绝对化的形而上学,不是革命就是反革命,不是英雄就是魔鬼,不是一片光明就是一片黑暗,不是皆大欢喜就是统统灭亡,不是大获全胜就是一败涂地,不是大跃进就是大倒退,不是全盘西化就是国粹神圣……多年来,我们在政治上、哲学上、文学艺术上受这种绝对化的形而上学之害还少吗?不承认事物的中间状态,不承认"中间人物",不承认量变和改良,不承认团结和平衡,不承认轻音乐、无标题音乐和音乐的某种程度的抽象性,不承认无害作品和娱乐性,这种两极化的形而上学多少次使我们在社会现象和文艺现象面前陷入窘境!在连国际力量也不能用两极化的办法来认识的时候,我们又怎么能用两极化的办法来认识错综复杂、纷纭变幻的文艺现象呢?连两千年以前的老子也知道"一生二,二生三,三生万物",知道矛盾的两个方面的相互斗争,相互依存、渗透和转化的结果会生出第三种新事物来,而最后出现了千千万万的事物,我们怎么能用那种廉价的两极论,歌颂与暴露必居其一论来冒充和替代非常生动、非常丰富、非常实事求是的辩证法呢?

其次,从一些经典的和优秀的文学作品的情况,我们可以看到,歌颂和暴露,这毕竟是作家的主观意图、倾向,这种主观意图和倾向虽然在创作活动中起着巨大的作用,但并不是进行创作的出发点,也并不等于作品的实际效果。在这里,决定性地起作用的仍然是生活,当作家努力地、勇敢地而又匠心独运地表现着生活真实的时候,当作家敏锐地、富有才华地在自己的作品中表现出生活所固有的(不是伪造的)真善美的时候,当作家同样敏锐地、富有才华地表现出生活所固有的(也不允许是伪造的)假恶丑的时候,歌颂还是暴露,同情还是嘲弄,怜悯还是怨恨,宽容还是严峻……这些问题也就迎刃而解了。在这里,生活是第一性的,倾向是第二性的,是生活决定倾向而不是倾向制造生活。离开生活的真实去纠缠什么歌颂、暴露,仍是十足的烦琐哲学。歌颂或暴露,不仅仅决定于作家的主观愿望,文学作品是反映生活的,生活是客观的实在,因而文学作品的内容具有一定的客观性,在某种意义上,这种客观性越强,反映生活越真实和深刻,人们予以评价和探讨的可能性就越充分,作品也就越有价值。《红楼梦》意在"补天",却起了最深刻的批判、暴露、送葬的作用。在歌颂或暴露之类的问题上,读者和评论家的倾向同样起着巨大的作用。我们的许多揭批"四人帮"的作品,在使广大人民受到教益、发人深省、唤起了"决不让这样的悲剧重演"的决心和力量的同时,也会使少数人感到悲观失望,甚至使一小撮反华反共的敌人幸灾乐祸,这也是难以完全避免的事,不能因此责备作家不该写这样的作品。当然,我们的作家应该把勇气和科学态度结合起来,尽量避免这一类作品的副作用。

而当我们探讨某些不成功的作品的时候,例如那些"高大完美"的纸糊的英雄、草包式的敌人、粉饰太平的"人间天堂"景色或是目前多多少少也有点露头的那种丑恶的堆积、令人反感的刺激和恐怖……我们就会发现,促使这些作品简单化、虚假做作的原因之一,很可能是作者过分重视了、接受了歌颂或暴露的任务,如果他们不是首先以反映生活的真实为己任,而是以歌颂或暴露为己任,这本身就是"主题先行",就是简单化,就是赤裸裸的唯心主义。其结果就必然降低我们的作品的艺术质量和认识价值,使我们的作品非颂歌即伤痕,使我们的创作只有一条路或只有两条路,使我们只能是一花独放或两花双放、两花对放,永远做不到多种多样的流派和风格,永远做不到真正的百花齐放。

最后,我们还应该看到,两极论的荒谬还在于,不论生活还是文学,从来不会是单一的光明或者黑暗。世界上没有专门歌颂光明、从不暴露黑暗的文学,正像没有专门暴露黑暗、从不歌颂光明的文学一样。不消除黑暗就不会有光明,不具备光明也就看不到黑暗。这二者是一个问题的两个方面,是不可分离的。如果周围是完全的黑暗,谁看得见这黑暗,谁来暴露这黑暗呢?一九七六年春,中国算是乌云沉沉,够黑暗的了,然而四五运动,"四五"诗歌本身就是强光,就是烈火。同样,如果到处是一片光明,连影子都没有,那就是说世界万物(包括我们的人体和眼球)都变成了透明体,世界成了无形的了,人也会失去视力(透明体是不能感光的,而不透明就会留下阴影),所谓光明,也就成了不可感知和毫无意义的了。

让我们努力地去研究和表现生活吧,让我们用我们的心、我们的笔去更真实、更生动也更深刻地再现生活的美好、生活的丰富多彩、生活的艰难曲折和生活的魅力吧,让我们少在歌颂、暴露这种简单化的讨论中伤脑筋吧,千千万万的读者正等待着我们拿出更加打动人心、更加有益于人的灵魂的作品来呢。

发表于《十月》1980 年第 1 期

漫谈文学的对象与功能

我们的文艺评论家、作家以及许多读者,都很熟悉马克思主义经典作家对一些文学巨匠及其作品的评价。恩格斯对巴尔扎克,列宁对托尔斯泰,毛泽东对曹雪芹都做出了发人深省、令人鼓舞、在某种意义上应该说是极尽可能的最崇高的评价。这些评价丰富了马克思主义的文艺理论,肯定、加强和捍卫了现实主义的原则,颇具高度地阐发了这些作家的作品的思想意义和认识价值,因此,长久以来,它吸引着我们去学习、去理解、去重温、去引用它们来解决一系列理论和创作实践上的问题。诸如世界观和创作方法的关系问题、对待文学遗产的态度问题、文学作品的认识作用问题,当我们的思考和研究涉及到这些问题的时候,不由得会想到革命导师在这些方面的精辟的立论,这是毫无疑问的。

恩格斯说,他从巴尔扎克的《人间喜剧》中学到的"甚至在经济的细节方面……也要比从当时所有职业的历史学家、经济学家和统计学家那里学到的全部东西"的总和要多。这当然很重要、很感人,这是巴尔扎克的光荣、是现实主义的光荣、是文学这一门精神活动的光荣。但是,我们能否问一问,过去和现在,法国、欧洲和中国、亚洲以及别的国家和别的洲,多数读者首先是为了研究经济学、是为了研究法国"革命以后动产和不动产的重新分配"而阅读巴尔扎克的著作的吗?

列宁指出托尔斯泰是俄国革命的镜子,列宁特别珍视和强调指出托尔斯泰的作品对当时俄国农民问题的深刻的观察、理解和反映。列宁的论述是我们用来反对"四人帮"的文化虚无主义、蒙昧主义的有力武器。但是,试问那些在各地的新华书店门前排着长队等待购买《安娜·卡列尼娜》和《复活》的读者,他们当中又有百分之几十主要是为了了解俄国革命的某些本质方面、为了研究十九世纪沙皇俄国的农民问题而争相购买托尔斯泰的长篇小说的呢?

毛泽东同志关于《红楼梦》的论点也是大家都知道的。我们同样可以提出这样一个问题,有多少读者首先是为了研究封建社会的阶级斗争、政治斗争而阅读《红楼梦》的呢?有多少读者是把《红楼梦》首先当做政治小说来读的呢?(这些说的都是首先是,当然,大家会从那些大师的作品中学到有关政治、有关经济、有关社会学的知识。)

以上说的是读者。我们还可以再设想一下,尽管这种设想已经是"死无对证"的了:巴尔扎克撰述《人间喜剧》的时候,主要的目的是为了提供经济学的资料吗?托尔斯泰拿起笔来的时候,意识到他是在反映俄国革命的某些本质方面吗?曹雪芹自己是否明确,他的《红楼梦》的总纲是第四回,而且他是在写一部政治小说、一部关于阶级斗争的小说呢?

高山仰止,景行行止。恩格斯、列宁、毛泽东是伟大的革命导师,他们既是伟大的革命的组织家,又是伟大的社会科学的理论家,一方面,他们具有极高的艺术趣味和欣赏水平,一方面他们又是作为一个革命家、政治家、理论家来看待那些文学巨匠和巨著的,他们是作为罕有的革命家、政治家、理论家来考虑问题、提出问题和回答问题的。也许他们的评价比数以千万计的一般读者的心理,甚至比巴尔扎克、托尔斯泰、曹雪芹本人对于自己的著作的理解和解释更有意义,但是,我们不能无视作家的创作实践,不能无视不同时代不同国籍的广大读者——社会公众的阅读和欣赏的实践。我们正是要通过这些实践的检验,通过对这些实践经验的总结,来探讨关于文学的对象与功能问题的各个（不是一个）方面，来补充、丰富和发展马克思主义经典作家的有关论述。

要回答这些问题并不是十分困难的。绝大多数的读者会告诉我们，他们所以喜爱巴尔扎克、托尔斯泰和曹雪芹的著作，尽管各有不同的原因，但都有一个共同和首要之点：伟大作家笔下的那些栩栩如生的人物——高老头、欧也妮·葛朗台、安娜·卡列尼娜、聂赫留朵夫、马斯洛娃（娜塔莎）、贾宝玉、林黛玉们以及拉斯蒂涅、王熙凤们的命运，他们和她们的言谈举止，音容笑貌，他们和她们的爱情、痛苦、追求、遭遇、纠葛、冲突，特别是他们的灵魂，他们的精神世界，他们的既有相当的普遍意义，又是独一无二的、空前绝后的性格吸引着读者的关心、同情、愤怒、遗憾和快乐，使读者神往，使读者爱不释手，使读者拍案惊奇、开卷展颜或者掩卷长叹。首先是吸引，只有在吸引读者的前提下，才能给读者以知识、以教益、以感奋、以愉悦和慰藉。

正是人而不是别的，正是单独的、一个一个有名有姓、不可重复、不可替代的活人，而不是那些抽象的、概括的群体（阶级、阶层、集团……）才首先是文学的对象。正是人的灵魂、人的性格、人的命运才能吸引读者的心、震撼读者的灵魂。棍子能够触及人的皮肉，"红海洋"能够刺激眼球，大轰大嗡的口号声可以震动耳膜，凶杀和色情的描写可以刺激感官，迎合风向的装腔作势可以催人呕吐，千篇一律的套子可以催眠，而只有发自作家的内心而又栩栩如生地写了人、写了单个的活人、写了人的内心的作品才能打动读者的心。这是一个非常合乎"共振"法则的现象。

这种说法与"文学是生活的反映"这一论断是不矛盾的。只有人才是生活的主体。有一种流行的说法，认为文学的特点在于反映生活的整体，而其他各门学科——政治学、经济学、伦理学、民族学、历史学只反映生活的某一个方面。这个说法为我们提供了一把理解文学功能的多样性和丰富性的钥匙。是的，文学是以生活的整体为对象的。它既描写山川河流也描写风霜雨雪，它既描写风景画也描写风土画、风俗画,它既描写社会斗争、政治斗争、经济斗争、宗教斗争、民族斗争……也描写个人的婚丧嫁娶,生离死别;它既描写现实,也描写幻想,甚至它不但描写人,还描写别的生物(如杰克·伦敦、屠格涅夫等许多作家都写过以狗为主角的小说)。从原则上说,从古今中外的文学作品的总和来说,人类生活的任何一个方面,都已经或正在、即将被文学所注意、所描写、所反映。正因为如此,生活有多少意义,作为生活的整体的反映的文学就可能有多少个方面的意义。生活能够从多少个不同的方面和角度予以剖析和评价,文学也能够从多少个不同的方面和角度给予剖析和评价。一切知识都可能在文学作品中得到传授和印证,一切种类的学科(包括自然科学)都可能与文学交叉。描写陈景润的报告文学里不是也有一点数学吗?数学家对这一点数学就会更加感兴趣。正像经济学家更多地注意商品和货币,生产和流通;而政治家更多地注意阶级,政党,政权,人群之间的分化、组合、矛盾斗争;画家更多地注意光线,线条,色彩;而神学家更多地注意命运的无常,人类的软弱无力和神意的伟大(当然,他们也看到别的方面,但不同的专门素养会使人首先注意不同的方面)一样,恩格斯从巴尔扎克的著作里发现了经济学,列宁从托尔斯泰的著作里发现了农民问题,而毛主席对《红楼梦》感兴趣的是它包含的政治斗争、阶级斗争。还有一些自然科学家,他们对古典文学作品中描写的古代自然现象更有兴趣。许多青年首先感兴趣的则是作品中的爱情描写。这些现象说明,反映生活的"整体说",还是有道理的。

但是"整体说"又是很不够的,实际上它只接触到了文学对象的广泛性,却没有接触到文学对象的具体性、特殊性;它只接触到文学功能的丰富性,却没有接触到文学功能的直接性、独特性。它只接触到了一些文学现象,却没有深入到这些文学现象的内核、实质中去。它不分主与从、先与后,用无所不包的、混混沌沌的应该说是相当省力的"整体"的概念,代替了对生活、对文学的深入分析。人们会问,难道一切生活领域,一切生活现象都可以不分轻重、平起平坐地成为文学的对象吗？难道文学就没有自己的着眼点，自己的聚光点，自己的入手点了么？

而且，"整体说"还不能回答这样的问题：如果说文学的对象是生活的整体，那么哲学呢？哲学的对象难道不是生活的整体、世界的整体吗？如果说哲学的对象包括了自然界，那社会学呢？社会学难道不是以社会生活的整体而是以某一个局部为对象的吗？还有历史学，它的对象不也是往昔生活的整体吗？难道历史学的对象和以历史为题材的文学作品的对象是全无区别的吗？

这里，人们会提出另一个流行的说法，叫做文学是用形象思维来认识世界的，科学是用逻辑思维来认识世界的。这种说法当然是正确的，但是它只是把形象思维当做一种特殊的手段、一种方法，却不承认文学在对象和功能方面的特点，它似乎是说同是一个世界，同样需要认识，只是去认识的方法不同罢了。这种说法包含着重大的弱点：它无法划清图解与艺术概括的界限，在某种意义上来说，它本身具有导致公式化、概念化、图解的危险。谈到用形象去认识世界，教学挂图才是最符合这种定义的。

类似的说法还有，例如认为文学典型即是以艺术形式反映出来的规律性的东西，只是没有脱离开个体罢了。这里，艺术只不过是一种"形式"，个体只是"没有脱离开"，而反映的对象是什么呢？是规律性的东西。这样说，就等于说文学是一种艺术形式的例证，文学的使命在于给"规律性的东西"提供注脚。须知，例证和注脚，也是完全可以做到不"脱离个体"和具备一定的"艺术形式"的啊！

那么，关于文学的对象和功能，怎样提才比较准确、比较妥善呢？我以为，还是高尔基的"人学"比较好。文学的对象是人，个体的、一个又一个的活人，文学的功能首先在于打动人心，充当人类灵魂的工程师，在今天的中国，文学的首要任务是培养社会主义的新人。

我们中国有一种"文字拜物教"。符箓、避讳、"童言无忌"的帖子，就表现了这一点，似乎某些个词和字是不祥的。这种文字崇拜或文字恐怖除了和历代的文字狱有关外,恐怕也是一个文盲占多数的民族所特有的病态心理。上文中提到了"人""个体"这些不祥的字眼,似乎颇有些个人主义、人性论乃至提倡单干的味道。其实,这完全是两码事。文学的对象是人的个体,但是单个的活人是不能脱离社会而存在的。人是"一切社会关系的总和",这是不错的。要理解人就必须理解社会,要表现人就必然表现社会。文学从来不是主要靠概括地描写社会来表现社会,不是主要靠概括地去描写一个阶级、政党、集团来表现社会,而是通过描写单个的活人,描写"这一个"人的命运、性格和感情来兼而表现社会、提出社会问题的。一部文学作品可以提出十分尖锐和重大的社会问题,可以具有重大的社会意义,发挥巨大的社会影响,但所有这些,一般都不是直接进行的(政论、杂文等除外),文学正是通过对于一个又一个的活人的命运、性格和感情的描写,直接打动了读者的心,引起了读者的共鸣、同情、赞叹、怜悯或者遗憾、鄙视、憎恶、愤怒,而这种感情的波澜又必然会引起读者的深沉的思索、分析、推理、判断,从而加深了、丰富了读者对社会或对某个社会问题的认识。很可能,正是一部作品的社会意义的大小决定了某个作品在某个时间和地点的成败。作为一个社会主义国家的公民,作为一个共产党人,我们更要自觉地追求作品的社会意义和社会效果。但所有这些,无法抹杀一个事实:作品的感染力,从作家的心灵到读者的心灵的共振是直接的、第一性的;作品的社会意义、作品的认识价值、从作品中人物的命运反映出来的社会生活到作品对社会生活发挥的反作用,是间接的、第二性的。这就是说,做灵魂的工程师,培养社会主义的新人,这是文学功能的直接和首先的方面;干预生活、议政、议经、议文……这是文学功能的间接的和第二性的方面。

这里所说的直接和间接,第一性和第二性,只是按照顺序(时间的顺序)而排列的。并不带有扬抑褒贬的意思。一般地说,在革命的、动荡的年代,人们要求文学作品成为"炸弹"和"旗帜",也可以说是要求文学更直接地去"干预生活"。而当一个社会处于比较稳定、比较正常的发展时期,人们就会更多地希冀文学作品对人的灵魂的感染。从文学本身来说,去直接地"干预生活"、干预党的工作、政府的工作、工农商学兵的工作,去议政、议经、议文,并不是文学的特长。不能设想一个杰出的作家对政、经、文的见解比政、经、文的专家的见解更高明。更不能设想,用小说、诗歌、电影、戏剧去干预党政群工农兵学商的工作,会比中央文件或新闻报刊更方便。再说,生活中的问题,社会问题,是层出不穷的也是多变的、不断更迭的。聂赫留朵夫和林黛玉所面临的问题,与我们所面临的社会问题并没有多少共同之处,但是聂赫留朵夫和林黛玉的性格、情感和遭遇仍然吸引着我们,打动着我们。由此可见,文学的力量、文学的功能、文学的特长首先不在于它能及时地提出社会问题、及时地干预生活,在这方面它是不如新闻或者政论的。文学的力量、文学的功能、文学的特长是在于它发自作家的心灵深处,它关心着、感受着、理解着和表现着许许多多的人的命运和灵魂,从而打动着、潜移默化着千千万万读者的心,化为读者的内在的精神力量。当然,要做到这一点,回避人的社会关系、社会属性,回避时代所要求的、人民所关心的迫切问题是不可能的。不但不能回避,而且一个作家愈有强烈的公民责任感,愈热爱祖国、热爱人民、站在时代的前列,愈深深地扎根于人民之中,才愈能够理解人、描写人、打动人。离开了人民的群众的愿望和苦恼,离开了国家民族的兴衰,去一味追求那种小巧玲珑的风花雪月,固然也可存在,却绝非文学的上品。这里所说的写灵魂、潜移默化、做灵魂的工程师,和任何躲在象牙之塔里的"性灵"文学都是不相干的。

人是"一切社会关系的总和",这是马克思主义的一个经典命题。这个经典命题可以帮助我们搞清做灵魂的工程师的使命与干预生活的使命的关系。但每个人除了社会关系的总和以外还是他自己,有他独特的心理与生理特征、独特的性格、独特的情感及表达情感的方式。每一个人都有一个属于他自己的活的灵魂——他的爱、憎、希望和道德观念。如果不是这样,如果我们把马克思的这个经典命题夸大、绝对化,使之变成人的唯一的无所不包的和排他的定义,认为人的属性只能是社会关系的属性,认为人只是社会关系的被动的、僵死的符号,那就势必产生文学人物的类型化,一个阶级一个典型;势必用社会分类学来代替作家的独具匠心的艺术创造。在生活当中,两个社会属性和在社会关系中的地位大体相同的人却具有完全不同的性格,并最终导致完全不同的命运,这样的事例难道还少吗?而人物的类型化(某个年代某个地区某种出身某种身份的人只能符合某种既定的模式)不正是我们的某些不成功的作品的致命的毛病之一吗?甚至那种只承认身份(或官职)而不认识人的愚昧现象,不也正是"时弊"之一种吗?

粉碎"四人帮"以来,文学的现实主义传统正在恢复,文学愈来愈真实地反映着生活的进程和人民的愿望,提出了生活中的问题,发挥着程度不同的对生活的反作用。在这几年,我们的文艺评论特别热情地提倡面向生活、写真实和干预生活,我们的读者特别欢迎这些切中时弊、尖锐泼辣的作品,我们对作品的评价实际上仍然是着眼于题材——它的现实性、尖锐性,它是否提出了或解决了新问题,它是否闯了新的禁区,这些都是很自然的。三年来的文学创作和评论工作的成绩是巨大的、可喜的,是不容抹杀的。

但是,这种侧重于题材,侧重于"问题",侧重于直接干预生活的文学理论也还有待于完善和发展。首先我们应该看到,在肯定成绩的同时,过分侧重于"问题"的作品往往缺乏更高的艺术质量和更长远的艺术魅力,有些红极一时的作品才过了一年半载就变得无人问津了,有些作品靠说一些大胆的话来赢取掌声,有些作品的主题思想过分单薄和浅露,经不住咀嚼,竞相模仿,一拥而上,在题材上拥挤甚至"撞车"的现象仍然时有出现。(因为一个时期的社会问题总是比较集中的,而人物却是多种多样的。)另一方面,还有那么一些虽然不是直接地进行某种社会评论,却相当动人和深刻地表现了人的心灵的作品，没有受到应有的重视。最后，如果把提"问题"、切中"时弊"以至"干预生活"理解得过于肤浅和简单化、绝对化，就有可能使个别作品走到为暴露而暴露、追求离奇和刺激的令人担忧的岔路上去，反而降低了作品的深度、作品的思想意义，降低了作品干预生活的准确性、说服力和有效性。

这里顺便谈一下关于干预生活的问题。针对粉饰和浮夸的谎言文学，干预生活的口号在推动人们正视和反映生活中的矛盾、发挥文学作品的战斗性——批判功能方面，显然是有它的积极意义的。但是如果过分地宣扬和夸大这个口号，使之成为文学的首要使命，或成为判断作品成败的首要标准，就不恰当了。严格说来，这个口号还不是很科学、很完善的。如果说干预生活即指对生活发挥反作用，那么不对生活发生反作用的作品是没有的。电影《三笑》有娱乐作用，能说《三笑》是干预生活之作吗？如果说干预生活专指揭露阴暗面、特别是领导层的阴暗面，那么这个口号容易流于片面乃至极端，容易给人一种作家是处于与生活对立的地位的感觉。如果说干预生活即议政、议经、议文，即研讨我们的实际工作中的问题，那又实际上把文学与新闻、与政治、与社会学画了等号。

我个人主张，用"面向生活"的口号取代"干预生活"的口号，用"揭露矛盾"的提法取代"揭露阴暗面"的提法，会更全面、更准确一些。其实，不把"干预生活"叫得那么响，不等于不去发挥文学的战斗作用。例如鲁迅乃至契诃夫，算不算"干预"了当时的生活呢？我看当然是干预了的。但他们并没有把社会问题置于作品的中心。鲁迅的小说首先是写人物而不是提问题，阿Q首先是一个活生生的、深刻的典型，《阿Q正传》才起了批判辛亥革命的作用。祥林嫂也首先是一个活生生的、令人同情的悲剧人物，《祝福》才起了反封建的作用。契诃夫不是政治家，但是他的《第六病室》《变色龙》《套中人》《普里锡叶夫中士》反映了多么严重的政治问题。有趣的是，正是一些从人物出发而不是从问题出发的作品，反而比那些直接去议论各种社会问题的作品提出了更广泛、更深刻的社会问题,具备了更长远的政治意义。总之,文学首先是文学,才更有新闻性、政治性和社会意义。

现在,是时候了,我们在继续强调面向生活的同时,还要特别强调面向人、面向人的心灵。我们在继续大胆干预生活的同时,尤其要感染人们的灵魂,做人类灵魂的工程师,培养社会主义的新人。我们在结合社会评价文艺作品的同时,还要进行深入细致的艺术评论。我们在强调作家的公民感、社会责任感,提倡作家议政、议经、议文(即发表政见,这是民主生活的一个标志)的时候,一刻不要忘记、不要脱离作家的独特的使命。我们在强调文学作品的认识价值、教育作用的同时,再不要把文学作品的美学价值、感染和愉悦作用放到最微末的地位,恰恰相反,不论创作还是评价一个作品,我们首先要考虑它的最直接的功能——打动人心的功能。在"人"的问题上,我们需要进行更多的科学研究和理论突破。这样,我国的社会主义文学事业,必将沿着健康的方向,取得新的、更高的发展,成为为"四化"而奋战的人们的营养丰富而又可口诱人的精神食粮。文学艺术的新的高峰正在等待着我们攀登,努力吧!

发表于《延河》1980年第4期

对一些文学观念的探讨

在艺术形式上,在小说的写作手法上,我正在做一些试验、探索。这些试验和探索,丝毫不具有排他的性质。即使我自己,在写作《夜的眼》《春之声》的前后,还写了《悠悠寸草心》《说客盈门》。何必那么绝对,称赞、欣赏一种写法,就必须否定、排斥另一种写法呢?文艺创作上的排他,往往会成为百花齐放的一大障碍。八仙过海,各显其能,甚至一个人也可以一专多能,程咬金还有三板斧呢,一个作家多搞它几"板斧",又有什么不好呢?

但是有一些传统的文学观念需要探讨,需要允许突破,否则就会形成艺术上的条条框框,艺术上的禁区。须知,不管是多么正确的东西,如果僵化、绝对化,就会起某种束缚的作用,在艺术问题上尤其是如此。

例如在写人物的问题上。文学要写人,这是不成问题的。但是人是否就等于人物?人物是否就等于性格?不见得。我们可以着重写人的命运、遭遇——故事,也可以着重写人的感情、心理;可以写人的幻想、奇想,还可以着重写人生存于其中的自然环境——风景;可以写人的环境氛围、生活节奏,也可以着重写人物——性格。

过去曾把恩格斯的命题译为"典型环境中的典型性格",后改译为"典型环境中的典型人物",译法虽然改了,但观念并没有改,即一般仍认为人物即性格,认为塑造典型性格乃是文学的最高要求。而所谓典型,如能成为某种性格的共名,被广大群众所普遍承认、普遍接受,就是创作成功的主要标志。按这种观念,解放以来三十年,我们的文学创作的不可逾越的顶峰只能是相声《买猴儿》,因为里边有个马大哈,马大哈确实是共名,这三个字本身就是性格的抽象。不能设想谁能写出个人物比马大哈更能成为性格的共名,刘心武的谢惠敏也远远不像马大哈那样普遍流行。

近几年的作品更多地探索人的内心活动、精神世界。这并没有什么不好。通过细节刻画人物性格,这很好,它为文学的画廊提供了一幅幅栩栩如生的人物造像。略过外在的细节写心理、写感情、写联想和想象、写意识活动,也没有什么不好。后者提供的不是图画,而更像乐曲。它能探索人的心灵的奥秘,它提供的是旋律和节奏。

是否像歌德所说的,没落者才面向内心,而上升者是面向世界的呢?我以为可以把面向世界(客观世界)和面向内心(主观世界)结合起来。难道只有没落阶级才有内心世界吗?当然不是!一个积极的、进取的、富于时代精神的战士——公民的内心世界,与一个颓废的、没落的、绝望的多余的人的内心世界是完全不同的。积极者的内心世界,将不是引着人们逃避现实,而是执着地去爱这现实,改革现实,参加现实斗争,既清醒,又充满理想、幻想,富于最大胆的想象。写这样的内心活动,将使人们的精神世界得到丰富,使精神境界得到提高,这难道会成为没落的呻吟吗?

再例如关于结构的观念。搞戏搞电影的人都讲究一条主线。一般地讲,这当然是对的。我们却往往是单线,最多是合股线。过去,我们的民族乐曲只有齐奏,没有和声,多么大的乐队,多少件乐器,都是奏一个调。这种结构,好处是清楚、明白、易懂,缺点是表现力受限制。生活是不断发展变化的,与古人相比较,我们的生活的显著特点,一是它的复杂化,一是它的节奏快了。表现在结构上,反映这样的生活,就会有复线或者放射线的结构。表现在节奏上就会有跳越,有切入。就会引起一些非议,让人觉得看不懂,头绪乱。但我认为,复线或者放射线结构的作品,是不妨一试的,交响和和声,是必然会日益发展的。

还有一个主题的问题。作品要不要主题？当然要，我们完全摒弃无思想的文学的主张。但是，过去我们往往要求用一句话来说明主题，要求主题是一个简单明了的政治——社会学命题，不符合这个要求的则斥为主题不鲜明或不集中。其实，思想应该深刻、丰富、崇高，但不应要求一定多么集中、单一。形象大于思想，生活之树常绿，而文学是用形象来反映生活的，作品的思想意义的完成，从理论上说，应该是没有止境的，应该有待于文学评论、阅读和欣赏，应该给读者留下更多的思考余地（《红楼梦》便是如此）。而浅露，正是我们文学创作中的一个毛病。我们的作品应该更耐咀嚼一些，包含的思想可以更含蓄、更立体化、更具有多义性一些。

还有一个标新立异和尊重传统、吸收借鉴与民族形式的问题。民族形式是否都是单线条，有头有尾？我看也得全面研究。中国的诗歌既有现实主义，也有浪漫主义，还有象征、印象、意识流……什么都有。李贺、李商隐的一些诗就很有点意识流的味道。李白的《梦游天姥吟留别》也有意识流的味儿。还有《红楼梦》，《红楼梦》对传统小说是大突破，里边有大量的关于心理以至关于潜意识的描写。宝玉的玉，宝钗的锁，史湘云的麒麟，更是谜一样的象征。可见，民族形式绝对不是单一的、一成不变的。

再说鲁迅，鲁迅当年写《狂人日记》，显然是借鉴了外国小说的写法。鲁迅的《狂人日记》，其形式在当时恐怕是很惊人、很奇特的，对于中国的传统小说，恐怕算得上一大异端。鲁迅的《野草》也是很奇特的。我们在艺术上的闯劲，与鲁迅相比，差得太远了。

从某种意义上来说，我国的现代小说和新诗都是大大地借鉴了外国文学的艺术成果的。赵树理写小说，写人物，写风俗世态，写生活情趣，也已经大异于《今古奇观》或者《聊斋志异》。当代高晓声写农村的小说，其手法更是寓"洋"于"土"。

借鉴是成功还是仿效时髦乃至拾人牙慧，关键看是否来自我们自己的生活,来自我们的人民,来自我们作家的真情实感。西红柿是引进的,但它长在中国的土地上,是中国的土、水、农民培育了它,所以它成为中国的了。只要把根子深深地扎在自己的土壤里,那么用一点洋化肥,甚至引进一点洋品种,将不是什么危险、可怕的事。

最后一个问题是关于"懂""不懂"的问题。文学作品是给读者看的,如果读者不爱看,或者看了半天不知所云,如读天书,这当然不是好兆头。从文学作品的整体来说,应该是人民群众所喜闻乐见的,为人民所欣赏,为人民所利用的,否则,文学的审美作用、教育作用、认识作用就无从谈起,这是毫无问题的。

但具体到一篇作品,每篇作品可以有不同的读者群作对象。雅俗共赏、皆大欢喜,固然很好,像地方戏那样只在某个省、某个地区流行也是可以允许的。像昆曲那样,比较雅,比较文,因而只被某些具有特定的条件的知识分子所欣赏,或者像洋嗓子歌剧那样,只被某些城市的比较年轻的观众所欣赏,也未尝不可。这里,完全不必搞"一刀切"。我们既要注意普及,也要注意提高,既满足多数读者的喜闻乐见,也照顾少数读者(或观众)的喜闻乐见,不同的许多个少数加在一起,也就是多数。其实,严格地说,每一篇作品的读者,都不会是"全民",而只能是人民的一部分。各部分加起来,才是工农兵,才是人民大众。

对"读不懂"的情况,需要分析。一种情况是没写好,装腔作势,故作艰深,用"障眼法"来掩盖空虚,甚至用假洋鬼子的架势吓退读者,表面的玄乎后面并无真实的货色,这当然是不好的,是应该改进的。另一种情况是由于有所探索、有所创新,因而暂时叫人觉得不怎么习惯。有时读者反映"不懂",其实每一句都是懂的,但读者按照某种传统的文学观念要求弄清这句话与故事情节主线的关系,要求弄清这个细节对故事的结局发生什么影响,又要求弄清这一段描写说明主题思想的哪个部分,一旦这些问题得不到肯定的答复、"鲜明的"答案,就觉得糊涂。从某种意义上,这和某些观众听完一支乐曲或看完一个舞蹈以后反映"不懂"是一样的。乐曲听着很悦耳，舞蹈看着很优美，但观众往往还要求告诉他乐曲和舞蹈在讲述一个什么故事，这种要求其实对于某些节目是不合适的。哪怕说是对于多数作品可以提这样的要求，总不能对每一篇作品里的每一句、每一字提出这样的要求。生活、情绪、画面、旋律、节奏，在小说中，完全可以和情节具有同样重要的地位，完全可以不成为情节的组成部分，更可以不是主题思想的派生物。

最后我要再强调一下，一定要百家争鸣，百花齐放。艺术上要兼收并蓄，要自由竞赛。我们整天讲"各种流派"，其实至今既谈不上流派，更谈不上"各种"。"老王卖瓜，自卖自夸"，也许是难免的，是可以原谅的，"只此一家，别无分号"，却是要不得的。自树样板或树样板，都是蠢事。对艺术上的探索，可以不必急于做结论。以我个人的近作来说，有吸收了某些"意识流"手法的，也有吸收了侯宝林、马季的相声手法和阿凡提故事的幽默手法的，在《风筝飘带》和《蝴蝶》中，我还有意识地吸收鲁迅的杂文手法和李商隐的象征手法。虽然，我一个人的能力有限，但我愿意把路子走宽一些，我希望我的习作在艺术手法上呈现出一种多元的景象，我不想"一条道走到黑"，不想在艺术形式上搞一元化，"定于一"。我希望我们的探讨更加大胆，我也希望我们的探讨更加宽容、谦逊，用公开的、平等的、"费厄泼赖"式的讨论、争论、竞赛，来促进新时期文学事业的发展。

发表于《文艺报》1980年第9期

一 点 感 想

一九七九年一月六日,我坐在从北京驶向乌鲁木齐的第六十九次快车车厢里。十几天以前,我刚在北京新侨饭店参加了一个会,那个会根据三中全会的精神,给许多错批过的作家和作品平了反。那时节,改正错划右派的中央文件也下来了,我国的政治生活、社会生活、文化生活正在发生巨大的变化。在北京逗留期间,我见到了不少二十年来备受艰辛、如今开始了二度青春的中年作家和崭露头角、前途无量的新起来的青年作家。在各种文学会议和交流中,他们的犀利的语言、活泼的思想、多方面的知识和大胆的探索,都给我留下了深刻的印象。三中全会的春风已经使我心里的帆鼓胀起来了,我充满希望,快乐得有点发晕,跃跃欲试,意欲乘风破浪、扬帆远航。

京汉、陇海与兰新线上呈现的是与新侨饭店大不相同的景色,硬卧车厢和沿线站台上活动着的是与才华横溢的作家们颇不相似的人们。辽阔的华北与西北田野,城市与乡村,戈壁滩上的骆驼刺与浓烟成云的工厂烟囱,白雪皑皑的贺兰山与天山,秦岭隧道与郑州黄河铁桥……河西走廊匆匆上下火车的披着光板羊皮大衣的农民,担着双木箱、背着篓子、夹着包袱、领着孩子的女乘客以及同一个车厢的三教九流的旅客……这一切给了我十分强烈的冲击。祖国的广大、可爱、贫穷、美丽,人民的众多、坚毅、辛劳、期待,百废待兴、百事待举的形势,三中全会对于进入新的历史时期的庄严宣告,参加革命三十多年来的经历、特别是后二十年的生聚教训全部涌到了我的心头,我觉得我必须对自己在新的历史时期的道路做出郑重的选择。我痛切地感到,在做这种选择的时候,不能只考虑到文学,考虑到作家和知识分子。不管文学有多么大的魅力,不管作家们有多么可爱,我们这个圈子还是太小了、太小了,我们的局限性是太大了、太大了!在决定今后的创作道路和生活道路的时候,首先应该考虑的是我们的祖国、我们的人民大众、我们的艰巨而又光荣伟大的事业。毕竟是祖国的命运、人民的命运、领导我们的事业的党的命运决定着作家和人民的命运,而不是相反。

我的这种思考集中表现在我在中国作家协会第三次会员代表大会(它与第四次全国文代会同时召开)的发言中,在同年十月那个汹涌热烈的会议上,我曾说过:

> 作家是生活的主人,党的事业的主人,国家的主人,要以高度的责任感来写作,要使自己的作品、自己的言行切实有益于人民、有益于安定团结、有益于四个现代化。……作家要弯下腰来和人民一起面对现实,和党一道来面对我们的困难、麻烦和问题,要让我们的笔有助于解决这些困难、麻烦和问题而不是相反……我们的责任是重大的,我们不敢掉以轻心。……我希望作家的活动能突破"同行"的圈子。要和更多的工人、农民、战士、店员、教师、勘探队员、公安干警……交朋友,要和更多的领导干部特别是基层干部交朋友,要和工、青、妇工作者和政工干部交朋友。要缩小目前意识形态工作者和实际工作者在某些观点、看法上的差距……要使我们的作品、我们的声音更准确、更有说服力,要使我们的笔发挥更切实有效的作用。

我的这些话是有感而发的。早在五十年代,当我刚刚拿起笔尝试写作的时候,我就感到了从事文学工作以后无法不面临的一个矛盾、一个痛苦、甚至是一种危险。我那时在北京市的一个区做青年团工作,我是由于热爱生活、热爱实际工作、热爱人民——共青团员和青年群众——才拿起笔来的。然而,创作劳动的个体性质和某些特点都使我在拿起笔以后有可能脱离或部分脱离实际工作,要放弃不少接近群众和接近实际生活的机会。这就是说,搞写作有可能脱离人民、脱离生活、脱离实际。

而且文学创作这一劳动是特别迷人的。作家大多是一些敏感、热情、善于词令、富有表现能力的人。很难形容文坛对于一个文学青年的魅惑力:高雅、奇妙、引人注目、富有创造精神与创造乐趣。与文学创作相比,许多工作都似乎单调、平凡、黯然失色了,与作家相比,许多实际工作者都显得貌似平庸了。

然而,这种想法其实是一个巨大的、应该说是狂乱的颠倒,其荒谬在于根本弄错了本末主从。文学的魅力来自生活,来自我们的事业,作家的智慧和情感来自人民,来自斗争。文学本身并不能产生文学,只有生活才能产生文学并决定文学;作家本身并不能提供作家,只有人民才能哺育作家。文学的魅力是生活的魅力的浓缩和再现、一定程度的浓缩和再现,不是充分的、完全的、包容无遗的再现。作家的聪明和丰富是人民的经验和心愿的浓缩和再现,同样也只是一定程度上的。不管文学作品多么优美,不管作家多么可爱、可敬,离开了生活和人民就只剩下了零。

或许比零还要糟。陷到文学、文坛、作家编辑、约稿发稿、看校样领稿费的小天地里出不来的文学青年,往往会变得自视清高、孤芳自赏,与实际生活、与人民群众格格不入乃至陷入一种自大狂、一种病态的自我封闭里。这些,在我们的社会,只能位于坐标原点的左面。

我并不是一下子就认识到和体察到了这点的。在一九五六年和一九五七年,我也曾因突然名噪一时而迷醉,简直除了文学以外再也塌不下心来去接触别的人和事。此后,我经受了巨大的打击,众所周知,那是由于"左"的扩大化。尽管如此,正如我历次表示的,我所得到的仍然超过所失去的。正是在经风雨、见世面的时候,在田野上、森林里、工地上和大河边,和千千万万各族劳动人民在一起,我学习着把脚踏在实地上,按照创造世界历史的唯一动力——人民的状况、愿望、需要进行思考和选择。当情况变了,我回到了大城市,回到了文坛以后,遇到政治性社会性强的问题,遇到与广大人民利益有关的问题,我会不由自主想一想:对这些问题,伊犁河谷和斋堂山沟里的农民会怎样想呢?生产队长、大队书记,公社和县里的领导,拖拉机站长和农业技术员,养路工人和伐木工人……这些我二十多年来朝夕相处的人们又会怎样想呢?多换几个角度想想,也许比单从一个愤愤不平的高谈阔论者那里求教更接近真理一些。例如,在上述发言中,我特别建议作家要和公安干警、政工干部等交朋友,这是有针对性的,因为当时的气候下,骂这些部门的同志成为时髦。这当然也有它的原因,"左"的东西曾经通过这些人的手打在被迫害者身上。但是,我们能不能从人民群众、从实际工作干部包括这些同志本身角度来想一想呢?没有公安干警维护社会治安,行吗?靠小说、诗歌、期刊,能保障人民生命财产的安全吗?人事、保卫工作能取消吗?有许多政工干部正是我当年地下工作时和解放初期的战友,至今仍与我有来往,"左"的错误,他们个人能负多少责任呢?他们又有多少苦衷,多少贡献,多少有价值、有独到之处的见解却得不到发表呢!我们能用一两句嘲笑、讥讽就把他们统统抹杀吗?

不能!不管作家的遭遇是何等令人同情,作家的思想是何等新鲜警辟,不管作家的著述是何等绚丽多彩,只有倾听人民的声音、实际生活的声音,只有突破文人圈子的眼光而用更宏大、更全面也更切实的思考代替一己的沾沾自喜,他才是有力量的、站得住的、经得起检验的。

所以,在同一发言中,我说:"我们一定要经得起新的条件下的新的考验,永远和人民在一起,做人民的代言人。"

我想,这正是毛主席《在延安文艺座谈会上的讲话》所指出的,是我用几十年的艰难困苦的实践所学到的,也是我在纪念《讲话》发表四十周年时所想到的。几十年来,我们的作家做了大量工作,也受了不少苦,人民是同情作家、爱护作家、尊敬作家的。中国作家从中国人民那里得到的支援、关切、热烈反响,是任何别的国家的作家得不到的。正因为如此,为了不辜负人民的深情厚谊,为了不变成可笑而又可怜的"发疯的钢琴"①,我们要永远深入生活、深入人民群众、做劳动人民的知己,做清醒的、有作为的、有创造能力的新型作家。人民,这才是我们的勇气、智慧、灵感和激情的原动力。

1980 年 5 月 20 日

---

① 列宁在《唯物主义和经验批判主义》中引用的狄德罗的话:"有过一个发疯的时刻,有感觉的钢琴以为它是世界上仅有的一架钢琴,宇宙的全部和谐都发生在它身上。"

是一个扯不清的问题吗？
——谈文学的真实性

一

一个具有正常思维能力的成年人，对一般的对象，都具有辨别真伪的能力，只有婴儿才分不清橡皮奶头和母亲的乳房，只有像某件文物或某种科学假说那样的对象，才需要专门的测定。婴儿长大了自然会抛弃橡皮奶头，而有了专门仪器、科学的测定方法和专门人材，某种文物或假说的真伪最终也会是清楚明白的。由此可见，真实与否的问题，本不是一个深奥难解、玄妙莫测的问题。

文学的情况比较复杂一些。它不但不排斥，而且要求想象、幻想、夸张和虚构。但即使如此，具有正常思维能力的成年人仍然能判断一部作品是否真实。没有人指责《西游记》或者安徒生童话不真实；同样，一般人不会承认电影剧本《春苗》与《决裂》真实，虽然后二者并不乏真实的细节。在电影院和剧场里，剧本与表演以至布景道具的任何失真，都会引起观众的骚动——摇头或者讪笑。这说明，尽管道理不一定讲得清楚，读者和观众对于判断文学艺术作品的真实性，还是有自己的一杆秤的。

但是，在文艺理论战线，真实、真实性的问题，却成了一个旷日持久地进行争论而让人莫衷一是的深奥问题。这一方面是因为，文艺的真实性的问题不像新闻或者自然科学理论的真实性的问题那样明确,另一方面,则是因为我们的讨论往往受"风"的影响,往往随"风"转。

多年来,我们常常在一组组并非互相排斥的概念中兜圈子,根据"风"向,时而强调其中的一个方面,时而贬低其中的一个方面。文学的真实性与倾向性,题材的多样化与提倡写重大题材,写各种各样的人物与写无产阶级的英雄人物,艺术性与思想性……直到专与红,基础科学与应用科学,经济基础与上层建筑,生产力与生产关系……看吧,什么时候大家齐声强调前者,什么时候又转而强调后者,那是一通百通,牵一发而全身动,整齐划一,不会错的。

这种讨论有时候甚至使人联想起类似吃饭与喝水问题之争。有时候我们强调吃饭,连篇累牍地论述不吃饭就不能生存的唯物主义原理;有时候我们又振振有词地发问:难道不喝水光吃饭能行吗?无水的饭食的营养是能够被吸收、被利用的吗?难道人们对水不是比对饭要求得更迫切、更须臾不可离吗?

愿我们的文艺论争及早从这种车轱辘话中获得解脱。

二

文学的真实性的问题,归根结底是一个艺术说服力的问题。一部作品要感人、吸引人、教育人,首先要使人信服。如果读者不信服,不在明知其假(虚构)的同时能做到信以为真,如果读者只知其假,只知其伪,那么不管你的作品有多么好的用心,多么好的装潢,也是不会在读者心目中留下任何印象的。

但是,令人信以为真,这并不是一部作品的价值的全部。尽管都是真实的,仍然有开阔与狭小、恢宏与偏激、深邃与肤浅、健康与病态、崇高与卑下、细密与粗疏等等之别。所以,我们不应该把真实当做文学作品的唯一的、无所不包的评判尺度。我们常常在说一个作品不好的时候,就说它不真实,其实这种指责是难以令人信服的。例如小说《调动》，发表以后受到了许多批评，这些批评是正当的、有道理的。但是，如果你说这篇小说写得不真实，就难以服人，我们尽可以指责它不崇高、不深刻、不健康、不美好，却不能说它不真实。值得提一句的是，在为《调动》的不好的倾向而忧虑、而愤怒的时候，我们千万不要忘了同样正气凛然地去与《调动》所反映的现实生活中存在的那些丑恶现象做斗争。哪怕《调动》是片面地、浅陋地反映了生活也好，总不能在作品上面拿起放大镜而在生活面前闭上眼睛。

　　文学需要真实，又不仅需要真实。文学还需要崇高的信念、深沉的思索、大胆的想象；文学还需要激情，需要是非心与同情心；文学还需要鲜明生动的形象、精湛完美的艺术形式。人需要吃饭，又不仅需要吃饭。人还需要喝水、穿衣、住房子、行路，人还需要音乐、歌曲、电影、小说，人还需要过有意义的生活，发挥自己的聪明才智。所有这些，都是常识范围内的事。任何时候，我们都不要违反常识，主观随意地强调其中的一面，并希图用这一面去包容、去消化最终去否定另一面或另几面。我们的文学创作有许多新经验需要总结，我们的文学研究和理论有那么多新课题需要探讨，我们不能几十年如一日地总是在真实性与倾向性、歌颂与暴露这一类问题上进行马拉松式的、令人沮丧的讨论。这一类问题如果不受"风"的干扰，如果不矫情地去做违心之论或者故意哗众取宠，本来是不难解决的。

三

　　当然，文学的真实性的问题自有其复杂的方面，上文的意思并不是企图轻浮地一笔抹杀这个问题。这个问题的复杂性与其说是在倾向性、鼓舞力量、社会效果方面，不如说是在文学反映生活的主观性方面。因为，谈到倾向性、教育作用与社会效果，对于一个真正的爱祖国、拥护社会主义现代化、拥护安定团结、具有高度的公民责任感的作家来说，并不存在任何困难。同时，广大读者与作者对于可能有的少数人借口倾向性等抹杀真实性、把文学创作拉回到粉饰生活乃至伪造生活的死胡同里去的企图,也有足够的敏感和警惕。

至于文学的主观性,说的是文学反映生活的特殊性。文学作为生活的反映,与科学不同,它不但不排斥主观性,而且总是充满了作者的主观色彩,总是要经过作者的心灵的折光,总是带有鲜明的作者的个人的印记。而且,文学所反映的生活,既包括客观世界,也包括人们的特别是作者的主观世界。不管怎样标榜"如实反映""按照生活的本来面貌反映",仍然是作者用独具的眼来观察、独具的心来感受、独具的笔触来表现的。同样,不管作者怎样标榜其"天马行空""纯粹自我""超现实",其作品仍然是现实的一个曲曲折折的反映,因为作者本身,作者这个"我",就是生活在现实中的。人们的理想、愿望、激情、想象、梦幻……都是生活中确有的,都可能是真诚的,而对于主观世界,真诚的东西就是真实的。没有自然、没有物质世界就没有生活,而没有人的主观精神活动,也同样没有文学所要反映的生活。因为文学与天文学、地质学不同,后者的对象是人的精神之外的独立存在,而前者的对象,恰恰是人、人的生活自身。

我们在探讨文学的真实性的时候还应该注意各种文学流派。自然主义、现实主义、古典主义、印象派、象征派、超现实主义,它们各有各的对真实性的理解,各有各的反映生活的路子。从广义上来说,我们是坚持文学要反映生活的现实主义精神的,但是,我们绝不能望文生义地、轻率地否定其他流派和风格。我很怀疑各种流派是否壁垒森严到了势不两立的地步。我们的读者在喜爱巴尔扎克的《人间喜剧》的同时,也十分喜欢阅读雨果的《悲惨世界》。王尔德号称唯美主义,从字义上说,"唯美"简直空虚"反动",然而他的童话《快乐的王子》,反映了那样沉重而又痛苦的真实、社会生活的真实。个中奥妙,很值得探讨。

粉碎"四人帮"以来,人们痛感到"谎言文学""主题先行文学"

与"样板模式文学"的可恶。三年来文学创作的最大特点是恢复了现实主义的传统，愈来愈真实地反映着我们的波澜壮阔的生活。我们党的文学恢复了生命力，恢复了信誉，赢得了前所未有的广泛的读者。这是党在文艺战线拨乱反正的一个伟大胜利，是解放以来我国文学事业的一个新的突破、新的发展。

当然，任何事物的发展都是不平衡的，近年来在出现了一些好作品的同时也出现了一些比较平庸的和少数有缺陷乃至严重缺陷的作品。我们可以探讨这些作品的得失，可以有批评、有讨论、有引导，但是，历史的经验应该记取，我们决不应该以任何冠冕堂皇的借口要求作家放弃真实地、深刻地、有力地反映生活的权利和义务。我们再不能任意贬低对文学作品的真实性的要求。

同时，文学发展的客观进程也向我们提出了新的课题：在恢复了真实地反映生活的传统以后，我们不能满足于表面的和外在的生活的记录，我们需要有更多的艺术想象、更多的艺术探索、更强烈的艺术个性、更多样的艺术手法。我们要忠于真实，我们还要敢于和善于突破那表面的和外在的真实的硬壳，我们要更加大胆、更加巧妙地去创造一个艺术的世界、精神的境界，为社会主义的创业者提供越来越多、越来越新鲜，营养丰富而美味可口的精神食粮，以提高和扩展读者的眼界、趣味、欣赏水平和情操，以感染、慰藉、净化、强化和震撼读者的灵魂，培养更多的社会主义新人。

发表于《人民日报》1980年8月27日

为了更加成熟的文学

我觉得,古今中外还没有别的时代、别的国土上的作家像今天的中国作家,拥有这样多的读者,拥有读者的这样多的信赖、尊敬和爱。近二百个文学期刊,几十万、上百万甚至几百万的订户和书籍印数,四十万读者参加短篇小说评奖投票,再看一看一些作家案头上的雪片般飞来的读者来信——他(她)们甚至把不愿意告诉父母和老师的心灵最深处的苦恼和愿望告诉他(她)们所喜爱的作家……对于一个作家来说,难道还有比这个更重要、更幸福的吗?三座别墅和三百万元奖金,也比不上三个读者的高尚而又忠实的爱。当我在访美期间把这些介绍给一位美籍友人的时候,她甚至惊呼起来:"噢,你们简直是天之骄子!"

我们是幸运的。但我们也许并不是天之骄子。我同样不知道是不是有什么别的作家像今天的中国作家一样受过那么多考验和试炼,经历过那么多曲折和痛苦,饱尝过那么多希望和失望、忧患和光荣、期待和欢乐……作家的命运是这样牢牢地与人民的命运、国家的命运纠结在一起,一起哭,一起笑,一起披荆斩棘乘风破浪,勇敢而又艰难地前进。

我们终于有了真实的文学,做人民的代言人的文学,富有时代特点和生活气息的、讲求艺术规律的和感人肺腑的文学。两三年来文学事业的成绩超过了以往的许多年,这是我国文学史上的奇迹,这是中国的社会主义的文艺复兴的开端。人民爱护和关心自己的文学事业，我们的文学事业的发展主潮是好的，不可逆转的。它不单纯是消遣、游戏、一己的七情六欲的发泄，它首先是人民的心声、时代的脉搏、历史的丰碑。因而，这样的文学理所当然地受到社会各方面的注视，人们日益提出了对文学事业更高、更严格的要求，这使我们受到鼓舞，也使我们惭愧不安。

我们惭愧不安，是因为与我们的崇高使命和人民的期望相比，即使我们拿出了最好的作品，仍然是不够好的。何况，在写出了一些较好的作品的同时，我们也搞出了一些平庸的、匆匆急就的和少数相当不好的东西。社会主义的文学是年轻的文学，它还不那么有经验，而我们的失误，来自不同方面的过多的干扰和"四人帮"的禁锢与屠戮，曾经屡屡破坏了这个文学的发展的正常进程。反过来，这些失误、干扰以及破坏在激起正当的义愤的同时，必然也引起了一个相当长期的、过分的、否定一切的反弹。而这种带有虚无主义倾向的反弹作用，就变成了新的、来自另一个方向的干扰。

这说明，尽管取得了无可置疑的成就，我们的文学还不那么成熟，也不可能那么成熟。

我们说它还不那么成熟，这是一眼可以看到的。有些时候，我们的某些作品，用生编硬造离奇的和富有刺激性的情节（这些情节使我们想到西方通俗文学的性加暴力的公式）来替代对生活的深沉严肃的开掘与思考；用对丑恶事物的表面而又廉价的堆砌来替代对生活中的矛盾和冲突的郑重的有力的揭示；用老一套的感伤呻吟、孤独幻灭来冲击人们对真理和正义、对美好生活的执着追求。而在文学主张上，我们当中的一些人也确实曾经时或发出惊人的高论，以一个极端去否定另一个极端，以一个片面去批判另一个片面。例如，以反对"假大空"为由而放弃了对思想格调的境界的追求，以反对图解政策为由而提倡离政治愈远愈好，等等。再者，像摸"精神"，看"行情"，一篇成功，一拥而上，竞相模仿，大同小异以至"撞车""雷同"的没有出息的状况，赶时髦、矫揉造作、追求小市民趣味的状况，更是早已引起了读者的不满……总之,我们还有各种不足,有摇摆,有各种"风",以至有国内外极少数唯恐天下不乱的人制造传播或歪曲夸大的流言蜚语。

有这些问题是丝毫不足为奇的,通过正常的批评讨论、学习提高和艺术实践,也是可以逐步解决的。然而,不正视这些问题或无限上纲地夸大这些问题都是危险的。就在这个时候,胡耀邦同志去年春天在剧本创作座谈会上的讲话全文在《文艺报》上发表了,这实在是一件大好事。对这个讲话的学习和讨论以及实事求是地结合着讲话去总结我们的工作、制定我们前进的目标和规划,我相信,将会大大地有助于创造更加完善、更加成熟的社会主义文学。

我们所说的成熟的文学,首先应该是崇高和健康的文学。我们勇敢地面对社会生活的矛盾,我们不回避任何困难和艰险,即使在黑云压顶的日子里,我们也一刻没有动摇过对于人民的力量,对于历史的庄严要求,对于我们党的科学的指导思想和她的真正革命的和久经考验的领导干部的信心。即使在那些描写十年动乱和苦难的作品里,在看到伤痕的同时,我们不是也看到健康的细胞、疗救的愿望和努力、普通人的善良和正直,特别是在那些大无畏的战士的奋不顾身、力挽狂澜的苦斗吗? 怎么能说是漆黑一团呢? 怎么能搞那种单色一抹黑的唯揭露文学呢? 如果是一团漆黑,四五运动是怎么发生的? "四人帮"又怎么可能被粉碎? 我们的党又如何能拨乱反正、转危为安? 我们的眼泪,我们的心愿,我们的决心又怎样能化作小说、诗篇……充分表达、广泛流传呢? 至于现时,任何不怀偏见、不抱敌意的人,难道除了看到困难如山、问题如山、麻烦如山以外,就看不到春已归来、春回大地吗? 就看不到"即使谎言和诬陷成山,我们党的愚公们可以一铁锹一铁锹地把这山挖光;即使污水和冤屈如海,我们党的精卫们可以一块石一块石地把这海填平"吗? (这是拙作《布礼》里的一段话。)难道我们就看不到工人、农民、知识分子、干部、华侨、少数民族、各行各业、各色人等都从党的十一届三中全会的路线中获得了巨大的好处，从而他们的生活中出现了愈来愈多的光明和温暖吗？正像不能在一切挫折和痛苦面前闭上眼睛一样，难道我们的文学能在这遍布人间的新的转机、生机、新的希望面前闭上眼睛吗？难道我们的文学除了反映被困难所压迫的焦虑以外，就不应该反映压倒这些困难的理想和现实吗？

成熟的文学应该是稳定的和坚强的。我们的作家，应该力争使自己成为脚跟站得稳，方向看得清，不搞随风倒，不搞形而上学，不搞起哄架秧子的热情而又清醒的人。许多年来，大轰大嗡，大吵大闹，危言耸听，要死要活，绷紧了弦，斗红了眼，使亲者痛，使仇者快，难道还不够吗？难道我们不能用一种公正的、尽可能全面和尽可能科学的态度来对待自己的同志、对待我们内部的问题、对待我们大家的历史经验吗？对于文学，激情是非常宝贵的，公民的热情是非常宝贵的。对人民的冷热痛痒漠不关心的人，不可能创造出真正有较高的价值的文学。同时，如果没有思想的深度，没有理性、智慧、世界观的光辉，没有对于精神的高峰的攀登，没有对于社会实际和广大劳动人民的状况和心愿的切实理解，没有高度的使命感和责任感，没有登高望远、取精用宏的风度和气魄，如果我们只是图痛快、图票房价值、图掌声，那么，我们的感情冲动——恕我直言，不是也有可能变成白面书生的哗众取宠和神经衰弱吗？

成熟的文学应该是更加多样的文学，它应该提供更多、更好的精神食粮。目前，题材、体裁、风格、手法离真正的百花齐放还有相当的距离。至于文学流派，现在还不能说是已经形成。"双百"方针决不是执行得过了头，而是尚需进一步坚持和落实。随着我们的社会在物质上和精神上的进展，我们的人民的精神需要也会愈来愈广泛，愈来愈高。我们的文学的功能是多方面的，它有镜子的作用，有匕首的作用，有扫帚的作用，有号角的作用，任何强调其中的一种功能而忽视其他的功能的说法都是不能令人满意的。但我以为，在今天，在全党的工作重点已经转移以后，为了建设高度的精神文明，我们需要强调它的精神食粮的作用。是的,它是精神食粮,它应该新鲜,可口,富有营养,高蛋白,高热能,能产生足够的"抗体",抵制各种腐朽、反动的观念形态的侵袭;同时,它本身还应该具有无限丰富的、各具风味和特色的内容和式样,再不能搞那种令人厌恶的千人一面、套来套去了。

更加成熟的文学,还应该和社会的各个方面的实际工作者有更加健康和正常的关系。早在第四次文代会期间,我就呼吁"要缩小目前意识形态工作者和实际工作者在某些观点和看法上的差距",目前,这个问题的解决更是刻不容缓。文学是一种社会现象,社会不是一种文学现象,因此,我不同意把一些社会问题——如犯罪问题的出现简单地归咎于文学。老觉得文学是一种祸害,这实在是一种自给自足、保守因循的小生产者的偏见,或者是贾政、薛宝钗的"非文学论",或者干脆是"四人帮"的愚民政策的一种余毒。同时,任何爱国爱人民的作家也不会对自己的作品的不好的作用掉以轻心,不会容忍任何作品的诲淫诲盗的苗头。最后,我也不同意把文学的作用夸大到天上去,更不能以为写上一两篇小说就会变成先知先觉,就理应指手画脚、冷嘲热讽、教训别人,似乎一成为文学家就优于实际工作者。如果我们把某一类作品的干预生活的作用吹得过分,如果我们把这个并非文艺学的命题的"干预生活"的口号吹得过分,那甚至于会得出"文学救国""文学治国"的荒唐结论。而从另一面,又会发出"文学乱国""文学亡国"的吓人的指责。其结果,既不利于社会,也不利于文学自身。文学能够起作用的直接对象,毕竟只是读者的心灵,而不是某一项实际工作。恰如其分地估计文学的地位和作用、作家的地位和作用,大家都有自知之明和知人之明,这不论对于整个社会来说还是文学自身来说,都是趋于成熟的标志。

文学的成熟还要求批评和理论的进一步发展。近年来,作为读者和作者的良师益友,文学批评工作的成绩是卓著的。但是,多年来社会生活与文学活动上的不正常现象,还留下不少"后遗症",像不起风就不批评不良作品的现象；赞美某种潮流的时候不能分析其中作品的具体得失，批判某种倾向的时候同样不能进行公允的、两点论的分析的现象；好作品或好作家写的作品批评不得的现象；在文艺批评中讲"关系学"、讲恩怨报复的现象；以及一开展批评就风声鹤唳、草木皆兵，就惊呼要"收"了的现象，都是形而上学，都是庸俗的自由主义。同样，无限上纲，不准辩护，借文学批评以整人，把文学批评变成行政判决的事情，也不应该重演。成熟的文学不会是害怕批评、不准批评的文学。成熟的批评不应该是扣帽子、横加干涉式的批评。我们再不能搞那种一刀切、吃大锅饭式的"批判"了。过去的那种大轰大嗡式的批评，社会效果往往是适得其反，不批不知道，一批做广告，不批还好，一批就"红"，一批就不胫而走，传诵一时；其中经验教训，值得记取。在胡耀邦同志的讲话里，提出了"不能一刀切"的问题，这是一个非常正确的意见。这个意见不仅对文学批评，而且对我们的政治生活，都将发生非常有益的影响。

我们的理论工作也必须赶上去。满足于马克思主义文艺学的一般概念和现成公式，什么作品都用来套一下的"理论"是苍白的。用道听途说的西方文艺理论中的片言只语来装潢自己的"理论"的做法也很可疑。我们的文艺理论包括各种口号、提法和政策，都应该接受实践的检验，在总结新经验的基础上求得发展和逐步完备。同时，我们的文艺理论应该勇敢地面对各种非马克思主义以至反马克思主义的文艺思潮的挑战，要认真地去进行讨论和论战、批判和扬弃，以加强、充实和锻炼自己。

生活在前进。我们面临的是一个正在前进的中国和一个变化节奏日益迅速的世界。如果我们只盯住鼻子底下的麻烦，我们也许会觉得如牛负重；如果我们急躁，恨不得在一个早上实现四个现代化和社会主义的民主化，我们也许会为屡有曲折而灰心丧气；如果我们只关心一己的私利得失，也许我们会陷于相互埋怨和指责之中。但我们只消心平气和地回顾一下粉碎"四人帮"以来，特别是党的十一届三中全会以来大家所走过的路程,我们就会惊喜地看到:原来,我们已经迈出了这么大的步子!原来,人们在党的领导下面已经做了那么多大事、好事!原来,我们的政治生活、社会生活与文艺生活已经发生了这么多变化,拨乱反正,堪称是翻天覆地,起死回生!我们将克服前进中的障碍,我们的前途是光明的,我们的文学的前途是光明的。我们将亲手缔造更美好、更丰富也更成熟的文学,我们能吗?我们必须心明眼亮,站稳脚跟,坚持不懈地努力。

发表于《文艺报》1981年第6期

"人性"断想

由于我孤陋寡闻和攻读不力，在我的头脑的信息贮存里，人性、人道、人情这样一些范畴，总是和一定的历史的、政治的和实际功利的背景联系在一起。我只记得这样一些具体的和有效果的关于人性、人道、人情的讨论，而不懂得怎样从纯科学的、纯理论的角度去评价和理解它们。

三个"人"字一出现，我就想起了鲁迅先生的名言：

……穷人决无开交易所折本的懊恼，煤油大王那会知道北京检煤渣老婆子身受的酸辛，饥区的灾民，大约总不去种兰花，像阔人的老太爷一样，贾府上的焦大，也不爱林妹妹的。

是的，三十年代的"丧家的资本家的乏走狗"们，曾经以宣扬超阶级的人性的办法反对马克思主义，反对阶级论，反对阶级斗争，反对革命，反对无产文学。所以鲁迅针锋相对地回答：

无产者就因为是无产阶级，所以要做无产文学。

在《文学和出汗》里，鲁迅有力地批驳了那种"以为文学当描写永远不变的人性，否则便不久长"的观点。

前事不忘，后事之师。时至今日，仍然有各种新老反共主义者，念念不忘于"超阶级的人性"的武器。台湾当局的某宣传文化官员，也于近日大呼要"用人性的光辉"去"照耀文学"。他们关心的当然不是科学和艺术，我们"切不可书生气十足"的。

但同时,无产阶级也从来不拒绝真正的而不是虚伪的人道主义,从来不拒绝用人道主义的武器同资本主义、法西斯主义、殖民主义作斗争。马克思的《资本论》,实际上科学地却又是强烈地谴责了资本的非人性与反人道的性质。看他是怎样相当"文学"地描写资本对劳动的雇佣的吧:

货币所有者,现在变成了资本家,他昂首走在前头;劳动力的所有者,却变成了他的劳动者,跟在他后头。一个是笑眯眯,雄赳赳,专心于事业;另一个却是畏缩不前,好像是把自己的皮运到市场去,没有什么期待,只期待着刮似的。

马克思在《资本论》初版的序中,还写道:

我的观点,比任何别的观点,都更不能要任何个人对这各种关系负责。

这是很有趣的,一方面马克思强调个人"总归是这各种关系的产物",一方面又不要个人负责。这里,个人和社会的、经济的关系,既是不可分的,又是可分的。

而且,我们不应该忘记,无产阶级的政党所以能发动起人民群众革命造反,总是和揭露反动统治的灭绝人性的残暴分不开的。当我们谴责阶级敌人和民族敌人——侵略者的时候,最经常使用的和最有力的贬词正是"灭绝人性"和"惨无人道"八个字。我想,这就是列宁的名言"没有'人的感情',就从来没有也不可能有人对于真理的追求"的道理所在。更不要说毛泽东同志的"救死扶伤,发扬革命的人道主义"这样一个有特定内容的、因而是非常贴切和不可替换的题词了。在这样一个题词里,我们不能用更伟大高级的字眼去代替"人道主义",例如不能设想代替以:"救死扶伤,发扬党性",或"发扬马克思列宁主义",或"发扬共产主义",虽然后者显得比"人道主义"更革命也更"无产"得多。

"四人帮"从"左"的方面歪曲马克思主义,他们视"人"为洪水猛兽,不仅人道、人性、人情,而且诸如尊严、心灵、爱这样一些名词都在赶尽杀绝之列。我们整天被灌输的是一种"左"的歇斯底里狂想曲,我们脑子里装满了"费厄泼赖应该缓行""宜将剩勇追穷寇,不可沽名学霸王""打翻在地再踏上一只脚""农夫与蛇""东郭先生与狼""画皮""披着羊皮的豺狼"等等这样一些正确的命题或教训故事被夸张成绝对化和荒谬的歪理,把对敌斗争的办法与语言用来对付自己的同志。最后发展到"副统帅"的"不是你吃掉我,就是我吃掉你",实是堪称豺狼的哲学、豺狼的言语了。

正因为如此,党的十一届三中全会以来的文学作品中,人道主义精神的发扬,对于人性与人情的诸方面的关注、刻画或者美化,对于人的尊严的维护和召唤,成为一个重要的特点。这正是对于林彪、"四人帮"的倒行逆施的抗议,也是对于我们工作中、文艺批评中的"左"的错误的反弹。不论这些作品中还有多少粗糙、不成熟乃至缺点错误,但它们无可辩驳地显示了一条:林彪、"四人帮"不得人心,必败;人心向着三中全会,向着党中央。不仅从整体,从阶级关系即政治上来说,林彪、"四人帮"是反人民的,而且从个体、从人际关系、从道德上来说,林彪、"四人帮"违反人道、扭曲人性、蔑视人情和人的尊严,是注定要天怒人怨、身败名裂的。

但是这些作品的内容绝不限于人道和人性等等,这里的人道人性也决不是抽象的、超阶级、超社会、超历史的。陈建功说他的《丹凤眼》的主题是"人的尊严",这难道是简·爱式的尊严吗?是屠格涅夫的《父与子》里的巴札罗夫式的尊严吗?是阿Q或赵太爷式的尊严吗?当然不是,那正是当家做主的社会主义新中国的青年工人辛小亮的尊严,这种个人的尊严与劳动人民的尊严、阶级的尊严是不可分割的。

这里也不妨以有争议的、不无瑕疵,特别是在过于"露"的议论中不无差失的作品《如意》为例。小说的主人公石大爷的"人道主义",可具有丝毫反对阶级斗争、反对革命、反对共产主义的性质吗?

当然没有。他反对的只不过是那种不正确的、不必要的、只能给"革命"两个字抹黑的过分的乃至残暴的做法。他在力所能及的范围内给被红卫兵斗死了的"反动资本家"的尸体盖上一块塑料布,这其实是一个善良的劳动者的"补天"的行为。当然,与张志新相比,石大爷对"四人帮"的斗争还缺乏足够的政治自觉性。但是比起许多虽然满口马列,但曾经多多少少跟着"四人帮"(多数是无辜的被蒙蔽者)搞过一点"左"的残酷的人来说,石大爷究竟"低"到哪里了呢?当然,以石大爷的身份,他不是一个具有高度觉悟的马克思主义者,他没有读过高级党校,他讲不清阶级斗争的必要性与政策、政策与道德的关系这样一些复杂的问题,作品也无意将石大爷树为高大完美的人之师表。然而,在某一点上,石大爷的行为不是仍然可以引人深思,甚至使人愧怍的吗?

同时,我也不喜欢把好多作品一股脑儿归结于"人道""人性"。近年来的文艺评论中,"人情美""人性美"之说甚盛,似乎也有点大呼隆的味道。

"人性美"和"人情美"的提法是否具有科学性,我颇感怀疑困惑。到底什么叫"人性美""人情美"呢?如果我们承认这两个概念,那么,是否还应该伴之以"人性丑""人情丑"的概念呢,还是说人性和人情天生就是美的?就是只有美而没有丑的,那么,一定的人身上的那些丑恶的东西又是从何而来的呢?莫非美是人性人情所赋,而丑是后天所"异化"?如果这样的说法能够成立,岂不等于宣扬一种非社会、非政治、非文化、非教育的蒙昧主义观点,岂不等于对北京猿人的亡灵的呼唤向往?

美是一种文化的观念,现代人的审美活动和审美标准既有天性流露的性质,更大的程度上则是一定的文化熏陶,一定的社会心理、社会意识形态的熏陶,一定的教育的产物。现代人判断一个东西美不美,毕竟和一头奶牛听了音乐就多产奶或听了噪音就少吃麸皮的生理反应有质的不同。而"人性美""人情美"的提法,却似乎在歌颂原始人的自然属性。

如果说"人性美""人情美"是一种天赋的自然属性,那么婴儿(当然未经异化了)应当是"人性美""人情美"的典范了。婴儿伏在母亲的乳房上吃奶,这大概是至美至善的吧?然而这种美、善是成人社会所加给他的。一个吃牛奶的婴儿,对于奶瓶和橡皮奶嘴,同样会表现出欢欣雀跃的表情。那更多的是一种生理本能。饿了要吃,饱了要睡,消化结束要排泄,屎尿交加,不懂得上厕所、揩屁股与讲卫生。这里究竟有多少"人性美""人情美"可言呢?

如果说,我们这里讲的"人性美""人情美",并非指婴儿的本能,而是指诸如同情、爱、善良(其实还是孟夫子早就说过的恻隐之心、羞恶之心),那么,把这种情感抽象化为"人性""人情",绝不比简单地抽象化为"阶级性""阶级感情"更高明,毋宁说是更荒谬。

其次,人类还有一种看来似乎与上述"人性""人情"背道而驰的"性""情",例如警惕、怨恨、复仇等等,难道能够抽象地说凡是类似仇恨的感情便都是人性的对立面吗?难道我们能把自己变成俗陋的基督教牧师吗?难道人性人情是由单一的玫瑰色所涂染成的吗?

还有嫉妒呢,嫉妒当然不能算"人性美"了,把嫉妒仅仅归之于剥削阶级意识和把人性仅仅说成是美的,大概同样荒谬。婴儿和幼儿,完全有可能因为争夺食物而厮打起来,这是美的吗?或者,能说它是丑的吗?有些嫉妒心,在小孩子、特别是小女孩子身上,表现得比大人明显得多,这也是事实吧?

如果一定要谈"人性",我认为不能忽视人性的多样性与可塑性。

人性不是单一的东西,不能单纯地判之为美或丑、善或恶。对于短篇小说《调动》,我看倒不妨称之为淋漓尽致地表现了"人性丑"。按照某些人的观点,小说主人公为了"调动"而抛弃自己真正爱的姑娘去爱一个毫不可爱的人,当然是违反了人性的。但他追求城市生活的优越、舒适,不又是非常"人性"的吗?他为了达到一己的目的而不择手段,不但利用"二十响"和"手榴弹",而且不惜玷污自己的人身,不正是利用了对"人性"的弱点,乘虚而入吗?

英雄有英雄的人性。砍头不要紧,只要主义真。脸不变色心不跳。秋风秋雨愁煞人!

叛徒有叛徒的人性。留得青山在,不怕没柴烧。蝼蚁尚且贪生。人不为己,天诛地灭。

连汉奸也可以声称自己的卖国行为是符合人性的。刀架在脖子上,不投降,行吗?国家民族,又不能当饭吃!

而所有的"人性美""人情美",细研究一下,其实是生活的产物,文化传统的产物,教育的产物。急人所难、扶老携幼、慷慨仗义、忍辱负重,哪一条是天生的?哪一条能离开民族的、阶级的、社会的文化熏陶?

就拿最为"人性"的爱情来说吧,真正美满的、幸福的和持久的爱情,不仅仅是人性、特别是性的产物,而且是双方的思想、品质、文化、道德和智慧的结晶。爱总是和某种忘我精神联系在一起的,如果没有最起码的对自我的克制,对对方的尊重、宽容乃至迁就,两个人也许不能快乐地相处一个小时。友情是这样,爱情也是这样。我们可以断言,一个绝对的自私自利者,一个彻头彻尾的自我中心者,不但不会有高尚的道德意识和社会意识,也不会有真正美好的爱情和婚姻。当我们想到马克思和燕妮的爱情,或者周恩来同志与邓颖超同志的爱情的时候,难道仅仅用"人情美"能概括得了么?

"人性美""人情美"的提法前一阵子是滥了一些。但人性和人情是铁一样地存在着的事实。除非从根本上否定"人"这个概念,除非不仅从字典上,而且从人们的语言和头脑里把"人"字荡涤干净。既然人是一种有别于动物、植物、矿物、天体的万物之灵,当然具有自己的对于人来说是普遍的而对于非人来说是特殊的性与情。不论阶级性还是民族性,不论阶级感情还是民族感情,也不论是善还是恶,美还是丑,表现在一个活生生的人身上,必然表现为一个活的人性,即具体的人性,而不会表现为阶级平均数、民族平均数,抑或表现为善或恶的理念符号。

对于一个文学工作者来说，不论写什么样的伟人或是什么样的恶人，只有确实把他们当做活的人来写，亦即只有在他们确实像活人的时候他们才是可信的，才能够引起读者的共鸣或者反感，才能使读者关心，使读者热爱，使读者敬慕，或是使读者轻蔑仇恨。不把人物作为人来写，不把感情作为活人的感情来写，不把人物的善、恶、高、低渗透在人物的饮食起居、音容笑貌、喜怒哀乐、成败利钝中来表现，不敢写具体的人性，就不可避免地产生模式化、概念化，最后必然走上反文学、反艺术的死胡同。

反过来，以为抽象的普遍人性就是一切，以为承认人性便是承认敌、我、无、资、忠、奸、良、莠彼此彼此，并无二致，以为只有写英雄脚上的癣疾，汉奸头上的光环，林妹妹与焦大恋爱，饥民爱兰成癖才是"突破"，同样是没意思的矫情，并完全有可能成为图解的另一种"新"模式。

至于人道，人道主义，则与人性、人情不同。它当然不是天生的，它是一种思潮，一种观念形态，乃至一种理论。如果人道主义泛指对人、人的生命、身体、尊严、价值的爱护和尊重，指人和人之间的互利互爱的原则，那么，第一，这是最能够为人们所广泛接受的，最能打动亿万普通人的心灵的，类似于几何公理一样的原则。第二，这又是相当浮泛的，相当不具体的，相当不够的一个原则。

问题不在于要不要讲人道，要不要讲人道主义，问题在于怎样做才是符合人道的？是资本对劳动的剥削符合人道呢，还是劳动对资本的反抗符合人道？革命是人道的抑或镇压革命是人道的？侵略战争是人道的抑或民族解放战争是人道的，抑或不分青红皂白一律放下武器的和平主义才是人道的？靠人道主义的抽象原则本身是解决不了这些问题的，我们认为，只有马克思主义才能实际地而不是抽象地、真实地而不是虚伪地、科学地而不是空想地解决人的地位、人的尊严、人的幸福、人的价值这样一些问题。

马克思主义的解决办法是实现社会主义——共产主义,无产阶级为了解放自身,必须解放全人类。

只有林彪、"四人帮"这样的独夫民贼,才视人道主义为洪水猛兽。抛弃了人道主义的旗帜,就会抛弃千千万万善良的人民。

只有过分的天真、幼稚(如果不是更坏的话),才把人道主义视为终极的或最高的真理,甚至企图用人道主义来软化或改造马克思主义。

文学作品是写人的,一篇作品的思想力量和道德力量和它所具有的人道主义精神是不可分的。敌视或蔑视人道主义的人,必定会受到千千万万的自发地倾向于人道主义的善良人们的敌视或者蔑视。"四人帮"被粉碎后的头两三年,雨果的《悲惨世界》在我国曾经风靡一时,恐怕不是因为该书的浪漫主义手法,倒恰恰是由于雨果的悲天悯人的人道主义。

然而,我们毕竟生活在不同的时代和社会环境当中,我们不会以泛论或侈谈人道主义的一般原则为满足。我们的力量在于坚持和发展马克思主义,我们的力量在于倾听实践的呼声,扎根于我们的生活、我们的人民、我们的土地当中。我们带给读者的当然不能仅仅限于古老的和浮泛的人啊、尊严啊、幸福啊的呼唤,我们传达给读者的,应该是人民内心深处的、历史的和具体的、社会的和个人的、充满矛盾和不断发展的心愿、追求、痛苦、希望和欢乐。我们要展示给读者的,是生活的像大海一样的广阔和深邃,而不仅仅是海上的某个浪头,某种隐隐约约的反光。我们要献给人民的,应该是内容丰富的,具有高度的智慧、激情和足够的经验的史诗,而不是善良祝愿的天真烂漫。扭曲践踏这种天真烂漫是罪过的,但是以这种天真烂漫作为万应灵丹来兜售,也同样是害人的,而且特别贻害青年。

我希望在人性、人情、人道的问题上,文学工作者的自我感觉不要发生混乱;人们对于文学的感觉,也是少发生一点混乱才好。

发表于《文学评论》1982年第4期

一个值得探讨的问题
——谈我国作家的非学者化

作家不一定是学者。

我们有许多作家,他们提起笔来,靠的是深厚的阶级情感、丰富而又实际的生活经验、活泼的群众语言、被艰苦的人生锻就的聪明机智。尽管他们有的不仅没上过大学,甚至没上过中学或小学(最极端的例子是高玉宝和崔八娃,他们成为作家的时候差不多还是半文盲),尽管他们没有学过立体几何、有机化学与量子力学,尽管他们既不懂任何外文、也不懂古汉语和现代汉语的语法,尽管他们当中确有人至今还错别字连篇,但他们确实是令人敬佩、令人钦羡的作家。他们写出一篇又一篇作品,反映了独特的、决非一般"文人"所能反映的生活领域,他们表达了一种特别朴素、真切、笃实的情感,他们说出了劳动人民的心里话,并且创造了和正在创造着一种纯朴、平实、大众化的风格,这是非常可喜的。从某种意义上来说,这正是社会主义国家劳动人民当家做主,劳动人民真正成为文化的主人,把被历史颠倒了的再颠倒过来的生活体现。

古今中外的文学史上也都有这样的例子,艰辛的生活竟比辉煌的大学文学院更能造就作家。如果高尔基不是在轮船、码头、面包房里而是在彼得堡的最高学府读"我的大学",那也就不成其为高尔基了。

学者不一定是作家。

我们有许多学富五车的教授、副教授、研究员、副研究员,他们虽然可以很好地讲小说史、小说论,却写不成小说。这是常事,也是常识,用不着说,用不着解释。

这么说,做学问和搞创作是两路"功",走两条道。

甚至彼此还会产生一种隔膜或偏见。有的作家告诉我,愈是读文学史和文艺理论,就愈是写不出东西来。愈是眼高,就愈会手低。他们对一些学者写的评论、研究文字,往往敬谢不敏,觉得那种掉书袋的冬烘气、八股气只能扼杀活泼泼的创造者的心灵。

当然,也毋庸讳言我们的一些学者对于当代许多作家的鄙薄态度。在一些学者的眼里,我们的作家不过是一些头重脚轻根底浅、嘴尖皮厚腹中空的轻狂儿,在文坛上夤缘时会、名噪一时的暴发户。"那算不得学问。"学者们说。写一百篇小说或者受到二十次好评、奖励,也算不上学问。不仅写这样的东西算不得学问,研究、评论乃至涉猎这样的东西也算不得学问。要做学问吗?去做四书五经、李白、韩愈、关汉卿、曹雪芹、荷马、但丁、巴尔扎克、别林斯基去吧。

于是乎确有不读书、不看报,不知道世界有几大洲,不知道脊椎动物无脊椎动物的区别,不知道欧几里得,也不知道阿基米德……甚至至今写不准我国国家领导人的名字的作家(当然是个别的)。

于是乎确有毫无艺术感觉、但知背诵条条、"不知有汉,无论魏晋"的学者。

这似乎也难免,也正常,不足为奇,不足为虑,既不影响二百种文学刊物按时出刊,也不影响六十所大学文科院系的科研、教学工作。

果真是这样吗?果真搞创作不需要学问,或者做文艺学的学问可以不问当今的创作实际吗?

作家不一定是学者,诚然。但是大作家都是非常非常有学问的人,我不知道这个论断对不对。大作家都称得上是学者。高尔基如果只会洗碗碟和做面包,毕竟也算不得高尔基,他在他的"大学"里读了比一般大学生更多的书。如果清代也有学士、硕士、博士这些名堂,曹雪芹当能在好几个领域(如音韵学、中医药学、园林建筑学、烹调学)通过论文答辩而获得学位的吧?现代文学史上的几位大作家:鲁迅、郭沫若、茅盾、叶圣陶、巴金、曹禺、谢冰心……有哪一位不是文通古今、学贯中西的呢?鲁迅做《古小说钩沉》,鲁迅翻译《死魂灵》《毁灭》……鲁迅杂文里的旁征博引;郭老之治史、治甲骨文及其大量译著;茅盾《夜读偶记》之渊博精深;叶圣老之为语言学、教育学权威;巴金之世界语与冰心之梵语……随便顺手举出他们的某个例子(可能根本不能代表他们的学问造诣),不足以使当今一代活跃文坛的佼佼者们汗流浃背吗?

　　加一段微乎其微的叹息。中国文人有讲究写字的习惯。上述大家,仅就写字一点也确实在一般知识分子之上,但当今……就拿笔者来说,每当被人要求题字的时候,写前先有三分愧,写完恨不得学土行孙来他个土遁!呜呼……

　　也许这些话有点九斤老太气。不,我不是也不愿做九斤老太太,未敢妄自菲薄,更不敢鄙薄同代作家。在革命化、工农化、深入生活、劳动锻炼、联系群众、政治觉悟、社会意识、斗争经验等等许多方面,我们是有出息的,也是胜于前人的。我们的作家队伍是一支很好的队伍,是一支古今中外罕见的与人民同呼吸共命运、与革命同生死共患难的队伍,这是没有疑问的。但是,建国三十余年来,我们的作家队伍的平均文化水平有降低的趋势(近年来可能略有好转),我们的作家愈来愈非学者化,这也是事实。

　　而且,这是一个严重的事实。如果不正视和改变这种状况,我们的文学事业很难得到更上一层楼的发展。

　　我们有时候在谈论和写作当中也偶尔涉及这样一个问题,为什么当代还没有出现鲁迅、郭沫若、茅盾、巴金那样的大作家?当然,对这个问题的看法并不一致,有一些热情宽厚的长者对当代中青年作家及其作品夸奖得相当够。但是,在肯定总的成绩超过了许多历史时期的同时,我们无法不承认,我们当中确实还没有出现那种文化巨人式的大作家。

原因很多,个人的原因,社会的原因,历史的原因。我国的社会主义文学事业也正像其他事业一样,前进在并不平坦的大路上。十年内乱造成的损失……但我认为这至少是原因之一,我们不重视作家的学问基础,我们的作家队伍明显地呈现出非学者化的趋势。在五四时期乃至三十年代,几乎所有的名作家都同时是或可以是教授,国外的许多名作家也是大学教授,现在呢,翻开作家协会会员的名册吧,年轻一点、发表作品勤一点的同辈人当中,有几个当得了大学教授的?

靠经验和机智也可以写出轰动一时乃至传之久远的成功之作,特别是那些有特殊生活经历的人,但这很难持之长久。有一些作家,写了一部或数篇令人耳目一新、名扬中外的作品之后,马上就显出了"后劲"不继的情况,一个重要原因就是因为缺乏学问素养。光凭经验只能写出直接反映自己的切身经验的东西。只有有了学问,用学问来熔冶、提炼、生发自己的经验,才能触类旁通、举一反三、融会贯通生活与艺术、现实与历史、经验与想象、思想与形体……从而不断开拓扩展,不断与时代同步前进,从而获得一个较长久、较旺盛、较开阔的艺术生命。

这个道理在表演艺术上也许看得更加明显。有一种所谓本色演员、本声歌手,他(她)们演戏唱歌靠的是天生的本色本声,未经训练。他们当然也可以演红唱红,甚至比"学院派"更易被接受,但时间长了,观众就会发现,他(她)不论演什么角色,都是自己演自己,不论唱什么歌,都是一个调调,本色则本色矣、质朴则质朴矣,惜无开拓、发展、变化,无开拓、发展、变化则无新意,无新意则出现单调和停滞,出现单调和停滞则意味着艺术生命的衰老乃至最后消亡。

我们常常讲思想,但身为一个作家,我们对他的思想的要求不能停留在政治态度不错、谦虚正派、不乱搞男女关系上(当然这些公民道德也不容忽视),这里,思想是指世界观的科学性、广博性和深刻性,指对于真理的认识。思想不能仅仅是一个道德规范、行为规范的范畴,作家的思想应该同时是一个认识论的范畴,它应该反映的是一个民族、一个社会究竟在什么程度上掌握了历史发展和宇宙变化的规律,究竟掌握了多少真理。而这一切,离不开对于自然科学、社会科学和哲学的知识的掌握。

我们也常常谈生活,但是没有学就不会有识,就不会有对生活的深刻理解与敏锐感受、捕捉。对于一个作家来说,生活不仅仅是吃喝拉撒、上班下班,也不仅是写作的素材;作家的生活,应该是一种文化的对象、文化的实体。作家应该时时从生活中得到对本民族的源远流长的文化传统的验证、启示、补充、发展,才能从生活出发而对于文化做出贡献。

我们也谈技巧。但是,文学不是孤立的,文学是整个民族文化的一部分,不能设想一个民族的高的文学水平是与这个民族的相对低的文化水平甚至无知愚昧联系在一起。技巧也是一种文化,没有文化最多只能有类似手工艺的技巧。现代文学技巧时时受到各种科学知识(如电脑技术、公众传播技术、心理学、教育学、逻辑学)的冲击和充实,只有充分吸收运用最先进的文化积累,才能创造出真正高水平的文学技巧,才不会满足于江湖术士式的雕虫小技。

我们也谈才华,但才只有与学结合起来才是有用之才,也才能成为大才。无学之才只能炫耀一时,终无大用,弄不好还会成为歪才、恶才、害人害己之才。凡是对自己的才沾沾自喜而不肯下苦功夫治学的人,决无大出息。没有变成学问的才华,最多不过是尚未开发的铁矿,究竟是富铁矿还是贫铁矿,究竟有没有开采价值,其实还是未知数哩!

这里,我们不妨申明一个看来像是"大实话"的命题。毕竟现在不是原始社会,不是奴隶社会,不是口头文学占据文学主导地位的古代,在今天的社会,作家应该是知识分子,应该是高级知识分子,应该有学问,应该同时努力争取做一个学者。作家应该学习专家、教授、学者治学的严肃作风。在这一点上搞创作和做学问的道理是一样的:你肚子里有真实货色才能拿出给人启迪、给人教益的作品,而为了积累真货,必须努力学习。

我们常常批评目前确有一些格调不高的作品。有的拿肉麻当有趣,搞低级趣味。有的生编硬造,俗不可耐地套现成的套子。有的矫揉造作、装假洋鬼子。有的抱残守缺,关上门自吹。还有一些其他的也许更严重的不理想、不严肃乃至不正派的作风。对此,我们当然要从思想修养、道德、政治上找原因,所以我们要反对资产阶级自由化,我们要加强政治思想工作,我们要制定和遵守文艺工作者公约等等。同时,我们还要从生活上找原因,我们要不知疲倦地号召组织作家深入人民群众的斗争生活。此外,我们还可以从体制乃至从法制上找原因和想办法,例如版权法等法规的制定对于克服文艺出版工作中的某些消极现象有着立竿见影的意义,我们的专业作家体制也还有待改善,这些都是完全必要的。

但是,这里还有一个重要的原因,就是作家队伍的非学者化趋向。不用古往今来的一切积极文化成果来充实自己,不站在人类已经积累起来的文化基础上,就无法真正弄通马克思主义,不可能取得真正的、强大的思想武装,不可能有真正崇高恢宏的思想境界,不可能有广阔从容的胸怀与气度,不可能有深邃的与清醒的历史感与社会使命感,不可能真正地用共产主义思想去影响、去培育有理想、有道德、有纪律的一代新人,就难免时而表现思想的苍白和贫乏,题材的狭窄、雷同、平庸,情感的卑琐、空虚、低下,技法的粗糙、单调。遇有风吹草动,更容易表现出缺乏思想,缺乏见解,缺乏稳定性。一群满足于自己的学问不多、知识不多的状况的作家,充其量不过能小打小闹一番而已。能够完成伟大的史诗的作家,能够不同时是思想家、史学家、美学家、社会学家和诗家吗?一个企图攀登文学创作的高峰的人,一个企望通过自己的作品而对本民族的文化以及人类文化做出哪怕是些微贡献的人,能够不去努力学习、吸收、掌握民族的与全世界的文化精华吗？一个企望在语言艺术上有所创造，有所发明，有所发现，有所前进的人，能够对古文、外文一无所知吗？

眼高可能手低，但是眼低只能手更低。取法乎上，得乎其中。如果连民族文化和世界文化的高峰何在都不知不见，又何谈攀登、创造？那么，会不会学得愈多愈写不出东西来呢？也有可能，那恐怕是因为本来就缺乏艺术创造才能和学习方法的教条主义。理论联系实际的学习，独立思考、富有想象力的学习，对创作是一个巨大的推动。当然，作家的工作与一般学者的科研、教学工作会有许多不同。所以我们既提倡作家不应与学者离得那么远，作家也应严肃治学，又不能要求作家普遍成为一般意义上的学者。也许从反面更易把话说清：即作家决不应该满足于自己的知识不多的状况，作家不应该不学无术。

至于学者了解一下当前创作实际，理论从实践中汲取营养的必要性，这里就不多说了。

当然，这是从整体而言的，从个体来说，每个作家有每个作家的情况，有其独特的优势，发挥优势，各有各的路子。古今中外的文学事实证明，某个完全非学者的作家，也有可能做出杰出的贡献，成为很好的乃至杰出的作家。我想提出的问题不是某个作家的文化知识问题，而是整个作家队伍的非学者化，以及作家队伍与学者队伍的日益分离、走上两股路的状况。

至于笔者本人，只有初中毕业文凭，前不久还因不会正确地使用"阑珊"一词而受到读者的批评（见《读书》第七期），才疏学浅，有负作家称号，正因为愧怍深重，才提笔写这篇立论或有偏颇的文章。但愿同辈与更年轻的作家，以我为戒，在思想、生活、学识、技巧几个方面下功夫，我自己，也愿急起直追，学习、学习、再学习，为建设社会主义的精神文明，为开创社会主义的文学艺术繁荣兴旺的新局面而献出一切力量。

发表于《读书》1982年第11期

文学现状断想

一

粉碎江青反革命集团,特别是党的十一届三中全会以来,我们国家的政治生活、社会生活、经济生活、文化生活乃至私人生活都发生了巨大的变化。由于我们是在一种稳定的状态下进行拨乱反正的,生活的变化貌似点滴渐进、不动声色,实际上变化的幅度相当惊人。

具有各种不同的状况、观点和思想倾向的人都参加到这样一个变革的潮流当中,力图表现自己和把生活潮流拉向自己所向往的方向,出现了空前错综复杂、斑斓而又绚丽的生活图景。这种错综复杂的现象也同样表现在人们对于文学创作的追求与评价当中。

我们这几年的文学作品努力反映了新时期的社会生活,不断开拓着新的题材。例如一九八一年以来出现了大量表现党的十一届三中全会以后农村新气象的作品,其中像《内当家》《黑娃照相》《卖驴》等都是较好的作品。一些青年作者描写了新时期的青年生活,表现了年轻人的奋斗、苦闷、追求和希望。还有愈来愈多的作品直接反映了"四化"第一线的斗争,蒋子龙在这方面的创作,是相当引人注目的。开始出现了表现我国对外实行开放政策以来的涉外生活和矛盾的作品,这在过去也是没有的。如此等等。

但是,与前几年表现历史事件、历史的经验教训,其中特别是表现"文化大革命"与反右扩大化的悲剧的作品相比较,反映新时期生活的作品似乎还缺乏深度和力度。反映农村新气象的作品虽然数量不少,但写得深的、较有艺术生命力的不多,有些则是简单的政策注脚,缺乏对于生活的新的见地。有些描写青年生活的作品过于夸大渲染了年轻人苦闷、失意的一面,因而通篇弥漫着一种过分灰暗的色调。

表现新时期生活的某些作品也还缺乏急切炽热的情绪、强大坚实的思想力量。我们的许多作品缺乏强音,缺乏对于新时期社会矛盾的深刻揭示,缺乏对于读者的精神力量的有力呼唤,缺乏对于共产主义的理想与实践的有力呼唤,缺乏更宏大的历史感,更深沉的社会责任感,更严肃深刻的以探讨真理为己任的哲理感,一句话,还没有达到时代所要求我们的那种崇高恢宏的思想境界。

二

我们的文学更多样、更注意满足人民精神生活的多方面的需要了,这是很可喜的。

例如幽默讽刺之作。从人们对相声的兴趣可以看出今天的人们多么需要笑声,多么富有幽默感。从这一点也可以看出人们的生活愈来愈健康和丰富,人们的精神状态愈来愈健康和正常。在那一个运动接一个运动的日子里,不是常有因开玩笑而获罪,把笑话作为"罪行材料"装入档案的事么?

而今天,不但陈建功、邓友梅、刘绍棠、苏叔阳颇多幽默之作,一些老前辈如马识途同志,也写出了辛辣而又风趣的讽刺新作,一些少数民族作家的作品也是特别富有幽默感的。

例如还出现了一些颇有情致的带有怀旧意味的作品,在一九八一年受注目的汪曾祺的一些作品与邓友梅的某些新作。虽写旧事,却有新趣,颇见功力,也别开生面。

还有一些以私生活,特别是婚姻、爱情生活为题材的作品,或嫌过滥,不无偏颇,但亦不乏通过私生活反映出社会面貌、社会心理的较成功之作,如张弦的《银杏树》和《被爱情遗忘的角落》。

有少数民族作家之中,乌热尔图、张承志、艾克拜尔·米吉提,都是引人注目的新秀。他们把丛林、雪山、草原的生活,把鄂温克族、蒙古族、哈萨克族猎人或牧民的生活画面展示给读者,扩大了文学题材领域,为文学吹进了一股清新、刚健的风。

所有这些都应该肯定,题材应该广泛,新领域应该开拓。

但是我们的文学主流仍应该是勇敢而又正确地反映现实生活、反映新时期的斗争冲突、反映新的人物新的时代新的世界的作品,这一点不能有所怀疑。在提倡题材多样化的同时要提倡反映现实、反映生活的激流;在反对狭隘教条的"题材决定论"的同时要反对题材无差别、生活无差别论;在否定"文学为政治服务"的有流弊的旧提法的时候也要否定非政治化与回避矛盾;在反对在作品中进行空泛议论与枯燥说教的同时,也要反对作品的无思想性,反对用思想感情的空虚、苍白、淡漠、乏力,用自外于革命事业、建设事业的旁观态度来冒充艺术上的含蓄的一切说法和做法。

三

愈来愈多的同志表现了自己对艺术的追求,他们不再满足于靠题材的新闻性和社会性、靠几句政治警句来取胜,他们注意了艺术形式、手法的多样化与创新,这也是一个健康的发展。

我们看到,一些小说的主题思想是愈来愈隐蔽和立体了,甚至有的作品使习惯于读后用一句话概括主题思想的读者感到为难,有时候还感到艰深。例如古华的得奖短篇《爬满青藤的木屋》就曾使一些同志觉得费解。高晓声、王安忆、汪曾祺……的许多作品也让人觉得一句话说不清主题。其实,他们的作品决非故弄玄虚或故作艰深,毋宁说他们是非常平实具体地写了生活,正因为平实具体地再现了生活，就使他们的某些作品具备了生活本身的那种生动性、丰富性、从多种角度加以评价的可能性。这正是他们的作品的优点。当然，如果说有什么不足，也正在于有些作品里还缺少一点精神力量，缺少作者的灵魂的呐喊。或者说，还缺少点革命的理想主义。我们与国家的关系、与人民的关系、与我们的天翻地覆慨而慷的事业的关系，使我们不能完全满足于提供一点生活故事，尽管这些故事确实提供得很好，耐人寻味，耐人思索。

　　另外一些作品则写得相当理性，整个作品有一种思辨的乃至论战的色彩。如今年《十月》上的《无反馈快速跟踪》与去年《东方》上的《陀螺与便桥》，它们把数理概念、哲理命题引入了小说，乃至变成了小说的结构形式，这两篇小说的人物和情节既是有生活气息的，又是相当抽象和概括的，但看后并不觉枯燥、不协调，其效果不是逻辑哲理损害了故事的生动，而是生活故事使数理概念与哲理命题大放异彩，反过来这些理性的东西变成了小说的有机部分，提高了小说的思辨性。祖慰与吴若增的作品也具有这种特色，虽然吴若增并不把思辨内容说破，他的作品里包含着一种机智和独到的生活见解。也许不是所有的读者都能接受这种写法，但这毕竟也是一个品种、一条路子。

　　结构上的探求和试验也相当明显。我们可以暂时把意识流不意识流这种多半是一知半解、望文生义、尚未正名就争了个不亦乐乎的、给某些作品"戴帽儿"的话茬置之不论。反正时空的交错也罢，几条情节线同时进行乃至"放射线"也罢，视角与叙述口气的调度、配置、变化也罢，现实与追忆、幻想的交织也罢，这些结构方法正在被愈来愈普遍地采用。长篇《冬天里的春天》、中篇《人到中年》、短篇《剪辑错了的故事》都是如此。提倡乡土文学的刘绍棠的一些近作，如发表在《小说界》一九八二年第四期上的《烟村四五家》也显然在结构上吸收了打破时空顺序与交插叙述的方法，可见我们的乡土还是颇有开放性与消化力的。至于谌容一九八一年在《当代》发表的

《关于仔猪过冬问题》的结构则更为奇特和富有表现力,它像拉洋片,又像玲珑宝塔,又像多米诺骨牌,高屋建瓴,自上而下,势如破竹,别开生面。王安忆的《墙基》的思想深度与余味,也几乎全得力于那种双轨平行的结构。

当然,也有些形式,如按每个人物的视角各用第一人称来写,如果用得太多又看不出非这样结构不可的必要性的话,创新立即可以成为模仿、成为赶时髦以至成为套子,新意也就会变成旧意了。

注重心理描写,包括深入地写人物的情绪、感觉、联想、幻觉的方法,也受到不少作者的借重。问题在于这种种心理活动仍然是现实生活的折光与映像。社会主义中国的作家,写这些东西全然不是为了逃避现实,缩入自我,更不是为了宣扬孤独、颓废、绝望,而是为了探索人们的灵魂的奥秘,把人的精神世界写得更丰富、更生动、更绚丽多彩,并从中反映时代的脉搏、生活的脚步。否则,这种单纯侧重心理描写的作品,有可能成为思想苍白空虚乃至逃避现实的同义语。这样一个界限,这样一个清醒的认识,是不能没有的。

四

一切艺术探索不能离开生活,不能离开思想——世界观的深化与科学化,也不能离开题材的具体特点。这当然是没有疑问的。没有对日新月异而又矛盾杂陈的社会生活的及时的调查研究,没有自己的评价、见地、倾向,没有建设新生活的理想与热情,没有对题材的十分熟悉与认真开掘,任何艺术探索都会变成无源之水与无根之木,都可能变成矫揉造作乃至"作状"唬人。

一切探索首先是对生活的探索,对真理的探索,对知识的探索。对生活、对事业、对我们的时代的真知灼见,乃是一切探索的基地、前提和指路标。

一切探索都应该从本民族的实际、本民族的生活、本民族的文化传统出发,一切外来的东西都必须融和、消化于本民族的文化,植根于本民族的土壤,一切突破和创新都有赖于充分利用本民族已有的审美经验和审美心理。例如舞剧《丝路花雨》,便大大得力于人们已有的对敦煌文化的理解、向往和赞美。创造不是凭空的。同时,民族传统又是不断丰富、不断发展、不断吸收外来的有益的东西的,不这样,民族传统就会僵化,就会渐渐难以立足,更谈不到发扬光大。而且民族传统本身就具有着博大性与多样性。杜甫是民族传统,三李(李白、李贺、李商隐)也是民族传统,《红楼梦》是民族传统,《西游记》与《聊斋志异》也是民族传统,鲁迅、郭沫若、茅盾、巴金、赵树理、曹禺,都是民族传统,也都有所吸取借鉴。何况,我国本身就是一个多民族的国家,除去汉族的民族传统,还有各少数民族的文学传统,他们提供了汉族文学所缺乏的一些重要方面——如史诗这种体裁的作品。同时,各少数民族之间,各少数民族与汉族之间,我国各民族与世界各民族之间,又有着千丝万缕的联系与影响。

五

　　生活的发展、思想的发展与创作的发展不断地向文艺理论批评工作提出新的问题;在建设以共产主义思想为核心的精神文明,开创我国文学工作的新局面的总的要求下面,人们正在探讨这些问题。

　　现实主义问题引起了普遍关注。文学上的现实主义与哲学上的唯物主义之间,具有一种什么样的逻辑关系?社会主义现实主义、革命的现实主义、革命的现实主义与革命的浪漫主义相结合这些提法究竟是旧现实主义的一个继承和发展,还是对旧现实主义进行了质的改造?这些提法彼此间的异同又当怎样看待?如何正确评价各派现实主义(如风行拉丁美洲的结构现实主义与魔幻现实主义)?如何评价现实主义之外的各文学流派,其中特别是"现代派"?现实主义究竟是一种创作方法还是一个基本精神?在这种基本精神下面可以采取各式各样的创作方法？抑或"创作方法"这个范畴本身就难以成立？如何评价我国文学传统的现实主义主流与风格、流派、手法的多样性？如何评价"典型环境中的典型人物"这一命题对于现实主义理论的重要意义？如何使马克思主义的文艺学、使现实主义的文艺理论更加民族化，与我们传统的美学、文艺学观点相结合？

再一个引人注目的讨论是关于人道主义和人性论。如何评价马克思主义与人道主义的关系？如何理解马克思主义经典作家对于人和人性、特别是马克思早期著作中对于人的异化、人性复归问题的论述？如何评价近数年来文学作品中对于人情、人性的描写？能否说我们的文艺作品出现了什么"人道主义潮流"？所谓"人性美""人情美"的提法是否科学？是否是马克思主义的？如何分析一些明显地旨在探讨这些问题的文学作品的得失？

当然目前探讨的文艺理论问题不只是上述这些。文艺与政治的关系，社会主义新人的创造，"二为"与"双百"方针的进一步阐述，风格流派的形成和发展，艺术形式创新的成败得失……所有这些讨论都是活跃的、热烈的、生气勃勃的和有教益的。

创作家不一定是理论家。但是作为社会主义国家的革命作家，我们应该注意学习理论，首先是马克思主义的基础理论，也包括马克思主义文艺学的基础理论与毛泽东文艺思想的基本精神。努力学习，努力深入生活，努力艺术实践，这是我们的文学事业继续向前发展、更上一层楼的保证。

题为断想，挂一漏万，聊以备忘，或可参考，敬请教正。

发表于《民族文学》1983年第2期

社会进步与道德、审美评价

进步,这是一个历史的概念。它指的是社会形态从低级到高级的发展。按照马克思主义的观点,这首先应该是指生产力的发展与生产关系的相应发展变化。

进步,又是一个文化的概念。它指的是科学(自然科学与人文科学)、哲学、艺术、伦理道德观念以至风俗习惯从低级到高级的发展运动。(宗教的发生、发展、消亡本来也是文化史的一个主要方面,但能否适用进步这个概念,我还想不清楚。)

而善是一个道德伦理观念。如果用抽象的善即抽象的道德观念来观察、衡量、评价历史的发展运动,就会造成极大的思想混乱。

例如商品经济的发展,它会破坏一些古朴淳厚的社会风习。但我们不能因维护抽象的善而反对、扼杀商品经济。

我到过新疆哈萨克牧区,按照他们的古朴风习,他们非常好客,招待客人从不斤斤计较。他们从牛奶提炼出奶油以后,常常把大批脱了脂的牛奶倒掉,因为他们从不认为牛奶是商品。而当交通发达,商业发达,奶品加工工业发达起来以后,他们必然不像过去那么好客(一、来往客人猛增,他们已招待不起。二、他们的多余食物如奶制品等可以出售,可以变成货币,并用这些货币购买自己需要的工业品),结果就变得精打细算起来。

而在某些人们的道德观念中,好客是善的,精打细算是恶的。(在那些处于被哈萨克牧民招待的客人地位的人们的心目中,尤其如此。)

从抽象的善出发,完全不必否定"吃大锅饭"。有饭大家吃,这不但是"善",而且是理想。相反,承认差别,一些精明强干、会找窍门(有的人也找了一些歪门)的人先富起来,大量还没有富起来的人看着眼红、不服,如芒刺在背似乎倒是"恶"了。

历史发展的规律不一定符合某种抽象的道德信条。历史的发展并不总是以"善"的形式进行。历史的发展并不是沿着道德的自我完善的轨道行进。相反,一个确立了科学的世界观的人,应该力求使自己的道德观念服从科学的世界观与历史观的指导。好行小惠固然可能是善,但真正的"大德",却在于推动历史的进步,发展生产力,发展全部经济基础与上层建筑,使人类真正成为自然的主人与社会的主人,使人类从必然王国进入自由王国。

还有一些道德观念实际上似应属于某种习惯势力。如我们常常称颂一个庄稼人的本分、安分守己,而对那些有新的向往、新的追求、新的实践与新的欲望的人嗤之以鼻。

据说某地有这样一个专业户,当领导上关怀他,问询他有什么要求时他提出了三条:一、想到人民大会堂去坐一坐。二、想买一辆上海牌小汽车。三、想到香港看看。知此情者大多愤愤不平,认为这人狂妄至极,认为这人不知道自己是老几,乃至认为领导去关怀他是错了,这简直是领导"自讨没趣"。

然而,我们如果细想一想,一个农民在经济上富裕了以后,希望自己政治上有更高的地位,希望拥有更先进舒适的交通工具,希望旅游和获得外部世界的某些信息(不论实现这些愿望是否还有实际困难或并无实际困难),这究竟有什么大逆不道?穷困得但求果腹而常常不可得的中国农民,十年前有可能提出这种"妄想"吗?更早一点呢?勤劳的中国农民,终于在八十年代产生了一点新的、宏伟些的愿望,这不是值得庆贺、值得为之落下欢欣的热泪的吗?

美的概念也与进步的概念具有不同的内涵与外延,具有不同的适用范围。从整体宏观地说,我们可以说人类是按照美的法则来创造世界的,历史的进步将使我们的生活、我们的环境、我们自身更加美丽。但具体地说来,就很难讲。工业文明简直像个怪物,大大破坏了田园美、自然美,但我们最多只能想办法去保护环境,却不能从根本上摒弃工业文明。电灯、煤油灯、蜡烛、火把究竟哪个更美也说不清楚,恐怕是各有各的美。所以欧洲一些国家至今在举行盛大宴会的时候,虽有辉煌的(电)灯火,还要在餐桌上点燃插在烂苹果上的红蜡烛。审美心理往往是历史积淀的产物,它有时候喜欢向后看,例如许多成人喜欢回顾自己的青少年、儿童时代,觉得往昔比现时更美。当然,审美心理又往往是创造性的,"喜新厌旧"的。当一种怀旧式的审美心理过分风行的时候,人们就会宁可去歌唱那与最落后的生产力、最不发达的商品经济、最不发达的文化教育水准相联系的美,古朴的美,乃至原始粗犷野性的美,而忽略了去歌颂历史的进步所带来的新的美、新的审美对象。比较一下拖拉机和耕牛,后者有时候比前者更容易成为审美对象。

我过去的某些文章中,往往只强调了审美意识的创造性与变异性,却忽略了审美意识的保守性,那是不够全面的。

有一些作家艺术家,从这种保守的审美意识出发,觉得今天的农村题材不好写,甚至觉得今天的农村变丑了,那是因为,他习惯于、得心应手于描写那些古朴的美,却对新的、向着现代化的前景发展的、与现代文明相联系着的美视而不见或视而不惯。

我们并不一般地否定古朴的美。有一种古朴的美具有永久的魅力,可以说是永恒的。例如某些古代文物,例如某些古老的风俗习惯,例如汉民族过旧历年的一些习俗,还有一些传统的园林或工艺美术等。这些东西将会保留下去,成为时代的美的一种丰富的补充。就像前面举到的欧洲的例子,插在烂苹果上的红蜡烛成为灿烂辉煌的电灯的补充一样。

就是这种近似永恒的古朴的美也在起变化。现代青年结婚的时候宁愿去购买电冰箱和沙发,却很少去选择审美价值远未丧失的硬木家具与屏风。现在北方的一些小孩子对过年吃饺子已远无我们小时的那种兴趣,在我们的儿时,人们生活水平太低。过年吃肉馅饺子便觉幸福异常,而现时的儿童,口味就高得多了。

还有一些古朴的美即使再美也已经或者正在成为历史的陈迹。例如,旧社会小贩的叫卖很有讲究,简直能叫出花儿来。如今,一些五十岁往上的人,说起这些叫卖的"歌"来仍然十分神往,但我们不能想象在食品自选市场上从业人员吆喝叫卖。对这种古朴的美的消失稍稍唱两首挽歌似亦无伤大雅,有时候还可以从这种古朴的美的衰落中看出历史的前进运动来。但我们的作家艺术家总不能抱住这种注定要消失的东西依依不舍。

还有些古朴的东西本来就不美,如裹小脚、包办婚姻等,这当然不应该歌颂。还有些非常原始的、不足为训的劳动方式,如人拉犁,如小说《船过青浪滩》里描写的那种撑船,我们固然可以写人的这种顽强精神,却更应该把眼光放到更先进、更合理的劳动生产与生活方式上。

经济政策、农村政策要解决的是推动经济发展从而推动社会进步的问题。道德伦理与美学原则要解决的是人与人的关系、人的内心世界的丰富、灵魂、情感的问题。因此,进步、善与美的总的前景虽然是统一的,却不能互相混淆,不能任意"越界",不能互相衡量,更不能互相取代。

前面我们已经大致提到了不能用抽象的道德原则和保守的审美原则去看待历史的前进运动。现在,我们还需要探讨一个问题,能不能反过来用进步来衡量或取代善和美呢?

答复恐怕同样是不完全肯定的。例如商品经济的发展对于我国农村经济来说是一个巨大的进步,但这并不等于说:一、商品经济的发展的一切方面都是善和美的。二、商品经济的原则可以扩大到商品生产流通领域以外去。

商品经济的发展可能发展一些人的聪明才智与社会责任心,也有可能使一些人变得利欲熏心、铜臭十足,我们不能把正当的精打细算、有利可图当做恶来批判,但也绝不能回避或者放弃对于金钱的腐蚀性的批判。从莎士比亚到巴尔扎克,不是都进行过这样的批判吗,何况共产主义者的我们?

私有财产和私有观念的产生与形成,社会分工的出现特别是体力劳动与脑力劳动的分离,大城市的出现及其与乡村的分离,如此等等,对历史的进步都起过巨大的积极作用,但也都带来新的矛盾、新的问题、新的痛苦。无限膨胀的私欲会蒙蔽人的善良纯真,变得非常丑恶,劳心者治人的旧观念、旧传统会造成许多悲剧。例如古今中外都曾不断出现过的由于门第观念造成的爱情悲剧,在文艺作品里表现过的既荒谬又可笑的门第观念至今在我们的社会生活的某些方面,仍然是顽强和严峻的。至于描写大城市的罪恶的作品更是不胜枚举。使用机器的人会产生机巧之心,这是中国的古代先哲早就指出来了的。

古今中外都不乏揭露城市罪恶、现代文明的罪恶、思恋乡土、意欲返璞归真的作品,特别是在现今西方世界,与发展到极点,也矛盾到极点、腐烂到极点的布满摩天大楼的城市相比,人们宁愿去读写森林、写沙漠、写南北极、写杳无人迹的大海的作品。正是在上述作品中,人们似乎重温了或体会到了自身与大自然,与宇宙的紧密联系,抛弃了或暂离了资本主义的尔虞我诈的名利场,得到一种净化、得到一种休息、得到一种安慰或新的刺激,这是完全可以理解的。

我们需要某种能净化和抚慰人的心灵的作品。但是,与西方世界的作家不同,我们毕竟是共产主义者、马克思主义者、向前看的历史乐观主义者,而不是一步一回头的历史感伤主义者。我们决不能无节制地、人云亦云地、千篇一律地用城市的丑恶去对比和凸现乡村的美妙,用脑力劳动者的丑恶去对比和凸现体力劳动、原始劳动的美妙,甚至用健全的、有文化的人的丑恶去对比和凸现某个伤残的文盲的美妙。(近年来连续出现了一些以哑巴、盲人为主人公的作品,个别分析,不乏佳作,加在一块,未免有点"那个"。)

即使产生了新的矛盾与新的痛苦也罢,进步毕竟是进步,人类的文明、富裕、解放与幸福,只能在历史的进步中实现,而不能在倒退中实现。在歌唱深山老林、穷乡僻壤、海角天涯、大漠孤烟的同时,我们不能不以更大的热情去歌唱新的城市的诞生,新的工厂与工业部门的开工,新的桥梁、道路的落成,新的大学与科研机构的建立,新的生活习俗、生活方式的出现,赞美人民在建设新生活的道路上,掌握大自然的奥秘并征服自然的道路上的每一个新的里程碑,赞美人类智慧创造的一个又一个奇迹,赞美文明、进步、社会主义事业的一个又一个胜利。

但我们并不回避一切进步的事物、进步的政策、进步的运动所带来的矛盾、问题乃至痛苦。商品经济冲击着自然经济、半自给自足经济下的纯朴民风。等价交换的原则甚至会侵入到人与人的关系的领域,侵入到友谊、爱情这些引起最不需要商品等价原则的领域里。随着新的行业的兴起,一些古老的行业、古老的手艺、古老的生活方式与劳动方式正在衰败和解体,一些古老的平衡正在被打破。愈来愈多的农民离开土地从事其他经营说不定会引起爱情、家庭的某种悲剧与社会的不安感。和平安定的生活,物质需要的不断满足与不断上涨(满足是相对的,而上涨是绝对的)不但会带来新的、过去认为是异想天开的欲望,也必然会带来新的失望和新的批评,而且这种和平安定与逐渐富裕,说不定会消磨某些人的革命理想、革命豪情、献身精神。至于市场经济的并存可能冲击计划经济,工业开发对环境的威胁,开放政策的某些副产品等等,则更是尽人皆知的常识了。

我们的作家完全不必在这些新矛盾面前闭上眼睛。揭露这些矛盾完全不意味着站在历史进步的对立面。拥护历史的前进运动完全不要求作家只提出肯定性的命题。

轻商思想在我国有悠久的传统，重农抑商的政策为许多封建统治者所推行。我对此没有多少了解和研究，但我觉得这种观念有以一般的道德原则代替科学的经济学的意味，它实际上是一种对经济生活的无知。同时我觉得重农抑商的政策大大加强了乡土观念，安土重迁的观念。

乡土观念当然不是坏事情，它甚至是非常美的。许多海外华侨至死不渝地依恋着自己的乡土，说明乡土观念是爱国主义的一个组成部分。

但乡土观念也会带来某种局限性、保守性、排外性。"三个图章不如一个老乡"，这只能意味着落后、愚昧和不正之风。把世界看得那么可怕，离乡三日便如坐针毡，这无论如何不是现代人的心理。

我们的爱国主义也远远比乡土观念更广阔、更崇高也更深刻。它包含着对中华民族的全部国土、人民、历史、文化的了解与爱。它更应该包含着对社会主义的中国、对中国的历尽艰辛而又光荣伟大的革命与建设事业的了解和自豪。何况，我们的爱国主义与无产阶级国际主义是统一的。

我们又是一个非常人情味的国家。父子、兄弟、夫妻、师生、老战友、老部下、老下级、同学、同事、同道、难友、病友、哥们儿，各种感情的纽带联结着中国人。甚至老对手、老敌手，当事过境迁之后也能带来某种感情，"赠绨袍"眷眷有故人意的故事至今令人泪下。这些无疑是非常美好的。

与人情味相对的是一种严冷的利害计算，是公事公办、铁面无私、六亲不认。应该说这两者表面上看是针锋相对、互不相容的，实际上却是相反相成、互相补充的。

关键在于它们各自有着自己的适用范围。例如一个法官、一个企业家、一个军事指挥员、一个科学家、一个组织工作者,在他们审判案件、管理企业、指挥战斗、进行科学试验、安排干部的时候,可以说是完全容不下丝毫的人情的渗入、人情的腐蚀。如果一个人因为人情的考虑而轻判重罪,或徇情包庇,放松管理,或调来了不该调、放走了不该放的人,那岂不是严重的不正之风,甚至是违法乱纪吗?而我们的文学作品,不是恰恰要歌颂那些秉公办事、六亲不认、铁面无私、不徇私情的好干部、好作风吗?

相反,如果一个人只知刻板地按规章办事,而完全丧失了人的感情,丧失了爱情、友谊、亲子之情与热爱生活、热爱生命、热爱大自然之情,丧失了诸如怀念、亲近、幽默、爱怜、豪兴等感觉与感情,我们的生活不是变得太枯燥又太可悲了吗?

归根结蒂这两者并不总是互相矛盾的。那种在事业中严格计算、铁面无私的精神,应该不是雨果的《悲惨世界》里的沙威式的铁石心肠,而是来自一种更高尚的对人民的爱与责任心。

我们必须坚持不懈地建设精神文明,坚持不懈地用共产主义精神、共产主义道德教育人民,这是我们的社会主义文艺工作者的庄严使命。

这是因为,物质文明的建设并不能自动地保证精神文明的提高,物质文明不能代替精神文明。经济的发展并不能自发地产生共产主义的思想体系,也不能自动地调节人与人的关系,我们不能用发展经济的现行政策代替对人民的共产主义教育,不能用对现实图景的规划代替理想,不能用调整安排经济生活的规章制度政策代替对人民,特别是对人民中的先进部分的社会理想与道德理想教育。

例如前几年围绕"斤斤计较"曾经发生过一场争论,其实,这种争论多少有一种形而上学的玄学意味。"斤斤计较"如果只从字面意义上来看,是指多一斤、少一斤都要计较,计算得很严很精,马虎不得。所以有人说,"斤斤计较"是不能完全否定的。

但"斤斤计较"作为一个特定的成语,又有极大的贬义。它指的是在人与人的关系当中,个人与集体、与组织的关系当中的一种极端自私自利、鼠目寸光、抠抠唆唆、心胸狭窄、"占便宜没够,吃亏难受"的精神状态。这种精神状态即使在过去,也与我们民族的传统美德如急公好义、克己奉公、"宰相肚子里能撑船"等等相违背而为人民所轻蔑。何况今天,斤斤计较的短视的利己主义是与共产主义的大公无私精神多么地不相称啊!

反过来,亦不能用共产主义的一般原则特别是道德原则代替发展经济、组织经济生活的具体政策措施。作为共产主义者,我们当然提倡并实行大公无私的献身精神。这种献身精神是指一个党员、一个革命者从整体上应如何来对待党的事业、共产主义事业。我们把为共产主义事业献出自己毕生的智慧、能力、热情看作最强烈的心愿和最充盈的幸福。而如果当个人利益和革命利益发生了矛盾的时候,当严峻的考验(一般是指敌我斗争的考验)到来的时刻,我们更应该脸不变色心不跳,为共产主义事业不怕牺牲生命,洒一腔热血。

不论从事什么工作——包括经济工作、商业工作——的共产党员与先进分子,都应抱着大公无私的献身精神,奋发忘我地做好自己的工作。但我们不能认为有了这种精神就注定了能把经济、商业搞上去。如果这样认为便不免有些主观唯心主义与唯意志论的色彩。忘我的献身精神当然好,但不能代替对经济生活的客观法则的研究、掌握和运用,不能用这种精神代替政策,不能用党的纲领、党章代替一个工厂、一个商店、一家公司的组织细则与规章制度。我们不能搞一家例如"献身皮鞋店",规定所有的店员、经理人员与顾客按照大公无私的献身原则来进行皮鞋的选择与买卖。我们不能认为工作人员要大公无私就不能拿工资和奖金或参加合理的分成(如果他们那里实行了某种形式的承包责任制的话),也不能认为凡是按月照拿工资并照拿应得的奖金的人便是自私自利。当然,我们更不能责备例如顾客进商店买货要选择价廉物美的商品乃是个人主义。

与此同时,确有一些先进人物和觉悟高的同志不以一般地向社会尽职劳动与领取合理报酬为满足,他们总是想多贡献一些、多对别人有利一些。他们愿意多买国库券支援国家,愿意捐款帮助灾区人民,愿意学雷锋、做好事,当然,这是值得表彰的大好事,也是先进人物的先进性表现的一个方面。

这里,又使人回忆起前几年的一个小小的争论。过去某地提出过"八小时内拼命干,八小时外做贡献"的口号,有的同志认为这个口号提得好,也有的同志认为这个口号是错误的,因为它不关心人,不关心人的休息、学习、家庭生活、个人爱好。其实,这种争论同样带有烦琐的抬杠味道。如果一个领导部门、一个企业的劳动制度或作息时间表上规定了"八小时内拼命干,八小时外做贡献",这当然离奇和脱离实际。何况现在某些部门还不是八小时之外太疲劳的问题而是八小时之内干不满的问题。但是,试问任何一个事业心强的人,不论是革命家、政治家、科学家、艺术家、经营能手或生产能手或革新能手,能把自己的劳动局限于八小时吗?

任何口号都不是完善无缺的,任何口号本身并不能说明一切问题,任何口号都还需要与之相反相成或相辅相成的口号的补充,后者的补充正是它自身存在的条件。任何文学作品的主题思想绝不能是一个简单的口号的演绎。归根结蒂,生活比口号丰富得多。或曰,有的领导人以"八小时外做贡献"为依据任意侵犯职工的休息,动辄搞加班加点的疲劳战,怎么办呢?反对就是了。

同样,"八小时之内归你,八小时之外归我自己",如果一个工人这样对待自己的劳动,难道是一种值得称道的主人翁态度吗?

从西方的情况来看,一方面是资本对利润和普遍地对金钱、对于消费的追逐,一方面是诗人、作家、艺术家对拜金主义的无情揭露与辛辣嘲笑。后者显然并没有使西方的经济生活解体,从来没有听说过有哪个商人或哪个守财奴在读了《悭吝人》或《欧也妮·葛朗台》

之后改变了自己的生活信条。相反,倒是许多诗人、作家和艺术家抵制不住商业化、庸俗化的浊流,金元常常把诗神缪斯玷污。大概对于一个社会来说,道德信条与审美观念,总是不如经济规律起的作用更强大吧。

恩格斯说过,少女能够为失去了爱情而歌唱,商人却不能为失去了金钱而歌唱。这是千真万确的真理。与此同时,我们却看到在西方,千千万万少女有可能为了金钱而离开自己的所爱,再为了金钱而给商人唱歌,尽管她唱歌的时候很可能真诚地想着自己的所爱,因而唱得益发动人,益发可以卖钱。

谁知道呢,也许正是那种对于金钱和贪欲的揭露批判,那种对于超尘拔俗的善与美的追求,才为生活在那个世界里的人们在心底保留了一片净土?使他们能取得某种平衡?使他们能活下去?当然,资本主义社会正产生着与造就着埋葬自身、结束自身、超越自身的力量。

超尘拔俗的美与善的追求并不就等于这种历史的革命因素,它可以转化成这种革命因素,也可以只是那个世界的利己主义贪欲的一种调剂、一种陪衬,一桌摆满鸡鸭鱼虾的酒肉筵席上的一碟酸黄瓜。

共产主义者的我们则要结束这种理想的、心灵的、文化的与社会历史、生活现实的发展的分裂状态。按需分配也好,消灭三大差别也好,政党、国家的消亡也好,劳动成为乐生的第一要素也好,将使我们的充满缺憾和裂痕的历史、社会、人生得到前所未有的发展、完整与和谐。

但我们是科学社会主义者而不是空想社会主义者。我们不能完全不顾生产力的发展水平而一味推行最高最纯最大最公的生产关系,我们必须总结几十年来的正反两方面的经验,寻找建设具有中国特色的社会主义的道路,大胆试验,摸索前进。

而我们的文学作品既要有共产主义的理想、胸怀,又要有科学社会主义而非空想社会主义的实事求是精神。既要提高和净化人们的灵魂,又要满腔热情地拥抱现实生活,从现实的变革中汲取题材、激情和灵感。既不必成为政策的图解、政策的简单的应声虫,更不能用一种保守抽象的尺子衡量生活的新发展与新变革,从而失去反映现实的热情而只剩下了困惑和观望。我们的文学的这种特点和使命,确是值得深思的。

美感、道德感、历史感、时代感,对于一个社会主义的作家来说,都是不能或缺的。特别是今天的社会主义中国,新旧交替、美丑杂陈,生活呈现出一种特别生动、斑驳、绚丽、五花八门、令人眼花缭乱的景象。原始的、落后的生产方式可能伴随着某种古朴的善和美,也可能伴随着某种野蛮和残酷。某种最最先进的旗帜、口号、术语名词下面,可能包含着激进的改革者的热情,也可能夹带着以不变应万变、换汤不换药的老于此道者的狡猾与自得。古老的文化历史留下了无与伦比的灿烂辉煌的智慧与劳动的结晶,也留下了久治不愈、愈了还要复发的陈年老症。新名词、新概念、新技术能引起一阵激动、一阵清风、一阵警醒,也能引起一阵起哄、一阵鼓噪、一阵乱争乱吵,然后一切还是"外甥打灯笼——照旧(舅)"。有的人因为物质上的富裕而变得文质彬彬、温良恭俭让,至少是向往文化、文明,也有人有几个钱就想赌博、吸毒、娶姨太太。有的人在进行严肃的、原则性的研讨,却被认为是搞人事摩擦,有的人却怀着个人的争权夺利的动机支起有网有线的幌子。有的地区、有的部门确实显出了一点快节奏、多线条的现代生活的瞬息万变,也还有一些似乎被遗忘的角落,那里的生活似乎只是原地踏步、就地转圈。有些人随波逐流、鼠目寸光、就势俯仰、趋利避害,为有识之士所不齿,有些人见解高妙、语出惊人、大而无当、与现实不沾边,终无大用……

在这种错综复杂的情况下,惯于用简单的非此即彼的方法、简单的非此即彼的命题来观察分析生活的人瞠乎其目,惯于在自己的作品中对每一个大小问题都做出确定回答、都判断个孰是孰非的作家缩手缩脚。

其实,只要超越一下那种万象归一式的思想方法,那种法官式的对待生活的态度,我们就会看到,今天中国的现实生活正呼唤着大手笔、好作品,生活的总的趋势如长江大河,汹涌向前,我们要充满热情地歌唱这种向前进步的运动,这是无疑的。同时,生活在它的不同的侧面、不同的层次,显现出多形、多态、多色调乃至多趋向的运动和旋转,它需要我们有一种比较清楚的多角度多层次的对生活的探讨,也需要一种比较清楚的多角度多层次的对生活的表现。它需要清醒的、决不简单也决不是故作复杂的头脑,更需要对生活的深入与忠实。它需要我们考虑一切问题时从生活实践出发,而不是从某一个或一组观念出发。说一千道一万,生活之树常绿,形象大于思想,一切都要经过客观实践的检验。

发表于《当代文艺思潮》1984年第4期

读评论文章偶记

与一些创作家口头上的轻视评论的标榜相反,我倒是知道许多作家拿到一本刊物常常是先翻开评论文章看的。很自然:需要知道舆论,需要信息反馈,需要看看那些能够直截了当地对文学、对作品、对作家说三道四的哥们儿正在振振有词地说着些什么。

有过这样的抱怨,比如本来一篇挺不错的作品,经过评论的干巴巴的褒扬以后,大倒读者的胃口,使你再不想去接触它。一篇本来颇耐咀嚼的作品被评论者或抓住浮面的枝节,或望文生义地抓住个把名词——帽子争了个不亦乐乎。隔靴搔痒的效果不仅在于不能解痒,而且在于平添了许多啰嗦,有时候还是煞有介事的啰嗦呢。

南帆在一篇文章里说得好,这样蹩脚的评论并不能代表评论,正如一些三四流作家的作品并不能代表创作的水平。相反,我们倒是欣喜地发现,我们的一批比较年轻的文学评论家、文学评论队伍中的新人锐意进取,思想活跃,知识更新,正在取得新的成果。在作家协会第四次会员代表大会以后,与创作相比,也许可以说评论的面貌更给人以焕然一新之感,其活跃与繁荣,都是前所未有的。

近年来最先引起创作家的注意的可能还是那些对当代作家作品的评论。看到南帆对韩少功、王安忆、刘绍棠等的评论,看到吴亮关于高晓声、谌容的评论,蔡翔、周政保等对张承志等的评论,何志云关于陈建功的评论,我不能不为我的这些同行们获得的理解而感到无比的安慰。看到黄子平对林斤澜的饱含深情与独具慧眼的理解与推崇，我甚至感动得想掉泪。这使我想起那年读到李子云评宗璞的文章时的心情。宗璞复我的信的时候曾说，她也有逢知音之感。

然而这里所说的知音绝不仅是一种心情，一种友好的相通。尤其可贵的是一种站在更概括、更有高度也更富思辨性的理性的基础上的那种相当切实又相当精炼透彻的阐发——包括批评。这里我愿意特别提出南帆的这一类文字，他写得简约而又充实，见解独到，既富艺术感觉又善探讨哲理，无空论、泛论，更无八股，有新的观点却不滥用新名词术语。他的见解是值得深思的，他的文风、文字也是值得称道的，他的关于一些作家成名之后一系列新作停留在一个平面上的警告，与刘齐的更富理论色彩的关于思维定势问题的分析，也是有的放矢、恰中要害的。说明这样的知音同时也是诤友。这些问题恰恰是一些创作家容易忽略，或虽然感觉到了却缺乏自觉的认识的。

好的评论家就是这样的。也许他们的直接从生活、从心灵的搏动中汲取形象、人物、故事、语词的本领，或者粗略地说他的形象思维的能力赶不上创作家，然而他的学问、他的境界、他的见解，他对于文学语言与文学形象的敏感，他的把形象思维与逻辑思维相联系相贯通的能力才学，常常是远胜于一般创作家的。有人说，没有哪个大作家须要接受评论的指导，这或许是事实。但我要补充一句，没有哪个作家不需要从好的评论中得到启发，得到激励，得到精神生活、智力劳动的动人的快乐，至少也得到某种安慰和友谊。

这里值得一提的还有许子东《张承志和张辛欣的梦》一文。二张的题材、风格、创作经历与社会效果完全不同，许文能不受时见的影响，独辟蹊径，深入比较，见人之所未见，说明了即使对人们已经评了不少的作家作品，予以再发现再评论的潜力还远未穷尽。

我们的年轻的评论家们不会满足于对个别作家作品的品评，于是出现了和正在出现着对于当代文学现象的综合研究。季红真的《文明与愚昧的冲突——论新时期小说的基本主题》便是其中最有分量的篇什之一。虽然我看到的还只是上半部,但是它所体现的博采、深探、谨严的学风,它的吞吐当代小说于一炉的艺术消化力都给人以深刻的印象。它的关于文明与愚昧的冲突的命题,作为文学评论也作为社会评论的一个提法,将会产生自己的影响。

有些创作家和读者不大习惯于读这种高度概括的大文章。有什么办法呢。思想的懒惰与体力的懒惰一样,可能是一些人的通病,却只能是一种不幸。不管每个作家怎样珍视自己的作品的个性与每个个别作品的独特成就,也不管每个作家是怎样骄傲地反感于被概括到某个主题某个潮流中去,更不论某个作家是怎样地满足于乃至于自得于自己的缺乏用概念进行思辨的训练,归根结蒂,概括仍然是评论家的优势,是评论家认识文学与评价文学的有力武器。关键问题是这种概括是肤浅的还是深入的?是简单化的分类还是具体地分析了具体问题、分析了矛盾的对立与统一的各个侧面、各个层次?是人云亦云的俗套子还是评论家厚积薄发、潜心研究的真知灼见。

季红真的文章颇引用分析了一些近年发表的并未引起多少注意或仅仅受到迎头痛击的"寂寞"之作,仅从这一点上,我们也可以看出她的立论的个性来。

宋耀良的《论思考的一代文学思潮》也是一篇值得注意的有概括力的文章。

也许无劳我的饶舌。这种概括与分析的方法既是不可避免的与有力量的,又往往是以牺牲某些作家与作品的独特性与丰富性为代价的。当一个精彩的命题提出以后,它就有可能异化(不知此处用此词当否)成为文学大千景象的一个君主,要求规范与服从,阉割文学的非规范的、例外的、更富弹性和普遍性、永恒性的内容。作品写得愈好,评论家的概括就愈困难,而这种概括就愈容易显得挂一漏万与捉襟见肘。但毕竟是这种概括给了我们以鸟瞰的方便与满足,也给了我们探寻和理解的一把又一把钥匙。

有一项长期被我们忽视的、有时还有点敏感、弄不好极易受到"唯心"的责难的课题，不妨称之为"创作论"。这是以作家的创作劳动、创作过程为对象，探讨文学创造的秘密的一项困难而有趣的研究。说它困难，是因为绝大多数作家不会喜欢也并不善于回忆和复述自己的创作过程，他们宁愿保持创作给人们（很多时候也给自己）造成的神秘感，这种神秘感构成着或加强着艺术魅力，是写作与阅读欣赏时的一种心智享受的佐味剂。而创作的过程又是这样变化多端、错综微妙，使得即使一个极富内感力内省力和内忆力的作家，一个极开放、愿意公开自己的一切写作秘密的作家，也未必能准确和全面地回顾自己的创作过程。甚至相反，某些作家的挂一漏万的或处在某种流行思潮的影响之下的有意标榜某一点的现身说法，在提供珍贵的资料的同时，或许还起着把评论研究导入迷途的作用。

　　我们的文艺学研究自然不会在这些困难面前却步。首先是鲁枢元发表了一系列探讨创作心理的文章，这实际上是对于一项空白的填补的开始。夸张一点说，他做的是一项拓荒的工作。不能说他的研究成果已经很中肯和令人满意了。例如他受到模糊数学的启发，提出创作过程的模糊性。这既是有见地的，却又是未能说明多少问题的。因为创作心理的研究的目的与其说是承认——服从这种模糊，不如说是去探讨、把握、分析和概括这种模糊，使对于个别作家和个别作品来说模模糊糊的创作过程，从整体上显示出它的规律性即清晰性来。模糊数学对于人类认识世界的贡献恐怕不仅因为它模糊，更重要的是它是数学，它以数学的高度的科学性与严密性去探讨类似模糊思维的客观存在。承认模糊的目的不是为了仅仅承认和拜倒于模糊性之前而已，更不是为了放弃数学，而是为了给数学提出新课题，丰富和发展数学，使自在的模糊性成为可以计算可以论证的科学的对象，一句话，模糊数学既是对模糊的承认，更是对模糊的征服。因此，严苛地说，只说创作过程具有模糊性，并没有比说创作就是创作前进很多。

问题在于恰恰有些人由于与创作的隔膜,由于以不变应万变的懒汉型教条主义习惯,他们总是想用已经学油了的一般哲学认识论反映论取代和取消文艺学的创作论。有的干脆连形象思维的存在也不承认。有的一听模糊这种词眼便马上联系到邪恶的非理性主义,因而在没取得对讨论对象的起码的同一性的认识与对用语的起码的同一性的认识之前,便先预防性地与之"商榷"起来。这样的习惯和禁忌长期以来使我们研讨创作心理本身成为不可能。在这个意义上说,承认创作是创作,虽然不需要太深入的研究,却需要相当的勇气。

杨文虎发表的一系列论述生活真实与艺术真实,论生活的心灵化与创作动机的发生的文章是值得注意的。殷国明关于原生美与艺术美的论述也挺好。他们与鲁枢元不同,他们舍弃创作的具体过程,着力去分析创作的出发点与结果这两端,而分析这两头就会容易得多与客观得多。他们的文章对一些大家常常挂在嘴边上的说法进行了深入的探讨,破除了一些习焉不察的机械唯物论对文艺创作的简单化理解,强调了创作主体的主观能动性,读来有趣,似亦仍有所不满足。他们的文章好像有某种单向性的局限,从而显得单薄。例如生活的心灵化的提法是一语中的的,但窃以为同时创作中还存在着心灵的生活化的逆向运动。就是说,某种心态,往往要依附一定的生活素材、生活样式、生活形态乃至生活故事才能表述出来。至少要通过一定的象征,一定的形式(旋律、节奏、色彩、线条等等)才能表述出来。因此,在强调创造主体的作用的同时,任何贬低生活的源泉意义的说法,都是片面的。而创作家的心态一经表述出来,便成了生活的一部分、一个因子。例如对于西方的抽象雕塑尽管评价大相径庭,但它已经成为当代西方城市建筑、公共场所的外观与情调的一个有机部分。这个问题太复杂,就此打住吧。

顺便还要发表一点见解,研究创作过程特别是创作心理千万别受作家的片言只语的自述的限制。"听"到海明威说他文字简洁是由于站着写坐着改便到处引用,和"听"到鲁迅说自己写的是"遵命文学"便把"遵命"视为革命文学的圭臬一样,未免有点过于偏执和缺乏幽默感。研究创作心理既是研究文学,也是研究心理学。调查研究的方法、追踪研究的方法、实验的方法,包括以自己做实验的方法(一个有灵性的创作心理的研究者,必然会有与创作家心心相印、息息相通之处,自己也必然有近似的或相同的创作心理体验),有时比让那些稀少得可怜的大作家的信口开河的自述牵着鼻子走更可靠些。

有一些与创作相关的理论性问题。例如对关于文学的当代性问题,李庆西的文章作出了很有说服力的阐发。与把文学仅仅当做直接的宣传的至今仍有相当市场的见解相对照,与那种仅仅从题材上要求当代性和"同步"的说法相对照,本文关于正确把握文学与现实生活的审美关系并同时重视审美意识的历史嬗变的论点,它的"衡量一部作品是否具有充分的当代性,主要根据其艺术思维的内容和形式在何等程度上反映着当代意识"的论点,堪称令人击节。但是他对"生活直接性""闻风而动""新闻报道式"作品的过分贬低仍然有其片面性。正如文学必须是文学一样,文学(就其整体而言)又从来都不仅仅是文学,它从来不仅仅是纯粹的非功利的审美意识的体现,而且也是社会意识、政治意识、历史的与时代的使命意识的体现。为艺术的艺术可以纯净可喜超脱永恒,却永远得不到为人生的艺术的博大痛切深挚热烈。一篇作品如果在具有完美的或者足够的或者起码的文学性、艺术性、审美价值的同时具有新闻性、社会性、历史性、认识价值乃至实用价值(例如一篇作品影响了一种风习、一种文体),即使算不上一篇文学作品的最大光荣,至少也绝不是一篇作品的哪怕最小的耻辱。艺术的非功利性永远是一种值得探讨的饶有兴味的有益心智的美学命题,而文学艺术的一定程度的、有时是自觉追求的、有时是难以摆脱的社会功利性和人生功利性,却是古今中外都存在的抹杀不了的事实。它又是我国当代文学与广大读者发生密切联系的根本依据之一。也正是在这个意义上,我不赞成把纯文学的"纯"字强调到"壳里空"的地步。

殷国明的《艺术的具体性与抽象化》探讨的也是一个与创作实践紧密相关的理论问题。他的见解显然比习俗之论深入了一步。他的关于艺术中的已知世界与未知世界的论述,就更加深入和精彩。他实际上已经把一个多年来颇受禁忌的审美范畴——神秘,提了出来。

作家们曾经抱怨一些评论文章缺乏艺术分析。作家们的这种不无根据的却又常常是笼统的和武断的抱怨引起了反感,于是后来出现了对作家不注意思想内容,耽于形式、技巧的指责的颇有气势的评论。

与其进行这种各强调一面的争执不如多搞一点切实的创作和研究。至少我们的一批年轻的评论家没有理由受到创作家的抱怨。南帆专门写了《小说技巧断想》,他指出技巧是创作中的一个重要环节,也应该是批评的一个重要对象,同时他也批评了那种缺乏对生活的特殊感受和表达这种感受的要求、迷乱地在各种技巧中跳来跳去的尾随着独创的模仿者,这些见解都很"不隔"。只是读罢此文并对作者的论点不持异议的同时,仍有不知技巧为何物的茫然感。

黄子平的《论中国当代短篇小说的艺术发展》与周政保的《走向开放的中篇小说的结构形态》(后者还可以加上他的关于象征和小说诗化的论文)有异曲同工之妙。他们运用大量的材料,历史地具体地分析了短篇与中篇小说艺术形式(特别是结构)发展的过程与趋向。黄子平希望"撇开那些困扰我们多年的表面问题""深入地、细致地考察每一种艺术结构'由简到繁,由平面到立体,由平面到交错'的生动的历史过程,从而更'贴近'艺术地了解社会审美意识……逐渐深化和复杂化的基本趋势",他提得好。我需要补充的是,许多困扰人的问题的撇开并不容易。这里有一个思维模式的问题。我们有时太热衷于在深入探讨一个事物以前先给这个事物定性。比如对一篇小说,人们常常离开了小说的具体内容和形式陷入对小说的定性之争。如它是不是意识流,意识流是不是现代派,现代派是不是腐朽的?这样就会产生两派意见,一派认为该小说即意识流即现代派即腐朽即要不得的,一派认为该小说非意识流而系现实主义故非现代派所以是要得的。这种论断方法常常离开了文学现象本身,而去争一个先验的决定命运的性质与地位。与定性紧密相连的是正名与分类。名词之争既是令人疲倦麻木的却又是命运攸关的。当然,我这样说并不是完全排斥"性质""名称""类别"这样一些范畴在艺术研究中的使用。我们要强调的只是我们不能把结论当做出发点,定性正名分类应该是分析的结果、讨论的结果、研究的结果,而不是分析研究讨论的前提。如果用之为前提,追求真理与艺术的过程就会简化、庸俗化为选择"帽子"的过程。

此外,刘齐的关于长篇小说艺术发展的新趋势,郭小东的关于心态小说的论述,也都是饶有兴味的。

如果把当代文艺评论当做一个整体来看,很自然,上述研究必然会触及到更重大的两个问题,我指的是关于创作方法与研究方法的思考。

早在一九八二年,邹平已经以他的《现实主义精神与多样的创作方法》一文引起了普遍的兴趣。此后他又发表了几篇文章,努力把方向的一致性(即真实性、历史性与向上性)与方法的多元性结合起来。与那些把创作方法定于一的模式相比较,邹平的论点既富于弹性和开放性,又比较健康稳妥可行,避免了另一种偏颇。

陈思和的《中国文学发展的现代主义》则立论要大胆得多,提出的问题要深刻得多,也许会被视为走得远得多。陈思和对现代主义一词的理解与前一个时期严肃批评的见解大相径庭,他似乎不像许多学者专家那样把现代主义视作在两次世界大战之间兴起于西方,而今已逐渐衰落的一个相当特殊的艺术派别,而是把现代主义视作现代意识在艺术中的集中表现。他的关于文学上的东西方融汇、现代意识与民族文化的融汇构成新时期的文学坐标的命题,由于牵扯的问题太大太多,因而既是富有启发性的,又是语焉不详乃至尚嫌草率的。这些问题势必会引起比前几年更深入也更有效的讨论。而为了讨论的深入和有效,我愿意盼望讨论将更加心平气和地进行。

吴亮的一系列对话体文章实际上讨论的也是这一类问题。这种古老而又新鲜的辩证文体帮助了作者更加巧妙有时是相当圆熟地发表自己的见解。新颖、含蓄、留有余地、让读者自己思考,构成了吴亮的评论文章的独特风格。最近南帆也写了这种对话体文章,这说明了吴亮的文章的影响力。当然,也难免或有的故意绕圈子之感。

关于研究方法的议论则正在热火朝天。一批中青年文艺评论家热心提倡用系统论、控制论、信息论等来自自然科学的新方法研究文艺现象,并且已经身体力行地做出了一些成果。与此同时又受到"新名词太多""无实质性突破"乃至更严重的具有政治意味的指责。我个人很有兴趣地读了不少有关的文章,由于知识水平的限制,暂时说不出个道理来。但我粗浅地认为,文艺评论和研究并没有统一的模式,文艺评论本身就存在着内在的矛盾。第一,它是文艺,因而富有直观性、感情性、含蓄性,富有只可意会不可言传的诸种微妙性质。第二,它又是科学,科学的任务恰恰是找出纷纭莫测的对象的规律,用理性的有时候甚至是用近似或等同数学的语言为对象立法(当然我们对"立法"的解释不能是实用主义的或主观唯心主义的)。文艺评论的偏于主观艺术的方式——如意会的方式、印象的方式、自由联想借题发挥的方式、感情共鸣和扩展开拓的方式,其实可以与那种更加科学化的方式——综合与分析的方式乃至统计与制表的方式等等并存。两者免不了互相争议甚至互相贬损,却大可不必势不两立。

这里就牵扯到一个思辨性的问题。创造与模式的关系究竟是怎么样的?创作家常常倾向于视模式为天敌,视模式为对创造的扼杀与污辱。当然,创造是对已有模式的突破。因此创作家一见到诸如林兴宅的表格之类便常常自发地倾向于反感。至于听到电脑作诗作曲作小说之类,更要感到愤慨了。他们的潜台词是,难道我们的伟大独特艰难非凡充满灵气的创造是绝无创造性可言、只知道听命于程序的电子元件们所能完成的么?

然而,正像在其他事情上一样,朴素的情绪反应不等于科学的认识。问题是,恰恰是文学创作本身和文学史本身在不断突破不断创新的同时不断地提供着造就着完成着一个又一个相互区别又相互关联的模式(程序)。结构主义派别在这方面做了饶有趣味的研究。事实上创造与模式是矛盾的统一。创造突破模式又依赖旧的模式以提供新的模式,模式限制创造又完善着创造。打破现有一切模式的企图本身就提供着新的模式。世界上没有无模式的创造,而无创造的模式也只能是死了的模式。作家的才华往往不在于拒绝一切模式,而在于善于利用和发展变化已有的模式,寻找新的模式,也在于掌握各种模式的丰富性与熟练性、弹性。至于那些才具平平的作家,他们的老一套的陈旧模式,不是连读者都看出来了吗?获得"写来写去老是那一套"的评语的作家,也许其创造能力还赶不上一台高水平的电脑呢。

当然,作家和模式的关系未必是自觉的,而更多的可能是经验的。过分职业化的作家艺术家甚至不自觉地会将自己的感情的波澜的发生发展也纳入自己的驾轻就熟的模式。这当然不是好事。事实上没有一个作家欢迎批评家把他的作品归纳总结为几种模式。但是,在几乎无模式的千变万化的文学现象中、实事求是地去探寻和概括规律性的模式——程序,这是科学的义务,也是科学的权利。作家完全可以对人们用自然科学、数学方法研究文学现象的努力保持冷静的敬意。

至于匆忙地认为引入新方法的尝试是违反或排挤马克思主义与匆忙地认为新方法将取代一切以前的方法一样,都是未必成熟的与可信服的。马克思主义不应该杜绝一切新方法的探索与具体的研究。而一切郑重的尊重事实的新方法探索与具体研究,归根结蒂只能丰富和发展马克思主义和辩证唯物主义。新名词过多是吉是凶也需要一个耐心的与认真的考察和研究的过程。有更多的头脑充分发挥思考与研究的积极性,呈现出文艺学研究中的一个数家争鸣的局面,从整体来说,是好事。

在对问题创作、对若干方法问题和理论问题的评论的繁荣兴旺同时,对问题评论自身的评论也活跃起来了。殷国明的《应该冲破僵化的、封闭的文学批评方法模式》、南帆的《文学批评的有机整体意识》与《文学批评中美学观念的现实感与历史感》、宋耀良的《浅谈批评流派》、吴亮的《综合:研究当代文学的一种途径》、黄子平的《当代文学中的宏观研究》、许子东的《文学批评中的"入"与"出"》等等,便是我个人接触的有限范围中颇为可喜的几篇。这些文章反映了文艺评论对自身的不满足与新的要求,反映了评论自身的自省意识与自我更新能力,也反映了年轻评论家的庄严的使命感。事实上,我们已经看出了这样一个势头,在马克思主义的文艺评论与我国特有的文论传统的基础上,在世界性的文艺评论的日新月异的发展的影响下,与文学创作的大好势头一起,在老、中、青评论家的共同努力下,我们的文艺评论正在进入一个更活跃、更认真、更深入也更开放的新阶段。作为一个写小说的人,我为有这样的评论与新人辈出的评论队伍而十分喜悦。

在高兴地看到上述大好局面的同时,有时候我也感到某种不满足,某种跃跃欲试的对话和进一步探讨的愿望。我的应该说还相当冒失的不满在于许多新的、重要的论点的提出似乎还缺少足够稳固的根基。这里的根基意味着什么呢?我们可以考虑到民族的文化传统和世界的文学潮流,我们可以考虑到科学的进步与文化的昌明,我们可以考虑到中国的与世界的文学史上审美意识、艺术形式、社会时尚的嬗变的事实以及其中存在的继承和发展的源流关系。但我以为，我们更应该重视对文学的本体论的研究。对"文学的本体"的提法的科学性我并没有把握，我请求读者和专家原谅我知识的不足与用语的大胆。但我以为文学的本体是存在的，它就是文学所反映所追求所赖以发生的宇宙、自然、世界、人生、社会、生活、人类的精神世界，它也就是古往今来古今中外的文学作品、文学宝库本身。要知道许多存在于悠远的以往的文学史上的作品至今生命力不衰，仍然存在于今天。文学史与科技史至少有一点不同，新的技术可以取代取消旧的技术，新的文学作品却未必能取代取消旧的文学作品。我们可以轻易地判断某一项生产技术的过时，却难以判断某一个创作方法的过时。这是一。

其次，一种新的创作方法、研究方法、文学观念的产生不仅是历史发展的产物，更重要的，它是上述本体的产物，它是世界的产物、生活的产物、文学作品的总和的产物。某种方法和观念的理论概括与普遍流行可能是特定时期的新鲜事，或者贬低地说，可能是某个特定年代的时髦，但它的发生发展却必然有本体的依据。如果人类没有自由联想的不自觉的意识活动，詹姆斯·乔伊斯或者福克纳不论伟大到什么程度或"腐朽"到什么程度也不可能发明出个什么意识流的写法来。而既然人类的各种层次的意识活动古已有之，那么不管用不用意识流这个名词，不管意识流这个名词被专家学者赋予了什么样的特定的含义与界说，人类生活必然早就提示了文学去描写意识的各个层次，远在心理学或文学提出意识流这个名词以前。同样，包括情节与情节的淡化、戏剧化与非戏剧化、典型与非典型化、英雄与非英雄化、封闭的结构与开放性结构、象征性、叙事性与抒情性、重大题材与非重大题材乃至功利性与非功利性、系统、信息、控制直至思想性与艺术性、现实主义、浪漫主义与现代主义……所有这些科学的与反科学、非科学的、正确的与歪曲的观念与有关命题，所有的方法论，无不可以从文学的本体中找到它的存在的根据或失足的陷阱。

正是由于生活的戏剧化与非戏剧化、封闭性与开放性,才提示了、造就了文学的诸多观念和方法的。因此,探讨文学的观念与方法,就不能仅仅从观念和方法本身入手,哪怕是从观念和方法的历史嬗变或文学观念方法与自然科学、社会科学的发展水平的联系上入手,也仍然是根基不那么稳固和充分的,这一切都需要加强对于文学的本体的研究。

这里提出这样一个问题还基于这样一个朴素的信念——本体大于迄今为止的任何文学观念和方法。让我们举一个相当省力的例子吧,《红楼梦》归根结蒂大于红学。任何一种红学研究也不可能穷尽《红楼梦》或对《红楼梦》做出最后的定论。其根本原因在于,《红楼梦》固然是一定的文学观念与创作方法的产物,但更重要的,它是一个本体,它反映的是世界——人生——心灵。当然,即使举出这样的罕见的杰作做例证,即使我们对《红楼梦》五体投地,红学仍然有《红楼梦》本身不能囊括的自己的骄傲与自己对于人类心智的巨大的贡献。它们的考证的与借题发挥的思辨性成果,如果曹雪芹再世,也会叹为观止。何况这样的研究和评论还正在进行中呢。

再举一个微小的例子。一九八三年一家以服务于中小学语文教学为宗旨的报刊刊登了我中学时代的一篇作文。他们是从一家中学的资料中找出来的。题为《春天的心》,作于一九四六年或四七年,我十一二岁的时候。刘绍棠读了我的这篇"超早期"旧作以后对我说:"唉,跟你现在的文风一样……"

这个渺小的例子当然不能说明我的写作四十年如一日地一以贯之。同样也不能说明我早在十二岁就无师自通地掌握了所谓意识流。它倒是能说明每个人的写作方法都有自己的内在依据。借鉴也罢,求新赶浪也罢,心血来潮也罢,却离不开这种依据。方法与观念的更新离不开对本体的探求、发现与进一步的掌握。顺便我还要说一下对于评论我的作品时过分单纯地强调外来影响不无反感。这当然不是为了维护一种民族化的可靠形象。因为我对那种抱残守缺、以无知为荣、以封闭为"爱国"的自吹自擂更加反感。问题是有一个起码成熟的作家能够通过接受影响（或者如一个评论家更露骨地说的"模仿外来作品的痕迹"）来发现或运用一种崭新的形式么？如果不是内在的要求逐渐成熟，如果不用自己的耳朵倾听世界的声音、时代的声音、生活的声音与内心的声音，难道任何新的形式的探索是可能的么？外来影响的启发也只有通过深刻的内省和感悟才能起作用。把外来影响视作可借模仿的范本的想法和做法，实在寒碜。

也就是说，我愿意就下列问题就教于一些评论家。审美意识与艺术形式的发展，除了有它是历史地嬗变与分化的、常常是互相争斗、互相取代的这一面以外，是不是还有另一面呢？即各种不同的文学观念和方法、来自世界和人类生活的孕育和提示，都永恒地生生灭灭着和共存着，又最终地相统一相汇合相通达相流动于世界——人生——文学的本体之中呢？

我绝对相信我的问题是粗糙的、不完善的。我期待着进一步的对话。

发表于《文学评论》1985年第6期

学 文 偶 拾

也说主体

最近,论者们提出强调创作主体的作用的问题,这是很必要,也很重要的。

忽视创作主体的作用就是忽视艺术规律。不是曾经有人这样训斥作家吗:生活是工农兵创造的,而你们只是把工农兵创造的生活记录下来罢了。也有人常常向作家提出劝告或发出指令,为什么不到××地区去呢,那里动人的人物故事多得很,不仅够写一个中篇,而且够写一个长篇的,而且……

然而,文学并不仅仅是记录,也不是去捡拾雨后的蘑菇。文学艺术是创作主体的心智的伟大创造。正是作家、艺术家的心灵和智慧,赋予了日常生活、日常经验与体验以崭新的艺术生命。没有创作主体的作用,就没有艺术的灵魂。

忽视创作主体的作用必然导致艺术想象力的萎缩、风格与手法的单调、审美空间的狭小、鉴赏水平的低下,甚至会影响一个民族的美感与智能的发展,使一群人的精神生活褊狭化与粗糙化。

有的论者提出了生活心灵化的命题。生活并不能直接化为创作,只有经过作家心灵的汲取、选择、消化、感应、酝酿、裂变、升华、飞跃,变成作家心灵的一种负载、一种力量、一种火焰以后,作家才有可能进入创作过程。

这无疑也是正确的。

这里要提出的问题是,所谓心灵,并不是一种来无踪去无影的鬼魂,而是人的精神世界,是人间的人、世界的人、至少也是自然的人的主观世界。生活是心灵的观照的对象,又是造就心灵的土壤,而心灵的活动,心灵的多流与冲撞,无不依附于一定的生活依据与生活样式。这样,在生活、心灵、创作的关系上,运动并不是单向的。正像生活需要心灵化一样,在创作过程中,心灵要求着生活化。生活的广阔性,生活的直接的现实性,生活的丰富性、具体性与客观的威严性都要求着心灵、要求着创作主体的靠拢。心灵只有在生活化后才能形成与成熟,也只有在生活化后才能被认识被感知。

这就是说,第一,一般说来,心灵——思想、意念、情绪、感觉、意识等等,不但常常是从生活中来的,而且它的表达也要求附丽于一定的生活材料、生活形式、生活结构与生活故事(大故事小故事、戏剧化的故事或非戏剧化的故事倒可以悉听其便)。离开了一定的生活内容、生活依据与生活样式的心灵,就像无原因(或无法知其原因)、无泪水、无表情也无声音的哭泣,哭得再惨也难以引起同情和共鸣。

相反,悲惨遭遇的叙述有时比自己大哭一场还能催人泪下。因为此种叙述充满了生活,生活的内容、表象与形式。

其次,不论如何空灵超脱抽象的艺术作品,一经创造出来,一经被生活所接受,便不再是赤裸裸的心灵本身,而以其具体可触的形式进入人类生活,成为人类生活的一个组成因子,成为心灵的观照对象。

例如齐白石的鱼挂在客厅里。亨利·摩尔的雕塑雄踞于摩天大楼之间。舒婷的诗集捧在一个失恋的青年手里。艺术家的心灵并不只是存在于虚无缥缈的九天之外。幻想一下在九天之外翱翔的艺术心灵也很有趣,但这种幻想仍然利用了"天""飞翔"这样一种物质的客观的材料。

心灵与生活,主体与客体,永远是这样或那样地、各有侧重而又变化多端地相争斗、相制约、相统一、相组合在一起。艺术家的想象来自生活、又是对生活的挑战和突破。生活哺育着艺术家,限制着艺术家,却又提示着种种的可能,使艺术家的心灵不仅得到充实和发展,也得到一次又一次、一个角度又一个角度、一种样式又一种样式的表现和发挥。

没有主体的对象是自在的对象,是得不到爱的少女,是没有花朵的土地,是没有鸟的天空。

没有对象的主体是架空的主体,是得不到寄托的单恋,是离开了土地的花草,是没有天空(关在笼子里?)的飞鸟。

没有心灵的生活是冷淡的、僵硬的、枯燥的、琐碎的与可悲的生活。

没有生活的心灵是空虚的、狭隘的、病态的、苍白的与可怜的心灵。

枯燥琐碎的生活记录下来,或者病态偏执的心灵抒发起来也能有某种文学价值,然而,它们都难以为继、难以发展也难以被接受。它们都有一种画地为牢或者作茧自缚的性质。它们就像没有温度的氧气或者没有氧气的温度,它们即使燃烧了一下,也只能是倏忽即灭。

而一个真正敏锐、深邃、宽阔的心灵,在它极富内在的追求、热烈与机敏的同时,在它极善于内省自察、想入非非、过着别人难以企及的丰富的内心生活的同时,它绝对不会拒绝去贴近世界、贴近时代、贴近生活、贴近人民。它绝对不会拒绝去端详人类生活特别是社会生活的千姿百态,不会拒绝去倾听大千世界的繁复音响。它不会拒绝用世界来丰富自身,不会拒绝用自身的创造物去丰富世界,就像一个健康的胃不会拒绝食品,一个健康的肺不会拒绝空气一样。

因此,只要不把某个命题绝对化和排他化,生活是创造的源泉(并没有说生活即创作嘛)、作家要深入生活的说法仍然是正确的,也是重要的。特别是对于一些颇有灵气,经常受到感情之火、创造的欲望之火的焦灼和折磨,却又比较缺乏生活的经验与内心体验的积累,缺少表现的结构与形式、程度的积累的青年作家来说,强调生活的重大意义是不会过分的,主体的能动与活跃是不能脱离开对客体——对象——生活的把握与征服而实现的。文学青年中常见的那种熊熊燃烧的创作主体之火与生活经验的贫乏联系在一起,这种倾斜只能和痛苦、焦头烂额、失败和灾难连在一起。

同样,对于那些缺乏锐敏的感受性,缺少想象、激情和创造力即缺乏创作主体的活跃性与能动性的文学工作者,我们也常常感到一筹莫展,爱莫能助。他们与真正的文学艺术之间,还存在着难以逾越的隔膜。

社会性不是文学之累

中国现代当代文学具有强烈的社会意识,具有社会内容、社会意义、社会使命感,这无论如何不是它的缺点。

自古以来中国文学就有一种济世的传统,一种先天下之忧而忧、后天下之乐而乐的责任感,中国社会也高度重视文学艺术的兴观群怨、信息价值与教化作用。近百年来,中国社会处于急剧的变动过程之中,每个老百姓的命运,文学艺术的命运,作家的命运,一篇文学作品(不论作品本身是空灵的还是凝重的,政治的还是飘飘然的)的命运,几乎无不与社会的变动息息相关。在卢沟桥炮声轰轰的时刻,在土地改革的阶级搏斗中,在天安门刚刚升起五星红旗的时刻,在"文化大革命"的浩劫之中,认真地与一贯地追求艺术的非功利性,追求艺术的空灵与超脱,追求为艺术而艺术,不但是难以想象的,而且往往被不无道理地说成是用心可疑的。

当前,有越来越多的关于文学艺术的非功利性、关于空灵超脱、关于不要搞"应时文学"的议论出现了。论者开始用不屑的态度谈论文学的"社会学材料""社会意义""社会学批评"了。其实这种议论纷起的现象本身,归根结底仍然是我们的社会变动现状的一种反映,是一种社会学现象,是一种必然要出现的探求、摇摆和开拓。

这是因为,我们的国家进行了拨乱反正、落实各项政策,初步实现了经济的健康发展、政治局面的安定团结与文化教育事业的活跃繁荣。人们从实际存在的与被严重地夸大制造的阶级斗争中"超越"出来了,喘过了一口气,出现了更丰富、开阔得多的精神要求——不但有积累、提高和开拓的要求,也有消费、享受与休息的要求。人们有可能更多层次、多角度地考察与呼唤文学与艺术的特性与功能。特别是那些由于历史的原因、客观与主观的原因,长期被正当地或过分地忽略了的文学艺术的特性与功能,理所当然地受到了更加热衷的谈论。

这里主要是指作为艺术鉴赏的对象的特性与功能,指艺术的对现实的某种超越的特性与功能。艺术来自现实、反映现实,帮助人们认识与改造现实,这都是毫无疑问的,推也推不倒的。但艺术又不仅仅是现实的复制,如果只能单纯复制,有现实已经够用了,又何劳艺术之麻烦?艺术之所以是艺术,恰恰因为它反映了却又实现了对现实的某种超越。这种超越是各种各样的,不同程度的。可以比现实更理想、更美好、更升华、更生动、更迷人,也可以比现实更沉重、更刺激、更疯狂、更难以忍受。可以更细腻、更玄妙、更精微、更神经末梢化,也可以更广博、更悠远、更抽象、更大而无当(大而无当用来评论一名干部的作风与政绩当然是贬词,但作为精神生活的某种延伸,却可能是正常的,有时是建设性的)。当然,也就可以比现实生活更空灵、更超脱、更非功利、更悠然飘然。

特别是当一个社会已经总体地解决或开始解决了温饱与安全的前提性生存问题之后,一些吃得较饱生活较安定的知识分子就会更强烈地要求精神生活对现实的超越。在这种超越中,可以实现心智潜能的某些发挥,可以取得更高层次的精神生活的平衡,可以创造出更多样也更巧妙的精神产品,可以先期预感或者解决一些马上没有现实意义,却对未来很有意义的问题,也可以得到某种调剂和休息。

然而这种超越又是有条件的、相对的,不是无条件的、绝对的,更不是排他的、取代一切、包揽一切的。

如果不尊重现实乃至完全脱离开现实,一味的与过分的升华迹近于假、大、空;一味的与过分的沉重迹近于感情障碍心理疾患;一味的与过分的细腻迹近于琐碎无聊;一味的与过分的遐思迹近于思想的苍白与空虚;一味的与过分的空灵迹近于装神弄鬼;一味的与过分的贬低文学的社会性与强调纯文学迹近于把文学从人生的惊涛骇浪中拉出来,禁闭入早已有之的象牙之塔。

是的,我说过我不欣赏"纯文学"的提法,正像我不欣赏单纯地强调文学的干预生活作用一样。纯粹的文学正像纯粹的人一样,实在比纯金纯氧还难找。文学反映人的生活包括精神生活,超越是反映的延伸或变化。人是自然的人,社会的人,历史的人,民族的人,地球上的人,政治的经济的人。文学必然会反映出人的自然属性、社会属性、历史属性、民族属性……文学常常与社会学、史学、民族学、民俗学、政治经济学、哲学乃至天文学、地理学、生物学、医学、心理学交叉,许多好的文学作品具有巨大的认识意义、政治社会意义乃至科学(自然科学与社会科学)意义,这不是文学的耻辱与失落,恰恰常常是文学的成就与坚实的根基。在特定的意义上,纯文学正像纯精神一样,与其说是一个现实的概念不如说是一个想入非非的概念。精神能够离开人体吗?而一个人能不吃饭、不生产或交换商品,不与旁人、不与社会发生联系吗?

想入非非的概念并非全无价值。相反,它也可以拥有巨大的价值。它的价值便在于它的想入非非,把物体纳入绝对理想的真空、一个大气压、摄氏四度的条件,进行纯理论的却是必要的考察。所以,关于纯文学的问题,为艺术而艺术的问题,无比超越与非功利的问题,我们还可以继续研讨,我们还可以假定这种研讨是饶有趣味和有益心智的。与此同时,文学的社会功利性,文学的认识意义与教化功能,文学家的社会使命意识,却是一个无时无处不在起作用的、意义重大的威严的历史与现实。而且,它是我们的文学成果受到广大人民群众的喜爱与关注的首要源泉,是我们的文学的力量所在。单纯地具有社会意义与教育意义以至受到普遍欢迎与引起轰动也许并不是一篇文学作品的最大成功、最大光荣,但至少也不是该篇作品的最小失败、最小耻辱。古今中外的文学状况已经告诉我们,又有几篇伟大作品、几许伟大作家是绝对地与社会无涉、与人民无涉、与国家民族无涉的呢?有几多伟大的作家与作品是不关心社会、不切盼社会的进步、不抨击社会的弊端、不追求着人民的幸福的呢?恰恰相反,那些伟大的作家首先正是人民的朋友、社会的自觉公民、为真理和进步而斗争的战士。而且,只要不褊狭到荒谬的程度,一定条件下的非功利的审美观照,不也是社会精神生态平衡的必要,不也是一种文化素质的提高,不也是一种教育并从而成就了另一种功利、满足了另一方面的时代与人民的需要吗?相反,如果用褊狭代替褊狭,用排斥社会性作为代价来进行对文学的艺术性、文学审美功能的讲求与提倡,这不是有把广阔的、充实的、强烈的、激动人心的为人生的文学全部变成少数人的赏心悦目的小摆设的危险吗?

观念与本体

近年来对文学观,文学观念,小说观念,诗歌、戏剧、电影……评论观念的讨论甚为活跃。有的谈到了文学创作中主体与客体、表现与再现、如实反映与如意反映的关系。有的探讨了现实主义的沿革、内涵以及现实主义创作方法与其他创作方法之间的关系。有的强调了对文学创作不仅进行社会学的研究,而且进行心理学研究的必要性。有的指出了文学作品的故事情节化——人物性格化——心灵审美化的审美意识的发展过程,指出了小说情节的淡化、象征化、诗化、散文化。有的提出了现代意识与东方文化传统的结合,有的提出了

"文化寻根"……各有侧重,各有千秋,热闹异常。

这些探讨,大多从不同的侧面或多或少地提出了一些新的观念,引起了广泛的注意,提出了继续深入研讨的课题。这些探讨大多富有史的意识,即有意识地将文学创作与文学观念、审美对象与审美心态看作一个发展、嬗变的过程,把各种不同的文学观念放置在一定的历史时期,与当时的经济文化科学水平、审美意识的成熟程度联系起来考察。这些探讨又往往与某一门或几门学科或整个科学文化的最新成果的启示有关(例如数学、哲学、心理学、行为科学与思维科学等等,都对我们的文学观念探讨发生着影响),与国外的(包括西方的与苏联的)文艺思潮的借鉴激扬有关。由此可见,当前种种文学观念探讨的活跃,不是偶然的。

这里我试着提出的问题是,文学观念的意义与生命力何在?我们怎么样选择与形成自己的文学观念?各种观念怎样划分何者为新、何者为现代、何者为旧、何者为过时的呢?

我以为,文学观念并不纯粹是,或者可以说主要并不是观念自身演绎发挥的产物,甚至文学观念也不仅仅是观念自身历史嬗变的结果。要探讨文学观念,首先要探讨文学本身,即文学的本体。

这里所说的文学的本体,是指古往今来的一切文学成果主要是创作作品的总和,是指这一总和所拥有的诸种内容与形式,更是指文学所反映、所表现、所探求的宇宙、世界、人、人生。这就不仅限于文学的本体,而且归结为宇宙与人生的本体了。

宇宙、人生,是何等的博大,何等的奥妙无穷、不可穷尽!文学的成果,又是何等壮丽辉煌而且正在变得更加壮丽辉煌!有些表面上看来是针锋相对,或是此起彼伏、此消彼长的文学观念,竟都可以从文学的本体,世界的本体中寻找到它得以发生和存在的依据。例如再现说,正是世界的充实、丰富、演化和它具有的一切文学艺术的本源的性质决定了再现说和现实主义的不朽的生命力。各种新说不论多么高妙,又如何能离开自身赖以存在的世界和人生这一大的对象、这一大的源泉呢？而表现说，包括自我表现说，也决不能简单看成主观唯心主义的邪恶或作家个人的狂妄造成的闪失。表现，这是文学的本体与创作的特性本身所决定的特质。不论多么忠实的客观的记录，即使严格地剔除一切议论、抒情、夸张、想象乃至倾向，总是作家自以为的忠实与客观，总要起码经过作家的选择取舍、组织排列，总要化成作家所能够理解和驾驭的语言、结构、形式。而这些，更不能不是作家的人格、世界观、文化修养、审美趣味的自觉或不自觉、强烈或含蓄、鲜明或隐蔽的表现。其实，再现（世界）与表现（自我），都是文学艺术的基本的固有属性。

再如具象与抽象，我们可以说它们是一种观念，我们更应该说它们是一种客观存在、是事实。世界万物，无不具有具象与抽象的二重性，从而才有现实性、生动性，又有普遍性、概括性。从而才可能有词、有概念、有语言表达与信息的流通。而一个作品，绝对地只有具象没有抽象或只有抽象没有具象差不多都是不可能的。即使是一个临摹写生的作品，它也至少是凝固了一瞬间，使瞬间变成了永恒，因而是抽象的。而哪怕是最最抽象的作品，只要是作品，便依借了世界的大千具象，依借了充满具象性的语言（包括色彩、形状、旋律、节奏等等）。

再如小说的故事化与戏剧化，或叫做情节化，这并不仅是一定的审美意识所派生出来的观念。首先在于它乃是人生的一个属性，小说本身的一个属性。悲欢离合的情节乃至巧合、悬念、高潮、结局，这都是生活本身有时具有的内容。包括十分有意识地搞情节淡化、不注重故事情节的文学作品，往往也离不开一些小的关节，比如写一个没名没姓的人的一个动作、一个表情、一句口头禅，这固然与那种传奇色彩浓重的情节有巨大的区别，但在表现某种人生轨迹方面，这种细小的、静态的（其实便是截取了动态过程的一段或一点）、平淡无奇的东西，具有相同或相似的地位和作用，我们甚至也不妨称之为细小的、静态的、平淡的情节。情节与非情节或情节的两种状态，首先是人生属性、本体属性,其次才是文学观念。

再比如那个曾经被议论纷纷的意识流。作为一个心理学专门名词与文学派别或文学手法,它当然有自己产生的时代背景、社会背景、特有的界说与特有的进步性或反动性或混杂性。但是作为人的心理活动的一个层次,不论对此种层次的重要性做何种高的或低的估计,它却是自来就存在于人们的精神世界中的。人们可以不喜欢意识流这个名词,可以否定把人类的下意识强调得比意识还重要的各种说法,但难以否认下意识活动事实上的存在。既然存在了,文学作品中就会有或多或少或成功或失败的反映,远在意识流成为一种文学手法乃至成为一个专门名词以前。由此可见,如果我们的当代文学当中出现了类似意识流的描写手法,那就不会仅仅是某种派别的观念的产物,也不仅是福克纳或乔伊斯的影响的产物,而首先是我们自己的生活、世界和人生,我们自己的文学传统的提示的产物。

按照这种说法,会不会把一切观念都看成文学本体的某种属性或某个侧面的表现,把一切观念都看成言之有理、言之有据的,从而混淆了是非真伪的界限了呢?

不能这样。荒谬的观念不是从天上掉下来的,也不仅是持有这种观念的人道德沦落的结果。最常见的一种荒谬观念乃是一种片面的、极端的、夸大狂的观念。最常见的错误是一种瞎子摸象式的错误。例如有一种认为文学是少数人的事,认为只有少数"上帝的选民"才配欣赏艺术的观点,我们当然认为这种观点是荒谬的,其荒谬性首先在于持这种观点者片面地、割裂地、极端地夸大了"阳春白雪"与"下里巴人"的矛盾,夸大了艺术探求、艺术创造与群众的欣赏习惯、欣赏趣味之间的矛盾。科学地、辩证地、实事求是地分析这种矛盾,比仅仅责备精神贵族的反人民性质也许更有利于战胜这种谬误。我们可以承认上述观念的谬误,却不能否认"阳春白雪"与"下里巴人"的矛盾。

上述的许多问题都比较复杂,想说清楚,需要的是"专论"而不是"偶拾"。但提出这样一个文学的本体的问题,是有意义的。那就是说,要抓住本源。研究文学观念、艺术观念,不仅从观念中寻找,而且从本体中探求,我们就会发现,各种观念都来自本体的提示。说艺术是师法造化的,说生活是文学艺术的源泉,是正确的而且是精辟的。离开了对本体的体察和感受,各种观念就会成为玄而又玄的断线风筝。离开了深入生活、研究生活,文学观念的更新与艺术创作的创新也就失去了源泉。

其次,本体永远优于观念也大于观念。一部优秀的作品常常能经得住各种观念的检验,持各种观念的读者往往都能从这部作品中有所发现。例如《红楼梦》就是这样。《红楼梦》之所以如此巨大与优越,就在于它比任何囿于某种褊狭观念(如善恶报应以警世的观念、惊心动魄以争夺读者的观念等等)的作品都更真实、更深刻、更浓缩地反映了宇宙与人生的本体。说得通俗一点,就是有更多的生活。

再者,多从生活的本体与文学的本体来研究问题,比较容易以一种更加博大开放的胸怀来汲取文艺学研究中的各种有益成果,比较易于破除片面性、偏见、门户之见与自大狂。例如关于小说的开放性与封闭性,就事论事地谈起来,很玄,两种"派别"似乎很对立。研究研究生活、研究研究宇宙,就会发现几乎每一个对象都只是一个局部,每一个局部和每一个对象都是开放性与封闭性的辩证的统一。小说的封闭性与开放性,正是宇宙、社会、生活的开放性与封闭性的表现。把任何一面强调得过度过玄,都容易失之偏颇。

最后,这样谈的目的在于提醒我们,不论是搞创作搞评论搞研究搞翻译,哪怕只是一个热心的读者,也不管你倾心于庄子、巴尔扎克、卡夫卡还是加西亚·马尔克斯,问题首先在于你对生活、对宇宙和人生(包括你自己)有真体味、有真发现、有真知灼见。然后,才谈得到汲取各种观念的有益部分,才谈得到汲取各种新方法,才能有所选择和扬弃,才能有所创造。

而这，我想正是一种对于文学观念的马克思主义的，即辩证的、历史的唯物主义的观念。

从新名词轰炸说起

有越来越多的人抱怨现时的文学评论文章新名词太多，看不懂了，有的同志还提出了不要搞"名词大换班"的意见。

很难一概而论。知识更新，观念更新，以及一些新学说新思潮的引进，莫不把一批新名词夹带而来。"五四"以后，建党以后，建立发展解放区根据地以后，都产生过各自的一批新名词，它们多少反映了时代的演变、风物的常新，也反映了思想的活跃。有新事物、新知识、新思想就会有新名词，这不奇怪。

当然，任何新潮流中都有生吞活剥的洋教条，皮毛引进以装潢门面者，乃至用新名词的轰炸吓唬人，用各种胡言乱语赶时髦；更不能设想，一用新名词乃至新方法，立即手到擒来地获得了全新的文艺学成果。科学无捷径，再新的名词或方法也都不是捷径。这也不奇怪。

现在比较热门的是把自然科学的三论——信息论、控制论、系统论引入文学。我对这三论实在无知，所读的运用三论方法论述文学艺术问题的文章也都似懂非懂，体会不深。但我原则地、经验地、直觉地认为，这样的尝试是有益的，无可厚非，不应苛求苛责，同时也不必过分哄抬。

这是因为，首先，艺术与科学面对的是同一个世界，尽管它们的侧重方面、方法与成果表述大相径庭，但这个世界是有它自己的共同性和统一性的。从历史的发展观点来说，科学上的每一个最新成就不仅从具体的知识上而且也从总体的认识世界（包括认识人自身）的能力上，包括从本体论上与方法论上加强了人类。科学成就一次又一次地扩大着人的眼界、发展着人的思维、纠正着各种错觉和偏见、更新着人们对于世界和自身的观念,这一切成就理所当然地与大有益处地被文学艺术家所吸收。也许,许多创作家是不自觉地吸收科学的成就的,但是一些文艺学家、评论家,常常更富于在科学与艺术之间架桥铺路的自觉追求。当然,这种吸收和消化是艰难的,需要一个过程,不是简单照搬就能够创造奇迹的。

反转过来,艺术上的堪称巨大的成就也一次又一次地丰富着、深化着与加强着人类的包括科学家的心智,唤起并充实着人类理性思维的气概、敏锐与力量。甚至具体的某个艺术家运用自己的形象思维、灵感思维与艺术直觉所达到的某点某个方面,有可能超越已有的科学知识的水平,给科学家以重大的鼓舞和启迪,至少也是对科学的一个必要的补充。

其次,这是文艺学本身的性质所决定的。文艺学是一门充满内在的深刻矛盾的学科。因为它第一是文艺,具有只可意会、不可言传,仁者见仁、智者见智,形象大于思想,不但作用于人的理性,而且作用于人的感情感官,乃至用暗示等方法作用于人的潜意识等等等等争来争去说不清道不明的特点。第二它是科学,它与一切其他的科学门类一样,要求具有科学的明晰性、逻辑性、确定性与系统性。正像模糊数学之所以是科学,不仅因为它是模糊的,而且因为它是数学的。模糊数学是对于模糊现象的发现和承认,又是对于模糊现象的把握与理解,夸大一点说,是数学对于模糊现象的一次胜利的进军。

这是可能的么?至少我们不能断言它是不可能的。现代科学研究的对象不仅是实验室中的、理想条件下的、经过提炼的、排除了一切偶然性和杂质的物质的规范有序状态,恰恰还要研究世界上的、多种因素相冲相拥相反相成的、具备各种偶然性的、常常是不规范的与例外的无序状态。给这种偶然与混杂、紊乱与例外以探究、以解释,摸索出其蕴含的规律性,使这些处于浑沌状态的事物受到科学与理性的光辉的照耀,开辟人类认识的自由王国的新领地。在这个意义上，我们不妨借用"人为自然界立法"这个说法。人们正在为浑沌、模糊、杂乱、互相矛盾和冲撞的大千世界立法，也要为文学艺术立法。只是这种"法"并不是主观随意的，而是深藏在客观对象的内部罢了。

创作家和重感觉、重体验、重欣赏的评论家对用科学方法为文艺立法的意图往往抱着十足的反感，这是很自然的。文学艺术是充满了感情的东西，而感情自发地排斥着分析、归类、鉴别。一个创作家如果看到自己的得意之作竟被某一位文艺学家用论证、用概念、用图表、用公式、用数学的、电脑软件的语言归纳和分析了个不亦乐乎，其煞风景的感觉大概与一个正在热恋的小伙子被提供给他所心爱的姑娘的人事档案、内脏解剖图、透视照片差不多。

朴素的感情未必能代表真理。文艺再高再妙仍然有自己的规律乃至自己的模式。就拿小说来说吧，一方面是变化无穷、千奇百怪、日新月异的，一方面又是有自己的与时代与社会状况与民族文化心理相关联的规定性即相对的稳定性、凝固性和被经验所认可的模式的。笔记小说、唐宋传奇、话本小说、演义小说、黑幕小说、言情小说、武侠小说，如果没有各自的大致的模式，也就没有彼种类别的划分与存在。中国传统小说的才子佳人模式、善恶报应模式、清官断案模式，是至今生命力不衰的主要模式一些种类。还有五十年代苏联小说英雄人物逐渐成长、一旦考验到来时大放光芒的模式，普通人屡遭困顿却又终于被生活所启悟的模式也都至今在我国盛行不衰。而加西亚·马尔克斯的《百年孤独》在中国获得的成功，正在我们的文学创作领域中引发着、聚拢着、形成着新的模式。

文学是排斥模式化的。固定的模式是与文学创作的本性有着相互对立的一面的。但文学又从来不拒绝利用已有的模式和创造新的模式。风格与模式的成熟不可分割，而模式的成熟又给风格的生命力带来僵化乃至死亡的危险。契诃夫当然是大师，但是如果读完他的全集，即使普通读者不是也可以依稀觉察到他的小说的若干种常用的模式吗？例如他的《醋栗》就是很有代表性的模式意味的小说。

这里不想仔细探讨小说模式的问题，探讨起来也许可以构成一门学科。这里的涉笔只是为了说明模式是创造的对立物，又是创造的依凭和成果的体现。规律性、系统性、科学性是对于艺术的进犯乃至割舍，却又是更好地探讨艺术的奥秘所不可脱离至少是不必拒于千里之外的范畴。任何分析、论述乃至表格、程序，都不能代替、不能穷尽、不能绝对完满地解释作品本身，却仍是研究文学作品文学现象的一种有价值的努力。包括用电脑作诗作曲作小说，这种对创造主体的尊严粗暴进犯的狂妄举动虽然不能完全取代创造主体的心智劳动（正像机器人代替不了活人），却完全有可能代替创造主体的一部分并非很富创造性的工作，因而把创造主体的工作推举到更富创造性、更高水平的新的阶段。

文艺学的科学研究方法方兴未艾，我们应该有雅量和耐心看一看，既不必吹擂无度也不必因自己不懂或不习惯或朴素的反感便迎头打回去。

有的论者提出在更高的发展阶段数学与诗的融合的问题，说是最高的诗是数学，最高的数学是诗。论者语焉不详，直感多于论证，愿望多于思辨。听者或以为是异想天开、一派胡言。我个人倒觉得提得有趣。不妨就科学与艺术、数学与诗的关系进行各式探讨乃至提出各种假说。数学与诗表面上看来是那样的对立，但它们都存在于人们的深邃的精神生活中，来自世界却又自成一个独立的世界，都具有丰富的无穷的可能性、选择性、组合性与排列性、繁衍与变异性，在它们的世界中都充满了追求、迷恋、歧路、失误、探索、奋进、灵感、激情、顿悟、敞亮、怀疑、发现、新的创造。简单地讲什么诗与数学的融合或简单地去理解，以为未来的诗将以数字、公式、符号和几何线段、图形的形式出现，或未来的数学将以分行、押韵比兴象征手法出现，当然令人无法接受。但我完全相信诗人与数学家的心态与劳动有共同性。各门学科，包括数学、诗或诗学，既是在互相渗透互相补充互相融合，又是在产生新的分离分化，不讲分离只讲融合，也许失之偏颇，却未尝不可能是某种"片面的深刻性"。

所以，用自然科学的方法去研究文学艺术以及种种把艺术性拉向科学的想法与试验尽管可以存在，用高度主观的、感觉印象意会联想的审美方法评价文艺作品以及别的样式的努力也可以照旧进行或更好更多地进行。从读者的多数来说，恐怕会更加欢迎那种亲切机敏、本身就富有文学色彩的评论文字的。

回过头来，评论文字中新名词的潮涌，还需要一段时间的检验。经过一段时间，有的新名词普及了，有的就淘汰了。有的则硬着头皮顶在那里。到那时又会有新的新名词新潮流新创造新失误新成就新笑柄。岂不妙哉！

然而切不可轻视传统。传统也曾经新过。传统常常比新潮更有力量。尊重传统也许比抹杀传统更能为某种有生命力的新潮开道。

附记：本篇写完后，读到了《上海文学》一九八五年第九期鲁枢元的文章《文艺学的学科形态》。我认为他的见解很好，从另一个角度论证了本文涉及的问题。

发表于《光明日报》1985年10月10日、11月14日、12月19日

理论、生活、学科研究问题札记

一

数年前我写过一篇微型小说，说的是某地召开夏令饮料生产会议，人们纷纷研讨关于改进啤酒、汽水、酸梅汤、果汁的生产供应问题。这时一位爷们儿义正词严地指出，一切饮料的本质，一切饮料的本源，一切饮料中最重要最主要最具有普遍性的饮料不是别个，而是水，离开了水而讨论啤酒果汁，便是背离了大方向，舍本逐末，走上了邪路……云云。

满纸荒唐言，一把辛酸泪。此小说看似不经，却是过往的一个时期学术界理论界多少回批判论争的一个并非十分变形的缩影。

二

水是构成一切饮料的主要物质，这是一个不容置疑的具有普遍意义的一般规律。而我们通常习惯于认为，此种最主要的，亦即最本质、最重要乃至决定性的规定，也就是此种大道理，正是需要反复阐述、年年讲月月讲天天讲的。而一切小道理都应该来自大道理、服从大道理、证明（阐发）大道理，否则，该小道理便是背离大道理的旁门左道。按照这样一种习惯的思维定势，上述关于夏令饮料的讨论的可悲与可笑的局面，其出现有几分必然性。

不仅可能产生不准研究啤酒只准研究水的虚拟的笑话，而且已经发生了更加荒诞的"《修养》的要害是背叛无产阶级专政"的"批评"。既然无产阶级专政是最大的道理，谈修养岂能不谈专政？不谈专政所为何来？别有用心，其背叛如司马昭之心，路人皆知矣。

批判"四人帮"的篡党夺权还是比较容易的。从认识论上、思想方法上、逻辑上对那种"左"进行义正词严的科学的解剖，弄清"左"逻辑的来龙去脉，穷究其里，以便真正摆脱"左"逻辑、"左"模式，则并不那么简单。时过境迁，我们尽可以拿"四人帮"的批判模式当笑话说，或者把"四人帮"的模式当做政治道德沦丧的产物，但我们切不可忘记，那种模式一不是从天上掉下来的，二是它曾经主宰了那么多年"舆论"与"理论"阵地。再者，政治道德绝无瑕疵的人，习焉不察，照样有可能受这种模式的影响。

三

这种模式的要点或可称作大道理崇拜，一般规律崇拜，普遍性与本质性崇拜。即认为世间有这么一些主宰一切、决定一切、指导一切故而能包容一切、取代一切的大道理，曰道，曰纲，曰纲举目张。认为抓到了这个大道理就有了一切，百战百胜、一本万利，而离开了这样的大道理就是雕虫小技，就是本末倒置，就是玩物丧志。中国古代的哲学家尝试过建立一种以一个简单明快的纲统率全体的理论体系的努力。《大学》把治国平天下的大问题归结为正心诚意的个人修养，把研讨学问的根本归结为"知止"，这是一个精彩的伪逻辑推导表演。即使在民间故事武侠小说里，也可以看到这种崇拜简明概括的窍门，认为抓住窍门一切便可迎刃而解的思维模式的影响——例如关于"点穴"的故事，找准了穴位便可置对手于死地，找准了穴位又可以起死回生。也许我们还可以不无根据地指出，这种大道理崇拜是长期以来中国科学研究、特别是分门别类的学科研究不发达的重要原因。人们拥挤在"治国平天下"的"道"上、"纲"上、"经"上,谁还去研究声光化电之类的"术""目""纬"呢!

在党的历史上,这种对一般规律、对矛盾的普遍性的崇拜与对特殊规律、对矛盾的特殊性的抹杀曾经一再造成灾难性的后果。这样,毛主席才在他的名著《矛盾论》里把"矛盾的特殊性"作为重点章节而大加论述。把非常复杂的形势、非常复杂的任务概括成"若干字真言"的方法也源远流长,于林彪而尤烈。这实际反映了我们的文化、教育、哲学特别是逻辑学的不发达状态,也反映了一种思想懒惰状态与取巧心理。

四

我在一篇小说里曾经写到有些人爱讲"句句是真理的套话与句句是套话的真理"。人们不爱听千篇一律的套话,但套话总是能讲得头头是道、气宇轩昂,就是因为套话与真理可以相通。如说"形势大好,越来越好",这是套话,却也可能是真理。除了少数情况下这样讲乃系自欺欺人(仍可以自保保人)之外,许多情况下这样讲是对的,而且这样讲具备一种政治优势,即讲的人是充满乐观主义和决心信心的,不这样讲的人却有可能被指责为忠诚性可疑。

真理转化为套话,这实是人类认识运动中的一个悲剧性现象。古往今来,有多少学说乃至宗教教义,在它们最初被提出的时候,充满了创造精神与挑战精神,富有活力,令人耳目一新,具有强大的吸引力。而后,越是在这种学说取得胜利、取得统治地位之后,它越容易变成一套僵硬的模式,对这种学说的崇敬和研究,越容易变成一套真真假假的程序,到这时,真理就成了令人生厌的套话了。

真理和套话可以承认同一个命题,例如形势大好、水是饮料之本之类。二者的区别在于真理是发展的,套话只会重复。真理不但不排斥、不取代一切具体内容,而且时时根据具体内容的发展变化而发展变化自己,套话则只承认普遍性的框架,视一切具体内容为对总体框架的侵犯或威胁。

套话渐渐变成了废话,丧失了现实性与针对性。离开了特殊性的一般性,离开了具体性的概括性,离开了现象的本质,这样的"大道理"讲起来万无一失却也毫无意义。然后把这种"大道理"变成排斥一切具体认识的"唯一",这样,便抽尽了原本是很有创见的大道理的全部生机。我确实还不知道有什么办法比这种办法更能糟蹋真理。

林彪说马列主义无非就是"那么几条",说有了这几条就"够用"了,本世纪够用、下一个世纪也够用了,说学"语录"是学马列主义的"捷径",说学毛主席著作是"一本万利"。凡此种种,都不是无根之木、无源之水,都与特定的社会条件、文化心态、思维方式有关。捷径啊,够用啊,就那么几条啊,一本万利啊,都是源远流长的思想方法。林彪的"可爱"、林彪的聪明与林彪的愚蠢都在于他说透了说穿了这套建立在半愚昧基础上、封建主义与自然经济基础上的思维模式。对林彪等的政治判决并不能代替对林彪认识模式的科学研究,研究一下,大有益处,大有营养。

五

思考一下马克思主义在中国的命运,确实是发人深省。在旧中国,反动派和愚昧者视马克思主义为洪水猛兽、妖魔蛇蝎,对马克思主义又恨又怕。而进步人士视马克思主义为驱散历史的与文化的迷雾的光照,人们为了追求洋溢着异端、禁果的特殊魅力的马克思主义而不惜抛头颅、洒热血。马克思主义在中国传播、扎根、被认识、被接受的过程,不仅是革命史上的光辉的一页,而且是人类认识史上的极为壮丽的一页。

至今仍有一些友善的海外华人、港澳同胞,表示对我国挂"外国人"(指马、恩等)的像不舒服。可见我国的共产党人、进步人士在接受国外先进思想文化方面,曾经是多么英勇无畏,突破性的迈步有多么大!中国人而奉德国(其中一个是犹太裔)的马、恩为导师,何其大胆也!

中国革命的胜利理所当然的是马克思主义的胜利。解放初期广大人民和知识分子如饥似渴地学习革命理论,个个觉得豁然贯通、心明眼亮,朝闻道而夕成新人,种种情景,至今记忆犹新。

从此马克思主义从异端变为正统,从名声可疑变为无上光荣,从少数人窃得的"普罗米修斯之火"变成家家必备、户户得有的灯烛炉灶。马克思主义者的称号更变成了殊荣,生前为得到这样一个称号而奋斗,死后如得此"册封",也是万分光辉。学校的政治课讲马克思主义,机关团体厂矿以至农村的政治学习学马克思主义,所有的报刊、出版物都宣传马克思主义,广播、电视、电影也都宣讲马克思主义。无产阶级的政权发挥了巨大的威力,马克思主义在中国获得了空前的大普及。与此同时,反马克思主义成了严重的罪行,对某人"违背了马克思主义"的指责成了政治上置人于不名誉地位直至死地的同义语。

普及是大好事,马克思主义与中国亿万群众的结合产生了巨大的物质力量,改变了中国的面貌也改变了世界历史的进程。但正像一切思想文化成果一样,其普及化并非一点也不付出代价。理论改造群众的同时也必然会接受群众的改造,理论掌握了一个民族的时候也必然会接受这个民族的改造,包括正面的与非正面的改造。群众接受某种新兴的理论的同时必然有意无意地要把自己的长期积淀的文化心理、价值标准乃至种种局限性、种种"集体无意识"塞进去。正统化、一统化、普及化、通俗化、流行化的代价常常是时髦化、浅薄化(皮毛化和庸俗化)、程式化和僵硬化。一首歌曲的普及有这种情形,一种新的科学技术的普及有这种情形,一种理论思想的普及——不幸——也有这种情形。

几十年来,特别是当"左"的错误占统治地位的时期,在正直的人们认真学习和实行马克思主义的同时,有人把马克思主义变成装潢门面的大旗,有人把马克思主义变成打人的石头,有人把马克思主义变成怎么都有理的诡辩术,有人把马克思主义变成防备政治风云中失足的救生圈。作为此类现象的反动,如今在一些年轻人中又出现了羞于学习马克思主义的冷淡、厌倦态度。只是由于十一届三中全会以来党中央及全党、全体爱国人民的集体智慧及实践,才挽回了马克思主义在中国被糟蹋被庸俗化的趋势,才焕发了马克思主义在中国的新的活力。

历史是最好的教师。正像中国革命的胜利是马克思主义的一曲凯歌一样,社会主义中国所走过的曲折的道路也向马克思主义提供了全新的经验、问题和挑战。抚今思昔,回顾一下无产阶级政党取得政权后运用政权力量组织力量与舆论力量推行马克思主义的成败得失,考虑一下如何运用新的历史经验与新的科学成果丰富与更新马克思主义,使马克思主义与我们的社会主义事业一道取得更大的发展,实是一个紧迫的、重大的而又实实在在的任务。

六

关于马克思主义的三个来源与三个组成部分的提法,虽然不能说是绝对完备的(最近我国便有论者著文,称马克思主义的来源远远不止三个),仍是迄今为止对马克思主义的一个最好的、相当完全又十分简要明白的说明。

毛主席曾经强调马克思主义是一种立场、观点、方法,即无产阶级的立场、唯物主义的观点和辩证的方法。这种说法虽然失之简略,仍然是意义重大的有的放矢。它打到了"言必称希腊"的教条主义的要害上。"立场、观点、方法说"的精髓在于它不把马克思主义看作现成的结论、先验的药方(像教条主义所主张、所实行的那样),立场、观点、方法的正确开辟了认识真理的道路,然而它只是认识真理的开端,而不是认识真理的完成,更不是真理的全过程。

毛主席还有一个很有名的说法,叫做"马克思主义的道理千条万绪,归根结底就是一句话:造反有理"。尽管像任何通俗化的简明语言一样,"造反有理"的说法更加失之粗疏(而且这个说法受到过"文化大革命""红卫兵"运动的利用,因而变得名声不佳),但这仍然是一个极通俗极鲜明的概括。马克思主义不是书斋的理论而是革命的理论、革命的学说,革命(主要指资本主义条件下的无产阶级革命)是这个学说所要研究的主要对象与核心问题。就是说,它运用辩证唯物主义与历史唯物主义的观点方法,分析了人类社会特别是阶级社会又特别是资本主义社会的基本结构、主要矛盾、发展规律与趋势,得出了无产阶级革命不可避免、社会主义——共产主义一定要实现的科学的、对于人们在当今世界的社会实践具有根本性指导意义的结论。

所有的这些说法,都有一个共同点,即指出马克思主义是有自己的特定的对象、特定的内容、特定的重点、特定的针对性的。马克思主义不是一个无所不包的、无边无际的学问。

七

马克思主义是一个郑重的、科学的体系,是一个完整的、开放的与发展中的系统。对这个理论的把握应该从整体、从系统、从根本上入手。不能设想,马、恩的每一句话、每一个个别命题都是马克思主义的不可或缺的组成部分。任何个别命题,都必须从它在整个理论体系中的地位和作用,从它与马克思主义的根本原理,从它与其他多种命题的关系来考察,判断哪些是马克思主义的有机组成部分,哪些是马、恩的个人意见、个人爱好、个人性格的流露。

这里,区分一下马克思、恩格斯生前正式发表的著作与由后人代

151

为发表的手稿、笔记、书信、家书、日记并不是没有意义的。任何具有起码的版权观念、著作权观念与科学研究观念的人都不难理解,马、恩只能对他们正式发表的著作负责。和任何郑重的学者一样,马、恩对发表自己的著作抱着极严肃认真的态度,《资本论》的写作、出版与重印过程清楚地说明了这一点。任何郑重的学者,他的一种理论、一种学说、一个科学命题,从提出到完成,从不完善到完善,从不准确不全面到比较准确全面,从初步构想(假说)到相对比较成熟的论断,都有一个发展的过程,探索的过程,搜集材料、反复论辩论证的过程,有时还是一个曲折的、坎坷的过程,马、恩也并不例外。如果设想马、恩是生就的马克思主义者,如果设想马、恩创建马克思主义的过程是势如破竹、直线前行的,如果设想"既然马、恩创建了马克思主义所以他们的一切言语行止都等于马克思主义本身",那实在只能是关于超人的神话。

当然,所有马、恩的手稿笔记信函日记,都是研究马、恩学说和马、恩生平活动的珍贵资料。而且,完全有可能,经过时间的冲刷,马、恩的某个生前未正式发表过的论断愈来愈显现出耀眼的光辉,而被马克思主义的门徒公认为是马克思主义的一个重要内容。所有这些可能性都需要分析、需要论证、需要辩驳,因而它们并不具备某种先验的真理属性,或曰经典属性。

八

马克思主义是革命的学说,革命是激动人心的事业,特别对于呻吟在剥削压迫下的无产阶级人民大众来说,马克思主义不仅是一种严密的科学,而且是一面令人热血沸腾的光辉夺目而令剥削阶级胆寒的旗帜。人们是怀着巨大的、常常是神圣的革命激情来接受马克思主义的,可以说,这正是马克思主义与一切书斋学说的一个不同之点。

但激情毕竟不就是科学。在任何重大的实践活动中,类似信仰主义的激情都是不可避免的,有时还是必要的,但信仰主义很容易导致教条主义、先验论和个人崇拜。例如时至今日,仍然有人热衷于用查书的方法,用找引文的办法来解决日新月异的生活中的新问题。关于我国农村经济搞活后的雇工问题,有的人企图用查找马克思的书,用马克思说过"雇工×名以下不算剥削"做制定政策和解释政策的依据。这实在是一种本本主义的喜剧。说老实话,马克思这样说过也好,没有这样说过也好,究竟有什么大不了的呢?难道建设具有中国特色的社会主义的主体不是二十世纪八十年代的中国人民,而是一百多年前写成的某一本书吗?

与教条化同时,还存在着把马克思主义普泛化与实用化的现象。普泛化,就是把马克思主义当做一切真理、一切科学(至少是一切社会科学)、一切常识、一切政治的与个人的美德、一切聪明智慧、一切成功胜算的同义语。例如有的著名学者提出了"马克思主义科学"的概念,并要把中医(蒙医、藏医)之属包括进去。再例如,马克思主义、辩证唯物主义绝对地要求我们实事求是地、摒弃一切主观妄想地思考问题与处理问题,这样说是不错的。那么,能不能说一切比较务实的说法做法都是马克思主义呢?这样说就太宽泛无边了。古往今来,凡是神经正常的人总要根据实际情况办点事情。饿了要吃饭,病了要吃药,败了要改弦更张或重整旗鼓或举手认输,一种假说要通过科学实验来检验,许多人都会这样做的,但他们未必接受过或肯于接受起码的马克思主义。马克思主义并非包罗万象。

反过来,能否说一切不慎重,一切冒失行为,一切急躁行为都违背了马克思主义呢?这样的上纲上线的分析貌似头头是道,却也嫌简单化、空泛化因而实际上没有什么意义。事实上,决定一个思想的得失、一件事情的成败的因素很多,有各种客观条件与主观条件的制约。主观条件不仅包括理论修养,也包括文化知识水平、心理性格素质乃至种种生理的特性。认为理论上解决了问题就能解决一切问题实际上只是一种幻想。马克思主义的根本道理与根本要求有助于建立一种比较好的思想方法、工作方法、思想作风、工作作风，或者说是有助于树立一种好的学风，但绝对不能保证你立即得到预期的成果，也不能代替你克服一切方面（包括生理与心理方面）的局限性。

实用化就更糟，原意或可称善良纯朴，自以为是在忠诚地实践马克思主义。于是冻结物价说是根据马克思主义，调整物价也是根据马克思主义。取消自留地或限制自留地说是根据马克思主义，扩大自留地或包产到户也是马克思主义。把一个人定成什么什么分子说是根据马克思主义（阶级斗争嘛），给一个人平反恢复名誉还是马克思主义（实事求是嘛）……如此这般，直至用马克思主义（的哲学）治疟疾，用马克思主义指导打乒乓球和卖菜卖瓜，这一类的"活学活用""讲用"，究竟是理论的胜利、科学的胜利还是诡辩的胜利乃至耍贫嘴的胜利呢？

九

我们常常碰到一个复杂的状况，当马克思主义作为定语而不是作为主语或者宾语与某种学科体系联系起来的时候，它就产生了一种不容置疑的先验的权威意味。例如，马克思主义哲学、马克思主义经济学、马克思主义文艺学、马克思主义美学、马克思主义法学、马克思主义史学等，我们应该怎么样研究和接受这些马克思主义或自称马克思主义的学科研究呢？

第一，既然马克思主义揭示了人类社会发展的根本规律和革命的根本规律，这样的大道理、这样的立场、观点、方法必然会影响一系列学科研究、推进一系列学科研究，乃至促成一系列学科研究的革命性进展。这个意思，就叫做"指导我们思想的理论基础是马克思列宁主义"。

第二，马克思主义学科研究的最大优势在于，它善于把学科对象放在社会发展的全局、历史发展的全局当中做宏观的考察,较易于抓住根本、抓住要害、抓住"牛鼻子"。例如以马克思主义的观点评价《红楼梦》,较易理解《红楼梦》的背景、内涵和价值,在这一点上,确实优于一般所谓"红学"的琐碎考证,这是一个事实。

但同时也存在另一种可能性,另一种事实不容我们忽视。即某个自封的而且妄自尊大的人,满足于用马克思主义一般规律的推演和重复,用一般规律的自我循环,代替对一门具体学科对象的把握、考察和研究,因而使自己的研究流于空泛的老生常谈,反而不如一些具体实在的研究更扎实和有新意。

第三,大道理与小道理、普遍性与特殊性、纲与目,马克思主义与学科研究的关系其实是双向的。大道理指导小道理,小道理丰富大道理。大道理的革命引起小道理的革命,小道理的突破也会影响大道理的更新(例如考古上的一个或一些新发现会影响历史的写法乃至关于这段历史的理论)。马克思主义有助于从宏观方面把握研究的方向,具体的学科研究成果有助于以具体切实的认识成果丰富和发展马克思主义。人们认识真理的过程,既包含着认识大道理、认识森林的过程,也包含着认识小道理、认识树木的过程。只见树木,不见森林,固然是一种可悲的短视,只知森林,不知树木也是一种可悲的大而无当。

有至少两种情况。主要矛盾解决了次要矛盾便迎刃而解,大道理搞通了一通百通,叫做纲举目张。但也有另一种情况,主要矛盾解决了次要矛盾却没有解决好,以致次要矛盾上升为主要矛盾;大道理通了小道理仍然疑难重重;纲举了半天目就是不张。这后一种情况,往往比前一种情况还普遍。这样,我们就无权笼统地轻视一切小道理。

第四,马克思主义的学科研究,至少要区分一下两种或两种以上的情况。马克思主义哲学、政治经济学,这是构成马克思主义的主干的组成部分,是马克思、恩格斯所创建的学科体系。文艺学、美学等,则不能说是马克思主义的主干的组成部分,马、恩生前无意对文艺学、美学进行专门的学科研究,创建全新的学科体系,他们的一些对文艺问题、美的问题的重要的、很有价值的见解,许多都不是作为专著发表的,而是散见于论述不同题目的著作或非正式著作(如信函)中。马克思主义文艺学,主要是由后人们、由马克思主义的门徒们搜集、整理、阐述、发挥、发展而成,苏联人在这方面做的事情最多。

第五,某一种马克思主义学科,不能代替囊括某种学科的知识的全部。例如哲学,不但要概括社会科学的重要成果也要概括自然科学的重要成果,但我们不能轻易断言马克思主义已经或必将囊括自然科学乃至社会科学的一切成果。例如思维科学是哲学的重要组成部分,思维科学与数学关系十分密切,但即使最最热衷于马克思主义理论研究的人也没有提出过"马克思主义数学"的妄想范畴。那么,马克思主义的思维科学并不能取代思维科学的全部,马克思主义哲学研究虽解决了哲学的最根本的问题,但也不能取代科学的哲学的全部。

文艺学、美学之类更是如此。在文艺学、美学的总的范畴下面,还有许多分支学科,诸如创作心理学、接受美学、文体学、(文学)语言学、风格学、(文学)版本学、(文学)书目学、诗韵学、和声学、构图学、建筑美学、园林美学、工艺美学、音乐美学、舞蹈美学、摄影美学以及对于各种文艺对象文艺创作家的史的研究,这些大多都难以包括在马克思主义文艺学、马克思主义美学的范畴之内。难道所有这些分支学科都可以概括区分为马克思主义的、非马克思主义的、反马克思主义的吗?

过去有过一个被奉为经典的说法:马克思主义只能包括而不能代替现实主义。不能代替,很对,因为至今,代替论、用马克思主义关于社会的一般规律代替文学艺术的特殊规律的想法仍然具有一种既简便又优越伟大的"一本万利"的魅力。那么是不是能包括呢?也很难。不要说世界上有各种各样的现实主义,现实主义有各种各样的日新月异的分化和发展,就是一个革命作家、共产主义者的作家的现实主义,也是他的差不多全部人格、经历、特有的个人的感知世界、把握世界与表述世界的方式,以及他特有的文化教养训练的产物,而绝不仅仅是某种理论、某种世界观的延伸。一个接受了马克思主义的基本观点与理论体系的作家,不等于自行接受了现实主义的创作方法。作家对于创作方法的选择、对于现实主义或别的什么主义的选择,是一个独特的、生气勃勃而又常常是左冲右突、千回百转的过程。马克思主义与文艺学、与现实主义的关系,绝不是一个简单的、形式逻辑的三段论法就能论证清楚的演绎关系。

第六,这就是说,我们不能用马克思主义的一般原理取代各种学科研究,我们不能因为一些学科研究的课题不属于马克思的学说的范围或未曾经过马克思、恩格斯的论证便认为这种研究方向有问题、背离了马克思主义。不能用大道理、牛鼻子扼杀一切小道理、一切牛耳朵牛尾巴。回想一下我们把社会学、心理学斥为资产阶级的而连根拔除的做法,回想一下我们只重视史论而轻视史料考证或者使史料服从于先验的结论的做法,以及文艺学领域中轻视艺术的专门研究,至今仍存在的轻视对艺术形式、艺术技巧的研究的做法,难道我们不能够学得更聪明一些吗?

这里有种种不同的情况。有的学科研究(如哲学、政治经济学的某些研究),直接涉及马克思主义的根本原理。有的学科研究(如文艺学的某些课题),马克思主义的观点对其有巨大的指导作用,有大的影响,就像鲁迅所说的,马克思主义的文艺批评比较"明快"。还有大量的学科研究,与马克思主义原理不发生太直接的关系。从道理上,马克思主义的世界观对一切学者都有指导意义,我们完全有理由提倡人们去这样做。从学科研究本身来说,"指导"的成败得失,还有待总结回顾。特别是自然科学,至今比较缺乏自觉地用马克思主义指导研究的成功经验。承认这个事实,丝毫不会使马克思主义者感到尴尬。马克思主义的"有效半径"、它所取得的成功和深远影响，已经是超出一切别的学说主义之上了。在指导学科研究方面，我们采取一种慎重的、郑重的、尊重事实的（非想当然的、非大吹大擂的）态度，比较符合马克思主义的学风，比较有利于各项学科研究，也有利于马克思主义。

这就是说，我们承认马克思主义之外的学科研究，这种研究有成果也谈不上坚持马克思主义，同样，有谬误也谈不上背离马克思主义。这种研究可以是郑重的也可能是粗疏的，可以是有价值的也可以是无聊的，可以是貌似烦琐无聊实际上仍有一定价值的；也可以是貌似洋洋大观意义重大而实际上空空洞洞的。我们判断一种学科研究的成败得失可以用许多标准，而不是只用是否符合马克思主义一种标准。人的日常生活吃喝拉撒睡也有成败得失，难道也要动用马克思主义的大道理去判明是非么？

这里举一个有点尖锐的例子。红学长期以来研究《红楼梦》的版本、曹雪芹的家世以及对《红楼梦》一书中文字、结构、描写上的隐晦部分（谜语性部分）的破译，形成了一套独特的知识体系直至趣味风雅，这种研究方法研究趣味不能说与中国封建社会文人的精神状态、缺乏现代科学方法训练的状态无关。有人指出在旧社会，这种研究曾被少数人当做规劝青年不要走向马克思主义、不要去革命的工具。但这些传统红学研究所取得的知识性趣味性成果本身是无罪的。这种研究方法本身，也不具有注定为反动阶级服务的内在必然性。马克思主义的《红楼梦》研究能够宏观地揭示这部书和书中思想、人物的社会意义，这当然是一个重要的收获。从长远来说，却不需要用后一种研究完全彻底地批判否定前一种研究。尽管我们对前一种研究的价值可以抱程度不同的看法，但我们无法用对《红楼梦》出现的社会背景、阶级背景与文化背景的研究取代对《红楼梦》的版本的研究，我们无法用对宝玉黛玉多少反映了新兴的市民阶级的个性解放意识的论断代替对作品中的一些暗语隐语的分析，更不要说代替对曹雪芹的研究了。如果只有传统红学而没有新的《红楼梦》

研究,也许我们会觉得琐细太过、言不及义。如果否定掉一切传统红学而只去做这些阶级性、思想性、社会性的大断语,同样也会有一种"隔"的感觉,即离开了《红楼梦》这部小说的许多特殊性,抛弃了许多具体有用或无大用仍颇有兴味的知识。比较明智的做法,还是不要把二者弄成有你无我的阶级斗争关系为好。既雕龙,又雕虫,大材大用,小材小用,有何不可?

第七,简言之,马克思主义与各学科研究,可以是指导与被指导乃至决定与被决定的关系,也可以是一种相互补充、相互丰富的关系,也可以是一种并行不悖、至少在一段时间内并行不悖或无大悖的关系。一个生活在今天的社会主义中国的学者当然应该认真学习领会研究马克思主义。一个自命马克思主义者的人,也应该学习和尊重各种具体的学科研究,不要老把自己摆在一个先验地纠正别人的地位。

只有解决了这个问题,百家争鸣的局面才会真正成为现实。争鸣当中有一方指责对手违背了马克思主义的时候,被指责者无法不感到受到了政治压力,无法不紧张地联想到种种怵目惊心的史实,这样,争鸣就有变成陷阱的危险,这样,争鸣也就完结了。尽管这种紧张有太过的情况乃至真真假假的情况,但不摆脱这种紧张就无法解放学科研究,就无法解放我们的求知能力,就无法实现学科研究的正常化,也就无法实现马克思主义研究的正常化。

第八,与此同时,我们也不赞成任何学科研究的夸大狂,即用学科研究的某些范畴、命题取代马克思主义的根本原理。长期闭关后的开放,难免会在积极汲取新知识新科学成果的大潮中出现赶时髦的浪头,出现一些缺乏根底的匆忙宣告与哗众取宠的不惭大言,这是不足为奇的。问题在于我们不要人云亦云,随声附和。例如把自然科学的"三论""新三论"方法引入文艺学的学科研究,我们完全可以进行这样的尝试,不必急于用马克思主义的一般原理去排除之。但我们也不能同意用"几论"取代、排斥辩证唯物主义与历史唯物主义的企图。这种企图只能是一种新式的教条主义和老式的找捷径、一本万利的观念的新表现。

第九，那么马克思主义研究本身，是不是一种学科研究呢？回答首先是肯定的。马克思主义也是一门科学，研究这门科学和研究任何其他学科一样，需要一定的知识准备、需要掌握大量的材料，需要进行基本观点、基本知识、基本技能技巧的训练，需要下苦功夫，需要人们做出创造性的发挥和贡献，而且需要在论证、评价、阐释、发挥、发展马克思主义科学方面，同样实行百花齐放百家争鸣的方针，同样实行创作自由、学术自由、讨论自由与批评自由的方针，没有这个方针，马克思主义的研究就活不起来。

研究马克思主义是不是一定比研究别的学科更高明呢？不一定。这里研究与研究的对象并不总是一回事。作为研究的对象，马克思主义确实比一般其他学科更富有概括性和普遍的指导意义，更比其他的主义、其他的学派要正确得多，但是对象的高明并不能决定研究的高明，对象的正确也并不能决定研究的正确。例如数学比有机化学更具有普遍的规范性，我们能因此断言研究数学比研究有机化学一定更有意义吗？例如唐诗比宋诗整个说来高明一些，我们能因此断言研究唐诗就比研究宋、元、明、清的诗乃至研究"五四"以后的新诗更高明吗？对于伟大的马克思主义的研究，也未必都注定是伟大的。纯书斋的研究，寻章摘句的研究，唯书的研究，背诵式的研究，只夸好箭、就是无的可射的研究，就都是不怎么伟大的研究，不但是不伟大的研究，而且是不怎么马克思主义的研究。研究得平庸呆木，光靠借马克思的"仙气"，是成就不了这种研究的名声的。

第十，我们同时又要说，马克思主义研究又与许多一般的学科研究不同，就是说，马克思主义不是一门一般的学科。它的政治性，它的党性，它的实践性，它的指导思想的理论基础地位都使它与一般学科有所不同。特别是，我们都知道马克思主义是我们党的指导思想，而中国共产党是领导着十亿人口的大国的执政党。对马克思主义的任何解释评价,都牵连着党的神经、十亿人的神经、全世界许多关注中国的情况的人的神经。因此,这里,对马克思主义的在实践中的发展,主要是通过党的集体努力来实现的。我们不可能不对研究马克思主义抱着更为严肃郑重的态度。

当然,党的智慧又是来自人民、包括来自各方面的专门家的。我们需要更多更好的马克思主义学者,我们的马克思主义(本身的)学科研究亟需提高到新的水平,与党的建设具有中国特色的社会主义的事业的发展相适应的水平,这方面的专门家大有可为。这里,任何忽视或者鄙薄马克思主义研究的想法和做法,任何仅仅把马克思主义视为各种学派之一种的说法,如果不是糊涂的想入非非,也是极端的幼稚。

十

作为马克思主义者,当然只能用马克思主义的态度对待马克思主义,而不能用例如信仰主义、永无谬误、不可逾越的认识论上的唯心论与绝对主义对待马克思主义。用非马克思主义的态度对待马克思主义,只能是非马克思主义。

马克思的学说有自己的重点,有自己的具体的对象,因而也有自己的规定性、自己的范围。

马克思主义在我国居于"指导思想的理论基础"的崇高地位,这种地位不是靠命令也不是靠行政力量建立的,而是由于它经受了实践的检验。同样,这种地位本身并不能证明这种学说的真理性,马克思主义的各个理论命题,还必须继续与随时接受实践的检验包括一些学科研究的检验,从中汲取营养,得到坚持、丰富、修正、发展和更新。

我们根据对马克思主义的了解,根据中国人民与世界人民的历史实践经验,也根据我们对各种学科知识的了解,认为马克思主义的根本原理是正确的,是经得住实践检验的,过去经得住,今后长期也经得住。但是这一切都需要我们不断地做出新的发挥、论证与总结,需要我们不断地表现出马克思主义的创造能力与开拓能力。不能用对马克思主义的崇高地位的确认代替对马克思主义的真理性的科学的永无止境的论证。同样,不能仅仅用背离马克思主义的某个命题作为指责别人为谬误的先验论据。如果你不能以事实为根据、以学科研究的最新成果为依据、以颠扑不破的逻辑论辩为依据驳倒某种论点,而只停留在通过查对指出对方的论点不符合现成的马克思主义的某个命题上,那么,客观上你未必能从认识论上贬损对方的论点,却极可能贬损了马克思主义。

每一代人都有自己认识真理的过程,上一代人可以传授,却无法取代这个过程。正像上一代人作为爱情和婚姻的过来人的清醒未必十分有助于淡化正在热恋中的年轻人的狂热一样。我们不能要求现在的年轻人省略过程心服口服地只接受马克思主义的结论。上一代人是在严峻的阶级斗争、民族斗争、包括与各种反动学说理论所做的思想斗争中认识和选择接受马克思主义的。今天,我们不应该也无法人为地继续一种严峻斗争的局面,相反,我们进行革命的目的,正是为了创造一种如今天的安定团结、开放改革、民主和谐、集中精力搞现代化的新局面。今天的青年则只能在这种新的局面下经过比较选择,逐步认识和接受马克思主义。他们选择接受马克思主义的过程不可能与他们的父兄完全相同。而且,最终总会有相当的人不接受马克思主义。这里,任何急躁的做法、强加于人的做法,只能引起更糟的逆反心理。不加论证地以"违背马克思主义"作为指责的武器,往往只能引起人们特别是年轻人对发出指责者的反感,甚至引起对这种不怎么高明的所谓"马克思主义"的反感,道理就在这里。

那么,看到了确实是违背马克思主义的东西怎么办呢?最有力的武器还是具体分析。既然实践是检验真理的唯一标准,那么实践也就是鉴别谬误的唯一的起码是最重要的标准。批评一种观点,与其只指出其违背了哪一书哪一条,不如指出它如何经不住实践的检验、经不住学科研究的检验。

十一

还有一个被一些人习惯地接受了的说法,叫做"马克思主义的语言"。记得一九五七年批判一位喜欢讲"友谊"讲"良心"的文人的时候,人们指出他讲的"不是马克思主义的语言"。近年来对于一些没有讲思想倾向没有讲典型环境中的典型人物的文论,也有这种"不用马克思主义语言"的指责性的议论。

马克思主义的术语,作为一批郑重的科学概念、科学范畴,诸如经济基础、上层建筑、剩余价值、阶级斗争、无产阶级、资产阶级、革命……当然是有必要加以认真学习和钻研的。掌握这些科学的概念,有助于我们正确地概括许多事物的本质。想甩掉这些语言以炫耀自己的知识更新,常常只是一种赶时髦的缺乏根底的幼稚病。但我们并不能由此认为马克思主义是一套特殊术语的产物,不能用词汇来判断理论属性,更不要说用词汇来判断真伪正误了。我们不能认为这些术语已经够用,已经可以用来表述各种对象各种学科,而凡是超出这一定范围的语词便意味着思想理论上的可疑的背离。很长一段时期,我们的理论文章包括文艺理论文章,与其说是用词过于庞杂,不如说是用词用语过于单调。我早就有过一个念头,用电子计算机把某些人的文艺评论研究一下,常用词不会超过一百五十个的,而且不论评谁个的作品都是那几个词。近年来,情况变化了一点,有从"单调"变成"双调"的趋势,即又加上了一套颇带几分生吞活剥色彩的、多半是经过港台转手引进的洋名词。

当然,语言只是工具,是符号,"单调名词"与"双调名词"本身无罪,我无意贬低这些词的使用。更无意借此以偏概全地贬损一切文艺评论。对文艺评论的成果,我早有多次的肯定。我只是说,一个写作者、一个理论家、一个学科研究者需要掌握的语言是很多的。事实上,各民族有各民族的语言,各学科有各学科的术语,各学派也有各学派的术语,各行业、各时代时期、各种人物运用语言都会有自己的特点风格,这一切都可以为我所用。大家努力模仿一种语调语气直至只使用某种词语系列,既是语言贫乏的表现,也是思想贫乏的表现。请看毛主席,他的讲话、文章里是多么少用那种马、恩、列原著中的术语,多么善于广泛应用富有中国气派、中国文化传统和极富他的个人的自由不羁的风格的语言啊。西方有的研究家声称他的著作引用马克思的话还没有引用中国老书(包括孔、孟)上的话多,我不知道这是否经过准确的统计,我也不能对这种说法的背后用心毫无保留地赞成,但他确实指出了一个事实,作为了不起的中国的马克思主义者的毛泽东,从来没有让自己的思想、让自己的表述手段受什么什么语言的限制,从来没有照搬或者模仿过哪一种洋教条、党八股,毛泽东的文风的最大的特点是自由解放,说自己想说的话。

一个真正的马克思主义者应该是活的马克思主义者,善于用活的语言——从生活中、从实践中、从人民大众及民族的文化传统中汲取语言,同样也从各种日新月异的学科研究成果中汲取语言。

其实目前我国一些人士习以为常的文艺评论的所谓"马克思主义语言",直接来自马、恩的并不多,大都来自苏联。苏联的文艺评论,又有一大部分是师承以"车、别、杜"为代表的革命民主主义者的。我们大可以不必亦步亦趋、不敢越雷池一步。当然,也不必努力使自己的语言向英语或港台文章靠拢。

如果说理论属性并不直接是检验真理与鉴别谬误的标准,语言或术语归属,就更不是检验与鉴别的标准了。解放思想当然包括解放语言。赶时髦的语言与其说是开放的结果不如说是封闭的反动。有开放才有选择,有选择才有真实的、活生生的马克思主义,也才有各种有价值的学科研究。

十二

追求真理的道路的是多种多样的,不存在追求真理的唯一的与笔直的长安大街。很少有人是因为从一出生便系统地接受马克思主义的理论传授而成为马克思主义者的。相反,倒是有多得多的人既接触马克思主义也接触别的思想、文化、风俗、价值标准、行为规范,尤其是接触实际,随时接受现实生活实践的挑战、压迫、启示、鼓舞,随时回答现实生活提出的各种问题。这种回答多数情况下并不是经过周密的论证推演,按照一个完整统一的大道理来制定的,相反,倒多半是来自实践的需要,来自尚未组合升华为理论体系的各种实践经验,来自功利的有时是本能的考虑。同时,人们随着自己的职业和专业,必定会接受各种各样有用的学科知识,这些学科知识的积累,提高着、开阔着人们的思想境界与知识视野。在这种情况下,人们逐渐觉悟到,马克思主义最能回答生活实践提出的严峻的问题,马克思主义最能代表民族的利益、人民的利益,马克思主义最符合科学的潮流,这样,人们才选择了马克思主义。

一个人下了决心接受某种哲学某种世界观某种大道理也不等于从今以后他的诸种言行便都是这种大道理推导的结果。不止一个有名的人物有自己的行为与自己终生追求信奉的大道理不一致的情况。与其说这是理论与实践相分离的后果,不如考虑一下是否一切实践都是理论推导或规范的结果?例如饮食男女,与其说是人性论或个人主义的后果,不如说是人性或个人的本能。"人欲"不是什么理论,"存天理、灭人欲"才是一种理论。

总之,不论多么伟大多么重要的理论,我们都无法靠它自身的推导来解决一切问题,无法只靠它自身的推导与宣传使人们接受它。人民是理论的主人,理论为人民所用。生活是理论的母亲,理论为生活所塑造。实践是理论的根基,理论随实践而发展。如果反过来,让理论主宰人民命运、裁判生活,那就太没有出息了。还理论以理论的面目,还多种多样的学科研究以学科研究的地位,还生活以生活的生命力,我们的理论才会真正光辉起来、生动活泼起来、可亲可爱起来。走在这样一条或几条路上当然有失误的可能,但只有这样才能通向真实的与真正的理论,而不是通向一个人为的光环。

发表于《读书》1986 年第 11 期

文 学 三 元

文学是一个容易引起争论的题目。这是因为，至少部分地因为，文学正像世界一样，正像人类生活一样，具有非单独的、不止一种的特质。人们谈论文学的时候，难免各有侧重从而各执一词。

文学是一种社会现象。文学是社会的产物而又作用于社会，反映也好，再现也好，表现也好，都说明文学是一种极强有力的交际语言，抒情表意记事，有很强的表达能力、输出语言信号的能力。文学作品实际上往往是作家个人在一定的社会思潮、社会集团利益、社会生活的需求或社会发展变革的趋向的影响下，即在社会发展的客观规律的作用下，向广大社会公众的一个发言，一个"公报"。它是一种面向社会公众的诉说、报道、记载、吁请、辩解、提醒、透露、劝诫、激发、声明、宣传。

或者简单一点说，从某种意义上看，文学也是一种公众言论，是社会言论社会舆论的一个组成部分，是历史动态的一个组成部分，是民情民忧民疾的标志之一种、信号之一种。从而文学具有它的社会性、历史性、阶级性、政治性、新闻性。

也许这样说不够优雅邃密，不够玄妙，但是很难否认这个特性，这个事实，就像很难否认任何人，包括最最特立独行的大艺术家大文豪都生活在社会之中一样。

事实上很多伟大的作家都有毫不含糊的社会意识、社会历史的使命感。这些是他们的伟大人格的不可缺少的、常常是首要的组成部分,这些是他们的伟大的著作的价值和力量的不可缺少的、有时是首要的组成部分。

如果说确有这样的作家,急功近利的考虑或过于紧迫的政治环境使他们搞了一些自以为社会需要的粗糙的、非艺术的东西,搞了一些朝生夕灭、政治上也是随风起落的东西,我们不必讳言这类的事实。如果说一些重要的社会力量乃至主导力量的政治短视与艺术无知导致了对文学的粗暴侵犯,从而导致了部分作家艺术家对社会性的厌倦,对有关作家的社会责任的说教的厌倦,我们也不必讳言这类事实。问题是,第一,这些作品经不住时间的考验,并不是因为它们政治上太强,而是因为它们艺术上太弱,政治上从而也相当浅薄贫乏。第二,所有这一类事实,与其说是由于政治上太强功底太深考虑得太多,不如说是政治上太弱、太幼稚、太无定见远见的结果。真正的社会使命,与政治上的随风逐浪紧跟配合不是同义语。对于许多作家来说,社会洞察力与艺术洞察力紧密相关,思想创见与艺术上的创造性发现紧密相关,社会使命感与艺术使命感紧密相关。而反过来说,其思想上的浅薄贫乏低下又常常与艺术上的粗制滥造哗众取宠紧密联系在一起。

那么,怎么看文学史上不鲜见、近年来当代文学中也逐渐增长的作家对非社会、非政治题材的选择呢?是文学来了一个回归,重新肯定了自身的价值,因而造成了什么新突破新纪元了吗?是脱离了群众、脱离了历史发展主流走上了消极委靡的邪路上去了吗?我看不好简单地说。

非社会性,恰恰是社会性的一种表现,正像不上色也是一种颜色,休止符也是一种音乐符号,独身也是一种婚姻生活方式一样。有"有"便一定会有"无",有赤橙黄绿便有透明,有酸甜苦辣便有水的无味,有婚姻便有离异、守寡、独身一样,"无"是"有"的一种形式。

理论地说,"无"可以是对"有"的否定,也可以是对"有"的补充,还可以是对"有"的期待。题材乃至整个文学活动的非社会性,对某些作家来说是由于他们的愤世嫉俗,是由于他们对社会生活的否定、反抗、抵制心理。而所以有愤有嫉有否定云云,正因为他们对社会有所要求有所希冀有所见解,其"无"来自"有"并表现着"有"。对另一些作家来说,淡化社会性反映了他们在紧张的社会生活中的疲倦,或者仅仅反映了一种调剂安抚的要求,他们有可能在社会生活中是积极入世的,但在文学活动中,却追求宁静、幽深、空灵、雅致直至朦胧晦涩神秘抽象玄虚,就是说,这种"无"是对"有"的一种补充、一种调节,客观上的一种帮助。甚至最热烈的政治家也有读读小说"换换脑筋"的愿望,所谓换换脑筋,当然有从最尖锐的现实社会问题的注意中超脱一下、转移一下的意味,这不难理解。相反,如果认为种庄稼的人希望小说里充满五谷杂粮,做工的人希望小说里充满车铣镗刨,当领导的人希望小说里充满文件会议,那倒是太不可思议了。

"无"对"有"的帮助还表现为间接的帮助。娱乐的作用,静观自得的作用,欣赏的作用乃至有所感叹有所哂笑有所爱怜的作用,多数情况下都有助于人们内心世界的更加文明。

还有一个情况。社会生活愈是安定健康清明,部分作家就愈有可能自以为是地去淡化社会意识。正像衣服穿得合身了人们就不那么时刻关注自己的衣服,空气新鲜人们就忘记了包围着自身空气的存在,呼吸器官没有毛病也就不注意自己在怎样呼吸一样。每个人都有社会责任,作为拥有巨大影响的知识界的风流人物的作家更不应该忘记自己的社会责任,这是不错的。同时每个人都有自己的分工,造酒的人造好了酒,种花的人种好了花便是大体尽了自己的社会责任,不一定是造酒的人必须兼管与国外交使节碰杯,种花的人必须兼管向劳模献花。在这个意义上说,"无"不但不是对"有"的否定,而且恰恰是对"有"的肯定。具体到文学作品,无害便是有益。使读者公众的注意力、兴趣、精神世界都更广泛一点、宽阔一点、从容一点、活泼多样多彩多姿一点,这本身不就是对社会进步对稳定发展对安定团结的帮助吗!

　　但是,当这种非社会性题材的选择企图变成一种自吹自擂的排他的理论的时候,这一类轻薄狂妄的宣告就大谬不然了。它的出现与鼓吹本来就是一种合乎规律的社会现象,是某些人的社会情绪的反映,它也更加从反面强调了文学的社会性,证明了文学是一种社会现象。非社会性反社会性的宣告,往往正是极度重视过于重视社会结构社会机制社会思潮对文学的作用的结果。有时候这种性急的大言不惭恰恰正是对文学自身的生命力、对文学自身的主体能动性估计不足的结果。如果文学是有生命力的,如果文学是真正的艺术,如果文学家是真正的有文学准备的文学家,这样的文学著作之具有或不甚具有社会意义,其社会意识之或强或弱,都是自然而然地无法改变也不可强求的事情,它本身的价值将会超越一切权宜的、人为的与某种褊狭观点的考虑,又何劳去强加或者去反对贬低它的社会意义呢?又何至于认为对社会意义的关注会扼杀一个真正的艺术家呢?在多数情况下,与社会生活的疏离会使一个作家变得苍白空虚狭隘起来,这难道不是更接近于真理吗?

　　从中外文学史上看,几乎没有一个真正的大作家是对社会进步、对人民痛苦漠不关心的。搞个小圈子,自成一个世界,从文学到文学地吹,也许不失为一种自娱的方式,却很难算是一种严肃的文学事业。在用一种宽阔得多的胸怀评估文学的社会意义的同时,还是注意一下避免闭上眼睛自吹为好。

　　其次,这里要说的是,文学又是一种文化现象。与社会现象的范畴相比较,文化现象可能是一个更加广泛却也更加独特、更加稳定却也更加充满内在与外在矛盾冲突的范畴。文化不仅包括公共生活社会生活,也包括家庭血缘伦理婚姻爱情乃至纯属私人(如饮食口味、服饰、起居习惯、举止表情……)的生活方式。它常常是一个地区一个国家特别是一个民族几千年几百年积累而成的结果。人们可以用暴力革命的手段摧毁旧的社会结构建立新的社会结构,但人们很难或事实上做不到人为地消除一种源远流长的文化传统和按照自己的意志去建立一种全新的文化。在文化上进行"革命"的愿望很可能是迫切的和具备客观历史根据的,然而,用"革命"手段改造文化却常常不能成功或只能获得表面的成功。有时候新的社会结构体制建立了,但人们仍然保持着传统文化观念心理价值标准的核心部分。有时候——比如现在的中国——社会是安定或基本安定的,文化却动荡不安,各种文化思潮撞击得很厉害。

文学常常能相当集中、相当多方面地体现文化思潮文化传统与文化心理。窃以为在一个民族的文化心理之中,最重要的有下列四种意识。一个是求生存求幸福的意识,例如可能表现于某些节日活动、娱乐饮食活动、婚姻爱情活动、生活消费活动直至生产建设活动之中。第二是哲学、科学意识,即求知求真理的意识,例如可能表现于许多学者的研究著述实验活动与全社会的校内校外自我教育活动之中。第三是信仰意识,包括宗教与非宗教——诸如追求理想、民族主义、爱国主义、集体主义、国际主义、人类大同的理想等等,可能表现于许多仁人志士、领袖人物的活动及广大群众对他们的奋勇跟随,也可能表现于虚假乖谬的信仰所造成的愚蠢有害的公众行为或个人行为。第四是道德意识,要求一种公正合理崇高的行为(常常包括言论)规范,以调节人际关系。中国传统文化或有的一个特点是,用道德意识代替信仰意识,道德与信仰相结合,使道德信仰化,用来排挤冲淡求生存求幸福求真理的意识。这样,善恶报应、才子佳人、忠孝节义、明君清官、乐天知命、穷达通变直至它们的变态——啸傲山林、难得糊涂等等,都相当集中地反映在过去的并且在一定程度上反映在现在的文学作品之中。中国传统文学有一种劝善的说教传统,至今仍有其生命力。而从"五四"以来,特别是新的历史时期开始以来,社会平等、民族自尊、民主科学、个性解放、人道人性、改革开放、喜新趋时、反省图变、崇尚欧美以及作为这种思潮的反动的国粹至上、阿Q主义、闭关锁国、因循守旧、随波逐流、自暴自弃的文化心理与生活方式,无不在文学作品中相当生动、相当丰富、相当尖锐地表现出来。

我们的文学作品今后将更加全面和清醒地表现人们的文化意识。文化内涵决定了文学作品的特别的丰富性、多面性、全方位性。文学追求幸福也追求真理,追求信仰也追求道德,而且是以自己的独特的文化方式。我们不能把文学的内涵、作用看得太简单太皮毛了。这里,我想大胆地(应该说还是相当初步地)提出一个问题。我国的汉民族缺少信仰一个统一的、强有力的宗教的历史传统,目前,为我们所接受的马克思主义世界观又是彻底唯物主义、无神论的。这样,我们的信仰意识首先是与社会理想结合起来的。社会主义与共产主义、爱国主义,是科学也是信仰。其次,我们的信仰意识需要在相当大的程度上体现在文学艺术作品中。对自己的灵魂的关注,自省、净化和拯救自己的灵魂的愿望,对一种比现实生活的需要更崇高的理想和价值标准的向往、追求乃至崇拜,反过来说,对无信仰无灵魂者的谴责,都会自觉或不自觉地表现在作家的笔端。这样,有时候读者会像要求《圣经》一样地要求文学,要求崇高、赤诚和信念,要求作家的道德的完美,要求作品中为人们树起一座精神的纪念碑。这样,自然地摹写现实的东西、颓废地尽情发泄的东西、文字游戏雕虫小技的东西,就往往不能使读者满足。这也是文学事业常常被放在很高的乃至过高的地位的一个原因,也是中国作家显得特别引人注目有时候被要求得特别高的一个原因。

文化的改革与社会的改革既是密切相关的又是有所不同的。前者更富有渐进性、继承性、共存性、稳定性,更艰巨和深刻、更需要进行长期的积累和建设。我们可以彻底否定、彻底推翻、摧毁封建主义或资本主义的社会结构社会制度,却不必要也不可能彻底否定、摧毁封建社会或资本主义社会的文化。有些文化现象,诸如语言、民俗、卫生、体育、科技工艺直至宗教信仰和某些初等教育社会教育系统,本不具备十分鲜明的政治属性,一般也不因社会结构的变革而发生根本性的变化。也就是说,它们有时可以为不同的社会结构服务,可以在不同的社会结构下保持自己的生命力。其次,一种新的文化观念文化形态文化样式,开始时不管它的提倡者鼓吹者怎样壮怀激烈、雄心勃勃、充满挑战姿态,它可以披荆斩棘站住脚跟,它可以大为时行趋之若鹜,它可以在一段时间夺取所谓旧文化的地盘势如破竹,但它很难或干脆做不到取代旧文化,这一点与旧的社会制度被全然不同的乃至针锋相对的新的社会制度所战胜所埋葬所取代的情况大为不同。旧的卫生局可以废除,旧的医疗制度可以改变,中医、西医、民间验方、B超、断肢再植、气功针灸却会长期存在。旧的剧场的所有权可以更换,剧团可以立新章程、重新组织,《白毛女》《茶花女》《绣花女》《苏三起解》乃至爵士乐摇摆舞却会长期存在。新文化观念是一个革命的因素,新文化形态却常常只能作为一个添加的因素、丰富的因素、最多作为一个带头的先锋的因素而存在,这不太"过瘾",却有一系列意味深长的道理值得思索。

　　文学也是如此。我们有几千年的古老的、经过千锤百炼、精致而且深深扎根于人民之中的文学传统,这个传统暴露了它的陈旧消极层面的不足,却远远没有丧失影响力乃至示范作用。我们有"五四"以来的新文学运动传统。我们有延安的革命文学传统。我们有俄罗斯文学、苏联文学、西方古典文学与现代文学的积极引进和吸收消化创新。我们有各种拟古的、拟民间的、拟苏的、拟现代派的文学潮流文学波流。我们有各种或正常或狂妄的要寻根要斩根要民族化要走向世界的文学宣告。如果能确切地研究文学的文化属性,如果能用一种深刻的文化观点来概括分析庞杂多变的文学现象,这也许能有助于我们站稳脚跟,找准方位,既不忧心忡忡、抱残守缺,也不任意哄抬、轻薄为文哂未休。当然,这也有助于我们对作家和作品提出更高的文化要求——当然并不是在作品中卖弄"文化"。

　　第三,这里要说的是,文学又是一种生命现象。请原谅我在这里用了"生命现象"这样一个还未被普遍认可与赋予科学界说的范畴。

这里指的是，文学像生命本身一样，具有着孕育、出生、饥渴、消受、蓄积、活力、生长、发挥、兴奋、抑制、欢欣、痛苦、衰老、死亡的种种因子、种种特性、种种体验。这当中最核心的、占一种支配地位的，是一种窃称之为"积极的痛苦"的东西。解放后我们往往只从社会的观点讲痛苦，就是我们只承认杨白劳、喜儿或者《天云山传奇》里的宋薇、罗群的痛苦，而且我们把痛苦只看作一个消极的名词。似乎社会不公正消失了，人的思想觉悟提高了，就不会有痛苦，或只能是以苦为荣、以苦为乐。但我这里讲的不是这种由社会或由个人思想不开展造成的痛苦，而是指与生命俱来的一种积极的痛苦。生是痛苦的，死也是痛苦的，饥饿是痛苦的，爱情也常常是痛苦的，觉得自己还幼小、还不如别人是痛苦的，觉得自己付出了许多的时间许多的生命许多的代价终于成熟起来终于有所作为也是一种难言的痛苦。希冀的、要求的做不到达不到得不到是痛苦的，做到了达到了得到了又会立刻为已逝的时光与下一个目标而痛苦。能量与愿望的积蓄是痛苦的，些许的发挥发泄与满足也绝不可能使生命真正地与长期地平静下来。这种痛苦便是生命的内在的及与外界对象的矛盾冲突的表现。它不是消极的，因为它不因痛苦而遁入空门、而惧怕生活，它恰恰因痛苦而追寻而探求而行动而激扬而积极运转，而这种积极的运转也便是生命的最大的欢乐、最大的成功。那么，对忌讳"痛苦"这个字眼的好人们，我们就说它是积极的痛苦便是积极的欢乐也可以。二者是一个东西，本源却是痛苦。欢乐是因痛苦而奋斗的结果。

　　文学是这种积极的痛苦的表现，是升华，是挥发，也是一种虚拟的实现，是调节，是补偿和慰安。社会可以愈来愈进步愈来愈合理愈来愈完美，直至世界大同共产主义，但生命的躁动不安的积极的痛苦却永远与生命同在。在共产主义社会，人们才能真正不受干扰地关注与解决这种积极的痛苦，从而得到最大限度（不是无限的）欢乐与幸福。我们也许可以说，社会愈是发展公正合理，这种生命的积极的痛苦便愈是凸现出来。如果剥削压迫使人使阶级使民族活不下去，那么社会的不公正便成为压倒一切的东西,人、阶级、民族首先需要为生存而战,个人的生命的意义也要完全服从于这个"而战"了。而文学,从来都是生命的需要,是作家个人的需要也是读者公众的需要。在文学作品中,这种积极的痛苦得到表现、激发、共鸣、理解、疏导、安慰,得到仅仅从现实生活中不可能全部得到的满足。世间男男女女多矣,有几对爱得像罗密欧与朱丽叶、宝玉与黛玉?正因为如此,世世代代不同社会制度下不同文化背景下的读者观众愿意为罗朱宝黛洒一掬同情之泪,愿意共同体验一下自己在现实生活中未必体验得如此充分鲜明甚至往往是诸多遗憾的爱情的积极的痛苦,从而觉得生活得更有滋味,爱得更有激情了。

文学的三个棱面,统一于作为文学的主体与客体的人身上。什么是人,是社会的人,文化的人,是有生命有生有死的人。许多情况下,对文学的这三个棱面的有所侧重、有所忽略乃至抹杀,造成了种种文学创作上和文学主张上的歧异与冲突。本着社会革命、社会改革的热情,强调文学的社会功利性是可以理解的,有时是天经地义的。但只知其一不知其二其三,对文学现象的理解就会隔膜与偏颇狭隘,就会使文学乃至整个精神生活贫乏化,令作家生隔行如隔山之叹。一味强调文化性,又是寻根,又是深山老林,又是老庄周易,或者一味强调移植引进反省杂交,虽不等于社会进步中的反对派或什么崇洋媚外,却也是另一种类型的画地为牢、一种新的文化八股。至于只强调作家自我表现、内心需要、文学无目的与干脆不准作家谈这种自我表现、内心需要、忘记目的(不是无目的)的内心体验一样,都是各执一词的褊狭。

从文学的社会性出发,当然要强调作家的深入社会生活、作家的积极的社会实践,强调作品的认识价值与教育意义,强调作品的倾向、主题思想的鲜明与深刻,强调现实主义的典型化原则,强调作品的时代性。从文学的文化性质出发,往往会强调作家的文化修养特别是民族传统文化的修养,强调作品的永恒性审美价值,强调艺术形式的整体与独立性，强调语言的巨大意义，强调民族性与继承性。而从文学作为生命现象的特质出发，自然会强调主体作用、自我表现，强调人性，强调对于创作心理学与接受美学的研究。发展到极端，就会贬低世界观，贬低理性对艺术创作的作用。

本文试图极粗略地对文学的三个棱面进行鸟瞰式的考察，试图提倡一种尽可能打破过分褊狭的文学观的排他性的通达态度。当然，这丝毫不意味着把各种文学观等量齐观，或者认为这三个棱面可以截然分开，或者认为这三个棱面同等重要。比如文学作品中所表现的人的性格、思想、感情、命运，往往既是社会的、又是文化的和生命本身的。还可以说，文化也是一种社会现象和生命现象。而人的生老病死种种，无不带有社会和文化的印迹。考虑它们的相通相重叠相影响，是与承认它们的相区别相矛盾互为前提的。尤其是考虑到我国文学的源远流长的济世传统、五四新文学的为人生的传统，考虑到我国社会政治体制改革与经济体制改革的迫切任务与纷繁丰富多变的现实生活，无疑，我们完全有理由将文学的社会性放在优先地位。同时也应该注意文学的文化价值，理解作家的创作心理与读者的阅读欣赏心理，理解各种不无偏颇的文学主张出现的根由，理解多种多样的文学作品的存在根据，理解文学作品的多层次多侧面多内涵。避免以褊狭对褊狭，避免并非十分具有客观必然性的文学主张的互不相容，少搞一点"你吃掉我或者我吃掉你"。经验已经证明，褊狭易于哗众取宠，却难以战胜别样的褊狭。对文学进行全方位的理论探讨的时刻，已经到来了。

发表于《文学评论》1987年第1期

文学:失却轰动效应以后

　　大概我们可以用记忆犹新四个字来回忆一九七七年《班主任》发表,一九七八年《神圣的使命》发表——为此《人民日报》还发表过一篇署名本报评论员的文章呢——一九七九年《乔厂长上任记》发表时的盛况。争相传诵啦,纷纷给作家写信啦,刊物销量大增啦什么的。就连当时对这几篇作品持严峻的批评态度的人,"批"的劲头儿也是热烘烘的。

　　五十、六十年代,同样不乏这样的盛事。一九六〇年困难时期,《红岩》出版,新华书店前排的队绝不比糕点铺前的队短。《青春之歌》《林海雪原》《红旗谱》《创业史》以及一些引起过争议的作品都曾掀起热浪,连这些作者得了多少稿费也被一些人津津乐道。

　　记忆犹新而又恍如隔世。现在呢,作家们写什么,怎么写,似乎已经很难出现那种轰动的效应。一九八四年,出现了《百年孤独》热,并由此而出现了王安忆、郑万隆等人的一批作品;一九八五年出现了寻根热与新方法论热,并相应地出现了韩少功、冯骥才、郑义等人的一批作品;一九八六年,又出现了文化热,出现了许多"文化发展战略"和诸如"现代主义与东方审美传统的结合"之类的命题,据说现代派已经穿上了中国道袍,羽扇纶巾,扇子上画着八卦,阿城的小说便是代表。所有这些热,已经大体是文人、文学爱好者圈内的事了,很少涉及圈外人。于是有人干脆提倡起画圈子来了。

　　到了一九八七年,连圈内的热也不大出现了。不论您在小说里写到了某种人人都有的器官或大多数人不知所云的"耗散结构",不论您的小说是充满了开拓型的救世主意识还是充满了市井小痞子的脏话,不论您写得比洋人还洋或是比沈从文还"沈",您掀不起几个浪头来了。不是么?

是不是作家与作品产生了退步现象呢?很难这么说。比较一下本文开始时提到的一些"热"过的作品(这些作品也是从大量平庸的一般的作品中筛选出来的)与当今的一些代表性的作品,还是当今的一些作品写得更活泼、更富有艺术个性因而从总体上更给人以多样与开放的感觉。但同样的事实是,八十年代中期以后,突出的好作品似乎是逐年减少。到了一九八七年,值得称道的好作品就更少。富有激情和感染力的作品似乎确不如前。从外部条件找原因未必是符合实际情况的,因为写作周期要比外部条件发生的周期长得多。愈是好作品就愈不是某种条件或气候的产物。条件愈好,厚积薄发的作品就愈容易比"薄积多发"的作品少。

怎么回事?试析如下:

首先,社会的安定化正常化及其对读者心态的影响。起码从二十世纪三十年代起,革命、抗战、胜利、解放、改造、运动、动乱、反帝反修、"一举粉碎"、拨乱反正、改革开放……中国的这一段历史是充满了政治激动性的。本文开始时涉及的一些文学热浪,无不与政治热浪有关,无不体现出一种理想主义色彩相当浓重的政治激情。全民的热点是为中国找出路,为一次又一次找到了金光大道而激动,为不能走另一条和又一条路而激动,为从今走向繁荣富强走上金光大道通向天堂而激动,为一次又一次地"非昨而是今"而激动。

当然,这样的激情这样的理想如今也有,也许更深刻了。但毕竟今天的情况是空前的安定、稳定。现在的热点是改革,没有错。但改革的热点是经济,人们对改革的看法要务实得多,思想准备要长得多。一九四九年全国都唱"解放区的天是明朗的天",一九五八年全国都唱"社会主义好",一九六六年都唱"大海航行靠舵手",现在却不会也不必要吸引组织大家唱"改革了的体制放红光"或者"改革就是好,敌人反不了"。如果说现在整个的社会都更加稳定,人们的心态,相对来说更缓和与宁静一些了。我们只能额手称庆。中国是个古老的大国,近百年由于屈辱困苦而变得相当易于冲动……不是么?

人们变得日益务实以后,一个社会日益把注意力集中在经济建设、经济活动上而不是集中在政治动荡、政治变革和寻找新的救国救民的意识形态上的时候,对文学的热度会降温。这很遗憾,但似乎事实如此,不知道这算不算什么"规律"。五十年代或者更早,青年人希望通过文学作品来确立自己的人生道路、价值观与政治方向。有不少人看完了一本书就离家出走,就冲破婚姻罗网、背叛剥削阶级家庭投入革命队伍。七十年代后期人们通过"得风气之先"的作品来体察社会的新的萌动。例如,远在中央做出正式决定以前,《于无声处》就上演了,能不轰动吗?以后还能常常是这样或者有必要这样吗?现在呢,未必有太多的人希望通过文学作品来帮助他们理解或者解决最关心的物价、劳动工资、职务提升与职称评定、购买商品房或者考"托福"出国的问题。包括"翻两番"与赶上中等发达国家的大目标也未必需要文学的诠释或"吹风"。

不能笼统地慨叹世风日下,人心不古,不能笼统地埋怨读者的素质低下——不看自己的巨著却去看通俗武侠言情小说,甚至也不能笼统地责备作家没有去写改革写聘任制写横向联合写合营旅馆写中纪委正在处理的大案要案。现在写更大得多的贪污案也难以收到一九七七年的轰动效应,即使写得更深刻精彩。这里,笔者想冒昧地说一句,如果一个社会动辄可以被一篇小说一篇特写一个文学口号所激动所"煽动"起来,只能说明这个社会的运行机制特别是言论与决策状况不大健全、不大顺畅,说明这个社会的人心不稳,思想不稳,处于动荡之中或动荡前夕。反过来说,如果一个社会的许多成员只是为了解闷儿而读文学作品,冷落了一些救世型的思想家与惊世玩世型的艺术家的巨作,也并非完全可悲。要求增加工资的人去找人事科财务处,要求民主参与的人去找市长区长政协委员人民代表,要求惩治坏人的人去找律师检察院,要求打发时间的人干脆去看《卞卡》,他们都没有必要一定去找作家找文学作品。

当然,这不是说作家与文学将会失业。文学的功能是各种社会机构所无法代替的,难以因非文学的"形势"而获得轰动式的成功,只能要求严肃的作家拿出更加有独特的艺术成果与经得起历史考验的真实货色(包括思想的、政治的、经验的、学识的、技巧的)的作品来。这也必然会使本来就不严肃的作家去搞些噱头性的东西,他们也许会变得更不那么严肃。界限渐趋分明,也好。

其次,开放的结果会使人们见怪不怪。封闭的结果当然是少见多怪,大惊小怪。开放环境中的人比封闭环境中的人更不易激动,不知道这是不是也是"规律"。例如看惯了人体画的人不会因看画而产生邪念,而男女授受不亲的结果,谁碰谁一下都能令人联想到性关系。回想七十年代末八十年代初,朦胧诗与所谓意识流小说居然能引起不小的波澜,能就"看得懂还是看不懂"而论辩一番。此后的一些年,一些文学作品如马原、残雪的作品,在形式的怪异乃至内容的晦涩方面走得远多了,相比之下看得懂与看不懂、赞赏与斥责的声浪却低得多。当今文坛上,走爆冷门的捷径去争取一鸣惊人、一举成名天下知的效果是愈来愈困难了。禁区愈少,闯禁区的诱惑力便愈降低。途径愈多样,走捷径的方便就愈减少。当然,这也不是坏事。

前些年出现了许多热,从蛤蟆镜热到寻根热,从邓丽君热到琼瑶热,从萨特热到拉美文学热,从办公司热到自费留学热。有的热得有理,有的热得没劲。易热的结果必然是易冷,而易热易冷反映了一种"初级"心态。

这说明我们的开放才刚刚开始,还不那么成熟那么善于消化选择,还不那么清醒稳重。降点温以后,会不会更好一些呢?当然,开放的幼稚性只有靠进一步开放来解决,靠边开放边消化选择来解决,而不是靠停止开放来解决。

在谈到"凉"的问题的时候,第三,我们还得考虑一下作家本身的状况。有相当一批中青年作家,这几年写得很快很多,要说的话说了不少。他们需要的是某种新的调整、充实、积累、酝酿、蜕变。作家正像油井,不可能总是喷涌。即使有的作家如王蒙、刘绍棠每年仍是新作不已、持续旺盛,但也有一种实际上的危机或者"颓势"在等待着他们——他们的新作有可能只是旧作的平面上的延伸与篇数字数的递增,而平面延伸与字数递增并不值得任何作者与读者羡慕。

另外还有一批比较年轻的作家,有的是出手不凡,有的是迭出佳作,文坛上评评论论还是相当红火的,但也陆续露出了后劲不支的样子。在这方面,王安忆讲得最为诚实。最近她在香港说:"我在农村插队落户时,常有多种遭遇,因而产生各种心情;回城后当刊物编辑时,也有各种际遇,时有所感。写作的要求都是在这种场合产生的。现在则经常坐在家中写稿,既无谋生要求,又无当初各种苦闷的心情……"她又说:"不幸的是我过早成为专业作家。文学本来应该是人生的副产品……不料我先成为作家,生活倒成为我的次要东西了。因此,我感到困惑。"(见一九八八年一月三日《文汇报》第三版)说得何等好啊,王安忆!你说出了我国"优越"的专业作家照拿工资制度的弊病。你有勇气说出真相,可敬!你有没有勇气甩掉这个"专业作家"的空架子、去追求实实在在的人生、追求从而出现副产品呢?

再如阿城,"三王"写罢,海峡两岸一片喝彩。但他早在两年前的《遍地风流》里,已经重复《棋王》里"喝得满屋喉咙响"之类的受到激赏的句子了,这不是吉兆。如果他相当长一个时期拿不出新的好作品来,对于他,完全不应苛求或者责备,倒是一些喝彩者值得想一想,文坛固然需要当场起立的叫好者,不也需要一慢二看三想过的评论家吗?

近年又有新作者涌现,某些作品向怪向粗野等方面发展。有的还自称什么第五代(?)作家。成绩如何?还需要再看看。这里要说的是,不论什么新观念新手法新流派新句式,都不妨试验,拿裤衩当手套当领带当裹脚布,都可以试,但都不能代替真货色。真货色是作家的真才实学、真情实感,是作家的全部才能学识、经历经验、灵魂人格。如果您和您的读者确是吃得过饱,当然也可以写出一些撑出来的作品。如果您和您的读者确实是太闲,当然也会写一些闲出来的作品。如果您和您的读者确实是才思如流星飞瀑如钱塘江潮,当然也会写出一些大破条框的作品。怕的是您刚够卡路里就超前打饱嗝,刚旷了一天工就炫耀无聊,二等才华却具备头等的疯狂和痛苦。

文学当然会有新的高峰和新的突破,只是得来不会如此廉价。年轻人会成长起来,走过自己的坎坷的路。长者的减少他们的曲折和坎坷的愿望是可以理解的,该说的话总归该说,回避文坛现状的矛盾是不可以的。但谁也无法代替他们前进、代替他们突破或咋咋唬唬地自称突破,也不能代替他们跌跤和碰壁。

文学热确实在降温,无需着急也无需生气。我们的国家正在发生巨大的、历史的变化。社会心态也在变,这种变必然会反映到文学领域。从不同角度出发怀旧,不喜欢目前的种种文学现象是可以的,但谁也无法不让它变化。也许凉一凉以后会进入新的阶段、新的境界,出现新的人才或老人才焕发出新的活力。也许凉一凉以后才会出现真正的杰作。但愿如此。但也许这种相对疲软的局面会延续乃至加重,谁能说准呢?连副食品供应都那么难预测,何况虚无缥缈得多的文学?当然,从长远来说,前景仍然是乐观的。能不能预测一下今后一些年代文学发展的趋势呢?更难。但不妨试一试:

一、文学的进一步分化。尽管把通俗小说与严肃小说结合起来,做到雅俗共赏、曲高合众是诱人的理想,但这二者的进一步分化、文学的双向发展与作者读者在这二者之间的摇摆恐怕是难以避免的事实。类似的双向发展还有洋与土,纪实与幻想,巨型与微型,道德与非道德,极端与中和,高尚与俗鄙,艰深与浅白等。包括一些长年以来没怎么发展起来的形式,如推理小说、自传小说、历史小说等,都会得到长足的发展。

二、深沉化,这是最重要的。一方面表现为思考的更加理性、更加深邃、更加全面和多侧面;一方面表现为对人的灵魂的进一步关注。在描写重大历史事件和典型人物的时候,不论是写战争、土改、大跃进、"文化大革命"还是写今天的改革,不论是写什么样身份的人物——红卫兵也好、老干部也好,资本家也好、佃农也好,将愈来愈突破简单化程式化与脸谱化的模式,将不再是某个口号或理念的图解,而日益反映出我们的民族已经在变革与建设的道路上走了一大段路的成熟性与更深刻、更宽阔的概括力。另一方面,深沉在于写出人的灵魂,叫做"触及灵魂",当然不是用"大批判"的方法。文学将更深入生动地描写人的喜怒哀乐,描写人们的(当代的、现代的、古代的、特定的与普遍的、特定历史时期与永恒)困扰与激动,写人的内心需要,写人的内心的痛苦与追求。这些,当然具有社会的与历史的内容,但这种社会的与历史的内容是通过或往往结合着人性的内容、生命的内容来展现的。这里要说的一句话是,无神论者也需要拯救(包括安慰、净化、超脱、激励)自己的灵魂,当人们寄希望于文学家的时候,一篇又一篇小说不能仅仅用一些粗鄙的脏话或者梦呓式的咕哝来搪塞读者。也许一个时期以来作家努力显得比读者高明比读者先知先觉未必总是对的,但也不可能走上在作品中显示作者比读者更白痴或者更提不起来乃至更流里流气的路子。从长远来说,在实现"全民皆小说家"之前,读者需要的仍然是亲切的、诚实的、精神上更多而不是更少有力量的作家。我们的文学界内外已经饱尝假大空的超级口号之苦,人们厌烦了洋洋洒洒的空论,这是可以理解的。但反过来以为堂堂中华文学要走犬儒主义、玩世不恭的无理想无追求无道德的道路,也是荒谬的。这种赶时髦也很可笑可悲。

三、民族性与时代性的结合。经过一段初级开放的多方引进多方寻根以后,在一大堆洋玩意古玩意土玩意都不再新奇了以后,在创作上那种急于甩出去、争当第一个或者见到新玩意就痛心疾首义愤填膺的心态渐趋平稳以后,有可能出现新的更加民族也更加时代的作品。在一大批涌潮又退潮的作品沉淀下去以后,也许从这几年不那么活跃的老人或者这几年尚未露头的新人之中会出现几部真正能留在文学史上的巨著?谁知道呢?文学与生活一样,人们当然寄希望于未来。

  文学的黄金时代确实是来了,黄金一样的作品却不会因时代的黄金而自动涌现。《红楼梦》的出现恰恰不是时代黄金的结果。我们需要观察,我们需要思考,我们需要探讨,我们更需要潜心全面努力。

发表于《人民日报》1988年2月9日

自由与失重

除去对我们怀有恶意的偏见和因为自我膨胀的偏执狂而否定一切的人,大概都会同意这样的说法:尽管远非尽善尽美,这十来年,从整体上说,是我国历史上一个相当空前的文学艺术创作活跃的时期。至少近百年来,如果不说是数千年来的话,我国作家艺术家还没有赢得过像这十年这样广泛的创作自由。

我们曾经对文艺家的劳作的价值执一种十分明确却也是相当狭隘的功利主义态度。革命时期,中华民族与中国人民处在生死存亡的血战关头的时期,革命的含义是绝对的、至高无上的、具有无限权威的。当中国人民、中国革命还处于血泊中的时候,革命利益几乎是判断一切人一切事的唯一的价值标准,也是判断文艺现象的唯一价值标准。叫做革命的功利主义,一种苏式的说法叫做"时代的威严命令"。这样的价值取向很集中、很神圣也很绝对,即使褊狭也褊狭得大义凛然、振振有词、不由分说。

这种"威严命令",派生出一系列对文艺的简单化看法。例如认为文艺写什么便是提倡什么,写什么便是承认什么的典型性——代表性,提出什么问题便需要回答什么。这基本上是一种宣传标准和教科书标准。

由此可见,如果说我们在做现代文学史的时候冷落过像沈从文、徐志摩这样的颇有成就的作家诗人,那实在不足为奇,实在曾经是理所当然。

建国以后，我们仍然沿袭了、强化了这样一种革命功利主义的价值观念。我们的文艺家好像是零售摊档，总的货源——总的精神、总的思想情感和对生活的估价、对文艺的追求来自上边，差不多都是从一个最有威信最掌握情况最高瞻远瞩的方面批发来的，货路大同，售法小异。虽说路子不宽，倒也方向明、目标清、语言一致。甚至连出问题、犯错误也常常会大同小异，走到了一条道上，因为"货源"一致。

从一个合理的（曾经具有神圣的合理性的）开端一条道走下去，当革命已经取得了胜利，人民的生活与对文艺的要求无比地广阔化了的时候，坚持把文艺继续搞成政治斗争的工具，变本加厉地把文艺搞得又紧张又狭窄又急功近利，最后是怎样的恶果，已经无需多说了。

这十来年的情况是怎样的不同了啊！当然，也有一些热烈地介入政治、干预政治、执着地将文学活动作为宣传自己的政治主张、实现自己的政治追求的手段的作家碰到了这样那样的麻烦，得到了来自政治的这样那样的反馈——这个问题如何处理得更好，本文暂不涉及。多数作家艺术家的活动，则完全是各行其是，各显其能。我们已经不再是从统一的货源批发过来再零售的摊档，而是自产自销的独立生产经营实体了。再打一个比方，过去，我们各自驾驶着自己的艺术之船，走在一条已经为你开凿好（至少被认为是已经开好开通了）的唯一正确的运河中，都希望自己走得好一些快一些，但都是一条道，而且是既定的，不需讨论的。现在呢，呼啦一下，我们已经进入了汪洋大海，人类多方面的精神现象的汪洋大海，民族的与世界的、古典的与现代的文艺的汪洋大海，包括各色人等和各个方面的生活的汪洋大海，包括各种思潮和互不相同的文艺价值取向的汪洋大海。

看啊，有的追求现实主义，有的干脆搞起超现实主义、先锋派，这种过去会被认为是大逆不道的事情现在发生了，而且走红了，有的强调纪实、新新闻主义，有的荒诞、变形、魔幻，有的优雅多情，有的干脆把粗鄙作为一种审美追求。有的坚持追求真善美,有的则提出"审丑"的主张与"审美"相辅助,认为假恶丑经过艺术心灵的创造加工可以成为艺术的要素。有的追求和谐、平衡、清晰,有的则引纳不和谐、不平衡、模糊为美学范畴。有的追求畅销、票房价值、曲高和众、雅俗共赏,有的干脆说有一个知音就行。有的追求国内得奖,有的追求洋奖,以致有人讥之为中国作家的"诺贝尔情结"与电影家的"奥斯卡情结"。有的要求反思、要求端正方向,并对文艺现状提出严肃的批评,有的对这种批评根本不屑一顾,一味要求突破禁区,再突破、再再突破。有的狂想狂呼"走向世界",有的断言新的文艺聚焦是"残忍"。有的提倡贴近生活、与生活同步,有的提倡空灵,与生活拉开距离。有的刻意求新,痛感愈求新就愈容易发现"洋已有之"因而发作"撞车恐惧症",有的则斥所有创新探索为异端,呼吁重炮反击。有的干脆形容说,创新好比一条疯狗,追得文艺家狂奔,有的声言要建立新的理论体系,本体论与方法论体系,有的声言不要体系,有的号召保卫已有的体系传统。好不热闹煞人也!

  对于"左"的框框条条,已经很破除了一阵子。现在不论在思想上、艺术上、美学追求上,我们的路子确实是无比地宽阔了,多样化了,同样也可以说是混乱化了。虽然也有为之痛心疾首者狼视眈眈,时刻准备重整文坛,使我国的文艺重新走上"十七年"的笔直的轨道,但恢复统一批发与既定航道殊非易事。各种旗号也已经很来劲了一阵子,虽然实绩远不如吵吵得热闹。现在,是不是可以或者应该提出一个问题来探讨一下呢?在汪洋大海之中,我们将树立怎样的新的价值观念?我们究竟有没有目标,有没有航道,有没有价值取向的大致标准?自由的文学艺术是不是无目标、无取向、无价值标准的文艺?是不是个人的心血来潮便是一切?是不是洋奖便是一切?还是另外有个什么客观的规律?自由状态与失重状态是不是一回事?我们的文艺会不会、还是已经开始进入了失重状态,亦即失去了目标、失去了对自己的引力的状态?我们的文艺家会不会还是已经进入了失重状态?如果处于失重状态,也就失去了上下高低的区别,也就不存在文艺价值的客观公正判断,而"攀登艺术高峰""提高艺术质量""克服创作危机"等等全都失去了意义,其最终结果是艺术与非艺术的界定的失却,是艺术本身的失却,是艺术家本身的失却。

中国的现当代史是严肃的也是严峻的。我们的文艺家曾经承受了那么多生活的压力,包括政治的压力、环境的压力与物质匮乏的压力,积累了那么多经验、思索、情感,形成了那么大的内应力,这样,当"四人帮"终于被粉碎,十一届三中全会带来的新的生活终于开始的时候,他们曾经多么真诚、多么热烈地吐出了自己的积愫啊!而现在呢,进一步需要的是什么?追求的是什么呢?不是许多人感到茫茫然么?

如果是前二十年,当询问文艺工作者为什么搞文艺的时候大概会众口一词地说:为了人民、为了革命、为了祖国。而现在呢,有些人宁愿回答"为了(赚点钱)混两包烟抽""由于从小数学考不及格",这是怎么回事?能够慨叹世风日下,文心不古么?另外,也还有一些模模糊糊的、不无可疑的词语出现在文艺批评的价值概念当中,如"现代意识""现代感""多义性""张力""走向世界"等等,姑且不论这些词语的科学性、准确性与深刻性的欠缺,即使我们一致通过地接受了这些词语,也仍然构不成我们的文艺的主心骨。它们虽然给文艺家以某种启迪与推动,能改变文艺的某些面貌,却不能决定我们的文艺的灵魂。

从"混烟抽"的调侃中,不难看出对于千篇一律的政治口号的反感。然而,如果我们的文艺的价值标准当真只是"混烟抽",那将会出现怎样的小痞子文艺啊!当然,也不要太过于执。包括这样说的人,如果真是为了混烟抽,大概不会来搞文艺的。在街上卖糖葫芦不是比搞文艺更"来烟"吗?

这里,笔者不揣冒昧,愿就我国的社会主义的、充分自由的文艺的价值取向问题,提出一些个人的浅见。

首先,自由的文艺不是失重的文艺、不是无价值的文艺、不是"混烟抽"的文艺,也不是模仿新潮的文艺,而是力图丰富人们的精神世界、扩展人们的精神视野、提高人们的精神品位、开发人们的精神能量、活泼人们的精神生活的文艺。当然,人们愈来愈不愿意从文艺中看到它的创作者的说教的面孔、专门端正别人的方向的面孔、毫无新意的教师爷的面孔,但也不会有多少人总是愿意不断地看那种苍白的、歇斯底里的、空虚因而百无聊赖、有时甚至干脆是无赖的面孔吧?看这种面孔难道需要有劳文艺吗?

我们的文艺总该是真实的而不是虚假的。不是粉饰太平的也不是随着文艺家的肝火与固执而骂倒一切的。不是某种简单化的理念的图解。这种真实包括客观的真实与主观的真实,即使采用非写实的创作方法,仍然应该符合主观真实的原则,即应是既真诚又充实的,是有真货色的。不论表现欢乐还是痛苦,总该是真欢乐、真痛苦,而不是东施效颦的矫情,不是某种趋时的做作——不论是作先进状或作颓废状、作正统状或作解放状。障眼法可以用之一时,长了就会令读者观众走开。

我们的文艺应该是深刻的。真诚的与充实的东西才谈得上深刻,但真实不见得都深刻。至少在今天,在社会主义的初级阶段,在还有那么多文盲与半文盲的中国,文艺家能够讳言、反对、逃避我们对建设精神文明的责任吗?在反对假大空,反对伪理想主义、"左"理想主义的同时,我们能提倡文化犬儒主义和文化颓废主义吗?我们能够不要求文艺家对生活包括社会生活与人们的内心生活认识体验得比他们的读者、观众更深刻而不是更肤浅吗?我们能够不要求文艺家提高自己而不是降低自己的文化精神素质,并从而帮助人民提高自己的文化精神素质吗?

这就是说,我们的文艺仍然是有理想、有追求、有热情的。不是冷血的漠然,不是无病呻吟,不是自暴自弃,不能仅限于无意识的发泄。政治思想、社会理想、道德理想与美学理想,哪怕仅仅是对过更好一点、更富裕也更文明更合理一点的生活的愿望,不也是一种理想么?也许我们曾经多次在过分的理想主义的驱使下做过蠢事、碰过壁,也许我们上过伪理想的当,但我们毕竟在革命理想的照耀下走了那么长的路。如果完全没有理想,我们的生活会是什么样的呢?我们还有什么奔头、有什么力量呢?在一条规定好了的小河道里开船,是不幸的。在汪洋大海里失去目标和航线,难道是幸运的吗?足不出户,心不逾矩,是不幸的。永远过太空中飘飘悠悠的失重生活难道是幸运的吗?在生活的外部压力、外部严峻性大大缓解了之后,不是有的作家的作品大大地逊于刚刚复出时期的旧作,甚至除了信口开河的胡扯之外写不出言之有物的东西了吗?(请不要误会我是在呼吁外部加压。)这时候不是更需要一种内在的压力、动力吗?我们的内压力便是我们的理想。有理想才有艺术家的焦灼,才有艺术家的良心,才有艺术家的痛苦,才有艺术家内心的不熄之火。重建理想!这是我们的文艺家的神圣使命!而在理想这两个不大不小的字(笔者不想强调是两个大字)面前,从"混烟抽"、到"走向世界得××奖",是多么寒碜啊!一个讲到了理想而不感到任何激动不安乃至困惑的人,还能有什么样的从事人类的崇高精神活动——艺术创造的原始动力,或者时髦一点,叫做"内驱力"呢!

我们的文艺还必须坚持创造的原则。"必须坚持"这一类的字眼,已经很不行时了,笔者却不得不用。创造是什么?创造就是进取,创造就是开拓,创造就是寻求新的精神领域与精神境界,创造就是精神解放与精神力量。创造就不是单纯的模仿,不是盲目的模仿,不是抄袭偷换,不是强求一律,不是简单地趋时迎合,不是九斤老太式的抱残守缺。既不是一味地为出新而求新,又不是一见到新东西、一见到超出自己的狭隘经验范围与有限的学术范围与智商水平的东西就大张挞伐,就大发神经。

我们的文艺是愉悦人们心灵的文艺,它带来的是审美的喜悦,它要求审美的价值。当然,愉悦并不仅要求糖球,为了愉悦而只接受糖球,这是人们上小学时至少是进高小前的事。酸甜苦辣、浓淡鲜陈、从盆景到匕首和机关枪,都可能是令人愉悦的。缺乏愉悦价值的既不是严肃的文艺也不是探索性的文艺,而只是那种形式莫名其妙而实际又空洞无物的超次品。审美价值的问题,我们能够回避吗?

下面,我们进一步需要讨论一个极易引起混乱的老问题了。那是关于文艺的思想性的问题。文艺的思想性,不是一个由某个领导部门或长官外加的观念,不是指一部文艺作品在多大的程度上图解了吻合了最时髦的宣传口径。外加的思想性要求对于一个诚恳的艺术家来说确实是一个灾难。他们曾经处在两难的处境中,为了接受与完成外加的思想性要求,他们变得难以动手,甚至不得不牺牲、压抑自己的具有创造性的真知灼见、扑灭自己的灵魂之火、钝化自己的艺术感觉,百倍沉重地艰难地去寻求这种外加的思想性要求与真实的生活体验内心体验的契合点。而如果他们尽情地发挥自己的艺术才智,燃烧自己的内心,驰骋自己的形象思维,就不知会在什么地方什么程度上抵触或超出了那种外加的思想性要求,这种要求又恰恰是文艺家由于自己的政治信念与人生抉择所由衷地愿意接受的。艺术家愈有才能,这种两难处境就愈严重。可以想想所谓何其芳现象,即一个作家思想上"提高"了艺术上反而上不去了的现象。再想想从柳青到浩然曾经是怎样真诚地却又是艰难地用自己的艺术创造来讴歌农业合作化吧。还有苏联的法捷耶夫,他根据斯大林的意见修改那激动人心的《青年近卫军》,更不堪提的是一直发展成为"三突出""主题先行"的强横又粗鄙的伪思想性、恶思想性要求了。目前,有些文艺家怕听思想性,不是没有原因的。

这些不无沉重的回顾将会导致什么样的结论呢?思想性的范畴本身就是一个"左"的教条主义范畴吗?我们可以用无思想性,用百无聊赖、随波逐流乃至颓废病态的思想性来取代已经遭到普遍厌恶的假大空的思想性吗?现在不是已经有一些这样的苗头了吗?

否。真正的艺术家正是善于用艺术来思想的头脑和灵魂。不管艺术家本身是否自觉，是否善于用逻辑和语言进行表述，有哪一件真正有价值的文学作品、音乐作品、美术作品、戏剧作品、影视作品表达着、意味着思想的空白、思想的浅薄和低下呢？反过来说，一部真正有价值的作品，能离开独特的、富有创见的、深邃的乃至是强有力的思想呢？价值观念本身，就是思想。而人类的一切被理性所支配的活动，一切社会性的活动，无不具有一定的追求、目标，即一定的价值取向。自由的行程并不是无路的行程。行程的自由是珍惜选择最佳的道路的权利而不是放弃找一条最好的道路的权利。自由的存在并不是失重的存在。存在的自由是建立在为我们提供存在的一切条件的地球上的，绝对地摆脱了大地对我们的吸引即重力，得到的唯一自由只能是灭亡的自由。即使是热衷于强调非理性心理因素的重大作用（对此是不能否定的）的文艺家，仍然会相当清醒自觉地引导自己进入艺术创作的癫狂状态，从而追求入圣超凡的艺术效果，曲折地表达自己的人生价值观的。如果说，在摒弃了假大空的与外部强加的伪思想性之后，现在确实出现了一些格调低下、精神境界低下的无思想性即恶思想性的作品，这算不算言过其实呢？

　　思想性的追求离不开爱国主义包括文化爱国主义。离不开一种深厚而又开阔的对我们生于斯养于斯老于斯的大地、对我们的多灾多难的历史、对我们的人民我们的独特的文化积累的深情。哪怕这深情含着苦味，哪怕这深情含着火一样的反省和自我批判而不是打扮出一副自吹自擂的愚忠愚孝的可掬憨态。不论怎样走向世界走向太空真空，从整体说来，我们并没有发展到为火星为外星云系而憔悴的份儿。我们首先关心的、我们的喜怒哀乐离不开的是脚下的土地和肩上的历史。民族虚无主义可能是一时的愤激，也可能只是由于幼稚与浅薄，不论摆出怎么先进的架子。我们可以进行各式的探索，摸索各样的路子，但如果不去拨动埋藏在我们的人民心灵深处的最动情的一根琴弦，如果肆意无视蓄意践踏这根琴弦，爱国主义的琴弦，只能受到历史的冷落与惩罚。

思想性的追求离不开社会主义人道主义,对人的爱、对人的尊重、对人情人性的深切体味与揭示。哪怕揭示人性中最丑恶最见不得人的东西,也不是为了展览、不是为了炫耀,更不是为了欣赏,而是为这种丑恶而深重地痛苦、为洞察和克服这种丑恶而衷心地喜悦、为理解与宽容某些丑恶而深深地叹息。这正是同样表现丑恶,有的作品表现、传递了精神力量,使人震惊、使人深思、使人得到庄严的启示,而另一些作品只能让人恶心的根本原因所在。这就是社会主义人道主义的力量的证明。这就是归根结底我们无法对那些愈来愈热衷于在作品中铺陈污秽、玩弄异性、强化病态直至仇恨世界与人生的货色认同的原因。探讨这种人道主义的启蒙性与局限性,指出它并非新潮当然可以,但丝毫不影响其有效性与迫切性。饥饿者首先需要的是食粮而不是泻药,尽管食粮是古已有之,而新牌泻药是最摩登的新货洋货。这个道理似乎不必阐释。饥饿者为了向过食者"看齐"而跟着吃泻药,不知道这是喜剧还是悲剧。而社会主义人道主义,正是我们今天亟需的精神食粮。

思想性的追求离不开历史的进取精神,即对一切推动历史前进的思想与实践的肯定,即一种有为的精神、负责的精神、先天下之忧而忧后天下之乐而乐的仁人志士精神。具有悠久的文明历史的中华民族,如今看来发展得太缓慢了、落后了。推动历史前进运动,是整个中华民族的当务之急。我们无法、也根本没有可能更没有必要学西方的时髦去怀疑和否定历史前进运动。由于自身的状况,由于科技、生产、社会运行机制的发达所带来的对人的全面压力,西方一些大作家正在用阴冷的笔调来嘲弄抨击发达、发展、富裕和技术进步。人家有人家的处境、人家有人家的理由。用不着说人家腐朽没落,更用不着抄人家的配方。用一种粗略的、非正式的(带玩笑性的)话来概括,或者可以说西方现代文学的基本主题是活得腻味,是物对于人的压迫,是从信息到性的超量爆炸。而我们的国情、我们的实际完全不同,我们处于社会主义的初级阶段,我们的经济还不发达,我们的爆炸是人口爆炸，其他方面不是过剩，而是全面短缺匮乏，至少是紧张。因而非全面非正式的概括不是活得腻味而是活得艰难。艰难固然不好，但艰难使我们无法颓废，难以孤独（有几个人住得上独间房子呢），顾不上腻腻歪歪。艰难使我们的一切有利于社会发展的行动意义明确，使我们的奋斗既充实又悲壮。这里要说的是，对尚生活得十分艰难的人大讲你活得如何腻味，对不起，你找不到知音，你极易引起反感。至于关上门超前地咀嚼活得腻味的先进经验，请便！保留几朵活得腻味的花草研究研究，无妨。

　　所有这些提法都是粗浅的、大致的，目的是引起讨论。目的是在走出了教条主义的小胡同以后仍然能够成为生活的主人、艺术的主人，而不是被广阔的艺术空间，失重的太空所吞没。我们需要不需要、可以不可以找到新的支点，新的凝聚力与吸引力、新的使命感，从而使我们在自由起来的同时重新亲切起来热烈起来与崇高起来呢？文艺创作毕竟不仅仅是类似打喷嚏、嗽嗓子的一种"内在需要"，一种绝对的随意性、随机性——其实是肤浅性和幼稚性。我们大概不能总是不知道从哪里出发，也不知道到哪里去吧？我们大概也不能一个又一个地消失在浅薄的自我陶醉与自我重复中吧？或者变得一个又一个地漠漠然冷冷然起来？变得装疯卖傻、神经起来？请回答。

发表于《文艺报》1988年4月16日

何必悲观:对一种文学批评逻辑的质疑

一九八八年的文学评论中有一个值得注意的现象,那就是对中国文学的批评性反思。与前一个时期对新时期文学的热烈欢呼不同,一些年轻的批评者似乎更乐于正视当代文学创作中的不足。这是一个好现象。我们确实需要更认真与更严格的批评,而不是笼而统之的实际上仍是从政治需要立论的"充分肯定"。

谈起这十年文学的不足自然也像谈起成就一样,见仁见智,各有不同。许多批评性文字中提出了许多好见解,这是没有疑问的。本文对这个问题本身暂不讨论。问题是少数批评性意见中,不约而同又习焉不察地包含着一些逻辑前提,评者根据这些似乎是天生笃定的前提演绎判断,指手画脚,此唱彼和煞有介事。可惜的是,这些逻辑前提未必能够成立。

"落后"的国家文学也注定落后吗?

一些论者认为,中国在经济上科学技术上还居于世界后列,因此文学上也只能望西洋之项背而兴叹。中国还没有产生真现代主义的客观条件,即使有新潮先锋也不是原装真货,不值得为之欢呼。

这种立论的假定前提是,文学与社会生产力乃至科技发展水平之间有一种对应关系,社会发达,文学发达,社会不发达,文学没希望。古今中外的文学史都证明这种对应关系并不存在。这种立论还假定文学艺术的发展也与社会生产力的发展一样，是一个积累升高增长的进化过程，是一个不断进化、注定了今胜于昔、明朝又会胜于今日的过程。这种观点同样是站不住脚的。

关于艺术生产与物质生产发展不平衡的关系，马克思早已有过科学的论述。古今中外，伟大作家与作品的存在未必能从社会发展水准上找出足够的依据，也不存在一个进化的过程。"国家不幸诗家幸"。屈原生活在分裂动乱的春秋战国时代，曹雪芹生活在黑暗的清王朝统治时期，十九世纪末叶托尔斯泰等一大批俄罗斯文学巨匠的出现恰逢极端腐朽反动没落的沙皇统治时期。他们达到的高度都不是后人能够轻易达到的，甚至是后人不可企及的。拉丁美洲的"文学爆炸"引起了世界性的震动，但拉丁美洲的第三世界境遇并未改变。经济上的不发达状态乃至政治上的不够现代化状态并未限制他们的大陆与海岛上的文学成就。反过来说，他们在文学上的领先地位也没有能改变他们在经济上的并不领先的地位。

另一方面，从社会生产力的发展水平来看，美国居于世界前列。美国的通俗文化、消费娱乐文化，诸如电影、摇滚乐、迪斯科，连同可口可乐一起风靡世界，这是事实，挡也挡不住。但往深里追，能否因此便说美国文学领导世界新潮流呢？很难这么说。法国新小说派，西德的彪尔、格拉斯、楞次等大家，意大利电影的新现实主义乃至苏联、东欧国家的文学成就再加拉丁美洲的文学，它们至少是在与美国当代文学分庭抗礼。美国的诗歌远远不像美国的波音飞机那样誉满全球。而印度的科技也不像泰戈尔那样出色。在亚洲乃至在世界，日本的经济实力飞速发展，"四小虎"成绩可观，文学上也随之而发展了么？当然未必。小说和诗歌毕竟不是家用电器。

从一些发达国家的情况来看，有愈来愈多的作家对他们的科技与经济的飞速发展抱着冷峻的批判态度。我们可以轻易地羡慕他们的作家所享有的现代物质技术手段，却很难判断这些物质技术手段对于艺术个性与心灵究竟意味着什么。文艺毕竟是一片净土,一个会写小说会作曲的电脑,带来的是文艺水平的提高还是降低呢?音响技术的高度完善,带来的是声乐水平的提高吗?还是使一切不伦不类不经训练的声带都可以在演唱会上滥竽充数呢?灯光技术的出神入化,意味着舞台艺术的提高还是降低还是走邪道呢?使人与自然愈来愈分离开来的技术,增加了还是剥夺着人类生活的最后一点诗意呢?爱屋及乌,如果我们因为高度评价发达国家的科学技术与生产效率便随之唯发达国家文学之马首是瞻,岂不是幼稚无知吗?

观念对于文学有没有决定意义?

一些论者认为,由于中国还缺少产生最新最现代的观念的土壤,由于中国作家实际上人人(大概做论者除外吧)未能摆脱传统观念诸如"忠君""爱国""重史轻文""清官"观念以及儒道禅诸家的影响,而这些观念又都往者已矣夭折多日,所以中国不可能产生伟大的作品。

说得有点理,但这点理的"观念"未免太轻薄也太小儿科了!伟大作品是伟大观念的产物么?新潮作品是新潮观念的产物么?这倒奇了!这与认为唯世界观决定创作的概念化观点有什么两样?屈原李白杜甫王实甫曹雪芹,托尔斯泰屠格涅夫陀思妥耶夫斯基,巴尔扎克雨果罗曼·罗兰,霍桑狄金森福克纳海明威,他们哪一个是观念的大师观念的巨人观念的划时代革新代表人物呢?他们对人类的贡献是提出了新观念或革了旧观念的命么?还是恰恰相反呢?不要说巴尔扎克托尔斯泰和中国的古典文学作家了,包括被我们的论者仍崇拜得五体投地的几个美国作家,海明威的硬汉形象观念上究竟有多少新意?福克纳则自认为是乡下人,是乡土文学的实行者,他怀念父辈、祖父辈创造过的光辉事迹,既不面向未来也不善走向世界。至于狄金森,这位意象派诗歌的先驱,更是一位足不出户——用中文说就是大门不出二门不迈——的闺秀。莫非因为是美国人,观念愈旧就愈新;而因为是中国人,您就怎么使劲也赶不上潮流了!是文学批评还是人种批评呢?

文学不是哲学,即使哲学也不是喊口号。对于一个真正的文学大家来说,一两个三五个观念——即使是最原装的新潮观念,够用吗?观念是重要的,但不是全部的更不是唯一的价值标准。即使是唯心主义,深刻的论述即片面的深刻性也常常胜于肤浅的千篇一律的正确公式,何况一篇文学作品呢?人们期待于文学作品的多着呢!超观念性正是一个文学大家的特征。人们要的是一个艺术的世界,一个自由的心灵的王国,一个人格、经验、心智和超凡才能的创造物而不仅仅是一面观念的旗帜或一声观念的疾呼。人们阅读文学作品也不仅仅是为了获得观念。观念好要而作品难写呀!

文化与文学

一些论者认为,中国文化是走向世界的主要障碍,中国文化传统是压在中国当代作家身上的重负,中国特色是中国文学的最大的令人抬不起头来和感到理亏的污点。他们毫不掩饰当他们发现即使是最见过世面与最出色的作家也摆脱不掉中国文化传统的影响时的失望情绪乃至愤怒情绪。他们认为关键问题是实现与中国传统文化的彻底决裂,不彻底决裂则谈不上文学更谈不上新潮。

这里,传统文化或文化传统本身就是一个十分模糊而又十分笼统的概念。彻底决裂的概念很革命却又很不现实,它使人感到五六十年代的要求作家先进行脱胎换骨的改造再写作的主张又借尸还魂了。是不是绝对的足金足银的新潮并不是文学价值的唯一衡量标准。世上万物都有自己的历史。世上的一切之新,莫不来自旧、脱胎于旧、扬弃了旧、"打倒"了旧,却也继承了旧。与旧东西彻底决裂了,新东西也就产生不出来了。很难设想一个有几千年独特的文化传统和文明史的民族会经过彻底决裂后变成光屁股的婴儿,然后从头按英吉利法兰西美利坚的方式从托儿所与幼儿园起步。彻底决裂的观念实际上是一个回到零上去的概念,即使有可以理解的自怨自艾的情绪依据也太空想化。基辛格博士前年访问我国的时候,我国一位领导人曾经向他说明了中国不能走全盘西化道路的道理。基辛格不无幽默地回答说,中国的历史已达数千年,即使要搞全盘西化也是为时已晚。这是实话,与任何人的主观观念无关。

但笔者并不准备展开讨论文化传统问题,这里要说的是,文学不等同于文化学,更不等同于社会学。文学的价值同样不仅仅在于对传统文化做出评价或在多大程度上抹去它的印记。文学首先是语言的艺术,而汉语汉字作为文学符号的独特性、悠久性和丰富性是不可改变的,而且汉语汉字不仅是一种符号,它也代表着一种思维的方式,一种思路。如果彻底决裂而仍然采用汉语汉字,那么这个决裂只能是不彻底的。如果干脆要求废除汉语汉字,让我们的几千名作家和成千上万的读者观众改用例如英语作为交际工具,那么,就用不着与这种天外高论讨论了。

文化的落后不等于文学的落后。这是因为,文化包含着科学技术与管理机制,从发展社会生产力、提高劳动生产率与满足人民的福利需要方面来说,我们可以用先进、落后、超前、陈腐等概念来评价一种文化或文化的某些层面。而作为艺术的文学,既有成为某种文化的载体而可以划分先进落后的一面,更有超越文化的功利意义而根本谈不上什么先进不先进的一面。我们难道可以说塞万提斯是落后的而海明威是先进的吗?或者我们难道可以说李白是落后的而顾城是先进的吗?艺术有成就大小的区别,有深浅精粗的区别,却很难说有先进与落后的区别。文化中也有许多部分无法判断其落后与否。我们当然可以说裹小脚是落后的,但难道我们可以说春节吃饺子或汤圆就比圣诞节吃蛋糕落后么?

这是因为,艺术的发展不是一种取代关系。电气机车与内燃机车可以取代蒸汽机车,汽车可以取代马车牛车,电灯可以取代煤油灯和蜡烛,民主制度可以取代封建专制,但是卡夫卡不能取代荷马或者但丁,残雪不能取代蒲松龄,鲁迅不能取代施耐庵,毕加索也不能取代伦勃朗。不同时间的艺术之间最终不是一种时间的线性关系,而是一种空间并存的关系。最新的东西可能速朽,最古老的东西也可能长存。这里重要的是质量的区别而不是先后顺序的区别。这里,资格与负资格(即标榜谁是最新与宣布谁已过时)在艺术之神面前常常显得卑微可笑。长江后浪推前浪,这是一个习惯的比喻罢了。随着时间的逝去,二十世纪的作家作品与纪元前的作家作品实际是并行不悖的河流。许多河流干涸了,不是因为有了新的河流,而是因为自身的流量太有限。

其次,艺术之间常常缺少可比性。以二十世纪的中国人的观点,我们不难判断惠特曼的人文主义比李白的道家思想更先进,我们却绝无权利说惠特曼的诗比李白的诗更有价值。我们不难判断鲁迅的思想比曹雪芹的思想先进得多,我们却无法对二人的艺术成就进行比较。我们不难判断日本的生产力比中国的生产力水平高许多,我们却难以比较中日两国的文学艺术成就。

中国是一个穷国,不必讳言。但与此同时中国是一个文化大国文学大国。除了个别历史时期,中国文学的成就十分丰硕,尤其十分独特。因而它对于世界是不可替代与不可或缺的。世界也不会同意与之"彻底决裂"的。丰厚的文学积累与文化积累对于中国作家来说未必总是沉重的压在头上的大山,而完全可以是我们的一个优势。不能照搬传统,这是常识。意大利也不能照搬达·芬奇,美国也不能照搬一百多年前的惠特曼。批评中国传统文化中的消极层面,我举双手赞成。继承中国的丰厚的文学传统并从而获得更大的创造的自由包括批判的自由以及与其消极层面决裂的自由,这与吸收一切世界上的好东西毫不矛盾。即使是最好的"新潮"也不可能从零产生,最新潮的伟大作家不可能是从光屁股的婴儿直接变成的。中国作家的更新观念必然有中国自己的背景,有中国作家的特色。中国作家不必为自己是中国作家而悲伤而要自己与自己彻底决裂,也不必视中国的独特的文学丰碑为累赘。同样,中国的文学批评家在没有学会用英语写英式美式文学批评以前也大可不必为中国文化传统的必然存在而痛不欲生。

走向世界?

再一个问题叫做"走向世界"。伟大的文学都是属于全人类的,怎么世界还要走才走得到呢?难道你不在世界之中而在世界之外吗?再说没有一个杰出的文学家为自己不能走向世界而不安。莎士比亚、但丁不要说了,福克纳也是宁愿描写自己的南方小城,"一个邮票那么大的地方也有写不完的内容"。而卡夫卡甚至要求把自己的全部手稿烧掉。这种不孜孜于走向世界的心态与我们今天文学界的抓耳挠腮的急切情状,成为何等鲜明的对比!

这是因为,任何一个民族都生活在世界上,任何一个国家的文学都是世界文学的一部分,任何一部有价值的文学作品都会吸引不止一个国家的读者。就是说,一个伟大的作家最终会使世界走向他甚至拜倒在他的脚下。他的独特的艺术个性与超常的艺术成就像磁石一样吸引着世界各国的读者。他从来不必关心如何去迎合国门之外的读者。

然而中国的独特的语言文字,这种独特的词根语确实与世界更多的地方通用的属于结构语言的印欧语系与属于粘合语言的阿尔泰语系不相同,形义兼备的汉字在世界上各种拼音文字中更是独树一帜,令一些洋人望而生畏。这确实是中国文学被外部世界接受的一大障碍。文化背景、意识形态、地理阻隔,中国本身的一些妨碍文学创作的因素、近百年中外关系的曲折直到中国的国际地位等方面因素的影响,确实使中国的许多文学成果鲜为外人所知。唐诗是著名的,但译成外语以后往往面目全非。至于《红楼梦》,被外国读者接受就更困难,比《三国演义》和《金瓶梅》还困难。何况现当代文学呢?所以张承志倡美文不可翻译说,虽然有点迂,但至少还有点尊严与自信。这是没有办法的事,急也没用。

我们完全有理由指望未来的日子里,中国的国际地位会提得更高,汉语汉字被世界上更多的人理解、中国文化与中国文学被世界上更多的人理解。我们的伟大的杰出的作家作品更多地把世界吸引到自己的周围。对于当代作家来说,这些都是身后之事。在这个过程中,中国文化与文学传统及其至今仍然活着的特色,既是与外部世界相交流中的一面阻隔的墙,更是一道把中国与世界联系起来的桥梁。我们在世界上落脚与飞升的基地就是中国,而不是他国。我们走向这里那里的起步点就是中国,而不是太空或者地心。中国有几千年的历史,这些历史活在今天的中国,没有几千年的历史的那个国家不是中国。抹掉洗掉中国的历史并不像抹掉磁带上的录音就可以重新录制新节目。抹掉了历史也就抹掉了中国本身。

当然,文化是可以发展改造的。发展改造的起点只能是自身而不是别的,虽然外力的推动也很重要。发展和改造需要更有出息、更有气魄、更有耐心,需要拿出我们自己认为最好的东西来。这样的东西必定是世界的,而世界也是我们的。

"西洋情结"

从一些评论的行文中人们看到一个灰溜溜的艳羡者的心态。中国是落后了,而且贫穷着,中国是需要向先进的西方国家学习一些东西。但这绝不意味着文学与艺术也要拿西方的货色做唯一的上帝,做衡量自己的成败得失的标准。一些更多地体现了民族传统特色的作品被认为是"向后看""视腐朽为神奇""拜倒在僵古的文化传统面前"。一些更多地进行了新的探索实验的作品被认为是仿作伪作,因为这些作品虽然沾染了一些洋味却露出了炎黄子孙的尾巴。这倒难了,难道中国作家只有写出像荣宝斋的复制水印画一样"乱真"的作品来,才有出息么?

谁是真?何是真?表露了中国人的真情实感真知灼见、表露了中国作家的真风骨真气韵真境界的作品不是真的,从中国的社会生活、中国的男男女女、中国的活的传统(指那些至今远远没有消亡的传统)、中国的语言文字信号当中汲取灵感的作品不是真的,那么什么是真的呢?翻译进来的作品才是真的?你读过原文吗?你对外国的社会环境自然环境文化心理特质究竟有多少了解?小汽车是进口的好,文学也是进口的好么?

确有模仿得痕迹太生硬的作品,它们的缺点不是由于模仿照搬得不够而是模仿照搬得太过。它们的缺点是少了一点中国气派中国真情中国趣味而不是多了一点中国味。有所借鉴而又不失特色、不变成对方的一个组成部分,这不正是应该称道的吗?

发出这种只有西方国家有文学而中国没有文学的论调的人大体上是一些既不懂外语也没有读过原著又始终少有机会亲自到外国看看和经验经验的人。他们脑中的西方真货的模式一半靠第二手译作,一半则来自对我国的贫困落后状况不满意的急躁心理。他们是半靠皮毛知识半靠想象为自己的立论构建唯一的西方原装参照系的。他们把对外币、洋货的崇拜心理"移情"到文学上来了。一位青年诗人首次出国到西欧,便大放厥词讲中国在他之前没有诗人,屈原李白都不能算诗人,使中外诸人士瞠目结舌。中国文学领域该有的东西一样也没有,凡有的东西都是不该有的,这是又一种高论。除××外中国无作家,另一种形式的狂言。除去语似惊人、制造轰动效应的因素以外,这是一种可怜的"西洋情结"。他们为中国的不是西洋而又痛又恨,他们甚至急迫地替洋人立言:"你们不把已有的一切彻底否定,不止剩下一片黑暗、一片空白、一片瓦砾,你们就永远不能得救!就永远走不到我们的这一队来!"可惜的是,愈是西洋人愈无法理解我们一些同胞的可怜的"西洋情结"。近几年来就屡次发生在国际场合由洋人向我们的自己人进行"爱中国"的宣传的怪事。

文学与时装

另外一种说法就是宣布同时代的作家的过时。过人之时者人亦过之,在一次文学讨论会上甲宣布了乙的过时,丙又冲上台去宣布甲的过时,这不是荒诞派的文学作品而是事实。

文学不是时装,也不是穿几年就破的皮靴。一个郑重的论者总该摆脱一点小摊档主谈行市的心理和语言。文学的力量恰恰在于它的相对永远的栩栩如生,永远的新鲜动人。"桃花潭水深千尺,不及汪伦送我情",诗里的潭水是不会干涸的,诗里的情也没有因为时过境迁而消失,所以它是诗。"昨夜星辰昨夜风",时间永远是昨夜,"心有灵犀一点通",相通则一直到今朝,这才是李商隐!而安娜·卡列尼娜与林黛玉的悲剧至今令读者落泪,她们也没有过时。过时了的是劣品次品,没有生命力的作品还没发表就已经过时了。大言惑众的吹嘘爆破也不会在时间的冲刷下留下任何痕迹。动辄用过时不过时新不新的说法来评价文学,实在是"文学中不能忍受之轻"——韩少功从英文版转译了昆德拉的小说,那颇可推敲的译文"生命中不可承受之轻"呀,"媚俗"呀,"人一思索上帝就发笑"呀,马上就被不注出处地引用开了,行起时来了。真够惨的!

局限性决定一切?

历史的局限性、时代的局限性、观念的局限性、民族的局限性、传统的局限性、理论的局限性、体制的局限性、社会的局限性、环境的局限性、语言文字的局限性……听听这些轻薄为文哂未休的意见,我们的作家干脆全改行到合资企业当招待员去算了!所有这些关于局限性的论点都可能有一定的道理,而且,从总体来说正视局限性承认局限性毋宁说是认识上的一个进步,至少比闭目自吹夜郎自大强。问题是,这些局限性基本上只对于二流以下的作家才有决定性意义。而真正的大家,真正的文学天才,真正的诗圣诗仙诗史,无论古今中外,第一,他们无不受局限性的局限,因为他们也是人,具体的人;第二,只要不被局限性全部剥夺从事文学劳作的可能乃至生存的可能,他们的文学成就就一定会大大地突破这些局限性,超越这些局限性。不受客观条件与历史条件的局限的作家从不存在,人人有局限性,这是不言而喻的。那些动辄指出旁人的局限性的论者,其浅薄趋时随风的局限性常常更严重,这倒也不足为奇。希望受到的局限减少一些,处境包括文化处境更好一些,自是人之常情与常人之情。但另一方面,突破不了这种局限、超越不了这种局限的作家不是第一流的作家,这也已经为中外文学史所证实。屈原和曹雪芹,巴尔扎克与托尔斯泰,卡夫卡与福克纳,不正是在这种强烈的局限与伟大的超越局限、即必然与自由的纠缠冲突之中,表现出他们的天才,表现出他们的宏伟,奉献他们的文学劳作给人类的吗?局限与超越,这不正是人生的痛苦、人生的真味、人生的色调吗?

所以说,先验的悲观逻辑是没有根据的,认定我国就搞不出像样的文学来实在是为自己的没有出息找借口。我们需要的是对当代文学的得失的科学分析、具体分析而不是廉价的不分青红皂白的哀鸣或者痛斥。文学上仰视西洋如天人而又俯视同胞如蝼蚁的心态也是没有道理的,写不好怨天尤人骂祖宗人种就更没意思。如果我们写得不好,我们首先最好怨我们自己写得不好。

"大家"在哪里?

还有一个令人困惑的问题。当代有大作家吗?如果有,是谁?如果没有,为什么没有?何时出现?

居然出现了这样的争论，一个论者说三五年中将出现大家，另一个论者说三五年太快了，恐怕要十五年二十年以后。这是理论的艺术的辩论吗？还是占卜式的信口开河？

可以认为，尽管新中国的文学发展受过人为的挫折，走过弯路，中国有出现大家的条件：丰厚的文学传统——一个文学大国。丰富的社会生活——急剧的、令人目眩神迷的变动正在提供不竭的启示与源泉。一批有相当成就的作家。相对来说越来越良好的文化环境。是不是有了这些条件就立即出现大家，却也很难说。在文学大家的产生问题上，历史决定论与社会决定论都靠不住。因为文学大家的首要条件乃是他的个人品质、他的人格、他的天才、他的学识与智慧、他的创造热情乃至他的精力体力。文学大家的产生是一种社会现象，也是一种个人现象。看不到后者，就会干出一些蠢事，例如由某地作家协会或宣传部门订出规划，若干年之内培养出一批什么样的大家来。

还有一个问题。是不是大家，需要时间的检验。拼命吹一通或培养一番绝对成不了大家。冷落他一阵子，包括受到洋人的冷落，没有被译成外国文也没有得外国奖金，也未必就不是大家。中国正在变化。价值取向正在从单一走向多样乃至一时变成混乱的莫衷一是。人们正在从五十年代的轻信心理崇拜权威心理理想主义心理向藐视权威乃至诋毁权威的时髦风尚认同。一种否定的心理、沮丧的心理、挑剔和发泄不满的心理乃至骂倒一切抹去一切以凸现自我的心理正在像红眼病一样流行。人们不认为自己的任务是汲取营养充实自己，而认为自己的使命是大喝一声"全都不怎么样"。人们不认为自己需要搜集资料、掌握原文、反复论辩、深思熟虑地提出什么见解，而认为自己的使命是指点江山，信口嘲弄，大话连篇乃至恶语伤人。人们像小摊档主一样高声叫卖，生怕自己手中的货销不出去，过了时，或者互相协助叫卖，你吹我捧，却坐不下自己的屁股来。

这种学风、文风、心理态势影响着我们的文艺界，影响着我们的评论与创作。在这样的心理状态下,很难出现大家。出现了大家也难以被公众接受。每个人忙着的是膨胀自我的价值,而不是追求与认同文学、艺术本身的价值。

真正的大家将战胜并彻底摆脱这种轻薄浮躁的心态。如果讲中国作家包括中国的批评家与世界名家有什么差距的话,差距首先在于学识方面。而为了学识必须学习,必须善于和能够学习。摆脱种种推销自己的狂热以后才会出现真正的大家,才会使人们认识与接受大家。我们的客观条件自然有需要改善的地方,但至少不比中外文学史上的许多大家产生时的情况差。江山代有才人出。我们的信心不在别处,而在我们自己的善于学习和工作、在我们自己的深沉静穆的努力。

发表于《文艺报》1989 年 1 月 28 日

不要泡沫,要真的文学

急剧的社会变动;对于变动的不同角度不同价值标准的评价;层出不穷的新名词新观念新理论;大致温饱无虞,无须为谋生操心,得以撒开了写了又写评了又评争了又争的众多自我感觉良好的文人;各种接受补贴或专有势力范围跑马占地从而旱涝保收不怕没有人买账的园地"阵地";由于人口基数大即使读者极有限也还较能维持的文学出版发行;(虽然都喊冲击喊低谷,其实正是中国拥有全世界最多的文学报刊,全世界最多的有固定工资收入而不须上班下班的铁饭碗作家评论家)一方面是蓬勃活跃一方面又缺少统一的话语规范与游戏规则所形成的热热闹闹而又谁也跟谁说不到一块去的泡沫论争;经过一段封闭如今又敞开国门所造成的一知半解而又急于接轨的心理;长期以来以文学去救国、去疗救灵魂、去启蒙、去充任大旗火炬的期望与自诩;长期以来形成的动不动匕首投枪直至精神原子弹的光荣战斗传统与扩大阶级斗争习惯;急于浮到水面上潮头上同时由于处境的极大不同而形如断裂、无法接受上一代的思维定势乃至有用经验的新生代们;严肃的探求与商业化的推销操作夸大其词的混淆⋯⋯所有这一切既形成了中国当代文学特有的活力魅力也造成了某种浮躁:空谈大于实践,大吹大擂胜过实实在在,从概念到概念胜过生活实感,以书生意气、沙龙纵横取代有血有泪的人生沧桑,使激愤咋呼超过清明的理性,等等。

我期望作家能够沉下心来,能够沉到人生与社会的底蕴里去,能够避开一切嘈杂和世俗的诱惑,进入真正的审美的世界。应该沉下心来做人,沉下心来读书,沉下心来写东西,沉下心来为文学的建设添砖添瓦,沉下心来与一切不失善良的同行切磋琢磨而不是横眉立目视友如敌。你应该关心国家,你应该关心社会,你应该关心人民,你应该关心道德水准,你应该关心土地批租或者打工妹的处境,所有这些关心都应该体现在你的作品里,却又不可能完全体现在你的作品里,因为你还是一个人,一个公民,你还要从事大量写作以外的活动,有些事情只能通过你的文学以外的活动去做,去解决。你的文学绝非万能。如果你想让你的文学承担一切,结果是既毁了一切又毁了文学。回到你的案头的时候,你最好不要完全忘记艺术,忘记文学,不要忘记文学与非文学的差别。你应该使自己的情绪与思考对象化生活化,就是说读者不能老是倾听你的赤裸裸的呐喊,读者要的是一个艺术化的文学自己的世界;你还应该锤炼自己的思想,使你的判断与论证获得活生生的艺术生命。你应该让你的主体意识客体化,文本化,可接触可理解化。你应该让你的恨不得剖露开的心胸化为艺术的殿堂,曲奥邃密,博大精深,你必须辛辛苦苦地经营积累装修加固,一句话要像一个牛一样地干活而不是一味地煽情亮相吹吹打打。你当然要睁眼看世界,但更重要的是掌握你自己,要求你自己,反省你自己。与其看着旁人不顺眼不如反求诸己,自己做出点样子。归根结蒂,王蒙,(我说的你其实是包括了"我"的)提供真正的艺术品,才是你对于社会的首要义务。自己心里一明白,(也是一种明心见性)各种干扰也就不在话下了。

人文精神问题偶感

近来,一批相当优秀的青年评论家撰文大谈人文精神的失落问题,这引发了我的一番感想。

是市场经济诱发了悲凉的失落感了么?是"向钱看"的实利主义成了我们道德沦丧,世风日下的根源么?

如果现在是"失落"了,那么请问在"失落"之前,我们的人文精神处于什么态势呢?如日中天么?引领风骚么?成为传统或者"主流"么?盛极而衰么?

有一些失落感是针对通俗文艺而发的。那么,在通俗文艺远不发达的往日,如五十年代、六十年代和七十年代,我们是拥抱着或洋溢着 humanism——人文精神的么?

有一些失落感是针对着"调侃文学"与"痞子文学"的。在调侃、痞子、通俗之前,我们有自豪的英雄与战斗的文学。那么,人文精神是英雄与战斗的精神么?或者,调侃是反人文精神的么?幽默呢?幽默感是人文精神失落的征兆还是相反呢?痞子文学的内涵就是文学中的"痞子"吗?

我颇感困惑。

1. 人文精神是一个外来语,本身并没有严格的界说。humanism,从字面上看是人的主义或学说,那么,我们无妨视之为一种以人为主体、以人为对象的思想,或者更简单一点来说,我们姑且可以假定人文精神为一种对人的关注。

对人的关注本来是包括了对改善人的物质生活条件的关注的,就是说我们总不应该以叫人们长期勒紧裤带喝西北风,并制造美化这种状况的理论来弘扬人文精神。但是,当我们强调人文精神是一种"精神"的时候,我们自古已有于今尤烈的重义轻利、安贫乐道、存天理、灭人欲、舍生忘死、把精神与物质直到与肉体的生命对立起来的传统就开始起作用了。毛主席讲的人要有一点精神,也是指解放军战士"不吃苹果"的精神,苹果多了,吃了,又从哪里去体现"人是要有一点精神"的呢?有了苹果就失落了精神,其心理暗示可谓源远流长。"卫星上天,红旗落地"的修正主义要义的心理定势也极有趣。所以说,"宁要社会主义的草,不要资本主义的苗;宁要社会主义的低指标,不要资本主义的高指标"云云,很难说是张春桥的个人专利。

有趣的是,从脱离物质基础的纯精神的观点来看,计划经济似乎远远比市场经济更"人文"。计划经济的基本思路是,人类群体特别是体现公意的社会主义国家的执政党及政府,认识、把握并自觉地运用经济的发展规律,摒弃经济活动中因为价值规律的作用而出现的自发性、盲目性、无政府状态,(马克思主义认为,资本主义的基本矛盾之一是个别企业的生产的计划性与整个社会生产的无政府状态之间的矛盾。)把人类群体的主观意志与客观的经济需要结合起来,使人真正成为经济活动的主人、社会生活的主人、历史前进运动的主人。斯大林的命题是,社会主义经济的基本规律是最大限度地满足人民的物质与精神的需要,而资本主义经济的基本规律是最大限度地追求利润。如此听来,当然是计划经济更高尚、更合乎人类理性与道德的追求,更摆脱了蝇营狗苟的铜臭,更具有一种高扬人的位置与作用的人文精神。这也许正是计划经济的魅力所在吧?

早在斯大林时期,一些重要的左翼思想家、文学家和活动家,已经懂得了以人文精神为武器批判资本主义。斯大林在联共十九大上的讲话聪明地提出,正是国际共产主义运动应该把和平与民主的旗帜，其实也就是把人文精神的旗帜掌握在自己的手里。法共中央的机关报定名为《人道报》，而六十年代的罗马尼亚把人道主义置于与社会主义、爱国主义同为主流意识形态的地位，这是意味深长的。正是由于计划经济的停滞与挫折，使左翼文人们集中批评资本主义的软腹部——精神空虚、道德堕落、吸毒、卖淫、环境污染、社会治安状况恶化等等。而强大的执政党、强大的人民政权、强有力的无所不包无所不能的意识形态，似乎确实能够扫除或基本扫除或一度扫除人类面临的永无解除之日的精神危机。

显然，市场经济并不是浪漫主义、英雄主义的经济，市场的运行比较公开，它无法隐瞒自己的种种弱点乃至在自由贸易下面的人们的缺点与罪恶。但是它比较符合经济生活自身的规律，也就是说它比较符合人实际的行为动机与行为制约。因此，是市场而不是计划更承认人的作用、人的主动性。市场经济的假定前提恰恰是承认人的平庸与趋利避害，尽管这种承认也许令理想主义的文人沮丧。当然，市场经济条件下也有精神，有真诚的直至狂热的宗教信仰，也提倡在战争中与灾异中的英勇牺牲与先人后己行为，但这些，更接近于康德的"绝对命令"的范畴，它不是社会生活的全部也不是一般规律。

而计划经济的悲剧恰恰在于它的伪人文精神，它的实质上唯意志论唯精神论的无效性。它实质上是用假想的"大写的人"的乌托邦来无视、抹杀人的欲望与要求。它无视真实的活人，却执着于所谓新型的大公无私的人。它的假设——人类经济生活的自觉性、计划性与高尚性——不但是令人鼓舞的，甚至是充满诗意的。可惜，最终证明它又是自欺欺人的、脱离了经济活动的客观实际的。趋利避害的盲目性在自觉性、计划性与高尚性的后面伪装着与活动着，私心在公意的大旗下活跃着。理论与实际脱节、伪善的教条与行动上的阳奉阴违、对个人主动性的抹杀、权力的滥用与对于权力的迎合、以权谋私与下有对策，再加上最好的计划也无法摆脱的主观主义、命令主义、僵硬与长官意志的夸夸其谈的盲目性……这一切不仅带来经济的挫折也带来精神的挫折和道德面貌的扭曲，对此，可以不劳赘述。

与其说是市场经济使私欲膨胀，不如说是市场经济条件下人们的私欲更加公开化、更加看得见摸得着了。我们的目标不是建立一个人人大公无私的"君子国"，而是建立一个人人靠正直的劳动与奋斗获得发展的机会的更加公平也更加有章可循的社会。这个目标只能在市场经济条件下达到，达到了这样的目标也才更容易寻找人文精神。

2. 可能是由于近现代中国社会矛盾的尖锐性，阶级斗争、党派斗争与政治斗争特别是军事斗争的残酷性；由于广大农民的革命参与者及革命主力军的作用；还由于中国特有的把人伦的"伦"看得比人还要重的文化传统；许多与人有关的说法，诸如人道主义、人性论与人情味，常常被视为假仁假义的糊涂与混账，乃至敌方瓦解我方斗志的精神武器。这也许是可以理解的，在一块发生过南京大屠杀和十六岁的女共产党员被铡刀铡掉头颅的国土上，任何关于关心人、爱人、尊重人的说教都会被认为居心可疑。在我们的国土上，仇恨，即样板戏里所高唱的"血泪账"是太多了。这里有太多的革命与反革命、盟友与敌人、烈士与叛徒，却没有了抽象的人的位置。王任叔——巴人，为了"三人主义"的罪名，遭受了多么悲惨的迫害，我们应该记忆犹新。我们曾经认为，我们需要的是斗争精神、牺牲精神、为了群体而无条件地抑制个人的利他精神而不是人文精神。一般的，欧洲文明式的，西欧马克思主义者与苏联、东欧诸国的对人文精神的承认，对于中国人民来说，曾经是太奢侈与太陌生了。忘记了这一点，便成了云端的空论。

改革开放以来，情况要好一些，但是人文精神远远没有得到我们的年轻的评论家们所幻想的那种认同与推崇，而是处于时而被自发地宣扬，时而被有组织地批判的微妙地位。

对人的关注精神在我国的曲折历程，有关人士因而遭到的不幸，我们应该尚未忘记。

所以我不明白,一个未曾拥有过的东西,怎么可能失落呢?我们可以或者也许应该寻找人文精神,探讨人文精神,努力争取源于欧洲的人文精神与中国的文化传统与实际生活相结合,结出中国式的人文精神之果,却不大可能哀叹人文精神的"失落"。流行歌曲唱道:"不在乎天长地久,只需要曾经拥有。"因为考虑是否天长地久的前提必须是曾经拥有。难道我们要改词唱道:"即使从未拥有,也要天长地久"吗?

3. 人文精神似乎并不具备单一的与排他的价值标准,正如人性并不必须符合某种特定的与独尊的取向。把人文精神神圣化与绝对化,正与把任何抽象概念与教条绝对化一样,只能是作茧自缚。在"举家食粥酒长赊"的处境下,写出关注人特别是女人的命运的传世之作,固然是一种人文精神,"人生得意须尽欢,莫使金樽空对月"也是一种人文精神。怀春钟情是人性,同性恋的合乎一小部分人的"性"在西方发达国家已经成为不争之论。那么,由于各种原因而宁愿选择独身,不论是康德、是胡志明还是林巧稚,他们又有哪一点违背或失落了人文精神呢?毋宁说他们选择的是一种更高尚的普利众人的人文精神。当然,如果以此为标准来限制众人的情与欲,比如旧中国的"节烈"观念,那就是非人文的了。

应该承认人文精神的多元性与多层、多面性。如果说道德制约、法律制约、宗教制约体现着某种人文精神,却也可能体现某种非人文精神。突破制约的自由与任性的要求可能是一种进步的人文精神,却也可能是一种消极的破坏性的失范。对人的情欲的满足,可以是对人的基本需要的一种尊重和关怀,但大肆发展下去,却又会使人的尊严和人生的意趣沉没在无尽的贪欲泛滥之中,因而成为人、人性、人的精神的走失、疾病与堕落。同样,一种高尚的利他的精神追求,可以是人文精神的高扬与升华,也可以走火入魔,成为制造苦难、折磨与毁灭自己与别人的敌视人文精神的怪物。

就是说,第一,不要企图人为地为人文精神奠定唯一的衡量标尺。第二,不要企图在人文精神与非人文精神中间划出明确无疑的界限,非黑即白,非此即彼。第三,不要以假定的或者引进的人文精神作为取舍的唯一依据,不要搞精神价值的定于一与排他性。

4. 我有时怀疑一些朋友们关注的人文精神是特指一种文化精神。他们所以大呼失落是因为在经济生活空前搞活的同时,文化有相对被忽视的现象。"人文"两个字中有一个"文"字,这对于喜欢望文生义的汉字使用者们来说是很有暗示意义的,而且,据方家指出,humanism 也可以译作人文科学。

对于文化与人文科学的重视当然是知识分子们所拥护的。但同样,这种重视完全不取决于一些人的念念有词。它决定于全社会的发展程度、文化素质、全民族的文化传统、政府官员以及知识分子本身的文化修养、远见和智慧,也取决于一个国家的实际情况与处境。在温饱问题没有解决的地区,最大的对人的关注是让饥饿线上的人民获取必要的食物与其他生活必需品。在物质生活大大改善的状况下,人们的文化需求就会提到议事日程上。首先提到日程上来的会是普及教育——扫除文盲以及一些能够广泛地被大众所利用的文化手段——广播、电视、电影以及其他传播媒介等的建立与发展。在文艺生活方面,较多的人会热衷于通俗文艺,文化的构成如一个金字塔的形状,这是合乎规律的现实。尊重和关注这个现实,才有可能谈到起码的人文精神。

顺便说一下,近年来"终极关怀"被人云亦云地滥用着,有的已经用得滥俗透顶了。想象力、文化积蓄与思想深度远远与终极无缘的朋友,最好还是先来一点现实,过几年再去终极吧!

也有过畸形的对文化、对人文科学的推崇。例如一些国家和地区的宗教狂热或者意识形态狂热,确实可以达到用咒语或者大话填补肚子的剩余空间的地步。也有过一种病态的民族主义或蒙昧主义的文化狂热,关起门来夜郎自大或者闭上眼睛等待人间奇迹的出现。

例如我们自己在那十几年关于文艺新纪元的大吹大擂，那八个戏的至尊至圣地位，那体现的与其说是人文精神，不如说是扼杀一切人类文化的蒙昧主义精神。

改革开放以来文化生活的情况难以一概而论。恕我直言，我不知道为什么别的国家市场经济搞了几百年也照样有大作家大艺术家大思想家大文化人引领风流，而我们的知识分子一见市场经济起了个头，就那样脆弱地哀鸣起来了呢？觉得自己不被重视了？要求谁的重视呢？觉得经费少了？向谁要经费呢？刚刚议论一下作家"养"（指以行政体制把作家纳入公职人员的系统）不"养"，就恐慌到了那个样子，以至不惜对讨论这个问题的人恶言相加或人身攻击，真是咄咄怪事。这使我不能不想起一个顺口溜：

　　党是娘来我是孩，
　　一头扎进娘的怀，
　　叼住奶头不撒嘴，
　　咕咚咕咚要喝奶，
　　左蹬右踹不下来。

这能算什么"人文精神"呢？

5. 发展文化的责任是整个社会的，政府、企业、社会团体和文化人自身都有自己的责任与能力。与其怨天尤人，不如反求诸己。一方面大模大样地弘扬学术文化和艺术的尊严与独立品格，一方面不断要求奶娘为自己输血输奶喂糖打气，这不是有点不可思议么？市场上很难自发地产生文化的精品，市场会大量推出一些平庸的、追求刺激的消费品，这不假。消费品也有高低，轻音乐界和通俗演唱界都有提高档次的潜力。如果我们国家有曼陀瓦尼轻音乐团那样的演出团体，只能说明我们的表演艺术正在提高而不是相反。另一方面，很难断言市场正在吞噬高雅的或严肃的文化事业。在市场推出了大量趣味性实用性的通俗出版物的同时，近一两年，我们看到了《读书》

杂志的订户大幅度增加,《东方》杂志的创刊及它的从内容到形式的高水平高质量。新近创刊的"人文"报刊还有《中华读书报》《寻根》《书与人》《书城》《散文与人》《大家》《今日先锋》《爱乐》《中华散文》《散文月刊(海外版)》等等。我们看到了许多大型的、成龙配套的丛书、文库的出版。我们看到了一些企业正在慷慨地资助演出以及出版事业。我们看到对文物保护的投入正在大幅增加。我们看到中国仍然是全世界独一无二的严肃文学期刊大国,《收获》《当代》《十月》《花城》《钟山》……始终保持着一定的质量并正在做出新的努力。金字塔的塔尖无需因为塔基的面积广大而感到不平衡,正如塔下的一切对高高的塔尖也只能仰视和发出赞美。

我不认为人文精神就是一种高了还要更高的不断向上的单向追求,我不认为人文精神、对人的关注就是把人的位置提高再提高以至"雄心壮志冲云天"。对这种强调,我们太熟悉了。"大写的人""英雄""新人""历史的主人""喝令三山五岭开道,我来了""身在茅屋,胸怀世界"等等,众多的豪言壮语带来的并不是一个人文精神的理想天堂。反过来说,一味地贬低和污辱人也为识者所不取。窃以为,人文精神应该承认人的差别而又承认人的平等,承认人的力量也承认人的弱点,尊重少数的"巨人",也尊重大多数的合理的与哪怕是平庸的要求。

市场是搞活的途径。活了才能发展经济,发展教育和文化。一切邪恶和堕落都会利用这个"活",都会利用人的趋利的特点。市场只能起市场的作用,正像法律或者政策只能起法律或者政策的作用。搞活会带来极大的副作用与风险,但还是搞活了才有起码的人文而不使人销声匿迹。

市场包括文化市场反映的毕竟是人的需求。人的需求受人的素质的制约,因此市场并不能也不应成为文化的主宰。以文学为例,除了市场,还有社会支持,还有评奖,还有舆论与政府的导向。尤其是,还应该有知识分子的良心与价值取向。除了像"文革"那样的特殊年代,精品的产生和不产生,只能首先从作家自身来找原因。

6. 批评痞子文学的人又有几个读懂了王朔?判断文学作品的依据只能是作品而不是作家的宣言。王朔他们是太痛恨那种伪道德伪崇高伪姿态了,他们继承了中国文人的某种佯狂的传统,故意用糟践自己、糟践文学的方法——这样比较安全——来说出皇帝的新衣的真相。难道他们的作品里除了痞子还是痞子吗?难道他们的小说里没有道出小人物的辛酸与不平之气?难道痞子就没有可以同情与需要理解之处?对痞子一笔抹杀,难道不也是太缺乏人文精神太专制也太教条了么?

还有一种虚假的与吓人的假前提。如果我们的作家都像王朔一样那怎么行?当然不行。王朔只是一个作家,他远远不是作家的样板或最高标杆。要求作家人人成为样板,其结果只能是消灭大部分作家。反过来,我们的作家都像鲁迅一样就太好了么?完全不见得。文坛上有一个鲁迅那是非常伟大的事,如果有五十个鲁迅呢?我的天!中国这样一个大国,这么多写家这么多出版物,怎么能够以为肯定或基本肯定就是要求向之看齐呢?中国人都成了孔夫子或者都成了阿Q,那是同样的可怕,同样的不可思议。都成了王朔固然不好,都成了批评王朔的某教授,就更糟糕。连起码的幽默感都没有,还能有什么人文精神?这样提出问题本身就是潜意识中的文化专制主义。

7. 其实如果我们的青年评论家钟情于半是来自欧洲主流文化、半是来自自身的觉醒与思索的所谓人文精神,他们碰到的困难很难说是拜金主义。拜金主义虽然也用了"主义"二字,但它显然是形而下得多的东西,它与人文精神不处于同一个层面上,构不成对立关系。拜金主义反映的是一种精神的贫乏,世界观、人生观、理想、信念、价值标准的贫乏,他们更多的是靠相当原始的逐利本能做事。他们当中一些有一定文化教养的人,在达到一定的成功以后,往往表现出一种精神和文化的饥渴,一种在精神文化的层面也有所作为有所表现的愿望。这样的例子不胜枚举。在这个意义上说,企业"天生"地有支持文化事业的倾向。从主要方面来看,经济的发达有利于精神文化事业而不是相反,除非我们把精神文化搞成脱离生活的断线风筝,把贫困、苦行、禁欲与时刻准备凛然就死作为精神文化的不二标志。

富裕不能自发地等同于文明,贫穷也还可以做到"人穷志不穷""穷而好礼"。但富裕不仅不是文明的羁绊,而且还是文明的果实,至少是果实之一种;进一步说,富裕正在或将要使对人的关注成为现实而不仅仅停留在口头上。

而寻找或建立一种中国式的人文精神的前提是对人的承认。我们耳熟能详的天经地义是"世上没有抽象的人,只有具体的人"。其实,这种振振有词在哲学上是无需推敲的。世界上的一切事物都是具体的,都不是提纯了的抽象,但也都包含有与其他同类事物共同的——普遍的与抽象的本质。我们同样可以说"世上没有抽象的物质,只有具体的物质"。但是这并不妨碍唯物主义者坚持物质是第一性的唯物论。具体的人也是人,这就如白马也是马,坚持白马非马的高论与坚持具体的人不是(抽象的)人如出一辙。从这个意义上说,"痞子"或被认为是痞子或自己做痞状也仍然是人。有真痞子也有伪痞子,正像有真崇高也有伪崇高。毛泽东就曾经热情洋溢地为"痞子运动"其实是农民运动做过辩护。动不动把某些人排除于"人"之外,这未免太缺少人文精神了。我们太熟悉这种逻辑了。例如一提到"爱",他就问你是不是爱结核菌,似乎爱是结核菌之属的专利。

如果真的致力于人文精神的寻找与建设,恐怕应该从承认人的存在做起。

8. 社会进步与文化昌明是多方面的因素发挥作用、健康运转与良性循环的结果。我们已经或正在懂得,这里没有万能钥匙或者万应灵丹。意识形态并非万能,阶级斗争与革命战争并非万能,政府与政党并非万能,科学技术并非万能,新潮并非万能,市场并非万能,民主与专政并非万能,文学(更不要说其一点一端如痞子文学了)并非万能;同样,人文精神也并非万能。不是万能,有百能十能或者一能半能,也就有存在的价值了。不是万能,所以既不是"万岁"也不是"万罪",再不要做为一切不如人意找替罪羊的蠢事了。如果说世界上当真有一种很好的、很有益的人文精神的话,那么这种人文精神应该是能够承认社会生活与文化格局中的多因子多层次结构的,这个承认包括着承认某个特定的因子与层面的局限与消极面。也许这只是我的杞人忧天。市场经济发展的今天,一些人文学者强调一下人文精神本来是一件好事,这有助于改善我国社会生活、精神生活的"生态平衡",制约与补充一下日益务实化乃至逐利化的精神状态。但这里需要的同样是建设,特别是道德与文化品位的建设。而如果干脆把事情说成是漆黑一团,那么,召回或者召入意大利的文艺复兴精神或者美国的林肯、杰弗逊、富兰克林与爱默生的精神的可能性只能是零,而回到"文革"与前"文革"时期的阶级斗争为纲加计划经济加精神万能中去,倒是离我们距离要近许多。我们已经看到了一种粗陋的、不合乎起码的知识逻辑却又确实存在着的风向效应,这确实是独一无二荒唐可笑却又约定俗成的效应:恰恰是在强调经济、强调市场的情况下,大批判手们感到了空前的失落;而一强调"精神",哪怕是非常正常非常合理地强调一下"也要硬"的"精神文明"这一手,几个人就会兴奋异常地把尘封已久的棍子帽子和抓辫子的手段祭起来。近年来最有趣的现象,莫过于在老百姓们的恭喜发财声中,棍子与棍子的击打对象共同感到的失落感了。是啊,他们都不再生活在风口浪尖上啦!

发表于《东方》1994年第5期

沪上思絮录

一九九四年十一月十二日至十一月十四日,我去上海领取《上海文学》给的奖并参加该杂志主办的题为"面向新世纪的文学"座谈。我是与会领奖者中的最为老大的了。回忆过去在一些文学活动中差不多常常是以"新生力量"自居,略感嗟叹。

我本来就是一个"经验主义者",我的这一辈子的经验既帮助着成就着一个人也决定着限制着一个人。看来"代"的烙印与区分特别是局限性是难以避免的了。现将谈论中的一些思絮补记如下,抛砖引玉,幸有以教之:

关于新世纪

人们说,新世纪只是纪元上的新,未必新到哪里去;再说,新也不一定就比旧好,新与旧,这并不带有价值判断的意味。

这与我们年轻的时候比真是大不相同了——应该说是成熟一些了。五十年代的青年人,信奉的是"新与旧的斗争"。(当时苏联《共产党人》杂志有一篇文章,题为《新与旧的斗争是社会主义的发展规律》。)认为历史是从我们开始,认为应该对旧的一切摧枯拉朽而对新事物"大喊大叫"地歌颂捍卫乃至为之奋斗牺牲。

后来到了"文革",就真格的有了"破旧立新""破四旧"等口号。显然,现在的人们多了一点怀疑主义,少了一点理想主义,多了一点批判,少了一点信仰。

这不是偶然的,二十世纪的一大遗产正是理想主义的碰壁。当然,理想主义永远也不会灭绝,正像怀疑与批判的精神永远也不会消失一样。

幼稚与幻想也不会从此消失。人人都十分成熟,搞恋爱的时候已经预见到了日后的吵嘴,这不可能,也太可怕。那么成熟就什么都消解了,没有历史也没有人生了。

什么都"后"起来就是一种可怕的成熟。"后"多了人们会复归去追求"前","前"有时候可笑,然而是有魅力的。"后"是太疲惫了,而"前"津津有味,许多许多还没有开始呢。

人类就是这样,一代一代地幼稚下去,一代又一代地成熟下去。

这未必是进步,但总括说来,人类的大趋势是慢慢进展。

新旧世纪云云,当然只是纪年方法上的人为说法。既然有了这个方法,也不妨顺着这个方法想想,人的思想本来也常常是自己给自己出题目,自己给自己做文章,自己为自己练体操,阴天打孩子——闲着也是闲着。思想云云,有时可以不看得那么神圣或者严重。

那么,可不可以探讨一下新世纪的开始可能带来的"新"呢?

二十世纪末的一大事件是二极对立的世界格局的终结。二极对立的影响是深远的。二极对立的格局自然也影响到思想方法:简明,激烈,自信,排他。不是黑就是白,不是朋友就是敌人,都认为己方是正义真理而对方是魔鬼妖孽,都认为你死我活的斗争是不可避免的,都充满着悲壮的英雄主义。正面地说,二极对立的思维模式使人心明眼亮,一步一个脚印,活得充实,死得崇高。负面地说,二极对立的思维模式是极端主义、文化专制主义的一个方法论根源。

随着二极对立模式的终结,世界结束了以意识形态为中心的运作形态与生活方式,取而代之的是以经济活动为中心。这必然带来理想主义的一时式微与务实心态、实用主义的泛滥。正面看这更正常也更有实实在在的盼头,负面看则是礼崩乐坏的局面精神空虚的局面令识者心寒担忧。这样,也就会反激起新理想主义乃至新造神运动的崛起。

这样,新中有旧,旧中有新。抵制旧的结果是抵制了新,求新的结果是呼唤来了旧……二十世纪常常发生的想要走入这间房子偏偏走到了那间房子的现象肯定还会屡屡发生,自己与自己作对自己把自己绕进去的事情肯定还会屡屡发生。

所以,还有许多小说可写,还有许多悲喜剧好看。

权力与文化专制主义

说没有权力就没有文化专制主义的问题,这显然不符合常识。独断论、唯意志论、信仰主义、种族主义、武士道精神、原教旨主义、某些邪教和蒙昧主义、各种极端主义,即使在掌握权力之前,曾经是也极其可能是文化专制主义的先声与理论基石、杀伐异己的战略武器。在汉语以及至少在英语中,主义可以是指一种体制,也可以是指一种思潮。可以是指一种现实,也可以是指一种信念。最好的信念,如果带有排他的极端主义色彩(我们这里常常美化地称之为"彻底"),也一定会通向文化专制主义。愈是自认为伟大崇高,这种专制主义就愈厉害。

反过来说,权力并不等于专制。如果有法制的约束和民主的监督,如果有全民的包括执掌权力者的更高的素质,权力不但不等于专制,而且正好相反,这种权力是人民的民主权利与社会的稳定与秩序的保障。没有一定的权威就没有人民的权利,应该巩固这种权力而不是相反。

专制思想与专制权力,这是很有同一性很容易互相转化的东西。而一般地讲,权力与专制并没有必然的联系。

以一种极端主义反对另一种极端主义,古人称之为"以暴易暴",识者不取。

关于人文精神

如果说是失落了革命传统，或者说失落了以儒家教义为基础的传统道德，人们很容易明白。如果说是物质文明一手硬了，而精神文明一手软了，则不但明白而且符合主流提法。

现在说的人文精神究竟是指什么呢？指人道主义？指文艺复兴式的从"神权"中把人特别是个人解放出来？指东方道德的八纲四维？指"四个第一""三八作风"？还是干脆指精神文明指有理想有道德有文化守纪律的"四有"新人的培养？

或者干脆是指一种西方式的基督教价值标准？自由平等博爱尊重个人？这玩意儿不适合咱们的国情，咱们压根儿不这么讲。压根儿没有的，上哪儿失落去？

或者是指时髦的"终极关怀"？是指抽象的与绝对正确的真理？永恒？"上帝"？

或曰，是五十年代思想改造时期失落的，不是现在失落的。那也绝了。失落了四十余年，没有谁说过失落，就是说连失落也不许说。现在终于可以大谈特谈失落了，是不是说明市场经济的发展终于使人文精神有了一点回归了呢？

失落的时候不说失落，回归一点了反而大喊失落。这是中国特色的现象，甚至是某些悲剧产生的原因。

有一点确定无疑的含义我并没有异议：知识分子的追求不能完全地物质化，不能大家一起掉到钱眼里。精神的价值应该得到各方的承认，特别是应该得到自己的承认，主要是自己的承认。自己的承认，侧重的是精神价值。别人的承认，恐怕带来的不会是纯洁的精神。知识分子应该保持尊严，文学应该保持一定的矜持和操守。

请原谅，我劝告我的朋友慎用"纯洁"两个字。它勾起了我太多可怕的回忆，外国的与中国的都有。

再谈人文精神

中国处在几个不同的人文参照系统的交叉点上。

中国式的士人的儒道互补的道统与操守,中国民间社会的伦理规范,"五四"以来的民主与科学的启蒙主义,现代化——与世界接轨的愿望,对于欧洲文明的某些价值观念——标准的人文主义——的认同,共产主义的社会理想与"普罗"革命的价值追求——起来,饥寒交迫的奴隶,英特纳雄耐尔就一定要实现,失去的只是锁链,得到的是全世界——以及对于资本主义的批判,中国革命特别是农民革命战争的优良传统——如自力更生、艰苦奋斗、联系群众等,近代民族意识与自来的"中国"意识以及前殖民地半殖民地与当今发展中国家特有的半是屈辱记忆半是争强决心的爱国主义,等等等等。

这几种参照系统在近百年互相斗了个不亦乐乎,自己与自己也斗了个不亦乐乎,互相与自相不知道捅了多少窟窿。有时候斗得干脆令善良的人们无所适从了。然后只剩下了钱。(事情当然不是这么简单,其中也有许多伟大的成就。这里谈的只是"失落"的方面。)

不知道人文精神失落论者的意思是不是指这种悲喜剧。如果不是,请朋友们把你们心目中的人文精神内容摆出来。

所以只能强调建设,让我们在建设有中国特色的社会主义的大方向下努力从以上几种(可能还有更多的品类)参照系统中寻找契合点吧。让我们做一点具体的建设,比如探讨一下道德规范问题或是扫盲与普及教育问题而不是用大言扫荡一切吧。

关于王朔的告别文学界

王朔说他搞文学是由于当时实不得已。这个话是真的,过去,人们的选择可能性是太少了。几乎只有文学创作这一行还没有完全纳入计划经济的轨道。但也不是没有人耿耿于怀地提倡"组织创作""三结合创作方法"之类。在上海，《虹南作战史》的"创作"方式，大概不会被淡忘。

　　大多数文学青年（包括当年的我本人）走向文学，是由于热爱文学。热爱当然好，爱了才能投入，才能哭号——自己哭泣才能催人泪下。但太爱了也可能过于执着，自恋自迷，自拉自唱，孤芳自赏。而这些，其实是一个文学家远未成熟的表现。

　　王朔一边搞着文学一边又讨厌着乃至恨着文学，过去我以为是不可能的，现在我知道是可能的了，这也算是开了眼界。

　　可能王朔极其反感于某些作家的装神弄鬼、自命不凡、目空一切、拿凡人不当人的那股子优越劲儿。王朔不是理论家，他太缺少这方面的准备，他说不圆也说不准，便乱挖苦起来。

　　这反映了一种隔阂。有悲剧型升华型的作家，也有喜剧型化解型的作家。前者比较投入、执着，比较看重自己与自己从事的文学，往往追求一种理想，一种悲壮和神圣，具有一种使命感，英雄主义意识，有时候高高在上，俯瞰人间，悲天悯人，与俗难谐。他们爱惜自己的美好形象往往赢得公众的敬意，但弄不好也容易流于大而无当，偏激排他，峻急独断，直至装腔作势。后者比较灵活、随意，至少口头上不把什么东西当成一回事，似乎什么都看得很透，因而时不时地调侃一切，亵渎一切，动不动就把一些伪君子的面具撕个粉碎。他们尤其敢于自嘲，具有一种轻松直率的性格魅力。在公众当中，他们宁愿蹲下来，不但与俗人打成一片，而且是与"下等人"不分你我。但弄不好容易搞得痞味十足，朽木难雕，机会主义，乃至败坏道德风气。

　　当然还有其他类型的，如个人内向的、纯艺术追求的，只求本色的，小圈子"雅皮士"的，淡泊从容与世无争的，以及杂合型的等等。

　　中国这么大，当然只能是有各式各样的作家。解放四十多年，现在有点"式样"了，真令人额手称庆。

　　我希望各种作家能多看到别人别类的长处，能在坚持自己的为人原则与创作个性的时候也"悠着点",不要膨胀得越了位,不要一件事还没有干好先否定旁人。

王朔干脆宣布退出文学界,他的选择理应受到尊重。窃以为这与他已经喷发了一阵子了有关。如果他正在写《我是你爸爸》或者《动物凶猛》,他才不退呢。谁能百年不变地保持井喷压力呢?觉得干别的更好的时候就赶紧去干别的,这比明明已经写不下去了,就是放不下作家的架子,或转而专门整正在写作的劳动者好。

退出就退出吧,祝他在新的领域开拓成功。既然文学殊不足道,干不干也就没什么大不了的啦。不妨更淡一些,就叫做淡出吧。

大大小小

大概只有中国,每隔一段时间就有人批评作家选择的题材太小了。"四人帮"肆虐时期批的文艺"黑六论"中有一个"反题材决定论",这一论相当拗口,有"后现代"风格——谁说他们不会搞新名词? 但也透露了他们重视题材乃至视题材为决定性的因素的消息。

五十年代初期思想理论界批判过"脱离政治"的倾向,中期又批"群居终日,好行小惠,言不及(社会主)义……"当然不是专指文学,但不难看出当时成为主流的价值选择取向。

六十年代屡屡批评"(写)身边琐事""(写)家务事儿女情",并视之为"修正主义"。"反右"后,文学刊物上的作品几无可看者。那时有了个茹志鹃独领风骚,结果也被一个"家务事儿女情"的帽子扣掉了。后来,八十年代初期,茹志鹃专门写了一篇《家务事》再加一篇《儿女情》以为反驳。

谁想到一九八二至一九八三年间,一面批"现代派",一面批评起"小"来。说是那一阵子小说写的净是"小男小女小猫小狗小村小屋"也不还有小什么小什么。对此,我的反应是:"他还忘了一个最最恶劣最最有罪的小——小说,为了反掉以上诸'小',我看干脆把小说改成'大说'算了。"

听者为之喷饭。

最近又来了劲,什么猫呀狗呀家呀孩呀我的呀又成了罪过了。

乃至用一种下流的语言不分青红皂白地说什么名家写了小文章就是乱打喷嚏。名家也是人,不仅可能打喷嚏而且每天要大便小便。然而名家之为名家,至少大多是为了他们的某方面的特长与劳动成果,小文章也不是那么好写的,小文章也可以有多种意义也有它产生的历史依据,而小文章大多与上呼吸道的分泌物无关。企图吐一通口水就给自己够也够不着的众名家抹黑,那口水会落到什么地方呢?

其实文学的特点恰恰在于以小见大。而且一个国家生活愈正常气氛愈祥和作家就会愈多写一点日常生活,多写一点和平温馨,多写一点闲暇趣味。到了人人蔑视日常生活,文学拒绝日常生活,作品都在呼风唤雨,作家都在声色俱厉,人人都在气冲霄汉歌冲云天肝胆俱裂刺刀见红的时候,这个国家只怕是又大大的不太平了。

写小事有小事的意义,不然,江青就不用批判"反题材决定论"了。而且如果不是搞极端,就必须承认,作家有选择题材的自由,读者也有选择阅读的自由。全国人民全国作家都在大声疾呼一件事,几十年来我们就是那样做的,那又给人们、给文学自身带来了什么成果了呢?

至于那些写小这小那的文章自然也有自己的得失,也有写得很无聊的。这只能具体下功夫分析,而且这得失多半不在大或是小上。笼统骂倒,太廉价太陈旧也太不怀好意了。

关于壮烈意识

作家要不要壮烈?要不要"跳崖"?

我看我就够壮烈的了。十来岁就一心革命,随时准备抛头颅洒热血。五十年代后又壮烈了一些次。

经过多次壮烈,我在年已花甲之时积累了一点经验:

壮烈能带来什么?为什么壮烈?为谁壮烈?祖国和人民需不需要你的这个壮烈?这是要考虑的。不能不问收获,但问耕耘。不问效用,但讲壮烈。只拉车,不看路。

什么时候壮烈?什么事情上壮烈?天天壮烈,还算壮烈吗?事事壮烈?壮烈得起来吗?

你自己壮烈还是大家壮烈?如果不是亡国之日陷城之时,可能不可能大家一起壮烈?大家一起壮烈,这是出了什么事要出什么事?还是只有少数上帝的选民才有资格壮烈?

或者反过来,你让人家去壮烈,你烈不烈呢?海外寓公中就颇有这样的人,动辄要国内知识分子去壮烈,你不去壮烈他就大骂知识分子没有了,只剩下了"妓女",或者"宽大为怀"地说什么对国内的人不能"要求过高"。这些人是专门让别人壮烈的,不知道他们在要求自己些什么。谁又屑于要求他们!切不要上他们的当。

中国百余年来,真是够壮烈的。烈士是伟大的,但烈士出得那么多出得那么频繁,是国家之福人民之福么?天知道是什么兆头。但愿我们的后代不是生活在天天壮烈的时代。

还有一个经验:自己壮烈者常常自认为有权去壮烈掉别人。自己准备为革命而牺牲的人往往会眼也不眨地牺牲别人以"革命"。解放以来政治运动如此之多,原因之一就是因为伟大的革命使太多的人在不需壮烈的对象上也过于壮烈的缘故。

我钦佩壮烈也警惕壮烈。可能说明人愈老就愈没有魄力了。

当然我也讨厌蛆虫。可惜的是,对于蛆虫,以壮烈之法治之是无效的。

关于庸俗

中国人对外国人特别容易佩服,自从米兰·昆德拉被引进中国以来，都学会了批"媚俗"了。我相信昆德拉与加西亚·马尔克斯在中国的崇拜者追随者一定多于在世界上的任何其他角落，包括捷克与哥伦比亚。

"洛伊宁格尔"也受到了那么多赏识，可惜后来鄙人多事，考证出他只是冒牌的德国造，质量还不如合资生产的"四环"或"桑塔纳"。不然，在我们这里也会出现一批追随者的。德国人这么说就特棒，中国人这么说恐怕只能算是"反动"。这里是有一些幽默的。

媚俗当然不好，因为怕媚俗而处处做出不俗来，就成了媚昆媚洋媚某一句话某一个命题，也显得不大自然，有些忸怩作态，容易倒牙。

人应该本色，有多少俗就是多少俗，绝对无俗不甚可能，做出不食人间烟火的样子难免矫情。如果不是别有用心，就不要怕暴露自己的真相。媚雅媚上媚洋媚古媚书媚学媚口号媚帽子都不足取。再说，一旦人人说媚俗，也就和人人讲"终极"一样，呼拉一下子那么多反媚俗者与关怀终极者一拥而上，这本身不就已经颇俗了吗？也许昆德拉的反媚俗是颇不俗的，人云亦云就走向反面了。

本色不一定就好，有的人一心本色，作恣情任性状，却暴露了自己的粗鄙低下，实无货色。有什么办法呢？别人爱莫能助。靠把自己打扮起来也未必有效，或许是更糟。

本色不一定好。好的却一定比较本色。真正的高雅不会掩饰自己的世俗一面——不劳掩饰。

关于幽默

说起米兰·昆德拉就想起了一个故事。一九九四年四月，在美国明尼苏达州，诗人比尔·霍姆向我用英语转述了这个故事。他说昆德拉在一本书里写道：有一阵子捷克的克格勃很多。人们发明了一个鉴别方法：你讲一个笑话，随后看听众的表情，哈哈大笑者是好人，怒目横眉、一脑门子官司者多半是克格勃。

小说家言。可以首肯的是,幽默感是心理健康的一种标志。完全没有幽默感,一心只知道上纲上线,则是不健康的表现,北京人说法,他"有病"。

于是人们想起了池莉最近的一点遭遇。在一次研讨会,她正在与王安忆说悄悄话,会议主持人点她的名让她发言,于是她说:"出门前我家先生说了,女人要少说话。"

一般的人大概都能体会到此位池作家是犯懒,不想发言,乃推托之,却不会认真地认为池某人是污辱女性污辱自身的罪魁。即使你不太欣赏她的笑话特别是武汉口音的此种笑话也罢(我以为北方人听了武汉话大约会觉得太吃力),总不至于上纲上线地批一通的。

但是有人硬是抓住做文章。

自从那年文坛出了一匹黑马靠大骂名人取得了一定的"成功"以来,现在又有了效颦者了,以为到处吐口水便能树立一点什么形象——踩在名人的肩上嘛。

过去我不太能理解杜诗"尔曹身与名俱灭,不废江河万古流"的情感,总觉得火气太大,特别这一联诗常常被借用到政治运动中,就更使我对之不生好感。最近的这个不得幽默的故事使我从原意上想起了它。

长篇小说的语调

愈来愈多的作家在忙于写长篇小说,很好。这说明,一些作家的心态在走向沉积,一些作家在从呐喊心态走向叙述与回忆。

但是长篇小说也不容易写好。近年来还是真有好长篇。例如《九月寓言》。

这是一首长诗,现在已经很少有人以这样饱满的诗情、以这样的投入、以这样的纯真来呕心沥血地写一本书了。前几个月获悉张炜此书获上海文学大奖的时候,我特地从北京打电话给他祝贺。

如要提点什么意见的话，我只是觉得他字字千钧，太用力了。章章都是诗，都是歌之爱之感之念之的一个调子，没有起伏，太少变化了。还有，缺少纵的发展，这样就减少了悬念。仅仅靠悬念是没有意思的，一点悬念没有也并不一定自然。

　　我对王安忆的小说也有类似的想法。她的才华与突进是不劳饶舌的。但是她太自信于自己的叙述了。得得得得，老是一个腔调，像是在听一个调门不变的长篇大论，对读者的阅读耐心，实在是一个考验。

　　有平地与深谷才有山峰。有轻松才有庄严。有世俗才有崇高。文武之道，一张一弛，小说之调亦然。

　　人之患在好为人师。我请求他们的原谅。不是说我自己就写得好，不，我盼望他们也给拙作提出批评。以文会友，文以清心，真正谈诗论文，其乐何如！

　　好久没有参加过这样友好地又是互不苟同地谈论文学的聚会了。在新的一年到来的时候，我想念这些同行和朋友们。我期待着下一次聚会和交流。

发表于《上海文学》1995年第1期

随感与遐思

常常是这样,一个严肃的,有影响的思想者周围,会有一些个摇旗呐喊者或者吹毛求疵者,前者的危害甚至会比后者还大。后者把某个人置放于放大镜与聚光灯下,使某人成为注意力的焦点并经受一次次检验从而终会为世人所理解。而前者却把一个个有一定价值的思想变成哗众取宠的噱头,变成吹吹打打的广告,变成一拥而上的时髦,变成说不得半个不字的大哥大,最后使人变得昏昏胀胀,使有意义的思想变成乱乱哄哄的吵闹——大树特树的目的其实是树自己,还是毛主席有经验。

善意是永远不会过时的,就像恶意是任何人一眼都可以看得出来的。让我们比较一下与人为善的文风与与人为恶的文体,横扫一切的大言与探求真理的切磋琢磨,理性的分析与意气用事的人身攻击吧;究竟是哪一种更接近人文精神或者理想主义呢?

我认为,人文精神与其说是一种理论思潮,不如说是一种道德情操,这种道德情操定能够体现到一个人的一言一行之中而不只是一面高高飘扬的旗帜,更不是一根不准讨论的大棒。因此,以凶恶的文风宣扬人文精神,实在是对人文精神的亵渎。正像以气虎虎的姿态、狭隘小气的肚量和酸溜溜的语言来鼓吹崇高精神或是理想主义一样,反差之大令人叹息。

谈文学的文章总应该有一点文采,有一点审美的愉悦,总不能成为伴随谁谁揪出来的大字报,更不必因气恼而语无伦次。

道德理想主义与历史主义是两个不同的范畴,各自从不同的视角与侧重出发,也许会得出不同的结论。前者强调的是不论具体条件如何,人应该有一些绝对的律令和信念,人应该坚持自己认定应该坚持的东西;后者强调的则是现实的可能性与针对性,是社会进步才能创造认同并实现绝对律令的实际可能,是具体的条件。前者强调的是绝对的精神价值;后者强调的是相对的社会政治价值。前者可能流于信仰主义;后者可能流于实用主义。但是,这两者其实是不难互相了解或是互相补充的。真正的思想者从来都未必难于彼此理解,彼此不理解也并不令人伤心,因为棋逢对手、将遇良才,这是人间的幸事。真正的学理性思辨性的争论对思想者大有启迪,是思想者求之不得的事。至于思想者对心浮气躁的非思想者,不说什么也罢!

老子是深刻的,太深刻了就令人觉得冰冷,而且高明得迹近狐狸。于是老子很容易被认为是阴谋家。其实真正的阴谋家是只有术而没有道的。

孔子是太正确了。正确得好像脱离了肉体凡胎。所以孔子很容易被认为是巧伪人直到被认为是人性的刽子手。真正的思想家道德家都是寂寞的,即使被封成了万世师表也罢。

庄子非鱼而知鱼之乐。惠子不理解庄子之知鱼。这时远远出来一位什么子,说是庄子知鱼就证明庄子是鱼,是鱼就是虾,也就是臭鱼烂虾,也就是排斥大象与雄狮。打倒城头变幻鱼虾旗!庄子于是莞尔一笑。

作家的学术小品与评论也许会带有抒情散文的特点。他承载着主体对某个对象的反应,而这种反应当然有一定的时间地点条件,更是斑斑血泪史的产物,它有所舍弃,有所强调,有自己的鲜明的目的与倾向。与之相较,学者常常喜欢在真空条件或标准条件下研究对象,做出定量与定性的结论,做出语义学大辞典式的解释。前者也许不够严谨,后者又或有书呆子气。还是互相沟通的好。

听牛头不对马嘴的辩论还不如去听鸟鸣。但是,如果你想一想他为什么会牛头不对马嘴地叫了起来呢?也许你就会增加对人生与人性的理解,不但理解旁人的弱点,也审视自己的毛病。牛头不对马嘴的吹捧亦然。

在国际宽容年大反宽容,这正说明了人们多年来对宽容的呼吁并没有付诸东流。反宽容者很好地享受了、利用了初见成效的宽容气氛,而在宽容的气氛下首先会有种种浅思维、躁议论冒出来,这也是题中之义,是民主与多元的必要的代价。我早就说过,百家争鸣的结果常常是三十家胡说八道,五十家跟着起哄,十几家简单片面,然后有几家真知灼见——这就很不错了(也是小说家言,幸勿钻牛角尖)。出金率只可能是这样低,否则,连这几家真知灼见也得不到。毕竟,人们是在宽容与多元的氛围下更容易讨论问题与辨别价值,难道会是相反的么?

宽容比峻厉的嫉恨更易于受到攻击,提倡宽容的人往往自己日子过得并不平安。第一,宽容的提出就把自己放到一个高于众人的地位,它的自信与道德优越感易于引起缺少自信与优势的心高命薄者的反感(这一点笔者早在一九八八年的小说《十字架上》就写过)。第二,战争只需要一方发动,而媾和却需要双方的善意,这就是说宽容比峻厉易于受到破坏。第三,峻厉似乎比宽容更富有积极性进攻性,而宽容似乎处于守势;峻厉可以无所不为,而宽容只能有所不为。何况近百年来的战斗气氛,人们好勇斗狠、刺刀见红的劲头已经远远超过和平善良。第四,峻厉的侵略性比宽容的平静更有表演效果,峻厉好比是放大一百万倍的扬声器里的摇滚乐,敢字当头,冲锋陷阵;而宽容貌似胆怯,内心恐惧,像是绅士自己(常常被讥为唱小旦的)絮絮叨叨。大概还有第五,第六,第七……

然而提倡峻厉的嫉恨实在不会有好效果,我们这样提倡已经几十年上百年了,我们当可随时温习历史掌故。很自然,你对人家峻厉,人家也对你峻厉,提倡不宽容的人想着的是自己对对手绝不饶恕,然而他还没有就任审判官。不宽容从来都是互动的,你认定自己百分之百正确,人家也认定自己百分之百正确,于是你杀我砍谁也不宽容谁。这样下去,你把人家砍杀一光的可能性近于零,而你陷入无聊的恶斗的可能性近乎百分之百。恶性循环,万劫不复,令人何其痛心!当然世上有不能宽容对之的人和事,然而我们毕竟对人类充满了善意,不能因为有这种人和事就无例外地反对起宽容来。

峻厉的最极端的例子就是奥姆真理教。三联书店版《生活》画报已经发出了从化学制作方面警惕在我国出现沙林毒气的警报。那么从精神方面呢?一个出现过白莲教、义和团、红卫兵(以上三者各不相同,特别是对于前两者,笔者无意全盘否定,特此声明,免得再陷入横生枝节的论争)的国家,难道不应该有所警惕么?奥姆真理教才不认为自己是恶人呢。参加他们的邪教的平均年龄二十八岁,其中有许多理工科的尖子、硕士博士、知识界精英,他们并没有掌权,他们的倾向于火暴和峻烈的信仰,难道是偶然的与不值得认真对待的么?

乖戾之气认定秩序与规则只对于既得利益者有利。它们宁愿搞他个人仰马翻乃至玉石俱焚。杀呀,放火呀,烧呀……这就是他们的英雄梦。其实只有有了规则与秩序,才能提供给多数人以真正创造与建设更美好的生活的道路与阶梯。理想如果不承认生活,理想如果仇视生活,那么事情就可能变得相当麻烦乃至危险。而动不动大闹乃至施放毒气以消灭世俗的后果,留下的常常是一片荒芜。荒芜中挺立着几个伟人,这样的伟人难道就不该忏悔与惭愧么?

小说家不写小说而写起杂文来,也许是有点遗憾吧?对于小说家来说最大的讽刺莫过于他的千辛万苦写就的小说没有多少人认真读而他的一挥而就的报屁股文章却可以闹个天翻地覆。急功近利的读者太多了,急功近利的作者甚至也会一时欣赏陶醉起这种本来该当一恸的奇遇。悲哀中避免沉沦下去的最佳选择是埋头写小说,即使偶尔陷入无聊争论的泥潭也罢(我说的是现在的中国,不是说鲁迅,特此声明,免生枝节)。

也有人认为小说太绕得慌,不像杂文那么痛快地表达自己的思想观点。如果只看得见眼前的战斗,那倒也是。可惜文学的最大优势不在于特别能战斗,特别能战斗的还是传单、檄文乃至策论和告密信。但是小说追求文学,文学钟情小说,恰恰经过一定的凝结与建构,经过主体性的对象化与形象化,经过情绪欲望与世界与历史的一次又一次交通、重合、与失之交臂,就是说经过一个文学世界的苦心经营,经过一个文学家的千辛万苦的"创世",才有了小说。这个过程既是艺术的过程也是思想的过程,唯独不是急于战斗出气的过程。而这个时候的小说,不仅成就了艺术,也同样锤炼了思想,多撇去了一些浮沫,也多沉淀了一些真知灼见。

所以,我多次说过,正直的艺术是有免疫力的。缺乏免疫力的作家难以坚持久远。

我不知道你的幽默是不是太多了。在许多人一脑门子官司的条件下,一厢情愿的幽默是不是一种愚蠢呢?

说某某人是凡尔赛的部长可能是杂技家倒立看世界的结果,因为某某人的命运与那个什么长正好相反,改一改字序,封他一个塞尔凡的部长如何。

一个严肃的话题,一个由于记者问到才被动回答的对作家体制的看法,一个既有学理性也有社会实践性的话题,怎么会在一秒钟之内变成了对说话者的工资待遇的人身攻击了呢?是由刚性的理论还是由柔性的庸俗把问题引向这种无聊的中心点呢?引到了这里这个问题就不存在了吗?既然存在,为什么不能正视不能研讨呢?是由于实利的敏感还是由于某种潜意识里的人性弱点,才会有这样的条件反射呢?竟然不相信世上还有公心两个字?竟然不准讨论与私利有关的一个明显的属于体制改革的郑重的问题。

值得珍重的是率真、光明、我行我素的文人本色,不是选票。所以你宁愿与某些旁人可能认为不值得视为对象的人说话,混战一番也自有乐趣,俗话说不打不相识嘛。一个猛子扎到海里,与各路浪里白条、哪吒三太子戏水过招弄潮,然后爬上沙滩晒晒太阳——这才叫"世人不识余之乐,犹谓偷闲学少年"呢。这才叫青春万岁呢。而海仍然是海,并不因为它容忍了泥沙或是被倾倒了污水就变成了龙须沟。被反对毫不可惜,自由的讨论无伤大雅,上帝允许青年人火气十足,而水平会在讨论中慢慢提高。明白自己的实在处境,丢掉自慰与自我感觉良好的幻想,很好,你本来就有许多疏漏与自以为是的缺点,例如轻信与过分自信。

提高的首要是看一看人家的文章,弄懂了文章的意思再批评不迟。由于各种原因,有些文章写得不像幼儿读物那样简明浅显,但是总还是有人懂的,懂了也就行了,让我们保护文章写作的这种含蓄的风格吧,即使只从唯美的角度出发也罢。

去年你连连有长篇小说出手。于是为了休息,你才写了那么些议论文字。你接受了急于发言、到处发言的诱惑,你也听到了不少的喝彩。你活得太热闹啦!活该!

现在新的长篇小说破土动工了,你回到自己的园地去了。你这个人多么幸福!愿缪斯永远与你同在!愿和平与亲切的心绪永远与你同在!拜拜了,好斗的朋友们,请细水长流地搞文学,急什么?你们的状态,或如四十年前的笔者,唯独少了一些善意,多了一些浮躁。一个布尔什维克,经验要丰富,心要单纯,这是笔者四十年前的句子。这里不无幼稚,因为一味要求单纯和一味要求清洁一样,它不符合事物的从低向高的发展规律,不符合民主与多元的前景。作为审美心情与偏爱,保持清洁单纯也许是可爱的,有时候是可贵的。但是作为主张提出来,它不值得重视。至于写作与创作个性,那是另一回事。写作有时候就是靠天真、靠幻想、靠白日梦,乃至靠神经质与迷狂吃饭的,他们是伟大的不可企及的大家。只是不要背诵他们的语录,也不要把他们的言论视如不可违反的——例如交通规则。虽然世上也有现实感极强的作家,世事洞明、人情练达的大作家。不同类型的作家各有各的价值,谁也否不了谁。不要在类型不同的作家当中挑动是非吧,我的朋友。至于重建理想,则是笔者七年前最早提出来的。就带着单纯的心与丰富的经验、带着一种既执着又潇洒既幽默又无可无不可的心情投入新的作品去吧。调侃会有的,重建也会有的,面包与奶酪与旗帜与荆棘与永远的梦都会有的。愿上帝赐给你更加耐心的读者,谢谢读者!

发表于《作家报》1995年7月15日

献 疑 四 记

一

我上小学的时候,那是在日本占领下的北京,就在课堂上学了汉代许慎《说文解字》关于"六书"的论述。从此便牢牢记住了"日""月"是象形,"江""河"是形声,人言为"信"、止戈为"武"是会意,"上""下"是指事,"考""老"是转注,"今""令"是假代。我觉得转注与假代不太好懂,其他四种都清楚明白,六十年前学过,至今不忘。

这样,当我看到一位很好的中年作家在一份全国驰名的学人刊物上大谈中文是象形文字的时候不免大吃一惊。接下来又看到这位同行跑到外国去大谈中文是象形文字,我觉得有些难受。

我查了大美百科全书,此书对象形文字的解释是说指古埃及文。古埃及文那才叫真象形呢,一九八九年春我访问埃及时看到过,像小画似的。而我们的汉字,象形只是六种造字条例之一。

当人们研究输入汉字的电脑软件的时候倒是有一种说法,就是说汉字是拼形文字而其他许多文字是拼音文字。拼形云云,已经高度符号化逻辑化主体化了,不完全是描摹客体的象形。

汉字是人类的文化瑰宝,是中华文明的根基,愈是活着读着写着思考着和讨论着,就愈觉得中国人离不开汉字。从汉字的特点入手研究中国文学和文化的特殊性是有见地的,但是要真的去了解它,就不能信口一说。

二

"文革"后期最时髦的一个关键词就是"决裂",这个词从马克思、恩格斯合著的《共产党宣言》上找到了根据,因为该《宣言》提出了"共产主义革命就是同传统的所有制关系实行最彻底的决裂;毫不奇怪,它在自己的发展进程中要同传统的观念实行最彻底的决裂"(见《共产党宣言》"无产者和共产党人"一章),简称"两个决裂"。一时间,决裂云云,响彻云霄。这是因为当时旷日持久的"文化大革命"已经是一塌糊涂,百业凋敝,天怒人怨,"四人帮"面对着以邓小平为代表的党内健康力量的所谓"右倾翻案风"的极大压力,所以他们祭起了"决裂"一词,拉上《宣言》的虎皮,强词夺理地为明明是糟得很的"文革"辩护。那时我的感觉是既然"中央文革"与一切一切的传统决裂了,煤球说是白的,你也没辙了。

一九七六年拍了一部电影就叫《决裂》,写教育战线反"走资派"斗争与"路线斗争",电影里讽刺"资产阶级知识分子"教授在一所农业大学里上课讲"马尾巴的功能",有一个情节是"正面人物"抓住一位工农青年的手,银幕上映出手上的茧子,正面人物大声疾呼:"这就是(上大学的)资格!"由于当时再没有什么别的电影可看,"马尾巴的功能""这就是资格"家喻户晓。

想不到十余年过去,我们中国的文坛上又时兴开了断裂一词。一些愤怒的青年把建国以来乃至百年以来的文学彻底否定,自我作古,声称从今要与过往的一切断裂,中国当代文学从这哥儿几个开始。

我不知道断裂与决裂之间有什么不同没有,还不知道没有昨天哪儿来的今天,又不知道如果有了焕然一新的作品又何必咋咋呼呼;也不知道如果近代的现代的当代的文学存在一无可取全部臭大粪,那么愤怒的青年们是从哪里获得了真正的文学的参照系的呢?从外国文学？又没看出这些愤怒者多么精通外语。而如果是靠翻译，那就谈不上彻底断裂了：一个时代的文学翻译，也是一个时代的文学存在的一个有机组成部分。

还有，一九七六年的"决裂"与一九九八年的"断裂"之间，有什么不断不裂的关系没有？一种爆破式的思想方法，极端的、咄咄逼人的、危言耸听与非黑即白的表述方法，一种情绪性的、夸张的乃至于非理性的"秀"，为什么这样断不了裂不掉呢？

至于探讨历史的经验教训，渴望自己这一辈比过往的几代作家做出更新更好的成绩，那永远是合理的，但也离不开科学性和实事求是精神。

三

最近几年，可能与总结历史经验有关（这个总结是完全必要的），有一部分文学作品蒙受了一个新恶名：意识形态。似乎是一部作品的有无价值全看是否受到了某种意识形态的影响，受了影响，就完蛋了，没受，或者是干脆对着干（这也是一个"文革"中大为行时的词儿）的，就了不起了。

这可真是三十年风水轮流转。回想那种以教条主义的"政治"标准衡量文学作品和抹杀一大批没有起到宣传意识形态作用的作品的日子，不过就是昨日。才几天呀，一切反过来啦，一部作品如果写了抗日，写了革命，写了新中国诞生，写了国家人民的大事就会吃不开了，而只有以遗老遗少的腐旧心怀写花草，写风月，写饮食男女，写和尚道士，写土匪妓女才算文学了。

文学当然与意识形态有扯不清的关系，许多时候，文学确是一种意识形态的特殊体现。但文学毕竟又有自己的特殊质地，它受意识形态影响，但又绝对不仅仅是意识形态的载体和喇叭筒，它对社会对人心有自己的认知方式、自己的独特发现，在某种意义上，我们可以说它确有超意识形态的一面。所谓人性,所谓诗,所谓形式美,所谓生活气息,所谓生活的丰富性与生动性,都有它自身的原创的价值。从任何一种意识形态的观点来看,《红楼梦》都未必是令人满意的,尽管意识形态的热衷者可以对此书曲意解释发挥,将之纳入自己的意识形态体系。而从小说艺术的观点、从人生悖论的观点、从生命体验的观点、从文学阅读的观点来看,《红楼梦》确是不朽的与无与伦比的。这样,从另一方面说,《红楼梦》又几乎可以为许多不同的相悖的意识形态所用所爱。这就叫做"理论是灰色的而生活之树常绿",这就叫做杰出的创作有时候可能突破世界观的局限,这就叫做文本与文本后面的世界本体永远大于方法和命题。这也就是说,问题不在于你的作品是否受到了某种意识形态的影响,而在于你是不是真正的优秀的艺术家。真正的艺术家所接受的意识形态本身就与他对生活对艺术的追求、理解紧紧交织在一起。他必然是从生活中,从活生生的艺术感受中,从血管和神经、从良知和追求真理的焦灼中接受意识形态的影响,从而与这种意识形态结下不解之缘的,他的艺术与人文的光辉不会因意识形态磨灭掉,而是因意识形态而更加凸现。同时,这样的创作实践常常能对一时一地的意识形态成果有所突破,有所超越,也可以说是有所发展和丰富。顺便提一下,去年诺贝尔文学奖得主君特·格拉斯就是一个极热烈极投入的社会党人。

　　意识形态也罢,艺术也罢,它们的生命力只能是也一定是来自生活,来自生命,它们解答的是生活本身提出的问题。它们各有各的特点,它们常常交织交融交响交通,当然也包括着碰撞和矛盾。它们也会面对各色各样的挑战乃至危险,其中最值得警惕的就是与生活实践的脱节即自我封闭。如果某种意识形态要求绝对排斥创造性的艺术思维,那固然是艺术的厄运,但更是意识形态本身的劫难,这样的意识形态要求着自身的调整和匡正。这方面的经验教训是值得记取和研究的。

　　什么人对特定的意识形态如此敏感,乃至如此势不两立呢?不是艺术家,不是意识形态的疏离者超越者,不是处于意识形态真空状态的"纯粹的艺术家",而只能是与特定的取向相反的意识形态的热衷者。他们几乎是"专业"地去反意识形态,这本身就太意识形态化了。这样的论者往往是用相反的意识形态狂热、相反的意识形态专横来取代他们心目中的另一种意识形态专横了。

强烈的排他性,是褊狭意识形态的一大特色,人们对此是有经验的。因为你的写作,体现自己的意识形态太不够,就把文坛骂个狗血喷头,这是一种意识形态偏执;因了近百年来五十年来作家作品受了意识形态的影响,就干脆把一段文学史彻底否定掉,这是另一种意识形态的偏执、另一种起一大哄罢了。

而与此同时,仍然是艺术心灵、艺术胸怀与艺术敏感的缺失,是文学的少文与少学,是气势汹汹的"文化大革命"。唉!

四

近来一些年轻学人很喜欢援引"西方马克思主义"的法兰克福学派,后现代的一些概念似乎也常常为人们所喜用。什么批判现代性啦,什么反对西方的话语霸权啦,什么批判中产阶级啦,什么批判科学主义、技术主义、工具理性啦,什么站到受苦受难的大众一边啦,什么知识分子的社会使命与立场啦,都讲得很动情也很雄辩。这说明,我们毕竟是一个社会主义国家,我国的社会主义思潮、左翼思潮毕竟是源远流长。这当然不是偶然的,近百年来和几千年来积淀下来的种种社会矛盾、民族矛盾、文化冲突,使一切冲淡平和文质彬彬的药方诸如人道主义啦自由主义啦博爱啦上帝啦民主啦实业救国啦教育救国啦渐进改良啦,都成了隔靴搔痒,成了不疼不痒,最后都成了伪善,成了统治阶级的帮凶。只有阶级斗争、暴力革命、无产阶级专政、反帝反封建反官僚资本主义,才能抓住中国的要害,才能见红管用。

我奇怪的是，人们乐于引的用的种种"西马"说法（当然不包括"西马"反对国际共产主义运动的那些东西，也不怎么涉及"西马"所强调的人本人文主义弗洛伊德主义与存在主义），毛泽东不是都讲过吗？批判资本主义，反对崇洋媚外和对西方或苏联亦步亦趋，主张中国人走自己的路，指出帝国主义和一切反动派都是纸老虎，指出任何时候都要站在占人口总数的百分之九十五的人民大众一边，谁讲的能与毛泽东相匹敌？强调拿起批判的武器直至进行武器的批判，批判精神贵族和"走资本主义道路的当权派"，批判"唯生产力论"，强调"造反有理"和"在无产阶级专政条件下继续革命"，讲知识分子要又红又专，特别是他的名言"卑贱者最聪明，高贵者最愚蠢"。这些谁又能忘记？他老人家讲的，比霍克海默比马库塞比福柯比詹明信诸人彻底得多、透辟得多、丰富生动得多，我们为什么要舍近求远把我们的议论打扮得那样洋气呢？为什么我们那样热心于从西方一个除了哲学课堂上再乏人问津的学术小圈子里，寻找自己的思想资源和理论旗帜呢？

毛泽东的生平和思想业绩是巨大的财富，包括他晚年的某些失误，都是值得深思、挖掘和记取的，都是值得认真研究和总结借鉴的。到现在为止，我们这方面做得还十分不够，到现在为止，我们的一些时髦议论还远远没有离开他老人家的思想领域、思想范畴、思想命题与思想方法呢。

发表于《文艺报》2000 年 4 月 15 日

献 疑 札 记

一

沈从文是被海内外一些论者树为"伟大的孤独"的一位著名作家,就是说,他被认为是一直对主流事业采取疏离态度的矜持者。

这样,从一九九九年第二期《纵横》上读到傅光明《沈从文和萧乾:从师生到陌路》一文中对沈先生的某些描述,就觉得很令人惊异。例如:

> 沈从文……虽然做着文物讲解员,可也一直巴望有机会出头露面。他希望能得到表明自己政治上进步的机会……萧乾清楚记得一九五七年"反右"时……沈从文揭露萧乾早在三十年代就同美帝国主义勾结上了……

> 沈在一九七〇年九月二十三日致萧乾信中谈到他正在摸索新诗道路,他提到中国人民在伟大领袖毛主席领导下,万千民众不断努力,人间奇迹得以一一出现,自己便在兴奋中"写了首《红卫星上天》的长诗,如有机会在另一时公开。可惜照目前形势说来,我大致不会看到这首诗发表了。这也没有什么关系,因为时代多伟大,个人实在小得可笑"。

那是一九七二年,萧乾想通过在北京市委工作的一位青年朋友给沈从文一家解决住房上的困难。不想沈从文得知此事后,极为不高兴,当即给萧乾写了封措词严厉的信,指责他多管闲事。两人偶然相遇,沈从文劈头就是一句:你知不知道我正在申请入党?

那已经是八十年代了,杨振声之子杨起先生为出版《杨振声文集》,便去找沈从文写序,不想沈从文那篇序写出来是写得近乎批判证明材料。

到了该刊物同年的第十一期,发表了对上文质疑的苏仲湘文:《也谈沈从文与萧乾之失和》。同时,此刊也发表了傅光明"致本刊编辑部的信"。仍坚持他的文中所提诸事是可靠的。

笔者按:沈翁萧公我所敬佩者也,上一代的是是非非非我辈敢于置喙者。问题是把绝对的疏离即不合作态度变成价值标准,恐怕是后人的起哄即 kitsch(这个词下面还要再谈)也。如以此为文学评判标准,留在内地的作家大概谁也当不成排头。笔者从不止一篇文章中读到过沈翁在解放初期曾深为各种新气象所感动,以至他老想参加解放军做宣传文艺工作,这完全可以理解,也许不如此反而有损沈老的形象——一个有良知的知识分子,能够对国家民族的天翻地覆若无其事么?等到时过境迁以后,以新的海内外 kitsch 为标准、制造新的典型新的神话,是否有这等事情呢?不可不察。

二

在《生命中不能承受之轻》介绍到我国后,媚俗一词立即流行了起来。近读海外一刊物上学者景凯旋的文章,乃知它的原文是德语词 kitsch。景文介绍了昆德拉自己对此词的解释,昆自称他是用此词指一种矫揉造作的虚假的崇高状,指以一种虚假的浪漫主义与诗意的本质化来掩盖真实的生活而不能面对生活的全部真相。故此,昆德拉才引用希伯来谚语:"人一思想,上帝就发笑。"同时昆德拉恶作剧地调侃地大谈屁眼与大便的问题,他问,那些伟大的神灵,大便不大便,长不长屁眼儿呢?景文还说在国内的文化讨论中 kitsch 恰恰被做了意义完全相反的解释。

我读之大惊失色,乃查字典,可惜我并没有什么特别好的英汉字典。在韦氏英文词典一九六七年麻省版中,它被简单地解释为"质地(品位)低劣的文学艺术作品"。这倒庶几可以说是有一点"媚俗"的意思,但也呀呀呜。在牛津大学出版的一九八四年版《牛津现代高级英汉双解词典》中,此词被解释为"(艺术、设计等)矫饰的;肤浅的;炫耀的",英语解释是"pretension, superficial, showy"。其中第一个英语词的汉语解释是"自负的,自命不凡的,骄傲的,自夸的作者(书、演说等)"。这些东西至少与我理解的"媚俗"不怎么搭界,倒更像是一些大喊大叫装腔作势的令上帝发笑的"思想者"的行为,当然,也更接近于景氏讲的昆德拉自己所作的解释。在新西兰奥克兰一九七四年出版的英文词典中,此词被解释为"炫耀的自负的与趣味恶劣的"。这个解释既可以包括"媚俗"也可以包括笔者发明并戏称之为"媚雅"的。而在上海译文出版社《英汉大词典》中,此词被解释为"矫揉造作、庸俗的文学艺术作品"。也是话可以两头说,最后还是一头雾水。但是如果想一想昆德拉的原作,想想他的那些正文和议论和恶毒调侃,就知道我们说不定还真是弄了一回"猴吃麻花——满拧"。

有一句戏言,说是近百年的中国,一切麻烦皆来自翻译的不准确,诸如民主/专政/主义/倾向/部长/总统/主席等等都翻得不对,我听了目瞪口呆。不过我知道,中国读书人,包括笔者本人在内,都是从原文读书的人少,望文生义地对译文进行发挥为自己所用的人多——我们中国的表意文字确实信息量大,人们一看那两三个汉字就能见解上一大堆,哪怕那明明是第一次碰到的舶来学术术语,绝少有人去查对原文。同时当今世界国人特别是那些新出炉的博士(fresh Ph. D)们又都喜用洋专家洋名词的中文翻译特别是港台版的翻译作依据,以壮声威,能不……能不吃麻花乎?

三

无独有偶,《书屋》二〇〇〇年第二期上有郜元宝的一篇《居韩零墨》。内中提到颇为时髦的"有机知识分子"一词:

> 夜翻赛义德的《知识分子的抗辩》,首章论葛兰西"有机知识分子"理论甚详……"有机"(organic),似应取"组织的建制的,功能的"一层含义……葛兰西主要指"工业技术人员,政治经济领域专家,新文化与新法律之组建者"等等。赛氏自己补充的实例包括现代公共关系专家乃至广告设计者和产品推销员。"有机知识分子"对立面,赛氏沿用朱利恩本达的理论,认为主要是以传统教师牧师为代表、追求形而上的超越价值、始终保持对社会现实的批判态度、有些迂阔怪异的那些知识分子。
>
> ……国内一段时间……许多的理解……与葛氏恰相背驰。倘不修改葛氏原意,则将鲁迅归入"有机知识分子"……反而要将"先生"推到他们不齿的"伪知识分子"之列……

读了这一段更是大惊失色再失色,反省我对于"有机"云云的认识,也是望文生义,既然有机,就是说不限于专业而是行行灵通,关注一切,介入一切,又"红"(或白或黑)又专的导师型火炬型救世型至少是社会批判型福柯型的精英。同时我也认定,有机当然比无机好,有机就是有生命有活力有灵性嘛,无机就是五金矿物之属嘛,有机与无机知识分子我虽不甚了了,无机肥料与有机肥料之别还有略有所知,厩肥有机而化肥一般无机,我是主张舍化肥而多用动物大小便与绿肥的。却原来我蠢得可以了。却原来言之凿凿论之滔滔的人基本名词未必就用得对。

没有别的办法,还是查字典吧。牛津"双解词典"对于 organic 的解释是"器官的、有机的、组织的"。而《现代汉语词典》中对于

"有机"的解释分两意,其一是指除一氧化碳、二氧化碳、碳酸盐外的含碳物质;其二是指互相联系不可分,例句是"有机的整体"。我又查了《大美百科全书》,其中 organic 条只有"有机化学"一词。显然,英语的 organic 一词来自 organ,而 organ 的含义据《英汉大词典》解释是风琴、器官、机构、机关、机关报、阴茎和嗓音;而 organic 一词的解释是器官的、生物体的、某种化合物的、整体的不可分的、组织的、简单的、最低标准的、接近自然的,医学意义上的组织结构的器质的等。我感觉此种解释似与西方的科学主义实证主义传统有关。而译成"有机"以后,它的中文意义似乎发生了变化,因为《辞源》《辞海》对关键字"机"的解释是弩机的发动机关、织布机、器械、抬尸之床。〔以上这些似还未大离 organ 之谱,接着便是:一、事物的枢要如机要、枢机,二、灵巧,三、细微——通几,四、事物变化之所由(见《庄子》),五、先兆,六、素质,七、危殆,八、时会、形势。这可就与 organ 大相径庭了。〕中国人对"机""有机"的理解比西文能动灵活得多,它被接受后出现了一种与原文颇异其趣的使用方法乃至描绘色彩,这当然又与中国文化的特点有关。"机"对于中国人来说,既是机器机关机械,又是生机机智机缘机会契机机遇机变直至天机玄机。以中国之机来理解西文之 organ,能不吃麻花吗?

就是说,有机云云,一种理解是科学的分析的物质的西医式的,另一种理解则是中医式乃至孔老式的理解。问题在于理解成了生气贯注灵动飞扬修齐治平而又鲲鹏展翅式的第二义,再一想象发挥就与"器官的组织的建制的"等含义恰恰取向相反了。

惜哉我的英语不及格,上述想法难免贻笑大方,求教于通人吧。

(错译就错译,错引就错引吧,动不动就来个含义恰恰相反,令人哭不得恼不得。据说福柯在我国的命运也是如此,福柯在我国常常被作为精英意识强调者的偶像,而识者见告,这恰恰与福氏的基本主张背道而驰。呜呼哀哉!外文翻译出这种事情,是由于文化的不同——反正现在什么事只要用"文化"一解释也就没脾气了。那么顾准呢？顾准说自己是"从理想主义到经验主义"的,后来是不是也被一些朋友反其道而用之了呢?)

四

不止一位朋友谈论起哈维尔与昆德拉的优劣对比。我不懂对这两位捷克人士怎么个比法。昆德拉是一个至少主要是一个小说家。他对政治生活并不那样投入那样执着,也许他少了一些政治勇气与激情(这里并没有涉及该国的政治与意识形态是非问题,反正那是别国的事,我们只能尊重该国人民的选择),却多了一些清醒、超脱、疏离。他的选择有所失也有所得。哈氏虽说是剧作家,他的戏剧艺术却没有多少中国人知道,这对于一个艺术家来说绝非光荣,除非他承认自己首先不是艺术家。人们议论他是因为他从阶下囚到总统颇有些吃罢苦中苦,而今人上人的色彩,是大"成功者"。这当然也是一种选择,同样也是有得亦有失的。我们用不着赞叹人家的成事,正如用不着以中国的政治标准去衡量批判他反对了苏联东欧式的"社会(帝国或殖民?)主义";同样也不必以莎士比亚等为尺度去嘲笑哈维尔并非国际戏剧大师。对于一个剧作家来说,当了总统却没留下好剧本也许是一种悲哀;对于政治家来说,成了大事至少是他个人的能耐质素加运气。不是戏剧大师就不是戏剧大师,当了总统也找不来大师的地位、贡献与感觉。这也正像昆德拉,没当总统,也没得上诺贝尔奖;虽然没得诺氏奖但也在世界上特别是在中国大大地红火了一阵子,以至于 kitsch 变成了媚俗,也成了有机的热门词。一位比我年轻得多的女作家告诉我:"其实昆德拉的小说最取巧啦。"我觉得她讲得着实有理。至于为什么哈与昆二人的选择不同,我就不知道了,主客观条件不可能相同,还有一句古话,被杨子荣在样板戏里用过的:"人各有志,不可强勉。"用一种人做尺度来量一切人,不能认为是一种很开放的价值观念。

五

　　中央电视台近来常常用这么几句话来做过门或者片头:"传承文明,沟通未来……为您服务。"无可置疑,这反映了电视台扩大自己的服务面的良好意图,反映了改革开放的新风尚;因此这几句话不是"革命不是请客吃饭,不是做文章",也不是"团结起来,共同对敌",或"首先,让我们敬祝……"

　　传承云云,对于我们完全是一个新词,此词似出自台湾。据台湾的朋友说,这种说法与英语的 transmit 或 transmission 有关,八十年代的《辞海》和《辞源》及多种汉语词典里都找不到这个词。那两个英语词的解释是"传播、传送、转播"之意(一为动词,一为名词),倒是与中文的"传"字意思相通。而承,则是接受,可能还有继承的意思,这倒也无伤,台湾的中文也是中文,传承一词没有什么不好懂的。台湾还因此用了一些类似"传人"的词,在祖国大陆,唱起《龙的传人》来以前,我是从未听过什么"传人"不"传人"的。此乃一例,证明海峡两岸"互动"(这也是一个台湾词)很多很多。

　　"传人"此词亦有趣,现在人们用它是作为"继承人""接班人"来用的,故有"龙的传人"之说,《现代汉语词典》上解释为"能够继承某种学术而使它流传的人",符合此意。但你查《辞海》《辞源》,就会知道此词原意恰恰相反,它们的解释是"道德学问能够传之后世的人",例句是"五帝之后无传人"。

　　沟通未来云云,则比较令听者感到吃力,未来者将来尚未来也,怎么个沟通法? 沟通不沟通到时候该来的都要来的,倒是"面向未来"这一有邓小平题字为证的说法比较通顺。我为此请教了一些海内外语文专家,他们都说"沟通未来"四字不通。

　　顺便说一下,沟通云云,虽非新词,似也是近几年受海峡那边影响才大用特用起来的。

请中央电视台的同志原谅,我是贵台的忠实观众,而且深感你们的节目愈办愈好了。

六

近有大谈毛文体者。无疑,毛泽东在文体上也极有自己的特色,同时,他的文体在人们中特别是我辈中有极大的影响。毛的文章写得比较生动活泼,尖锐泼辣,高屋建瓴,十分自信,动辄做极致语而又时有调皮。例如他讲"凡是敌人反对的我们就要拥护,凡是敌人拥护的我们就要反对"。再如他的"教条主义不如猪屎"论,他对"党八股"的声讨,他的《敦促杜聿明投降书》等等都是耳熟能详的精彩文本。这样一位革命领袖开国一把手,又曾被崇拜了个不亦乐乎,当然他的文体影响了许多人。问题是这个文体本身到底有多大问题,这个文体是不是注定了要犯"左"的毛病呢?

我倾向于认为文体是一个中性的概念。除了毛文体以外,学沈(从文先生)的文体的人也不止一个,并不都是学得好的。学鲁迅的文体的人也不少,有鲁迅的尖刻的不少,有鲁迅的深刻的不多、很不多,而肤浅的尖刻是不足取的。学孙犁学马尔克斯学普鲁斯特学杜拉斯的文体的人也不少,成事的也有限。顺便说一句,王小波等那样地推崇杜拉斯,而王小波绝非"媚俗"辈,但我在法国听一些文化人讲,他们那里对杜的评价是不怎么高的——这里又出了"猴吃麻花"的故事了吗?

毛文体恐怕不是一个价值标准。至于把某某人说成是由于摆脱了毛文体的影响而了不起的,恐怕也是隔靴搔痒;何况如果这位朋友是参与过著名样板戏的创作的话,树之为反毛文体的典范,客观上不免成了那个啦。

发表于《万象》2000年第5期

文学与时代精神

——毛泽东《在延安文艺座谈会上的讲话》及其历史作用

中国文学有一个悠久的传统,就是泛政治化、泛道德化、泛社会化,就是把文学,甚至也兼及其他的一些艺术,把它们当做一个社会现象来看待。曹丕就提出一个说法,叫"文章者,经国之大业,不朽之盛事",文艺必须有益于世道人心。过去讲戏曲,叫做"不关风化体,纵好也枉然"。就是说,如果你这个戏不能影响社会的风习,不能影响人们的道德风尚,不能影响精神教化,你这个戏就失败了。还有就是"文以载道""诗言志"的说法。"志"指你的精神追求,你的精神取向。写诗要反映民间疾苦,古代这样的诗人当然多得很。不仅有白居易,还有柳宗元,甚至再早一些的《诗经》里也有不少民间疾苦的反映。诗人注重的不仅是民间疾苦本身,而是通过写诗来表达自己"先天下之忧而忧,后天下之乐而乐"的情怀,表达对老百姓的关心。强调文艺作品是这种主体精神的表现,所以立志比较高,眼界比较高。古人把写文章视为人生的重要目标之一,所谓:立德立功立言。人活这一辈子最高是立德,就是能树立一种非常高尚的道德的榜样;其次是立功;第三是立言。这些东西在中国文化里都被强调到很高的程度、很重的位置。

但是我们又必须看到另一面。毕竟,文艺的范围非常广,有高尚的东西也有不太高尚的东西。文艺有一种杂多性,光说多样性不足以说明这种情况,它是杂多,这个"杂"没有贬义,黑格尔的命题:世界是杂多的统一。它是杂多的又是统一的。所以说,中国文学既是道德、政治、社会,又是立志、立言。但是,文学艺术又在不断地给自己开"后门"。彼此相反的意见自古就有,比如说,认为文学是风花雪月,就是给自己开的一个"后门",文艺也是风花雪月,写春风怎么样,秋风怎么样,夏风怎么样,然后是花,文艺能离开花吗?还有雪,比较喜欢描写雪、天气,尤其是,中国文学特别喜欢写月。写月亮的诗文比写太阳的要多得多,所以上世纪三十年代,有一部分左翼青年作家,发表过"不写月亮"的宣言:"我们发誓,从此在我们文学作品中没有月亮。"写风花雪月,是雕虫小技。治国平天下才是大事,出将入相才是大事,对敌战斗才是大事。写点风月文章,或写首诗,那属于雕虫小技,壮夫不为。直到现在,我们的文艺,一些写杂文或者写批评文章的,也有类似的说法,说文学基本上是女性的世界,有些年轻作家也喜欢这样讲。表面上看,似乎是自贬的这些词,其实它包含着另一方面的意思,就是给我开点"后门",我写的这个东西,不可能跟皇帝的诏书一样,不可能跟治国纲领一样。当然,也有把文艺看得很严重的,比如说,文艺既不是风花雪月,也不是雕虫小技,而是海淫海盗!海淫,是因为文艺这东西,可以接触到人性,尤其是男女之情,男女之间的关系,这不用我解释。海盗是什么意思?因为文学中有一股子不平之气,你打开《水浒传》,用的是当时的民谣:"赤日炎炎似火烧,野田禾稻半枯焦。农夫心内如汤煮,公子王孙把扇摇。"这是要煽动造反啊!还有:"春种一粒粟,秋收万颗子。四海无闲田,农夫犹饿死。"这是唐朝人李绅写的诗,怨气也深了。所以说,文艺里头还包含了和我上述的第一点完全相反的内容,带有后门性,带有躲避性,甚至于带有反叛性。

"五四"以后的新文学运动有一个重要特点,就是左翼的文学思潮,在文学运动乃至于在话剧、电影和音乐活动中,逐渐占据优势,许多的作家、艺术家,他们选择了对旧中国的批判和否定。先说巴金,他开始不是共产主义者,他的第一篇小说是《灭亡》,第二篇小说是

《新生》，写的是煤矿工人的痛苦生活，他写的革命带有某种空想性。虽然他写的革命与共产党的革命没有太多的共同之处，但是，在抗日战争、解放战争当中，读了巴金的书就上解放区的大有人在。再说老舍，他初期对共产主义思潮有些不接受，特别是部分作品显示着他的对马克思主义对共产主义的保留色彩。老舍最有名的是《骆驼祥子》，你看了《骆驼祥子》就会得出一个结论：旧中国不革命就没有别的出路！不来一次天翻地覆的革命，这个社会就没有希望！再说冰心，冰心的父亲曾经是北洋水师及后来国民政府海军的高级军官。冰心的很多作品虽然赞美爱，但是她也有些作品写到社会黑暗的地方，对旧中国的批判同样激烈，比如她写的《去国》，写一个海归，当时的留学生，回来以后，在旧中国一点希望都没有，就又出去了。她还有一篇《到青龙桥去》，写军阀混战造成的人民苦难。

中国有一个不同于苏联的特点是，文学选择了革命，作家倾心于革命。这就出现了一个非常有趣的对比。俄国十月革命一发生，包括那些最同情革命的作家都吓坏了。几乎全部像点样的作家都跑了，高尔基也跑了。他是一个同情革命的作家，写过《母亲》，为这部小说，列宁和普列汉诺夫还发生了激烈的争论，列宁认为《母亲》是一本最合乎时宜的小说，而普列汉诺夫认为《母亲》在高尔基小说里不是最成功的。还有一个离开苏联的著名小说作家是阿·托尔斯泰，但是后来他又回来了，不但回来了，后来又最热情地歌颂斯大林，他有一部长篇小说被拍成电影，叫《彼得大帝》，暗喻今天的俄罗斯需要彼得大帝，能把国家振作起来，把俄罗斯变成一个强国。高尔基后来也回来了，他和列宁还有过一些争论。但是有些作家一辈子就选择了留居国外，像获得过诺贝尔文学奖的俄罗斯作家蒲宁，十月革命后跑到法国直至去世。中国就不一样了。一九四九年十月以后，很多文艺家千辛万苦回北京，有从美国回来的，有从日本回来的，有从欧洲回来的，有从香港回来的。舒乙说中国作家选择往解放后的北平走，还是跟着蒋介石政权往台湾走，大概的比例是，十分之九是选择留在新中国,十分之一跟着蒋介石走了,如去台湾的梁实秋。还有的去了香港,如写过《鬼恋》和《吉卜赛的诱惑》的作家徐訏。胡乔木当年有一个说法,他认为,中国的革命在文化上和思想上的准备比俄国的十月革命更成熟。这些说法是不是站得住,可以研究。

毛泽东在《新民主主义论》中指出,国民党对共产党实行两个围剿,一个是军事围剿,一个是文化围剿,他说军事围剿虽然导致我们丢掉了苏区的家,结果是,中国工农红军胜利地完成了长征,到陕西建立以延安为中心的根据地。长征的成功,就意味着国民党军事围剿的失败。至于文化围剿,还没等围剿成,那些国民党御用的文化人物自己就已经四分五裂、土崩瓦解了。

现在我就要讲一九四二年在延安召开的文艺座谈会。中国的作家、艺术家,选择了对旧中国的批判,那是严厉的、充满激情的批判。他们选择了革命,或是同情革命,至少是不反对革命,但同时我们还要看到另一种选择,这也是一个双向选择,革命是怎么选择文艺的?革命反过来要选择文学,它也要选择作家。在当时的中国,既有很多左翼的革命作家,也有胡适那样接受美国自由主义的学者;既有沈从文那种歌颂中国传统乡土文化的作家,也有张爱玲那种沉浸在自己的圈子里,眼看着这个社会慢慢地烂掉而不动声色的作家。我们知道,中国革命的特点和俄国十月革命不一样,它是以乡村为出发点,走的是以农村包围城市,武装夺取政权的道路。斯大林评价过中国革命的优点和特点,他认为是武装的革命反对武装的反革命,中国革命是以农民为主体的革命,这是实际情况,解放军穿的就是工农的衣服,毛泽东也是如此。中国共产党党员里面也是农民最多。斯大林对中国共产党一直抱着将信将疑的态度,他觉得不像共产党。在二战期间,美国的一个副国务卿跑到苏联向斯大林提出一个问题,你们对中国共产党人的看法如何?斯大林回答:苏共是黄油,中共是人造黄油。意思是,中国共产党不是正牌的。后来有人说,中国革命胜利以后,斯大林为此做了自我批评。

在二十世纪四十年代抗日战争的环境下，中国革命对文学提出了什么样的要求？它希望革命队伍中的作家，要真正投身于革命，决绝地投身于革命，毫不动摇，不怕牺牲，敢于斗争，既不要讲小资产阶级的温情，也不要讲旧中国社会那套仁义道德。革命要的是坚决遵守纪律，自觉地服从大局的这样的文艺。相反，你小资兮兮，感情唧唧，牢骚满腹，动不动还要摆出一副独立思考的样子。怎么可能呢？你独立，我这还没独立呢，怎么行？所以就出现了一些投奔革命的作家到了延安以后办壁报，壁报对解放区的各种冷言冷语，引起了延安的解放区很多老干部老部队领导的愤慨。所以要召开延安文艺座谈会，要明确革命对文学的要求，对文学的选择要讲出来。你很难再找到第二个像延安文艺座谈会讲话那样的文件，讲得如此清晰，对实现文学的真正的革命化起到了巨大的影响作用。

那时候，常常把作家、艺术家看成小资产阶级，解放前后，就在一九四八年底或一九四九年初，解放区出版过一本小说，这本小说写得让人实在不敢恭维，叫《动荡的十年》，它写一个知识分子到解放区参了军，受到了各方面的教育，一开始是说风纪扣系不好，绑腿打得也不对，写的都是这些零零碎碎的事情，后来参加了土改，再后来参加了战斗，改造得还算是比较有成绩。恰在此时，他看上一位新来的女学生。这个女生是从国统区跑来参加革命的，她打扮得很漂亮而且喜欢唱一首歌。这首歌唱的是：从前在我少年时，鬓发未白气力壮，朝思暮想去航海，越过重洋漂大海，海风使我忧，波浪使我愁……当一听到这首歌，那位被教育改造、战争磨砺了十年的知识分子，马上全完。白改造了！他又回到十年前那种懒散的自由主义、小资产阶级情调去了。

中国革命所处的环境，就是严酷的武装斗争和大量的农民作为主体。知识分子有些东西肯定是不受欢迎的，是需要适应新的生活的，也是需要被改造的。有一部非常有名的话剧叫《霓虹灯下的哨兵》。我记得这个话剧里有一个姓林的小姐，也是一个小资产阶级，她对解放军的到来非常欢迎。她还邀请几位战士到她家去做客,那时她正在家里听舒曼的《梦幻曲》,有一个战士问道:你听的是什么?她用很嗲的声音说——《梦幻曲》。当时你就觉得这"梦幻曲"三个字所代表的那种可笑、那种幼稚、那种格格不入、那种距离革命十万八千里、那种毫无用处,让你听着感觉非常可笑。而《梦幻曲》它本身是不是这么可笑?那是另外一个问题。其实,《梦幻曲》原来不叫这个名字,它原名叫《童年》。一九八四年我带领中国一个电影代表团到苏联访问,那时候苏联还没有解体。我们去参加塔什干电影节,第二天一早要到苏联卫国战争时期牺牲的无名烈士墓献花圈,各国代表团都去了,当时的乌兹别克加盟共和国交响乐队和合唱团在那儿奏乐。他们演奏的就是舒曼的《童年》。苏联在这一方面,包括斯大林,思想都非常开放,苏军攻克柏林之后,斯大林在莫斯科举行盛大的交响音乐会庆祝胜利,最高统帅斯大林要求——演奏贝多芬第九交响曲。你战胜的是德国,贝多芬可是德国音乐家啊。斯大林不管这个,因为没有贝多芬第九交响曲,你就出不来那个气势!而这次在无名烈士墓前,乐队演奏的,同样是德国舒曼的《童年》。

中国有中国的国情,毛泽东《在延安文艺座谈会上的讲话》中,提出了一个非常重要的命题,就是文艺应该服从于革命,应该为无产阶级的政治服务。文艺应该成为团结人民,教育人民,打击敌人,消灭敌人的有力武器。他提出,我们讨论一切问题,不能从抽象的定义而只能从实际出发。现在的实际就是抗日,就是人民的抗日,这个时候,用不着争论文艺的定义,因为你争论定义,就跑到人性论去了。他提出,作家要和新的时代、新的群众相结合。毛泽东很具体地提出一个问题,我们这里有很多作家是从上海亭子间来的,一个是上海亭子间,一个是解放区,你原来熟悉的那套东西在这里根本无用武之地,因此要和新的时代、新的群众结合。他提出,生活是文艺创造的惟一源泉,其他的都是流而不是源。毛泽东还提出,要以无产阶级的面貌来改造世界,实际上涉及到文艺工作者自我改造的问题。他认为，小资产阶级的知识分子灵魂里有很多不洁、肮脏的东西，而一个贫下中农虽然他脚上有牛屎，衣服上也可能有泥点子，但是人家的灵魂是干净的。他还提出文艺的政治标准与艺术标准。当然，对这些问题，人们会有不同的看法，但是，毛泽东所提出的这一系列问题和给出的一系列说法，在中国革命文艺运动当中确实充满了新意。

《在延安文艺座谈会上的讲话》发表之后，解放区掀起了秧歌运动，秧歌剧还有一批直接配合革命战争的作品。当时最有名的作品，都是讲封建地主阶级的罪恶，有三大歌剧《白毛女》《血泪仇》《赤叶河》。到解放战争当中，这些文艺作品的力量和作用就更大了。国民党士兵被俘了，国民党军队投诚或起义了，要接受共产党组织的集训，然后看三个歌剧。看完之后，底下哭声一片，这些国民党兵参军前大部分也都是贫下中农，集训完毕，他们立刻就成为了人民解放军的一员，第二天就上战场，就可以打敌人。《讲话》发表后，出现了一批直接服务于革命，直接动员人民进行革命，唤醒群众，产生了一批从文艺的革命化到人民的革命化的文艺作品。这是第一个成就。第二个成就，就是发掘出大量民间的文艺资源，刚才说了秧歌，秧歌剧，那都是来自于民间的，很多歌曲也是以民间的流传的艺术为底本创作出来的，如陕西的《十二把镰刀》，山西的《妇女自由歌》。郭兰英的歌吸收了晋剧的资源，确实都是实践《讲话》精神的结果。

东北解放区也有一大批。如带有东北风格的歌曲："猪啊羊啊你到哪里去，送给那亲人八路军。"所以说，《讲话》发表以来，第一个成就是实现了文艺的革命化并通过文艺革命化实现人民思想革命化；第二个成就是大量开掘民族民间的文艺资源；第三个成就是，我们的创作极大地鼓舞了民众的精神。有一个老歌唱家，一次聚会，喝了点儿酒，就拍着桌子说，中国革命是怎么胜利的？是我们给唱胜利的！你讲武器，解放军的武器哪比得上国民党的武器？国民党的弱点是——他没歌！这是文人的酒后之言，也许不足为据。一九九三年我被《联合报》邀请访问台湾。接待我的是《联合报》文艺副刊部的诗人痖弦。痖弦说:跟你讲是实话,我们在台湾最大的痛苦之一是没歌唱。他说他上中学的时候去春游,刚唱一个歌,别人说不能唱不能唱,因为是冼星海的歌。那就唱个和政治没关系的"门前一道清流",这个也不能唱,因为是贺绿汀的歌,贺绿汀曾任上海音乐学院院长,也加入了共产党。这个不能唱那个也不能唱,想来想去竟然没有一个歌能唱!我国自古有一个成语,叫"四面楚歌",战争是怎么失败的?四面楚歌——它预示了精神的溃败。

《讲话》发表以后,在文艺创作上也有了很大的发展。我主要提两个人,就是赵树理和孙犁。赵树理的《李家庄的变迁》和《小二黑结婚》,我看了以后非常感动:世界上还有这样写小说的作家!他用农民的语言、用文盲的语言,你一念完全和老百姓的话一样。另一个是孙犁,孙犁是非常坚守艺术标准的,他能把革命的内容和独特的文体相结合。当然,躬行毛泽东《在延安文艺座谈会上的讲话》的,还不仅仅是这两位作家,那还有很多人,比如陕西的柳青写的《创业史》,他也是非常努力的。赵树理开创了所谓"山药蛋派",而孙犁的"白洋淀派",也有一批作家活跃其中。

但是,改革开放以来,对《讲话》也有提出修正和调整的一些地方。其中比较重大而且被党中央所确认的有两处。一个就是把当时为工农兵服务的提法扩展为为人民服务,把当时为政治服务的提法扩展为为社会主义服务。这个调整是必然的,但并不是原来说的不对,而是根据今天的形势提出的新的认识。也有提出商榷的。胡乔木在一九八二年或者一九八三年,在全国召开的思想工作会议上(当时的总书记是胡耀邦),胡乔木作主旨报告。他提出,我们要坚持《讲话》的精神,但是有些具体提法可以讨论,例如把文艺作品按照政治标准与艺术标准划分是不是合适?毛泽东提出,政治上反动的作品艺术性越强就越反动,这个说法是不是站得住?胡乔木的讲话收在《党的十一届三中全会以来重要文献汇编》中,由中央文献研究室正式出版。作为在历史上对文学的革命化提出了明确要求的

《讲话》，的确发挥了重大作用。

可以说，《讲话》的发表，甚至直接影响了一九四九年之后的中国文艺生活的革命化建设。在中国共产党成为执政党以后，我们怎么样贯彻这个革命化呢？在这方面，可以说经过很多的探索，有成功的经验，也有失败的教训。拿文艺的问题来说，文艺战线上的反倾向斗争，反倾向，常常是在或"左"或右之间出现问题。我有一个解释，也许这和革命惯性有关，因为中国所进行的几十年的你死我活的革命和反革命的斗争，很难在革命成功之后就骤然停止下来。理论上讲，共产党已经掌握了权力，那是代表人民的政权，就应该走向以经济建设为中心了。但是革命形成的斗志昂扬、激情澎湃那股劲还一时停不下来。毛泽东总结出的"阶级斗争，一抓就灵"，就是这种革命精神的体现。本来正想着打盹儿呢，一说要"斗争"，这盹儿立刻就打不成了。

改革开放以来，党明确地提出从以阶级斗争为纲到以经济建设为中心，从计划经济转为社会主义市场经济，这是政治路线的调整。与之相关的是，我们的文艺也面临着很多新的状况、新的问题，也出现了很多新的提法。过去的时代，对文艺的要求是团结人民、教育人民，打击敌人、消灭敌人。而现在提出文艺要满足人民的精神文化的需要，这是我们文化工作的出发点和落脚点。当前的文艺发展就面临各种不同的说法，比如讲满足人们精神文化的需求，而精神文化的需求是有层次的，并不能一概而论。比如说，刺激也是一种需求，休息也是一种需求，逗乐也是一种需求，放松也是一种需求，消费也是一种需求，知识的需求也是一种需求，它们之间有着很大的不同。如何满足人们的需求，如何使我们的文艺在满足人们需求的同时，能够更好地起到提升精神、引导社会的作用，是今天我们的文艺面临的一个十分重要的问题。

我们现在面对的是文艺的泛漫化，而不是高端化、精英化。因为生活的节奏、生活的追求不一样了，文艺的手段也发生了很大的变化。特别是网络的出现和传媒的发达,对人们的生活有着太大的影响和改变。你过去写一个小说发表一个小说谈何容易,从一九四九年到一九六六年"文革"前的十七年,全国出版的长篇小说二百多部,平均每一年出十一种。现在呢,平均每年出版的纸质长篇小说上千种,网上发布的长篇小说有说两千多种,也有说三千多种。现在人人都可以写作并发表自己的作品,而且写出很深刻的语言。我认识一个香港作家,他也是台湾城市大学中华文化研究所所长,他曾到北京来。一次走在街上,看到凤凰电视台关于亚洲小姐选美的广告,这个广告词是:"美丽是一种责任。"他一看到,几乎晕倒。他觉得伟大的人太多,伟大的诗句也太多了——"美丽是一种责任!"他提到他的一个台湾朋友说:我决定放弃现代诗歌写作。因此我发现所有的商业广告都是现代诗体。我很佩服一个广告,并写过一篇文章,那是关于英国毛织品的广告,那情节很像一部小说:"啪"——先是打出一个镜头来,写一九四八年,旧中国战争兵荒马乱,一个英国人上了轮船,临行前,他把一个英国的高级品牌的围巾扎在一个小女孩的脖子上。很快,又一个镜头,上面写着一九八一年,中国已经改革开放,那英国人已经很老了,白发苍苍,又一次来到中国。然后这边出来一个中国老太太,这俩人,相互根本认不得,但是这个老太太脖子上还围着那条英国的围巾。两个人见了面,都流下了泪。这应该算是一个小说题材。但它又是那件毛织品的广告。现在,很多来自微博上的各种警句,一下子会点击超过三百万,比你的书发行量大多了!但这是文化的高端精品吗?我现在常常感到糊涂,因为在我的心目中,什么人是作家?李白是作家,屈原是作家,曹雪芹是作家,你一辈子写一百万条微博,又该怎么看呢?其实,能够代表人类智慧的高端精神产品毕竟还是太少了。一个苏联作家爱伦堡说,在文学上,"数量"的意义非常小,一个托尔斯泰,比一千个平庸的小说家还重要。如果了解一下革命前的文学和革命成功以后的文学(用"洋"说法就是"后革命文学"),我们会看到,不管是在俄罗斯还是在中国,革命前的文学客观上起到的是酝酿革命的作用。韩愈就说过:"欢愉之词难工,而穷苦之言易好。"穷愁潦倒时作诗,容易写得好。而要表达欢愉,文章反倒难写好。

俄罗斯文学的高潮是在十九世纪。从小说家来说,托尔斯泰、屠格涅夫、谢德林、契诃夫、果戈理、陀思妥耶夫斯基,一直到二十世纪的高尔基,从剧作家来说,奥斯特洛夫斯基、契诃夫本人也是剧作家,他们所达到的高度,是与这些作家对社会不平的呻吟和思考分不开的。"五四"时代的情况,我开始讲过,现在就不说了,单说"后革命时代",你想要继续写这样的内容,当然可以。解放以后继续写旧中国社会的不公,写黄世仁对杨白劳的压迫,照样是可以的。抗日战争、解放战争,现在都可以写。但是你对新生活的反映呢?在这个"后革命时代",你想创作出像革命前的文学那样有号召力,那样的煽情点火的作品,不大容易。今天的文艺,需要一种新的创作,需要一种新的体会。我在三年前的一个场合中提到,世界上有雄辩的文学,也有亲和的文学。雄辩的文学就是它憋着和人斗争,滔滔不绝,义愤填膺,势如破竹。但是,也有像泰戈尔这样的,他给人更重要的印象不是雄辩而是亲和。

总而言之,中国这样一个长期的封建社会,在进入十九世纪、二十世纪之后,面对西方列强,在大革命中经受洗礼,取得革命成功以后,又面对现代化和全球化的挑战,产生文化焦虑与文化尴尬,这是完全可以想象的。今天,我们面临着全面建设社会的这样一个任务。我们积累了丰富和深刻的经验。我们的文艺也面临着许多有待于研究解决的问题。这些问题一时解决不了也不要紧,关键在于你能拿出好的,能振聋发聩、感人至深的作品来。有一天,我在手机上看到有一个微博。上面说,凡是认为自己的环境不够好,所以没有写出伟大的作品来的作家,就是把他送到瑞士,他还是写不出来。我赞同这样的话。今天如果说你在文艺创作上的成就还不理想,那既不能埋怨环境也不能全怪领导,也不能责备理论家没给你提供现成的答案。

全世界没有一个大作家、大艺术家、大画家、大作曲家是由于环境美好和一切问题都解决了,他才去进行创作并写出了让全人类感动的作品。恰恰相反,大艺术家往往是在人生的奋斗之中,在面临各种挑战之中,贡献出了代表人类精神高度的艺术精品。

发表于《文艺研究》2012 年第 6 期

创 作 论

关于写人物

——札记数则

作品中的人物,对于作者,就像生活中的人物一样,是不依赖作者的主观意志而活动的"客观存在",人物有自己的思想,自己的喜怒哀乐,自己的行为逻辑。当人物写出来了,写"活"了,作者就发现自己是无能为力的,他不能任意改变或改善自己的人物的命运,对生活的丝毫不忠实就会把艺术埋葬。

作者在表现自己的人物的同时也评价着他们,任何"纯客观"的、无倾向性的写作是没有的。这种评价的手段是多种多样的,有时通过人物自己的内省,有时通过别的人物对他的评论,有时通过事件的进程,有时仅仅通过作者所选择的词汇所流露的语气和声调,譬如:当肖洛霍夫写到拉古尔洛夫的那些"左"得要命的表现时,我们就可以感到一种充满了爱的、微笑的责备与批判。

也许作者主观上想:"我对我的人物没有评价,评价他们很困难,请读者评价去好了。"其实,这只意味着作者放弃自觉地评价自己人物的权利,而任凭自己半本能的、模糊的、自相矛盾的、往往是有错误的对于人物的评价起作用,这样,就会不自觉地把自己理智上业已批判或正在批判的,但在"灵魂深处"尚未完全消除的不健康的东西流露出来,就会不自觉地散播自己道理上并不同意的情绪,就会大大降低作品的思想性。

为了把自己的人物写"活",必须钻到自己的人物的心里去,化身为自己的人物,用他的观点看世界,用他的姿态走路,必须深深地浸沉在自己的人物所构成的环境、气氛里,夜晚要和他们谈话,早起要向他们问好,梦中要会见他们,离别他们久了(搁笔久了)要想念他们。

此之谓"入乎其内"。

为了正确地评价自己的人物,显示他们的社会意义,必须站得比自己的人物更高,清醒地对待他们,从生活的全局出发,认清他们的地位和他们的命运。不轻易因为某些人物的失败而绝望,不轻易被某些人物的眼泪所迷惑,不轻易为某些人物的威风所震慑。作家应该是思想家,而思想家是严峻的。

此之谓"出乎其外"。

"出乎其外"可以帮助作者更好地"入乎其内",而仅仅"入乎其内",就会在许多人物的许多言论、行为、情绪的大海里淹没,生活的无穷尽的形象把你压得抬不起头来,你无法驾驭他们,你在自己缔造的世界当中束手无策。这时,某一个人物就悄悄地左右了你,领着你走上了一条歪路,于是在你自己创造的世界中的所见所闻就会更片面、混乱……那人物本来是你创造的,然而他俘虏了你,那世界本来是你组织的,然而它吞噬了你。

读者读了这样的作品也会随着你陷进去——这就不用说了。

当他被自己的形象弄昏了的时候,一些简单的评论对于处在这样境地的不幸的作者,最初简直不会起什么作用。评论者所讲的那些社会学的道理,难道是他不知道、不拥护、不理解的吗?他觉得未必是这样。评论者讲的道理可能完全对,然而,写小说是写小说。他茫然了。

　　构思创作的道路是曲折的,曲折的道路上的任何一个小岔道,都可能使作者走上歧途;接受批评的途径也是曲折的,当批评沿着直线进行——把人物描绘上的缺陷直接归于作者政治认识上的缺陷——的时候,就不容易打中要害。好的批评一方面能明确、清晰地提出政治思想上的若干原则性问题,一方面能充分估计艺术创作的全部复杂性:也许这个批评得出的结论与"简单的""直线的"批评的结论并没有重大的不同;然而,重要的在于结论是怎样做出的。

　　当你从读者、从评论者那里听到一些比较简单的批评的时候,尽管可以认为他们对于创作甘苦的了解不够,却不可因而对人家的一切论点采取不虚心的态度。事实证明,你那些自以为知道的、拥护的、理解的平凡的真理,未必真正被你牢牢掌握呢!

　　当一个人物出现在纸上的时候,就与作者发生许多矛盾。
　　这个人物用他自己的观点与作者争论,用他自己的感情感染作者,作者反过来也与人物辩论……
　　也许你写的是我们时代的英雄,那么,努力倾听他的心声吧,从他那里吸取思想的营养吧。
　　也许你写的是思想、感情都不那么健康的人儿,那就严正地批判他吧,从他的毛病里吸取教训。
　　…………
　　写作的过程乃是思想改造的过程。
　　这个思想改造是否能够胜利,决定于你在工作中、生活中,经常的思想改造做得怎么样。

发表于《北京文艺》1957年第4期

当你拿起笔……

一

当你拿起笔来,当台灯的灯光照亮了雪白的稿纸,当稿纸上的每一个空格都忠顺地、无瑕地、热切地期待着你赋予它们以色彩和声音、以灵魂和生命的时候,你看到了什么呢?想到了什么呢?

尽管白天的工作和日常事务已经使你十分疲劳;尽管你也有许多普通人会有的负担、忧虑和心事;尽管你明明知道自身远远谈不上高大完善,知道自己身上有那么多缺点、弱点、斑痕、污垢,你还知道文学创作这一行正像其他"三百五十九行"一样没什么了不起,知道这一行正像其他行业一样,其中同样会混杂着一些小人、骗子……然而,在拿起笔来的那一刻,你有了一种不同的感受。

你好像看到了千千万万热情、聪明而又严格的读者,你要和他们谈话,给他们讲故事,打动他们的心。你感到幸福,因为你受到那么多读者的注视和信任。他们将为你的故事喝彩、叫绝,为你的主人公洒一掬同情之泪。他们将记住你,感谢你;你也感到惶恐,感到责任,因为你同时受到那么多人的监督、全社会的监督。你的读者当中不但有同时代的战友,也可能有国外的友人,可能有十年以后、二十年以后、百年以后的比我们更进化和智慧得多的人们。你如果掺假,你将逃不过这么多人的耳目;你如果粗制滥造或者手艺低劣,你将受到那么多人的耻笑和责骂;你如果哗众取宠、咋唬一时,也终将被人们所抛弃。批评家和老百姓,教授和学生,朋友和敌人都将对你的作品评头论足,指指划划。总之,你面对的是人民、是社会、是历史,你觉得骄傲、喜悦,也觉得汗流浃背,你即使把最好的货色(比你个人要好得多,完善得多)拿出来了,仍然是不够好的。当然,你更不能欺骗、蒙混、敷衍和搪塞。你不能在人民、社会、历史面前背过脸去,更不能用鸦片代替食粮,用砒霜代替维生素去毒害人民。于是你觉得神圣、庄严、崇高,也觉得严肃、警惕、紧张,你的笔有千斤的分量。

你激动,你感到一种强有力的冲激,这首先是生活的冲激。众多的、你所亲身经历的、难忘的日子涌上了心头,等着你去编织,去拂掉岁月积下的尘土,去用理想和正义的火炬照亮它们。众多的、你所熟悉的,和你精神上、感情上有着千丝万缕的联系的各色各样的人物来到你的眼前,带着各自的命运、性格,各自的音容笑貌,有的脉脉含情,有的怒气冲冲,有的像三十年前一样年轻——青春永驻,有的刹那间变成了老朽,进了坟墓。他们之间也开始了交谈,开始了爱爱仇仇的交往,你来了,我去了,时有浮沉。虽然你住的房间只有八平方米,虽然你的书桌又小又旧,然而,当你拿起笔来,在这个不平凡的时刻,高山巨川、苍茫大地、城市乡村、风霜雨露、花鸟虫鱼、朝霞落日、英雄豪杰、凡夫俗子、少男少女、老父母、悲欢离合、喜怒哀乐、古今中外、酸甜苦辣……缤纷的色彩,交织的音响,一幅又一幅的画面,一个又一个的旋律,一齐涌向了你的心头、你的笔端。你要模拟它们,再现它们,评价它们。你要把生活的美妙和艰难,把人们的善良和丑恶,把历史的威严和曲折,把道路的宽广和坎坷,把大自然的绚丽和严酷,把你所经历过的、你所体验过的、你所知晓的一切告诉读者。哪怕是写一篇千字的小文,也调动了全部的生活经验,于是你感到了创作的冲动,也感到了创作的困难。

你还受到你自己的感情的冲击。你的感情好比一架钢琴,生活就是弹动钢琴的手,它将胜过肖邦和李斯特,弹出各式各样的小品和奏鸣曲、哀歌和赞美诗。有的当时弹响,响彻云霄,有的却只是把曲子录到磁带上,而这磁带贮放在你的心灵深处,只有夜深人静,你的笔端通了电流以后,你的稿纸才变成了扬声器,开始放送出甚至使你自己也吃了一惊的乐曲。你会含着泪,感谢把你弹响了的生活之手。当然,你这架钢琴应该完好,琴键应该齐全,共鸣应该响亮,和声应该谐调,如果是一架被尘封了的、生了锈的、缺损不全,甚至是走了调的破琴,那就可能发出刺耳的噪声,变成公害。

　　这一切,当然会激起你创作的热情,然而,还有比这一切更崇高和更重要的,那就是真理。砍头不要紧,只要主义真。主义真比头还重要,主义真又是不怕砍头的前提。主义不真,就难免怕砍头,就难免在威逼或者利诱之下当逃兵,甚至当叛徒。当你拿起笔来的时候,面对人民、社会和历史,你必须审视自己,你将宣扬真理还是亵渎真理?你将捍卫真理还是出卖真理?而真理并不是背诵现成的词句,更不是举得高高的幌子或者贴在作品上的狗皮膏药,我们坚持已经被实践证明其为真理的马克思列宁主义、毛泽东思想的基本原则。就是说,要使真理化为自己的血肉、自己的人格,也只有化为自己的血肉和人格之后,你的笔才有力量。自己不相信的东西休想让别人相信,自己不感动的东西休想让别人感动。当你想到了生活,想到了感情,想到了责任的时候,你更想到了照耀一切生活印象、一切画面和音响的光——真理的光。只有你用你的创作,用你的全部生活体验,全部心灵、全部智慧所论证、所追求、所拥抱的东西,只有你愿意为它而艰苦奋斗、而流血牺牲、而不惜抛头颅洒热血的东西,才有可能是真理。空话高调,弄虚作假,曲意奉承,人云亦云,吞吞吐吐,违心作态……绝对与真理无缘。因此,当你拿起笔来的时候,各种各样的意见、观点、评价,将和你争论和互相争论,思想像汪洋大海,又像条条川流,汇集到了笔端。

　　当你拿起笔来的时候,也还会有许多杂念。何必讳言呢?你会渴望成功,渴望被承认,说不定还会想象出一帆风顺的美妙图景。你又害怕失败,害怕被否定。你对别人的作品常常不服气,有时候又对自己失去了信心。你会想到风向、行情、编辑的口味。你还会感到余悸,预悸……这些并不可怕,也难于完全避免,但你总应该努力克制,不要想入非非,不要陷入那种庸俗、卑劣、个人主义的念头中去,不要把对成功的渴望误看成是创作的激情,不要为了写而写。

二

　　本来,似乎已经可以预祝你的成功了,因为,你是有所为而写,有所写而写。然而,还是要请你回答一个问题,你具备一个作家应有的品格吗?

　　要请你考虑一个类似先有鸡还是先有蛋的恶作剧般的问题:先有作家还是先有作品?(这里所说的作家,不是指一种职业,不是指一种荣誉或者头衔,这里说的是一种品格和能力。)

　　如果说先有作家,那么,世上岂有尚未写出作品的作家?如果说先有作品,世上哪里有无人写的作品?(至于把写作品的人称为作者而不称为作家,以示谦逊,这是另外的话。)

　　也许你已经体会到了吧,早在写出第一部作品以前,你已经培养着、发展着、具备着作家的某些品格和能力了,在特定的意义上,你已经是作家了。同时,只有拿起笔来,写到纸上的时候,这种品格和能力才得到体现,才得到某种程度的完成。

　　这大概有点"先有鸡"的味道。也好。在拿起笔以前,远远以前,你总应该努力做一个崇高的人,你的身心言行,总应该贯穿着对于真、善、美的追求和忠实,对于祖国和人民的爱,对于历史的进步的信心。你有坚定的和崇高的信念,不论是百花盛开的春天还是冰雪覆盖的严冬,这种信念都从不动摇。你大睁着眼睛看世界,你努力参加人民的劳动和斗争,你的信念并不是由于闭上双目和养尊处优而来,你的信念恰恰由于你是唯物主义者,由于你无所畏惧,你敢于面向生活、正视生活、研究生活,还由于你永远和人民、和历史前进的动力、和最先进的阶级及其政党在一起。

这是前提。如果你是一个蝇营狗苟、庸俗腐朽的人，如果你是一个空虚灰暗、百无聊赖的人，如果你看破红尘，根本不相信真、善、美的存在和真、善、美的力量，难道你能写出好作品来吗？难道拿起笔来的时候，你能体会到那种庄严和艰辛、喜悦和苦恼吗？一个精神上比他的读者还低、还弱，而又不肯孜孜不倦地攀登思想和灵魂的高峰的人，还是不要拿起笔来为好。

你还应该有一定的生活经验，并且要时时注意从生活中汲取营养，不断地丰富、补充、扩展自己的生活经验。你要写人，你总要了解人，你要写山，你总要见过山。经验越丰富、越多样、越深入越好。这又是一个前提，越是关在书斋里一心当作家的人越是当不成作家，这是一条既公正而又富于讽刺意味的规律。

这些都是十分重要，不可或缺的。然而这还不是全部，我们周围有许多很好的同志，他们思想水平很高，经验也很丰富，但却并不一定都适合搞文学创作。

作家的品格，还包含着作家的那颗火热的、敏感的、深沉的心。它应该是火热的，才能用自己心灵的火焰点燃起读者心灵的火，也许它表面上很冷静，表达上很含蓄，但它的内层是火，不会是冰。它应该是敏感的，像全色、敏锐的感光片，哪怕千分之一秒的光和影，也会在上边引起化学的变化，哪怕是一根头发、一滴水珠的形象，也会在上面留下自己的印迹。它不应该是过了期的底片，不应该只会显映出灰蒙蒙的一片。它应该是深沉的，才能够蕴积更多的体验、印象和智慧，它像一口深井，汲呀，提呀，而水源源不绝。它不应该是浅坑，一勺就见底。

作家的能力首先是感受生活和表现生活的能力，而这里边，最重要的是形象思维和语言。在你拿起笔来以前，在你阅读文学作品和观察生活的时候，在你交谈、发言、写日记、写信……的时候，你已经在训练你的形象思维和语言了。你常常在文学里发现了生活——就是说,你读了一个好作品以后,加深了对生活的爱和理解,一次比一次更多地感到了生活的意义和魅力。你又常常能够在生活里发现文学——就是说,生活里有那么多美好的、动人心弦、引人入胜的东西值得一写,你完全相信写出来有它存在的价值。所以,你才拿起笔。

当你初步具有了这些品格和能力的时候,具有了一定的条件的时候,你拿起笔来,有理由有一定的自信。然而,不管事先的准备有多么充分,不管你的心灵和智慧、经验和学问有多么丰富,在没有经过充分的消化、酝酿、思索以前;在没有经过感情的酵母的作用和想象的翅膀的带动以前;在没有经过十月怀胎、构思、决心、喜悦、失望、皱眉、推翻、再构思、决心……重来一遍或者十遍以前;在没有克服表达的道路上的重要障碍,没有找到自己的形式、自己的衣帽和服装以前;在没有写到纸上,变成作品的定稿以前,它仍然是不清晰、不成熟、不鲜明和不生动的。创作之所以成为创作,不仅对于读者是新鲜的,而且对于作者也是新鲜的;不仅能出乎读者的意料,而且能出乎作者的意料。因为生活的积累,构思的过程,这还只是量变,而只有你拿起笔来,找到了自己的形式、结构、人物、情节、语言……的时候,创作的过程发生了飞跃、突变、连续性的进展,你拿起了笔,你意识到了、你坚信这个飞跃正在发生或者即将发生或者总要发生,你的心情是多么急迫而又多么快乐啊!

三

经过了长久的生活和思索,追忆和遐想,犹豫和苦恼,几次欲写又止,欲罢不能,现在,你终于拿起笔来了,你终于要在暂时还是洁白的稿纸上倾注你的生命、你的灵魂的一部分了。洁白的稿纸好像一座空旷的大庄园、大住宅,现在,你要搬进去了,带着你最亲密的亲人和朋友,带着你的家具和你的喧闹的生活。你将用经久不灭的文字,用比你自己的生命久长得多的文字去记下那转瞬即逝的生活和内心的体验了。

但是,仍然有一个问题使你焦灼不安,你有把握把它写好吗?它当真能给读者带来一点什么,从而有写作的价值和生存的权利吗?

在编辑部的堆积如山的来稿中(现在大多数文学刊物的日来稿量都是数以百计的),它具备竞争能力和破土而出的生命力吗?它不会白白地浪费你的宝贵的时间、精力和文具,白白地招惹你的妻子的埋怨、同事的侧目、上司的不满,而成为百分之百的无效劳动吗?

对于一个初学写作者来说,这简直是一个谜。谁知道命运之神会把你的这篇新作送到哪里去呢?字纸篓?退回?删掉四分之三,改个面目全非勉勉强强发出去?发出去也是石沉大海,毫无反响?还是将取得成功,引起评论界和读者的重视,于是你立即在赞扬和掌声中昂然地以新生力量、新的血液的姿态阔步登上文坛呢?

你写完了,寄出去了,但仍然觉得没有把握和不可思议。你甚至在梦中也挂牵着你的那篇稿子的命运,你恨不得掐指算一算编辑的判决,你终于接到了编辑部的来信了,由于不知是吉是凶,你心跳起来了,一时不敢把信拆开……

当然,这太可笑,甚至有点可悲了。但,谁能不关心自己的作品的命运呢?在拿起笔来以后又时时怀疑自己,这就像拼起刺刀来以后却又老是觉得自己未必能取胜一样。这将败坏自己的事业,这简直是一种灾难。但又不能蛮干,写吧,写吧,仓促上阵,自我陶醉,下笔千言,废话连篇,劳民伤神,影响工作,脱离群众,又对谁有益呢?

为了有把握,首先,您得有自知之明。人贵有自知之明,写作上尤其是如此。您应该了解自己,了解自己的生活积累和思想积累,了解自己有哪些感受和见解的矿藏,从中到底能冶炼出什么样的金属。譬如现在有一些青年人,提笔就要写历史题材的长篇巨著,却并没有下功夫进行历史知识和有关资料的积累,这就像没有铁矿石却要炼铁一样,不是注定要失败的吗?

还要了解自己的艺术修养和创作实践的经验,了解自己在艺术表现能力上的特长和特短。要懂得运用所长而避开所短,要有意识地通过学习和生活逐渐弥补自己之所短。写出失败的作品并不可怕,也不应受到责备。但是,抱着一种侥幸的态度,像一个没头苍蝇似的东碰西撞,则是唯心主义和不负责任的表现。

如果你有了自知之明,认定你确实言之有物,有话要说,有话可说,内在的冲动使你非拿起笔来不可,那么,你碰到的第一个问题是题材(指狭义的题材)的选择。现在,让我们探讨一下,究竟从哪几方面选择,可以使你的作品具有较大的把握吧。

第一,你要写的题材必须是你最熟悉的,对于你要写的人物、事件、时代、地区、风景、风俗……你要有足够的记忆和记忆的沉淀。

记忆是作家的财富,作家的资本,作家的原料。有了许多许多栩栩如生的记忆才有思索、有探求、有想象、有虚构,没有记忆的人是白痴,而作家尤其是善于记忆的人。汽车驾驶员对于道路方位、公安侦察员对于犯罪征兆都会有杰出的记忆力。而作家,他的记忆主要是对人、对人的精神活动和内心体验、对各种生动的细节的记忆,再杰出的虚构能力、编造能力也离不开记忆的宝库。

记忆的忠实的姐妹和助手是遗忘,遗忘就是记忆的沉淀。对于一个作家来说,这就是最初步的整理和加工。遗忘之所以忠实,就在于它并不决定于你的主观愿望,你当时非常重视的事情,事后却可能忘得一干二净。只有震撼过你的心灵,在你的心灵的深处占据了自己的位置的记忆才能经得住遗忘的清洗。

足够的记忆和对于记忆的沉淀,这是你选择题材的"把握"的第一个保证。

第二,在你要写的题材上,你确实有一些有益的、发自内心的见解需要告诉读者,需要告诉人民。你对要写的人和事,是经过长期的思索的。你的见解是长期的焦灼不安的独立思考的结晶。哪怕你要写这个题材只是由于偶然的触发,譬如说你听到了一个故事,收到了一封友人的来信,一场雨、一朵花、一首民歌,甚至是旁人的一个作品

（可能这个作品在旁人看来与你要写的东西毫无共同之处），引起了你创作的冲动——或者叫做灵感，这个冲动可能非常强烈，但你不能光凭灵感，不能迷信直觉。你还需要翻来覆去地想，到底在你要写的题材上，你有些什么话，有些什么意见，有些什么忠告或者警告、感叹或者疑惑需要告诉读者，是不是真的肺腑之言，是不是真的对人有益，是不是像有什么要事需要告诉自己的亲人那样迫不及待，这就是通常称作主题思想的东西。可以说，没有深思熟虑，没有长期的、认真的思考，就没有主题思想，就没有作品的思想意义。你写作的时候可能是一气呵成的，可能完成一个短篇只用了几个小时，但你的作品所涉及的对于生活、对于人和事的评价却应该是你一生的经验和思考的果实。当你拿起笔，写下来以后，这种长期萦回在心里的想法开始具有了自己的形状，自己的体重，自己的色、香、味，可以触摸、可以观赏、可以以之为根据进行进一步的探讨了。

这就是"把握"的第二个保证，要写你确实深思熟虑过的确有心得，确有体会，确有意义的东西。

第三，你还必须确信，你还必须知道，你尤其必须感觉到，你写的是很有魅力的，是很吸引人的，是饶有兴味的东西。你所以要写它，不仅因为你爱好文学，更不仅因为你很羡慕作家的头衔和职业。也千万不要仅仅因为看到某种题材的"行情"好，报刊编辑欢迎某种题材，就写那个题材，而要是因为这个题材敲响了你的门和窗户，像一条蛇一样地纠缠着你的身心，它追着你，赶着你，求着你赶快把它写出来，刻不容缓，不写出来就休想得到片刻的安宁才去写它。它吸引你，冲撞你，环绕你，挑动你，因为它有自己独特的色调、音响和形态。它可能是悲怆的，令人泪下。它可能是深沉的，令人沉思。它可能是激昂的，令人热血沸腾。它可能是严酷的，令人惊骇怵惕。它可能是欢乐的，令人心旷神怡。它可能是锋利的，令人痛快淋漓。它可能是幽默的，令人喷饭。它可能是奇诡的，令人拍案叫绝。它可能是轻松的，令人舒展。它也可能是精辟的，读后如醍醐灌顶。它可能具备几个方面的吸引力,但它不能是枯燥无味的,不能是干巴巴的。

这就是"把握"的第三个保证,要写那确实吸引你的东西,要使写作既是艰苦的劳动,同时又成为心灵的需要,成为精神的享受、美的享受。

第四,你还必须确知,你是在拿出一点独特的东西来,你是在做你自己的"绝活儿"。一个人的能力有大有小,一个作家的创造也有大有小,但写作必须是创造,不是创造就不要写,宁可写作失败,宁可写出的作品被"枪毙",也不要鹦鹉学舌似的去模仿、去套。宁可创造出一粒沙,也不要套出一座山。套子是文学的大敌、死敌,有套子即无文学。

每个人的生活经历都是与众不同的,每个人的长相也都是与众不同的,世上没有绝对相同的两片树叶,世上也没有绝对相同的两个人。每个人都不担心自己会混在别人当中,以至自己的老婆、自己的朋友都发现不了和识别不出自己。这是因为,每个个体都是一个创造。但是多么奇怪呀,你却担心你的作品会和别人"撞车",你却会看到文学创作中这种千人一面、千部一腔的雷同现象。多么可厌又多么可悲!

为了避免这种失败,关键在于你写作的时候敢不敢挖掘自己独特的生活经验,挖掘自己的灵魂,充分培养和发挥自己的艺术个性。千万不要两眼盯着"行情",盯着已获好评的作品的范本。照猫画虎,依样画葫芦,那是多么无味,多么叫人扫兴啊。

有独到之处,这是"把握"的第四个保证。

第五,你不仅有生活,有记忆,有思想,有激情,有独到之处,而且,你已经有了下手的突破口。也就是说,未来的作品,你所要写的作品,对于你来说,应该不再是混沌一片的念头,也不是杂乱无章的素材,也不仅仅是一种冲动、一种强烈的愿望,它已经开始在某一点上露出了地平线,已经破土而出,已经抓得着了。它可能只是一个人物的独一无二的性格,它可能只是一个故事的梗概,它可能只是一个画面,它可能只是一个开头或者一个结尾,它可能只是一段抒情独白或是一句警语,它甚至只是一段风景描写或一个人物的肖像,但是,这将决定你的未来的作品的情绪和调子,这是一个契机,一个由头,有了这个契机和由头,紧紧抓住,予以丰富、补充、挖掘、深化、加工、延伸,就可以搞出一篇作品来,这好比是雷管或者引信,而你的生活积累与思想积累则是炸药,没有这种由头,就好像没有雷管或者引信的炸药,尽管潜力很大,却难以起爆。

这就是"把握"的第五个保证,你已经有了由头,有了引信,有了突破口。

这几个方面,将成为你运笔时的基础、后盾。写作好比跳高,当这些"把握"的保证具备时,你是站在坚实的地面上起跳,你将跳出你日常达到的水平,拼命激发一下,还能略高于你日常的纪录。如果你不考虑这些,不这样选择题材,而是随风找题材,那就好比是站在棉花上,站在沼泽地里起跳,你将跳不出成绩,甚至还有陷下去、跌倒的危险。当然,有了这几个方面,也还要看你的身体素质和力量,这就是说,还要看你的思想水平、生活阅历和艺术修养、艺术表现能力,如果你的体力太差,那么地面怎么坚实也还是跳不起来的。写作也是这样,自己想清楚的东西未必能让别人搞清楚,自己激动的东西未必能让读者激动,自己神往的东西未必能使读者神往。但是,如果反过来,自己也不清楚,也不激动,也不神往的东西却要硬着头皮写,其失败也就是不可避免的了。

四

现在,你进入了一个最关键、最微妙、最困难和最美好的阶段,在这个阶段,你从现实生活的记忆里,飞跃到想象的艺术的世界里。这就叫做创造,因为,原本并没有这么一个现成的世界,是你的想象力创造了它。这就叫做构思,你要用精神的经纬织一幅画卷,用精神的梁柱搭一座大厦,用精神的奔突来打开一个广阔的天地,用精神的犀利来挖掘深山的宝藏。这又叫做虚构,因为它是假的。如果只是现实的分文不差的摹写,又要文艺干什么呢?再美好的生活,也总会有一些重复的、单调的东西,有一些无意义的琐事,有一些本来是很有价值、很美好的东西在被忽视、被淡漠、被时间的长河所湮没,被庸俗的势力所消磨。所以,单纯的记录,简单的照相,并不会成为文学。

当然,对于一个心灵高尚而又敏感的人,对于一个真正的作家,生活永远不会成为无聊的和呆板的,大地上度过的每一天都会带来新的体验、新的思索。正像对于一个正在爱着的少女,情人的一举一动、一声一息都是闪光的和宝贵的。但是,绝不能说每一年的每一天和每一天的每一个小时都有着完全相同的、同等重要的美学价值。

所以要提炼,要截取。即使是摄影吧,至少要选择、剪裁、进行某种处理,但是文学创作则不仅是选择和剪裁,它要用现实的材料构成一个虚构的世界。

这是一个虚构的世界,许多虚构的人物在虚构的环境里,进行着虚构的活动,流淌着虚构的眼泪。

这是虚构的,但不是虚假的。它显得比一切如实记载好像还要真实,它是那样鲜明、那样栩栩如生,使你如闻其声、如见其人、如临其境,它又是那样实在,那样合情合理,那样令人信服,使你篇篇看了都信以为真,总是忍不住猜测作者何年何月有过类似的经历,猜测书中主人公们的原型是谁,并关心主人公往后的遭遇。

这又是非常迷人的,似乎(注意,只是似乎)它比一切现实的生活还更加美好,似乎它可以补偿现实的一切缺憾,可以安慰灵魂的一切渴求,可以冲破身心的一切桎梏,可以满足感情的一切追寻,可以发挥精神的一切潜力。

它又是成功的保证。一般地说,一个进入了这个虚构的世界的作家,就像演员进入了角色一样,创造的大门打开了,创造的道路畅通了,左右逢源,俯拾即是,行云流水,浑然天成,下笔如有神,各种的画面,各种的镜头,各种的事件……尤其是各种的细节,纷至沓来,源源不竭,因为,你写的一切,都是你自己已经看见了、听着了、摸到了、经历了的东西,虽然其中有一些显然你是没有亲身经验的。(其实,任何一个有着丰富的生活阅历的作家,也不可能亲身体验过他所写的一切人和一切事。)

相反,很不幸,有一些热心文学创作的人却硬是进入不了这样的创造境界。有的人以为,虚构就是编造,他闭门造车,搜索枯肠,捉襟见肘,笔端枯涩,其结果常常是作品的失败。那么,实现这个从记忆到想象、从现实到虚构、从生活到艺术的飞跃的秘密,究竟在哪里呢?

先举两个日常生活中的例子。比如你有一个儿时的好友,你们曾经共同度过了天真活泼的童年,你们曾经指天画地、磕头结拜,"不求同年同月同日生,只愿同年同月同日死",但是,命运使你们早早就分了手了,或生离,或死别,你们已经有几十年没有见面了。当你充满了对儿时的眷恋、深情地怀念这儿时的友人的时候,你是像考核干部一样地想一想他的几条优点、缺点、简单政历……吗?你是像盘点账目一样地历数你们在一起的一切经历吗?你是像"清队"当中接待一位板着面孔的外调人员一样愁眉苦脸地搜索你的记忆吗?不,在你的心里,在你的头脑里,会自然而然地涌现出一个那么可爱、那么遥远又那么亲近的形象,会有一些尽管是不太连贯和完整,尽管是普普通通,然而对你来说,却有着特殊的感受,令人永志不忘的情节。这一切,既是你的友人的印迹,也是你自己的童年、你的永不再来的少年时光的象征。当你怀念起来的时候,你禁不住流下了又苦又甜的热泪。而随着你感情的强、弱、深、浅,你的怀念中所涌现的友人的形象,就不会像你提供干部考核或者外调材料时那样客观,他会比实有其人的你当年的那个朋友更美一些、更可爱或者更可笑、更可敬或者更可亲、更有趣或者更有情一些。甚至当年完全无意的一点小事,也被你的怀念赋予了全然不同的意义,因而有些变了样子。

再比如你在恋爱,你刚刚发现你爱上了一个人,然而你对她的了解还不是那么多和那么深,你还没有向她透露过你的情感,你还不知道她会怎么样看待你的感情,你还不知道你的爱情的命运和结局。但是,炽热的、刚刚在你的身上被唤醒的爱情已经使你不能自已,你会有多少念头、多少幻想、多少梦,不论天上的云、河里的水、岸边的树和花瓣上的露珠,都使你想起你的恋人。如果她也爱你,你会想到多少美满和幸福的情景,如果她还不了解你,如果她还下不了决心,那就让她看一看吧,如果她落在海里,你会毫不犹豫地潜入海底把她救上来,为了救她你可能受了重伤,当她俯身向着你的时候,你要吐露你的衷曲……

由此可见,这种怀念和幻想,这种虚构,乃是日常生活中所具有的事。然而,作家的虚构更完整、更自觉,作家更富有这样的本事,闭目凝思,他已经进入了自己的世界了。

由此可见,这种想象和虚构的动力离不开感情,爱与憎,追忆与希求,欢欣与鼓舞,乃至愤怒、失望、恐怖,都能造成想象以至幻觉,不过作家把这种想象力发展得更充分和更完备罢了。国外有一种理论,认为创作的心理过程乃是一种精神病学的现象,是一种梦境、一种癔症(即歇斯底里)的发作。这种奇谈怪论我们当然不能接受。我们认为创作是一种有意识、有目的、有理性的指导和制约的精神活动,是一种劳动、一种精神生产。但是,我们不妨思考一下,为什么会出现这种"精神病"说呢?当进入创造的境界以后,就像演员进入角色一样,他会有一些下意识的体验、动作、即兴表演,而作家也会有许多虽经周密计划也无法预期的、随着感情的波澜和笔尖的驰骋的体验产生,这就是所谓"神来之笔"。在进入这种境界以后,确实是如醉如痴,难解难分,"都云作者痴,谁解其中味?"把这种"痴"夸张成精神病当然是谬说,然而,一点不"痴",又怎么写得成呢?

由此可见,"如果""假使",这些条件式的连接词往往就是想象的开始。作家是一些最善于、最喜欢顺着"如果"和"假使"想下去的人。现实的人,现实的生活,"如果""假使"更动其中的几个因子,全局就会大变，就会产生一个新的局面，新的世界。创作和新闻报道不同，新闻不能是"如果"和"假使"，创作非"如果"和"假使"不可。已经发生的事只能是那个样子，是固定的、有案可查、有例可循的；而"如果"和"假使"是无限的，同样的生活素材，加进去不同的"如果"，就会产生不同的作品，一千样"如果"就会有一千样写法。但对于你来说，最好的只能是一样，在一千种甚至更多的"如果"当中寻求出最好的来，为了寻求这一个"最好"而设想一千种"如果"，这是创作的困难、创作的苦；但你终于找到了"这一个"，这是创作的喜悦、创作的甘。

由此可见，真挚的感情是进入创作的一个重要的条件。你千万不要走那种按照"需要"，按照风向和"行情"进行编创的道路。靠小聪明、靠灵活和随机应变、善于迎合来编故事，这是文学创作的邪路，这样编出来的作品的发表，也就是它的灭亡。当然，毕竟创作的想象与纯属于个人的感情波动、内心活动的想象不同，不论是怀念老友还是思念情人，你的想象并不产生多么大的社会效果，一般不存在什么社会意义的问题。当然我们希望个人的感情活动也要更高尚、更好一些，但创作面对的是人民、社会和历史，不是所有的感情波动都能成为创作的动力，也不是所有的题材都能获得足够的感情的能源。要使生活的意义、社会评价和你的内心的感情活动一致起来，使有意识的创造与自自然然的想象结合起来，这又是创作的一个困难和苦，同时又是创作的一个喜悦和甘。

从这两个生活中的例子还可以看到，想象来自生活，来自生活中曾经有过、可能有的、已经具备了某些萌芽却又没有完全实现、没有完全在握的东西。创作也是这样，它来自生活，又来自对于生活的某种不满足。（这和政治上、经济上的"不满"，可完全是两码事。）"失去了的和没有得到的东西才是最宝贵的"，这种部分符合事实的说法不只是反映了人类的某些劣根性，它是符合心理活动的某些规律的。当你和你的爱人手挽手散步的时候你需要想象的往往不是散步,但是散步的快乐、已经得到的爱情的幸福会促使你想象更长久、更遥远的一切,过去和未来、生者和死者、自然和人生,你愈是有丰富的生活阅历、崇高的胸怀,你的想象就愈开阔。这就是说,人们在想象中不但反映着生活,也反映着自己的内心的愿望,在想象中实现着现实中尚未完全实现或难以实现的东西。前面说到缺憾、渴求、桎梏、追寻和潜力,就是这个意思。当然,如果你精神贫乏,感情卑微,追求的全是低级趣味,那么,你即使进入了某种境界,你能写出好的作品来吗?或者,你的生活很空虚,你没有什么实践,你爱文学却不爱文学所赖以产生、所反映所歌唱的生活,那么,你的想象就变成了无源之水,无根之木,那只不过是想入非非罢了,就真有点"精神病"的意思了。靠这种想象能写出好的作品来吗?同样也是不能的。

五

上面的叙述已经使我们接触到了艺术构思的几个最重要的因素:生活经验、激情和形象思维。(所谓顺着"如果"和"假使"想下去,便是形象思维。)

在这个过程中,你会碰到一些什么困难、什么苦恼呢?

第一种情况,你有一段很动人、很有意义的生活经验,你从生活当中获得了一个很好的材料,你很想把它写出来,你急匆匆地拿起笔,结果写出来却很一般、很干瘪,甚至还不如一般新闻报道更感人。你不由得有点嫉妒那些作家了,他们似乎只是捕风捉影地一编,然而他们写出来的东西却能发表,能流传,能"打响",而你据实写下的,人家看了却无动于衷。

还是不要嫉妒作家吧,也不要轻易怀疑编辑和读者只接受他们所熟知的名字。其实您还没有进入创作的过程呢,何必怨天尤人。有些事情之所以感动人,因为它是个好人好事,它是确实发生过,具有直接的可信性的,比如拾金不昧,比如舍己救人,比如连续十年全勤，比如废寝忘食、夜以继日地苦干，这都是很感人的事例，当新闻报道告诉我们何年何月何日，何省何县何人，如何如何这样做了的时候，我们也会肃然起敬并愿意向他（或她）学习的。然而，这并不是文学的任务，它并不能打动读者的心，并不能引起读者的想象。当你仅仅写下这些好人好事的时候，你往往既失去了新闻的直接可信性又达不到艺术的引人入胜的境界。你没有足够的激情去使这些材料发光，你又没有足够的"如果"和"假使"使你的作品实现那在生活中尚未实现或难以完全实现、却又分明是合情合理、似乎是稍一变化就可以成为现实的东西。这样的作品，能有多少味道呢？与其看这样的作品，不如干脆去看新闻报道。

第二种情况是你有一腔热情，你有许多的悲哀和快乐、沉思和向往需要倾吐，然而你还没有找到合适的表现形式，没有找到适当的生活形式、人物和故事情节。在这种情况下你往往有一种极强烈的创作冲动，你含着泪、哭着、笑着、自语着写满了一张纸又一张纸，但等不到写完你就开始泄气了，你写得空洞而又晦涩，读了使人觉得莫名其妙，甚至明明你自己很激动地写下来的东西，别人读了却觉得是装模作样，无病呻吟。

这很像是一个多情的年轻人，他充满了爱的愿望却还没有找到"对象"，没有对象的爱情其实是无法存在的，即使在封建社会爱情被压抑的妇女对月伤情、对花流泪，实际上是以月和花代替了自己所思慕的人，月和花成了对象。同样，离开了一定的生活样式，离开了一定的人物形象，一定的环境、氛围，情感也就无所寄托。到人们当中去吧，到生活当中去吧，你所要爱的，你所要写的，就在那里。

第三种情况是你有了一个比较完整、比较成熟的故事，不管是听来的还是看到的，或者已经加上了你自己的想象的加工，反正你已经掌握了这样一个故事，真应该祝贺你！但是，你写出来仍然可能写得很一般、很乏味、很单薄……苛刻一点说，你可能把这个故事糟蹋掉。

再新鲜、再有趣而又有意义的故事本身，对于文学创作仍然不是足够的。如果这个故事没有成为你的全部灵魂、全部生活经验的一个有机的组成部分,如果你没有能从你的生活经验的全局,从你对于人生的理解和感受的全局,从你的哲学思想,你的心灵的深处赋予这个故事以你所独有的一种调子、一种色彩、一种风格、一种你所独具的叙讲的方法,特别是,如果你还没有从你的全部生活与情感的宝库中赋予这个故事以某些细节的补充、某些情节的加工和改造,某种勇敢惊人的想象,那么,你最好还是耐心一点,不要轻易地挥霍掉你的这个可贵的故事吧。

第四种情况是你有一堆素材,一堆形象,一堆事情,一堆人物,一堆情感,却还理不出头绪来,似乎都值得写,又都不知道该怎么写。这才是一种真正值得祝贺的情景。你慢慢地安静下来吧,把你的炽热的心灵稍稍晾一晾——热馒首是好吃的,但总要晾一晾才能吃到嘴里。让你的成群的记忆和幻想得到沉淀,让你乱麻般的思绪得到梳理。当你晾得凉了一点,静下来以后,在成群和一堆当中,先抓住一个最亲切、最吸引你、最发人深思的东西吧,有了一个突破口,你会趁势扩大战果,夺取胜利的。

第五种,第六种,第七种和第八种……谁知道还有多少种呢?甘苦要自己去体会,道路要自己去走,跤子要自己去跌。既然每一篇作品都是一个创造,是在给人类的精神财富、给文学的大厦增添一点新的、前所未有的东西,那么,即使是最有经验的作家,在自己的创作中也必然时时遇到新的、前所未有的困难,必须解决新的、前所未有的课题。困难与创造性成正比,生产似曾相识的套出来的货色是阻力最小的,也是最无聊的。道高一尺,魔高一丈,忧患与成功俱来……谁让你拿起笔来了呢?

六

如果我们承认任何比喻都是跛足的,如果我们不怕由于比喻的某一个方面包含着另外的意思而被抓辫子、打棍子、钻空子,那么,当你进入这个艺术构思的过程中的时候,你会觉得你在进行一个类似什么样的工作呢?

你在进行类似上帝的工作(严正声明:可不是你想当上帝)。你要创造一个完整的世界,你要创造天和地,海洋和大陆,动物和植物,春夏和秋冬,风雪和雨露,高山和大河,绿洲和戈壁,男和女,老和少,生和死……你要掌管这些人的命运,出生和死亡,成长和婚姻,公事和私事,阴谋和爱情,幸运和倒霉,成功和失败,奋斗和灭亡,胜利和挫折……

你必须顾及这一切,看到这一切,摸到这一切,为这一切而操心。只有做到这一点,你的艺术世界才是真实可信的,才是鲜明和确定的,才是根基稳固的。只有做到这一点,你才有力量从中选择你最拿手、最能发挥你的特长而又最为社会所需要的东西。虽然你只写一点一滴,你构思的时候却想到了全部。虽然你写得含蓄朦胧,然而你构思的时候却已经知道了许多许多……

如果你稍不小心,如果你在日期上、年龄上、季节上、地点上、场合上、日月星辰上、服装道具上、一个脸色或者一根头发上有一点粗疏,有一点错乱,有一点任意"乱点鸳鸯谱",有一点不郑重、不严肃、不负责,就会使乾坤逆转、日月颠倒,就会引起你的那个艺术世界的地震、雪崩、泥石流,甚至天塌地陷,使你的那个艺术世界像淋了雨的纸房子一样地垮成一摊烂泥。

相反,如果你很细心,很认真,如果你是一个称职的"上帝",那么,尽管为了创造一个艺术的世界你曾经熬红了眼睛,拈断了胡须,你曾经惨淡经营、心神劳瘁,你曾经几经修改、打乱重来,你曾经长吁短叹甚至一度失去了完成它的信心,但是,一经创造好了这个世界,一旦进入了这个世界,这个世界是这样清清楚楚、无可置疑,是这样生机盎然、鲜明凸出,以至于你根本不相信它是你的产品,你觉得它原本就是那个样子的,从来就是那样存在的,它成了不以人们的意志、包括你这个"上帝"的意志为转移的客观存在。你觉得你不过是像一个航海者、一个探险家、一个旅行家一样不无偶然地发现了它罢了,你觉得一切的情节、一切的发展、一切戏剧性的场面和惊天地泣鬼神的事件、结局都不过是这个世界、这世界里的人和事自己发展的结果,你并不能影响它。你觉得一切细致入微、丝丝入扣的情节、细节、背景、道具……都是它本身所具有的,你不过是如实地予以描摹和记录罢了;你觉得一切安排,一切结构,开头和结尾、波澜和反复,一切惊人之笔、感人之笔,都是本来就注定如此的;你觉得一切语言,一切精辟的、幽微的、动人心弦而又别出心裁的句子,都不过是那个原有的世界的人与物自身所具有的特征,是那个世界自己提示出来的,或是那些人物自己说出来的,你不过是个忠实的速记员罢了。

这就是说,创造的结果全无创造的痕迹,创造者完全不相信、完全忘记了自己是创造者,"上帝"变成了这个世界的一个奴仆、一个文书、一个速记员,精心制作的结果变成了拣拾现成,踏破铁鞋无觅处的结果变成了得来全不费功夫,斧凿的结果变成了自然而然,反复斟酌的结果变成了无可更动和无法更动。最后,创作变成了摹写和叙述,写在纸上的文字变成了活生生的人和事。这是多么神妙,又多么平淡无奇的事业啊!

七

在"上帝"所创造的一切当中,最核心的是人。写作品的中心任务,也仍然是写人。即使有些作品是以传奇故事或者状物写景为主,它表现的仍然是人的命运、人的心理。

不知道"洋上帝"是怎么造人的,在我们的土的说法里,人是用泥捏的,捏好以后,"上帝"向他(或她)吹一口气,然后,他(她)活了。

这个土办法大体上也适合你这个"上帝"。第一,要用泥捏,就是说人物塑造的材料要来自生活；第二，要吹一口气，就是说要把你的灵魂、你的感情、你的温热的一部分献给他。

要有生活依据，当你写一个人物的时候，不是由于某种概念需要图解，不是你的主观想象，而是由于你确实在生活中曾与这样的一类人物邂逅，因为你熟知他们像熟知自己的亲人或故人，你一听他们走路的脚步声、咳嗽声，一看他们的背影，甚至一看他们丢下的一副破手套，你就可以分辨出那是谁。

要注入自己的灵魂，要和他们纠缠在一起，或是爱或是恨，或是敬仰或是怜悯，或是同情或是厌恶，或是嘲笑或是赞美……要和他们息息相关，要和他们发生难解难分的关系。在一个人物快要出场的时候，你要有点期待，有点着急，好像在火车站台上等候你的亲眷，或是像在斗剑场上等待你的对手。当一个人物动起来、发展起来的时候你要为之悬心、为之忧、为之喜、为之抚掌、为之拍案、为之怒发冲冠、为之慷慨悲歌、为之顿足叫苦、为之喟然长叹……当某一个人物走下了人生的舞台，或者当你的作品接近尾声，所有的人物将要和你、和读者告别的时候，你要依依不舍、怅然若失、相约相嘱，但愿后会有期……

要相信这些人物的真实性，倾听他们自己的心声和意志，让他们按自己的逻辑去活动，去发展，切不可像摆弄棋子一样去摆弄他们，切忌张冠李戴、李代桃僵。如果你这样做，你这个创造人的"上帝"马上就会变成毁灭人的魔鬼，像外国童话里所描写的那样，在你的越俎代庖的手指接触到他们的那一刹那，你的人物立刻变成一堆呆板的石头。

要和你的人物谈心、争辩，要向他们穷追不舍地提出这样或者那样的、直指他们的内心深处的最隐秘的问题。要进入角色，设身处地，挖掘这些人物的灵魂，也挖掘你自己的灵魂。即使是最愚蠢、最恶毒、最反动的敌人、坏人也绝不认为自己是毫无道理的，即使是无可救药的思想僵化者和官僚主义者也会有自己坚信的为人为官之道,有自己的令人"同情"的苦衷。要给自己的人物以发言权、辩护权、上诉权,只有深刻地挖掘人物才能正确有力地评价人物。歌颂纸糊的英雄和打纸糊的老虎,不论吹打得多么热闹也是乏味透顶的。

要注重人物的个性,每一个人都是与众不同的,最相近的人也不能两个人做同一的工作,讨同一个老婆,喘同一口气,而我们写出来的人物居然会与旁人写的雷同,真是咄咄怪事!关键在于你不要只写那人所共知的一般的东西——共性。

每一个人都是一个世界,在他(她)的身上反映着时代、民族、阶级、历史、社会。任何个性都不是简单的,不要把个性变成某种脾气的符号,如急躁、主观、马虎,简单的表面处理很难对塑造人物有补。

最后,为了写好人物,最重要的是你必须富有革命的人道主义精神,你要富有无产阶级的人性、劳动者的人情味。马克思主义者并不认为阶级分化是人类历史的永恒的规律。无产阶级要解放自己就要解放全人类。要爱人,爱人类,关心人。这样,才能找得着打开每一个人的心灵的钥匙。要相信人类自身的进步、发展、光明的前途。我们所以痛恨阶级敌人,痛恨林彪、"四人帮",正是因为他们歪曲了人性、摧残着人情,他们是人类的敌人。然而不论敌人还是英雄,我们都要把他们当做人来写,而不是当做鬼和神来写。正因为这种社会的阶级斗争发生在人间,而不是发生在天堂和地狱,所以这斗争才如此地牵着我们,所以我们才赞颂与亲近英雄,仇恨与蔑视敌人。

拿起笔来,好好地写几个人吧!特别要写那些可爱的、可亲的、值得敬重的人。要告诉千千万万普普通通的人,他们可以变得更加可爱可亲可敬,他们的生命和胸怀是包含着许许多多美好的矿藏,他们完全可以过得比现在更高尚、更有价值、更正直一些。要让我们的笔来到人民的心灵当中采矿,要炼出更美好、更坚强和更有用的钢材来,巩固我们的社会主义的大厦。只有爱人民的人才写得好人物,这是任何技巧也不能取代的。只有爱人民的作家才能受到人民的爱戴,这是任何吹捧也不能顶替的。

八

年轻的热爱文学的朋友！为了拿起笔来，你已经经历了漫长的心理过程，做好了许多准备，你已经过五关而斩六将了。你已经具备了一个作家应有的品格和能力的某些基本的方面，你已经正确地选择了题材，你既有激情又有生活，而想象力已经创造出了一个崭新而又亲切的世界，你已经进入角色并且如数家珍地熟知自己的人物和事件了。你手中的笔已经在躁动、在不安、在跃跃欲试，像赛前的奔马一样，只是靠缰绳和嚼环你才控制得住它，只待一声令下，它就要全力冲出起跑线了。

然而还有一个问题使你苦恼，那就是结构。特别是如果你的作品当真是从生活出发、汲取了生活的营养的，如果你有比较丰富的内容要写，尤其如果你要写的是一个比较大型的作品，那么，到底应该从哪里开始、怎样衔接下去呢？怎样才能引人入胜而又天衣无缝呢？怎样才能条理分明而又气象万千呢？

结构的任务在于解决一系列矛盾、一系列难题，要单纯而不要单薄，要复杂而不要芜杂，要丰满而不要臃肿，要明白而不要浅露，要曲折而不要故弄玄虚，要含蓄而不要晦涩，要深沉而不要装腔作态……

这样的矛盾还可以列举许多，这样的分寸感只有靠经验、靠自己的内心去感觉、去衡量。

至于讲到作品的叙述顺序，你可以从这几个方面考虑：一个是按照事物的发展的自然顺序，亦即按时间的顺序写；一个是按照叙述的逻辑，按叙述的吸引人、讲得清这两个要求来安排顺序，可以夹叙夹议，可以回顾往事，可以卖关子、暂留关节以待后面揭晓，总之，你要做一个会讲故事的人；再一个是按照心理活动的逻辑和顺序——联想、触发、追忆、幻想、现实、外部世界、内心世界，都融会贯通于一体……当然还有其他的写法。

不论用什么写法,都有一条要求,你要学会用读者的心理来感觉、来体察你的作品的结构,你是作者,但也是读者,在这里,自我欣赏这个词用起来没有丝毫的嘲弄的意味。你要自我欣赏,你会感觉到一种力量在推动你继续写下去,或是一种力量在拉着你换一个角度、换一个调子、换一条线来写。你要倾听你内心的这种声音,不要墨守你原定的写作大纲,对一个作品要有一个最起码的、但是并不容易做到的要求,就是要读得下去。读不下去的作品再高妙也很难被人民所接受。所谓自我欣赏,所谓感觉和体察结构的本领,就在于读不读得下去的敏感,稍有读不下去之感,立即停笔,另辟蹊径。

在结构上,章节的安排、写作的手法以至修辞造句——句式的处理上,要多会几手,要变化多姿,叙述之后不妨有回忆,描摹之后不妨有抒情和哲理,正叙、倒叙之后可以有交叉叙述,对话之后可以有书信或者日记,悲剧和正剧之中不妨有点希望、有点幽默、有点安慰,喜剧闹剧之中不妨有点严肃的东西。总之,要使读者如行山阴道上,要使他们每前进一步都看到新东西,要使他们有目不暇接之感,要与读者的心理息息相通,凡是读不下去的东西你也来他个写不下去。

当然,也不能追求廉价的噱头,不能用庸俗的东西去扩大市场,不能降低你的作品的思想格调和艺术趣味,吸引的目的是为了提高而不是降低。

九

《当你拿起笔……》已经写得够冗长了,冗长得足以败坏拿起笔来的青年朋友的情绪,甚至使你想到"索性放下笔"了。谁能把创作谈清楚呢?这是一种最少固定、最多例外,最少常规、最多变化的精神活动。

所以,你千万别太相信像"拿起笔"之类的创作漫谈,这个人的体会对于那个人也许无异说梦。倒是那些老生常谈——关于生活是唯一的源泉、关于思想性和艺术性、关于刻苦学习、关于认真参加三大革命运动——对你才是更有用的。

文学创作也是手艺，但不仅仅是手艺，而且主要的不是手艺，所以它既无窍门也无法祖传。有世袭的瓦匠，有世袭的鞋匠，但是历史上少有世袭的作家，原因就在这里。

比如说语言，靠小本上记永远也丰富不了语言，语言是思想符号、是事物的符号，只有生活经验丰富，阅历丰富，学问大，知识多，感情丰富，思想丰富的人语言才会丰富；只有头脑细密，感情细致，观察细致，知识缜密的人语言才会细腻入微；只有看得深，感受得深，想得深，学问深的人语言才会深刻犀利。所以，你要作诗，功夫需在诗外，作文也是一样。

请原谅我这样告诉你：并不是只要努力写就一定能写好，不是每一个人都适合写作，原因在于"文"和"写"之外。

不要怕失败，但也绝不能蛮干，要研究每一次失败的教训，要找出原因，加以改进，要一步一个脚印。不要怕修改，当编辑给你提出修改意见的时候不要不虚心，更不要发火。但是修改一定要慎重，因牵一发而动全身。如果修改方案没有推动你进入一个更好的境界而是使你狼狈不堪，甚至使你的"境界"、你所虚构的艺术世界有陷于混乱、停滞、黯然失色甚至崩溃垮台的危险，那就宁可暂不修改。

可以常写。也不要被前面的什么品质和条件啦、境界啦……这些东西吓住。那是指比较理想的一种状况，现实的创作会有许多不同的情况，例如，还有墙报和黑板报，还有业余的文娱活动，还有用文艺形式进行的时事政治宣传、爱国卫生宣传、计划生育宣传……一个业余作者，不要轻易拒绝这种任务。完成这一类任务，不但对人民有益，也有助于练笔，有助于使你的业余创作活动得到领导和周围同志的理解和支持。

可以常写，但不要轻易耽误本职工作，不要轻易下终身以写作为业的决心。写好了,先给自己的同志、朋友看看,要求稍微高一点,似曾相识的东西,毫无新意的东西,或者还不很连贯、莫知所云的东西,就不一定寄给期刊编辑部了。写的可以多一点,投寄的则要严格掌握一下。不要碰运气,图侥幸;不要随意埋怨、咒骂编辑没有好好地看稿子,对自己的劳动不尊重,势利眼;不要搞得"牢骚先行",牢骚比作品还多。首先,如果你有点不严肃,把不像样子的东西到处投寄,这本身也是个对编辑同志的劳动是否尊重的问题。其次,我们的国家这么大,各种报刊、出版社这么多,"东方不亮西方亮",你要真写得好不会长久被埋没的。当然,对编辑有意见也要提,但对你本人要求得严格一点,当不会引起你的反感吧。

不要太热,免得烧坏了自己。要把火热的创作激情与坚强的意志、清醒的头脑结合起来。不要急于求成,不要任意向私人求助,不要以为可以靠哪个名人帮助你登上文坛。是良种就能抗逆、抗低温,就能发芽。任何种子的发芽都靠自己,任何种子的发芽都有一个过程。当然,社会应该提供一定的条件,应该有一定的温度和湿度,应该反对压制新生力量和漠视新生力量的现象。问题是,并不是每个自称新生力量的写稿者都一定是新生力量啊。

我们讲了许多拿起笔来以后的困难和拿起笔的美妙。如果你真有这个条件又有这个愿望,你当不会被困难所吓倒,当不会惧怕为写作而付出代价。"文章憎命达""愤怒出诗人",这些话至今有一定的道理。不畏险阻是攀登科学高峰的前提,攀登文学艺术的高峰也是同样的。与创作劳动本身的庄严与艰巨、与从事这种工作的神圣的责任感与引人入胜的魅力相比,甚至连成功与否也不是那么重要的了。爱这种劳动,严肃认真地进行这种劳动吧,祝你胜利!

发表于《青春》1979年第10期至1980年第1期

创作得失杂说

——给伊犁河畔有志于创作的朋友们

创作的"工艺学"是不那么固定的,一个已经写了一百篇成功的作品的作家,也不能绝对地保证他的第一百零一篇作品具有同等的质量,只有"四人帮"的蠢猪式的御用班子才在那里侈谈"三突出"之类的金科玉律。创作的道路是不平坦的,远远不是每一个有志于文学创作的青年的劳动都能获得有益的成果,有些人辛勤终生而成效甚少,有些人走到了邪路上。

唯其困难,更加必要。为什么不谈谈创作呢?哪怕只是谈谈失败的教训,哪怕谈得片面、主观,以树木代森林也罢。因为,文学事业毕竟并不神秘,在这里,起作用的毕竟不是先验的"天才"或者不可捉摸的命运,创作的规律是可知的客观存在。

所以,我们假设邀请了几位当年的文学爱好者,请他们谈谈他们的经历,谈谈他们走过的弯路,谈谈他们用岁月、汗水甚至眼泪换来的一点教训。

一

老张说,他从小热爱文学。从小学,他就几乎把全部课余时间献给了文学。古今中外的好作品都使他入迷,他在梦里也吟诵着一行行美好的诗句。"写东西",这个想法是何等诱人!每当坐在桌前,面对稿纸,拿起笔来,他就有一种沉醉感,他时时刻刻处于创作的冲动之中,十余年来,他没有停过笔,吃饭的时候他也常常陷入沉思,他的中指背上磨起了硬茧,他过早地戴上了老花镜。然而遗憾的是,他几乎没有写出过一篇被承认的作品,退稿已经积满了他的箱箧,他还经常被认为是一个落后的、不安心本职工作的人,连他的爱人也骂他……

老张同志,您的不幸在于您颠倒了文学与现实生活的关系,您已经不自觉地变成了鲁迅先生所谆谆告诫切不可做的那种空头文学家,您的爱好文学,变成了一个悲剧。

当然,好的作品都有永久的魅力。一篇作品中所包含的栩栩如生的人物、浓郁的生活气息、曲折动人的故事、天衣无缝的结构、如火如潮的激情、精彩绝伦的细节以及精美的语句,都令人倾倒而爱不释手。但是,所有这些之所以令人喜爱,并不是因为它们本身,而是也仅仅是因为它们艺术地再现了现实生活,它们体现了指导现实生活的革命真理。文学的美和魅力,乃是现实生活的美和魅力的表现。我们爱读文学作品,是因为读了革命的、进步的文学作品能够帮助我们更好地认识生活,激发起更大的热情参加现实革命斗争,以更高的共产主义觉悟和道德标准来对待我们每日每时碰到的人和事,从现实生活中发现和吸收更多的有意义的、崇高和美好的东西。离开了对于现实生活的反映和反作用,文学就失去了它存在的价值。

所以,毛主席早就教导我们:"革命的文艺,则是人民生活在革命作家头脑中的反映的产物。"毛主席强调指出:"人民生活中本来存在着文学艺术原料的矿藏……这是唯一的源泉,因为只能有这样的源泉,此外不能有第二个源泉。"剧本并不能产生剧本,小说并不能产生小说,全力钻到剧本或者小说当中的同志往往写不好剧本和小说,把天下的诗篇倒背如流的人也未必能写出一首好诗。只有全心全意地投身到火热的斗争的深处,积极热情地参加三大革命运动,并以马列主义、毛泽东思想作指导,做到对现实生活有所理解、有所体会、有所激动、有所记忆、有所加工和发展，您才能进入创作的过程。

因此，您首先应该是一个积极的革命战士，一个脚踏实地的劳动者。在这个意义上说来，文学事业按其本性就是业余的，越是一心想着"写东西"的人越写不出"东西"。毛主席的诗词气吞山河、文如日月，这首先是因为他老人家的伟大的革命实践。"此去泉台召旧部，旌旗十万斩阎罗"，没有像陈毅同志那样亲身经历革命战争的严酷的生死关头，没有陈毅同志那样的无产阶级革命家的胸怀和情操，就不可能写下这样惊天动地的诗句。"我以我血荐轩辕"，鲁迅先生"自题小像"的时候并没有想到日后要"做起小说来"，他的"做起小说"，也只是为了"遵"革命之"命"。就拿古典作家来说吧，难道曹雪芹是为了日后写长篇而去"体验"封建家族的兴衰的吗？即使是职业作家，第一，他们在成为职业作家之前首先必须是生活斗争中积极的一员；其次，在成为职业作家之后他们绝不能丧失自己对社会生活的热情和责任感，写作，只不过是他们参加社会生活的一种（不是全部）手段罢了。

但是，您弄颠倒了，您落后了，您的那些"创作冲动"，其实是病态的假象，周围的同志和您的爱人对您的责难是有道理的。您陷入了叶公好龙的自相矛盾之中，您只好画上的龙而不好真龙，您只爱文学而不爱人民的生活斗争。不爱真龙的人是画不好龙的。

把您的文学爱好放到适当的地位吧，努力去战斗、去劳动、去工作吧，和工农兵，和您周围的同志打成一片吧，等到有真情实感的时候再拿起您的笔来吧。期待着您写出真正言之有物、有益于革命、有益于人民的新作品。

二

老王有点不大服气，因为他觉得上述的道理解决不了他的问题。

他积极要求到基层去工作,他完全懂得只有熟悉工农兵才能反映工农兵。他在一个公社、一个生产队一干就是好几年,开始还有一点新鲜感,很快一切就司空见惯了,上工、下工、开会、散会、汇报、总结、表格、数字,平淡无奇,没有戏剧性,没有新鲜故事。他开始怀疑,是不是自己挑错了地方,应该找一个更先进的模范单位,那里才会有真正的创作题材。他调动了工作,他发现了新单位的一些先进之处,这些先进之处报纸上已经多次报道过了,此外还有什么可写的呢?算了吧……

老王同志,您的经历是可以理解的,您的道路要比老张同志正确得多,您在基层工作多年,流了汗,出了力,为人民做了有益的事情,您无需为了没写小说而过分地遗憾。但是,这里有一点要说清楚,就是那些创作上多少有点成绩的人绝对不是因为他们碰运气碰到了现成的典型人物、曲折故事,虽然这样的人物和故事其实在生活中成千上万。创作的第一步在于发现,在貌似平凡的日常工作中,在上工、下工、开会、散会之中发现巨大的历史事件的脚步,发现人民的斗争和成长,发现无数可歌可泣的人物和事迹。为了这,您要认真学习革命理论,使自己能敏锐地观察生活、深入地解剖生活、正确地认识生活。那时候,您周围的许多平凡事物就会突然变成有意义的吸引人的题材,驱使您油然产生提笔的强烈愿望。当然,革命理论是工具,是帮助我们认识社会生活的望远镜、显微镜,不是"发现"的本身、不是虚设的认识生活的结论,不然,就会变成"主题先行"了。

立足于现实,为革命理想而奋斗,为人民利益而发言,从现实生活中看到理想的萌芽和光辉,从革命理想的宏伟图景中看到不断改变现实的必要性,从而唤起参加现实斗争的强大动力,这是需要我们共勉的。

三

　　老赵同志积极正派，不怕吃苦，他写作的目的明确：要表现工农兵、歌颂工农兵、为工农兵服务。他一有机会就出现在生产队、车间和营房里，他搜集了大量动人的好人好事，他写过一些较好的通讯报道，就是在闲谈中，他说的那些好人好事也使人感动不已。但是，奇怪，他写的作品却经常被说成是"缺乏感染力""一般化"而被搁置。人们告诉他，新闻报道和文学作品的区别在于一个是真人真事而另一个是集中概括、有所虚构。那么报告文学呢？传记呢？他搞不清楚。但还是虚构一下吧，他开始把三个人的先进事迹集中到一个人身上，把一个人的先进事迹加以延伸和改善。这回该可以了吧？结果仍然不满意。

　　这个问题不大好谈，熟知一个事物的人未必能给这个事物下一个科学的定义。比如说，谁都会分辨食物是生的或是熟的，但是请给"熟"下一个定义吧！水到了摄氏一百度就算开，这很明确。可是馒头怎样才算熟呢？蒸四十分钟以上？如果您的炉火火力很差呢？咬起来不粘牙？如果您的面团风干了呢？或者把食物从生到熟的变化列出化学分子式来？这只会把一般人搅得更糊涂。但是，我们还是尝试着来做一下这件费力不讨好的事情吧。

　　某些新闻报道是有文学价值的，但文学毕竟与新闻报道有区别（其实，一切用文字表达的东西都可能有文学价值，例如伟大的革命导师马克思的《资本论》就有很高的文学价值，文学作品和文学价值，这是两个有所不同的范畴）。好的文学作品，一般地说，总是用最生动、最形象的方式来反映丰富多彩的现实生活，来塑造"典型环境中的典型人物"，来宣传革命的、先进的思想。文学作品也是宣传，但它不同于其他宣传手段，因为它不仅诉诸读者的理智，使读者对它反映的客观现实的社会意义有所认识，使读者对它所反映的人和事的是非、善恶、真伪做出应有的评价;文学作品在起到上述作用的前提下,还要诉诸读者的感官、感情,虽然是以语言为媒介,但要使读者如闻其声、如见其人、如嗅其味、如临其境,产生强烈的向往或者鄙弃、爱或者憎。使读者为之哭、为之笑、为之拍案而起、为之热血沸腾。

而我们的老赵同志,他总是忽略了原始的生活素材的活泼的样式、闪闪发光的细节,忽略了人物的千差万别的个性特点和波澜起伏的内心世界,忽略了环境的气氛和色彩,在他的笔下,生活只剩下了最一般、最赤裸裸的普遍意义。当您作为通讯写给报纸或者讲述给友人的时候,人们是感动的,因为任何崇高的思想、行为和事迹都是能感动人的,但是,当您企图把它写成文学作品的时候,它反倒丧失了新闻报道所具有的那种严格的和直接的可信性,却又还没有达到毛主席所教导我们的"更高、更强烈、更有集中性、更典型、更理想,因此就更带有普遍性"。这里,您仅仅从数量的堆积或延伸上进行虚构是不够的,从生活到文学,需要认识上的一个飞跃,这个飞跃并不摒弃原始生活素材的形象性和多样性,而是提高和发展了它。这就是说,文学创作离不开形象思维。形象思维也并不神秘,日常生活中时常可以碰到这种现象。例如,您有一个最亲密的战友,他帮助过您走上革命的道路,他对您的思想的成长发生过巨大的影响,现在,您已经多年没有与他相见了,当您怀着深厚的无产阶级感情怀念他的时候,您必然不仅是总结一下他的几件先进事迹,而且会想起那么多细致的情节。写文学作品的时候也应该是这样。

老赵同志,您还是多读一些优秀的文学作品吧,再和您的那些不太成功的作品做一比较。多吃一些馒头,分辨生熟就不难了。

四

老李同志是写作的老手,他写过、发表过不少东西。他有一定的生活积累，也在相当程度上掌握了结构作品的规律，每写一个作品以前，他都有详细的提纲，对于主题、中心事件、主线和副线，人物和人物关系，矛盾冲突的层次（分几个回合）以至节奏等都有较周到的考虑。写出来的东西一般都比较完整，同时，他很熟悉编辑部的需求，注意自觉地配合党的中心任务，写稿子的时候又能把握时机，所以，他的作品的采用率是很高的。但是，他自己并不满足于这种状况，而是希望能有所突破、有所创造，他感觉自己写的东西愈来愈缺乏新意、似曾相识了，发表的东西篇篇如石沉大海听不到任何反响，他甚至觉得近年来发表的作品还不如十余年前他初次拿起笔来写的那种臃肿、幼稚的习作。

　　老李同志这种严格要求自己、精益求精的精神是很令人钦佩的。他谈的这种现象比较复杂，难以估价清楚，目前，我们暂且从两个方面谈谈，一个是到底怎样掌握运用结构文学作品的技巧，一个是怎样更好地配合党的中心任务。

　　现在先谈第二个问题。党的中心任务，如果是指一个历史时期的战略任务，那么去配合党的中心任务，也就是作家的神圣职责。为了完成这个职责，需要平时付出巨大的劳动：刻苦地攻读马列和毛主席的书，学习党的方针政策，熟悉和研究社会生活，有足够的积累，那么，党的中心任务，必然会引起我们去讴歌、去配合的愿望，这正是一个文艺战士的党性、革命的自觉性的表现。同时，党的中心任务总是来源于对现实斗争的深刻了解与科学分析，反映了客观世界的发展规律，故而总是能启示我们，帮助我们去更好地开掘和反映现实生活。虽然您可能只是为某个节日或某个事件写千把字的短文，然而，为了这篇文字，您已经准备了几十年，您的政治热情、您的理论修养、您的生活经历和知识水平，都不是短时期内可以造就的。也只有这样，我们在完成这样的创作任务当中，才会感到有说不完的话、写不完的人和事、抒不完的情，而不致处于现趸现卖、捉襟见肘甚至是东拼西凑等于是靠借贷度日的窘境。相反，如果我们所说的中心任务只是指一个短时期的具体工作重点,而这个工作重点还没有经过实践的检验,没有经过人们的充分认识、理解与消化,那就还是不赶这样的浪头为好。仓促配合的作品往往是短命的,例如一九五八年"大跃进"时期,就有许多这样的教训。

在这里,不管我们的创作任务是来自领导的要求或者编辑的组稿,或是受到了哪篇社论的启发,当我们进入创作过程的时候,仍然要遵循唯物论的反映论这一认识论的规律,努力去挖掘自己的生活积累,去补充自己不熟悉的生活素材,立足于生活,出发于生活,从中概括出自己的作品的主题、人物、事件、结构,而不是相反地搞什么主题先行,不能一味地靠揣摩和迎合编辑部的意图来提高自己的作品的采用率。为什么老李同志对自己的某些好心好意地配合中心任务的作品的质量感到不满呢?首先,您对党的中心任务的理解还比较简单、肤浅,知其然却不知其所以然,没有把党的中心任务化成自己的血肉和灵魂,化成自己的欲罢不能的政治激情。其次,您把自觉地服从中心任务的需要,即服从社会需要这一方向,代替了从生活出发的具体的构思过程。如果您坚持唯物论的反映论的原则,如果您更加严肃刻苦地对待这些创作任务,不论您是写四行小诗或一篇几百字的杂文,您写的虽只是"一斑",却要倾全力从您几十年的生活实践的"全豹"中选取这"一斑",要倾全力用您几十年来刻苦学习和努力参加革命实践所形成的世界观、阶级爱憎来照耀这"一斑",那么,您可能会搞得好一些的,是么?

五

在探讨老李提出的另一个问题,关于掌握和运用技巧的问题之前,老刘同志插了个话。老刘是列席会议的编辑,他不准备提出什么新的问题,而只是为老李的第二个问题提供一点旁证。

他说,在他的编辑生活中,他常常看到这么两类稿件。一类来稿提供了新鲜的生活场景,写了别人没有写过的人物、事件和感情,但显然是新手写的,他不善剪裁、表达,该夸张的地方不敢夸张,该省略的地方不敢省略,作品不匀称,不像小说(或其他体裁),有些地方疙里疙瘩,有些描写还有副作用以致损害了思想内容。还有一类作品,一看就"像",有头有尾、有故事、有悬念、有议论、有抒情,总而言之,该有的都有,除了新鲜感。你老觉得在什么地方见过它,虽然谁也不能确切说出那一段是出自何处。

老刘同志认为,有经验的编辑宁可喜爱前一类稿件,这才是编辑们显身手的机会,他帮助作者调整、修饰,更多的情况下是删节一下,一篇作品就诞生了。而后一类稿件,编辑同志就难以下手,发之无味,弃之可惜。

是的,用一句粗俗的话来说,就是首先要看一篇作品里有货还是没货,货少还是货多。巧妇是难为无米之炊的,而且,创作上的"炊事"并无定规,完全视"米"而定。

当然要学习和掌握结构作品的技巧,但是千万不要把这种技巧当做框框,作茧自缚,更不要接受初澜之流的御制精神枷锁,也不要把任何技巧当做创作的先验的出发点。

从文学史上来说,优秀作品往往不是对"小说作法"之类有所知的人写的。结构的方法千变万化,只能来自生活,把任何规格绝对化都是危险的。比如说有人把开头必须引人入胜、结尾必须余音绕梁作为写小说的法则。其实不然,用大实话"某年某月某日某时某地某单位某职务的某人正因为某事而奔忙"这样的办法开头的作品未必平庸,用"春夜,一个黑影一闪"之类的话开头的作品未必出色。用"后来,真相弄清楚了,他们达到了新的团结"这样的话来结尾的小说未必干瘪,用"……"结尾的小说未必精彩。还有人指出"凡戏剧必须故事性强、情节曲折""不管有多少事件,中心事件只能有一个,不管有多少条线,主线只能一条,不管有多少场,只能有一场高潮,不管有多少人物,只能有一个主角……"等等,这种"理论"也可能是基本正确的,但绝不能概括全部,更不能视为硬性的规格。

这么说,是否文艺作品的形式就没有什么"规格"了？它成为主观随意的东西,因而人人都可以宣布自己的作品写得最合适呢？当然不是。文艺作品的形式必须服从于内容,能不能很好地表达所要表达的内容,这就是首要的标准,而且,还要看客观效果,看作品在读者中的作用。

老李同志所以看到近年来他的作品有些不足,除了"四人帮"反革命修正主义路线的压制、束缚、影响以外,可能是,第一,他初次写作的时候运用了他有生以来的全部生活经验的结晶,而之后,他写得很多,补充的生活经验却没有跟上。第二,他学会了一些结构文学作品的技巧,往往容易带着框框去生活、去写作。从丰富多彩的生活中提炼主题、人物、情节、冲突和照既定的主题、人物、情节、冲突去寻找合适的生活事例,效果是完全不相同的。虽然也不能绝对地否定后者,因为人们在从生活出发确定了写作的意图以后,可以有时也必须去补充一些生活,但这只能是补充,而不是按尺码制作。

老李同志,您不是拿起笔来了吗？您有许多活生生的人物要歌颂、要批判、要鞭挞,您有动人的生活画面要描绘,有故事要讲述,您有许多话要告诉读者,这是多么好啊！这就是根本,这就是"体",而结构的技巧是"衣"。只能量体裁衣,却不能量衣而安装假肢。

创作的过程是各式各样的,得失成败也各有各的经验教训。文艺是阶级的感官、神经和手足,创作上的分歧有时反映了辩证唯物主义的世界观与唯心论、形而上学的世界观的斗争。创作上有许多问题直接反映了资产阶级、修正主义的影响,例如:追求名利、投机取巧、资产阶级的艺术观。由于时间关系,我们假想的座谈会没有能多谈这方面的问题,但是,我们不能放松对于这些错误的东西的警惕。

发表于《新疆日报》1979年9月10—23日

关于"意识流"的通信

田力维、叶之桦同学：

　　来信收到了，谢谢你们对《夜的眼》说了那么多热情的，也许是过分了的话。

　　写小说的人也许不那么懂创作方法，多半是人们写了小说，然后由不写小说的人从创作方法上予以分析、鉴别、归纳、划类。写的时候考虑的是题材，是情绪，是所要反映的生活的色泽和调子，当然也要选择能够表现自己的意图和行动的方法。方法对于题材（指狭义的题材），是第二位的东西。

　　但是，我承认我有意识地用各种不同的手法写小说，试一试嘛。与《夜的眼》几乎同时，我发的《歌神》《悠悠寸草心》《友人和烟》等就各不相同，更与《夜的眼》不同。

　　我也承认我前些时候读了些外国的意识流小说，有许多作品读后和你们的感觉一样，叫人头脑发昏。我当然不能接受和照搬那种病态的、变态的、神秘的或者是孤独的心理状态，但它给我一点启发：写人的感觉。

　　感觉，有人叫做艺术直觉，唯物地说，这是指人们对于世界、对于生活、对于对象的第一瞬间的反映。如果人的心灵好比一架钢琴，那么生活中的每个人、每件事、每个场合都可以分解成一个个的小槌子，这个小槌子敲到心灵这架琴上发出的第一个声音，就是感觉。

　　人不仅能感觉，也能思想，所有的"小槌子"将被正常的大脑所吸收、所消化、所组织,从而序列化、条理化,这种序列化、条理化了的"大槌子"也将敲到钢琴上,它会发出更加明晰、更加有目的的声音,这是第二个声音。然而,它往往也失去了第一个声音的鲜、活、流动性、丰富性。

如果作家是一个很有头脑、很有思想、很有阅历(生活经验)的人,如果革命的理论、先进的世界观对于他不是标签和口头禅,不是贴在脸上或臀部的膏药而早已化为他的血肉、他的神经、他的五官和他的灵魂,那么,哪怕这第一声,也绝不是肤浅的和完全混乱完全破碎的。这流动而多样的第一声中,已经充满了向第二声过渡的因子。其实,任何人的哪怕是单纯的、转瞬即逝的直觉,也都或多或少、或深或浅地反映着感觉者的内心,反映着感觉者的思想、观点、倾向、教养、趣味、性格、人品。心灵这一面镜子,毕竟比玻璃镜子复杂得多,心灵这架钢琴,毕竟是规格各有千秋啊!

这样说有点玄,举个例子。例如鲁迅先生的散文诗《野草》中,就有许多写感觉的,在某种意义上,也可以干脆说是意识流的篇什。《秋夜》《好的故事》《雪》都是这样的。有些人以为鲁迅在那里讽喻,在那里微言大义,总要千方百计地考证"枣树"影射什么,"小红花"影射什么,"怪鸟"影射什么;又有人干脆说鲁迅是在写景,写自然,"没什么主题思想"。这都不对。(请参看笔者六十年代写的一篇论文《雪的联想》,载《甘肃文艺》一九七九年七期。)鲁迅写的是他的感觉,只可意会、不可言传的感觉。但最后仍是可以"言传"——可以分析的。

李商隐的无题诗,也该做如是解。

肖洛霍夫写阿克西妮亚死后,葛利高里抬起头来,看到天空一轮黑色的太阳。这就是写的感觉。如果如实地写太阳,我们可以写火红、金红、橙黄,或者苍白的、憔悴的,或者任何别的样的,但无论如何太阳成不了黑色的。

由此可见,意识流中的写感觉,并非荒诞不经,并非一定就颓废、没落、唯心以致最后发神经病或者出家做洋和尚。

意识流的手法中特别强调联想,这也颇能引起人们的兴趣。联想,反映的既不是思维中的综合、推理、判断,也不是记忆、叙述、想象中实有的或虚拟的事物在时间和空间形式中所发生的连续运动,它反映的是人的心灵的自由想象,纵横驰骋。现实的材料经过联想的重新排列组合,就像万花筒一样花样翻新、大放异彩。看来零乱,其实有内在的统一性。中国文学一贯很重视联想,赋、比、兴中的兴,就是联想。兴和比大有不同,比是主题先行,用形象来说明主题,旧称"意中之象"。而兴是"象中之意",即形象先行,从形象中琢磨意义。对我们深受主题先行之苦的创作,强调一下兴的手法,恐怕是大有好处的。

至于"流动",更不可怕。辩证唯物主义者从来认为世界(包括人们的精神世界)是流动的,变化的,充满了内在的差异、矛盾、斗争、转化、过渡、飞跃的。当然,流动中仍然有相对稳定的东西、转瞬即逝的感觉——印象当中仍然包含着历久不逝的、甚至是永恒的东西。

我不是理论家,但我希望对于意识流能一分为二地看,能够用辩证唯物主义的世界观予以剖析和扬弃,吸收其合理的东西,使我们的文学创作更丰富、更多样,使我们的文学创作更隽永一点,也更惟妙惟肖地、细腻深刻地去塑造人的灵魂。

关于心理描写也要有一个正确的态度,拜倒在洋作品的大段心理描写上面,或者对洋作品的心理描写一概予以嘲笑,或者武断地、洋洋得意地宣布中国小说的民族特色就是没有心理描写,这都太浅薄了。应该承认,生产的发展,社会的发展,文明的发展,使现代人的生活经验并从而使他们的心理活动大大复杂化了。文化水平高的人心理活动就会丰富一些。就是工农的欣赏趣味也在发生变化,解放前工人只喜欢听评书,现在,大量工人(特别是青年工人)也照样捧着意识流的小说在看,林彪和"四人帮"千方百计地亵渎人的尊严,抹杀人的价值,根本不准人们有什么心理活动,不准人有什么感觉、趣味、想象、憧憬,使人变得粗暴、呆钝、麻木。在这种情况下,我们的文学作品注意一下写人的心理活动——情操、意境、精神世界,对于培养社会主义的新人,对于提高精神文明,对于完成崇高而又艰巨的"灵魂工程师"的使命,当是很有意义的。

愈来愈多的青年喜欢看描写心理活动的小说、诗歌和电影,愈来愈多的青年想弄清意识流的秘密,这不是偶然的。意识流的作品对于阅读者来说,难处是不习惯,感到不知所云、莫名其妙,妙处在于它留下了很大的咀嚼、回味、想象以至推理、分析的余地。如何从"第一声"变成"第二声",如何从感性认识变为理性认识,在很大程度上要靠读者自己来完成,这是一种多么大的欣赏的快乐呀!

当然,我们也要充分看到吸收和借鉴这种手法中的危险。我们决不同意那种神秘主义、反理性主义。我们认为不应该把感觉、印象、联想与思考、概念、判断截然对立起来,我们认为前者正是后者的基础,而后者又是前者的结果。我们仍然认为作品应该是有思想的、有主题的,不过主题思想不应该简单到一句话就可以概括,浅露到瞭一眼就一览无余罢了。我们也不专门去研究变态、病态、歇斯底里的心理。我们搞一点意识流,不是为了发神经,不是为了发泄世纪末的悲哀,而是为了塑造一种更深沉、更美丽、更丰实也更文明的灵魂。我们也不同意把心理与生活与社会对立起来,我们写心理、感觉、意识的时候并没有忘记它们是生活的折光,没有忘记它们的社会意义,只不过我们希望能写得独具慧眼,更有深度,更有特色,更有"味儿"。因此,我们的意识流不是一种叫人们逃避现实走向内心的意识流,而是一种叫人们既面向客观世界也面向主观世界、既爱生活也爱人的心灵的健康而又充实的自我感觉。

最后,还要回到开头说过的话,创作方法、手法,毕竟服从于内容。如果搞形式主义,只能学到皮毛,像某些电影上的"慢慢地追"(速摄慢放的男女追逐镜头),已经引起了观众的哗笑。吸收和借鉴必须消化，必须为我所用，必须有所改革、发展、创造。何况，我们也很清醒，意识流手法在国外都已经盛极而衰了，我们何至于把洋人的裹脚布当领带用呢？

希望更多地听到年轻人对于当代文学创作的意见。

此祝

好！

王　蒙
1979年12月9日

附：田力维、叶之桦致王蒙信

王蒙同志：您好！

　　您的作品《夜的眼》在《光明日报》发表后，我们厦门大学中文系的同学争相传阅，许多人喜欢您的这篇小说，也有些人说看不甚懂，不知主题是什么。我们想，这是因为您采取了一种新的表现手法——意识流。不了解意识流方法特点的人，有时就不太容易了解作品的含义，或看不懂，或把作品思想看得过于简单。我们认为您有意识地运用了外国文学中这一现代派的表现手法。我们对您的这一尝试的勇气很钦佩，并觉得您取得了很大的成功，您可以算是三年来最早敢于在文学领域中，标艺术手法之新的作家之一。

　　我们认为，创作方法是有其继承性的，也有其变动性。社会的发展，科学的进步，将给文学创作带来发展和变化，这就往往要求一种创作方法在多方面突破自己原来的框框，从过去或同时代的其他创作方法中，去寻找补充和借鉴。

　　关于意识流的问题，我们希望您能谈一谈，这对读者是有好处的，希望在百忙中给我们回信。

厦门大学　田力维　叶之桦
发表于《鸭绿江》1980年第2期

短篇小说杂议

关于短篇小说的新闻性

说实话,我们是相当重视短篇小说的新闻性的。短篇小说由于篇幅短,"生产周期"短,反映现实快,确实也有具备新闻性的可能。即是说,短篇小说可以相当及时地反映现实,提出社会、政治生活中的崭新的问题,表现时代的脉搏、社会的动向、人民群众的情绪以及有关方面的举措得失。短篇小说的内容往往可以和当时的新闻报道、社论专文、读者来信放在一起,找到互相印证、互相补充、互相影响之处。短篇小说累计起来,便成了活的历史、形象化的历史。

随着社会生产和文明的发展,民主生活的健全,向着四个现代化的目标的进军,新闻的地位是愈来愈重要了。因为新闻第一是新、快、及时;第二,它的内容最具有群众性,它的内容经常是上下左右、社会公众的注意力的焦点。因此,具有一定的新闻性,无疑是一种优点。粉碎"四人帮"以来,短篇小说的收获特别丰美,特别引人注目,一个原因就在于它的新闻性。新闻性会使一篇作品获得极大的成功甚至轰动,所以,我们的作家愈来愈重视在自己的短篇中及时地反映新事物、新动向、新问题,我们的编辑愈来愈重视自己主编的刊物的题材的新鲜和现实性,追求"时鲜货",常常以此来决定稿件的取舍和发出的稿件的排列次序,而我们的文艺评论,也往往用最多的力量去阐发一部作品的新闻性。这是很自然的。

但小说毕竟不是新闻。作者和编辑再快、再敏感,你写出的东西、编出的东西,不但赶不上《人民日报》和新华社电讯稿,也赶不上《新华月报》。小说有自己的特长和特殊的功能,这首先在于生动地、深刻地、典型地塑造各式各样的人物,表达人们的命运、悲欢离合、心理、性格、精神世界,因而能打动人心,丰富、充实、提高、振作、震撼或者愉悦人的灵魂。小说的社会性、新闻性不应该脱离开它的文学性,小说的干预生活的作用不应该脱离开它的培养社会主义新人、做人类灵魂的工程师的作用。新闻性是强烈的,但又是相对短暂的,因为社会事件、社会问题往往较快地更迭变幻,而人物、人的灵魂则有长得多的甚至是永久的魅力。当然,既有新闻性又有文学性的作品则既能轰动一时,又能传之久远,是令人羡慕的,但有时这二"性"不总是那么统一。那么,从文学创作、编辑出版、评论工作的全局来说(即不是以此来要求每一篇),似乎对二者应有适当的兼顾。在今天,尤其值得强调一下后者,因为过分绝对化地追求新闻性,往往造成题材的单调、雷同和艺术质量的降低,造成主题的浅露和欣赏上的乏味。这种毛病现在已露端倪。这样谈一谈,当不会被误解为提倡回避时事、躲入象牙之塔吧?其实,现实的人的灵魂,不都是在社会的风风雨雨之中浮沉,哪一个能在象牙塔里修"仙"呢?

关于小说不宜过分戏剧化

在我国,戏剧(曲)比供阅读的书面小说有更大得多的影响,十年浩劫时期,又把"样板戏"抬到吓人的高度。加之各地多数的专业创作人员是在剧团供职的,我总觉得我们许多同志在写小说的时候有点过于戏剧化了。这就是说:一、像戏剧一样求全,求故事的完整性,要有冲突的双方人物,要有矛盾的发生、发展、转化和解决,要有较多的行动等等。这是造成短篇不短的重要原因。(两年来,关于短篇小说不短的问题议论颇多,但多半是就篇幅谈篇幅,似乎作用不大,甚至令一些小说作者反感,即产生了被干涉之感。有的短篇小说作者干脆写中篇去了,觉得还是写中、长篇畅快。)我想这个篇幅的问题,应从结构和手法上去研讨。二、像戏剧一样组织尖锐、集中、奇巧的矛盾。戏剧由于受演出条件的限制,它的人物和故事是在那种三面是墙的、虚拟的、时间空间都受到严格限制的场景里展现的,适应这种限制,戏剧里常常需要采取悬念、巧合、爆发性的冲突高潮等手法。把这些手法运用到小说里,好处是可能使小说更吸引人,使读者一捧起来便放不下,但也往往给人以人为编造、失真的感觉。我们可以设想,即使成功如曹禺的《雷雨》,如果原封不动地按照其剧情写成小说,读来就难免感到太巧合乃至做作了。问题就在于小说可以不受时间、空间、场景、表演以至舞台条件的限制。例如舞台上不能全无照明,不能全无动作,不能很长时间不出声音,但小说就可以大写伸手不见五指的黑夜,可以大写一个人躺在床上或者神情呆木时的思绪,可以大写"此时无声胜有声"的情景。因此,过分戏剧化的结果往往剥夺了我们本来可以更多地使用的属于小说这种文学样式的艺术手段。

当然,要百花齐放。具体到某一个特定的短篇,只要不失真,戏剧化不但不足为病,说不定还是这篇小说的特点、优点。各种文学样式本来是互相影响的,但从短篇小说创作的全局来说,突破戏剧化的结构,可能有助于短篇小说的多样化。

关于短篇小说的多样化

由于短篇小说只是截取生活的一点、一滴、一片、一段、一面、一角,所以特别能够多样化,也特别需要多样化。从内容上来说,偌大的生活实体,各人"下刀"之处会大为不同,从手法上来说,各人各篇的"刀法"也会大异。

毋庸讳言,我们的短篇小说还是不够多样的。这原因:一、看风向、看行情的习惯、空气。什么题材吃得开就一拥而上，拥挤不堪。二、庸俗化的典型理论，把典型当做平均数，把典型当做图解，于是，一个阶级只能有一种类型的人物，一段时期的某一种社会集团的生活只能有一种主要矛盾等等。三、余悸，求全。短篇小说本身就写不全，衡量一个作者的倾向本应该从他的全部著作出发，而我们却常常抓住一个小东西就给作者下结论。这样，很多易被称作片面性的题材和处理都不敢采用。其实，短篇小说者，生活的片面也。当然，片面中也有全局性的东西，我们写片面的时候胸中亦应有全局。但片面就是片面，不是全面，这一点却无人敢于正视。四、作者才能和勇气不足，总想模仿，总想踩着别人的脚印走。

　　短篇小说应该多样。主题应该多样，可以是最尖锐最重大的社会政治问题，也可以是不尖锐和不那么重大的一个小问题。以小见大的作品有时比大而无当的作品还好一些，还可以是道德的、心理的、哲学的、感情的主题而不直接涉及社会政治问题。主题思想可以很鲜明、很集中，也可以比较含蓄、比较丰富、比较能提供仁者见仁、智者见智的咀嚼余地。

　　题材应该多样，这个问题历来谈的较多，不赘述了。

　　篇幅和分量也应该不拘一格，可以是数万字的"长"短篇，也可以是千字甚至数百字的小品。对于篇幅不同的短篇的分量应有不同的要求，很多人提倡"短"也是叶公好龙，你真写得短了，他又觉得分量轻，不过瘾、不透彻、不全面，使作者想写小品也不敢。

　　结构应该多样，可以着重写故事，也可以着重写人物，也可以着重写某一种氛围、场面、情绪，还可以着重写对话。可以有尖锐的矛盾冲突，可以有淡淡的矛盾冲突，也可以并无什么矛盾冲突（如周立波的《山那边人家》，杲向真的《小胖和小松》）。

　　风格、情调、手法都应该多样。可以是抒情的、冷峻的、嘲讽的、诙谐的、庄严的、快乐的、悲痛的，也可以是混合的、酸甜苦辣都有的。可以用一般的叙述方法，也可以用夹叙夹议的方法。可以主要写人的行为和命运,也可以主要写人物的心理和感受。可以是白描,也可以是尽情铺染。可以很精确,很有分寸,也可以比较夸张,甚至比较怪诞。正剧、悲剧、喜剧、闹剧都可以一试。包括某些古典的、外国的、现代的创作手法都可以采取"拿来主义",为我所用。

像唱歌一样地写短篇小说

短篇小说应该是一首首发自心灵的歌。每一个作者在写每一篇作品的时候,应该确定这一篇作品的调子。它是一首颂歌吗?哀歌吗?浪漫曲吗?诙谐曲吗?不同的调子促使你选择色彩不同、音响不同、节奏不同、味道不同的语言。

有一个词,在群众对文学作品的议论中是经常使用的,但在我们的正式的评论中却不多见,这就是"味道"。群众常常议论某一篇作品很有味道,而另一篇作品没有什么味道。味道包括着趣味,但不仅是趣味,例如许多幽默作品是有趣味的,但仅仅有趣味不见得就有味道,趣味加上深度才有味道。味道接近于韵味,但又不像韵味那样雅致,那样纤细,粗犷的作品可以是有味道的,却没有多少韵味。味道包含着含蓄,含蓄是有味道的一个表现,但淋漓尽致的作品同样可以是有味道的。

我想,味道主要指一个作品对于读者的心灵的作用的强度、深度和持久性。一个作品愈是能比较持久地、深深地和强烈地打动读者的心,我们就说它愈有味道。它是一种直感。当然,它不能脱离思想,脱离读者对于一篇作品的评价,但它先于评价而存在,正像感觉先于概念而存在。

怎样才能有味道呢?怎样才能避免那种千篇一律、一般化、毫无特色的构思、手法和语言呢?问题在于你是"说"还是"唱"。"说"是指用最一般的方式,用最一般的语言,只求表达介绍清楚,却不追求一定的色彩和曲调。而"唱"却需要感情的燃烧,需要特殊的表达方式,需要经过精选的、具有内在的统一性的语言。出自心灵深处的歌才能拨动读者内心深处的弦,而只出自喉咙的声音——哪怕是大喊大叫,却至多只能震动读者的耳鼓。那么,出自投机取巧、迎合、奉承的声音呢?就只能引起读者的厌烦以致呕吐了。这也是不以主观意志为转移的客观规律。

发表于《新疆文学》1980年第3期

论 风 格

一 风格的主观性与客观性

风格是主观的。风格是作家的全部主观——世界观、性格、素质、阅历、知识、趣味、情操……在作品中的外在表现。风格就是人,风格就是个性,风格贵在独创,而独创的根据便是作家的主观,这是不难理解的。

但风格不仅仅是主观的东西,不能仅仅搞返求诸己,更不能搞万物皆备于我。因为,风格同样具有客观性。

风格的客观性包含两方面的意思。第一,作家本身便是客观世界的一部分,他的风格不能脱离时代、民族、地区、社会的某些特性、规定性。一切模仿和借鉴,一切创造和升华,可以是对于作家所生活的客观世界的突破,却绝不是、也不可能脱离客观世界的,相反,只有把根子深深扎在客观世界之中,才能开出绚丽夺目的主观风格之花朵。第二,更值得强调的是,风格与作品的题材有着密切的关系。同一个作家,在不同的题材上,会表现出风格的不同方面,甚至也不妨说是不同的风格。鲁迅的《阿Q正传》与《伤逝》,风格显然有很大的区别。契诃夫的《变色龙》与《新娘》和《草原》,也各有其特色。生活的多样性决定了题材的多样,而题材的多样必然要求风格的多样。特别是对于创作路子比较宽的作家,他写农民的时候,写知识分子的时候,写工人或者领导干部的时候,在语言上、结构上、手法上不能不有所不同。这说明，题材要求着、有时甚至是决定着风格。当然，另一方面，风格也选择着题材，某种风格的作家对某一类题材特别感兴趣，而对另一类题材无动于衷或有心无力，这样的情况也是屡见不鲜的。

　　了解风格的客观性是有意义的。针对着在过去的年代里人们不敢谈风格，不敢谈艺术的个性，不敢抒发自我感受的情形，前一时期有的评论家提出了要表现"我自己"的问题。这个问题提得很好，也确有一些作家在表现"我自己"上颇有成就，以其风格之独特、情感之真挚，打动了不少读者的心。与此同时，我们如果不注意风格的客观性，如果以为可以不把眼光投射到时代、民族、社会上，不植根于客观世界之中，如果以为可以不必费力去研究各种生活样式、各种人物并从而研究各种题材的特点，而只需要挖掘自我、挖掘内心，便可以保持风格的特色，这样，不免包含着一种作茧自缚、使自己的风格钻入牛角尖的危险。

　　风格是主观的，又是客观的。它从来不怕客观，不但不怕，而且炽烈地、如饥似渴地面向着生活，不断地从生活中汲取养料以滋养和丰富自己。在它面向内心的最细微、最深邃之处的同时，它一刻也不应该放松，要把自己的视线投放到祖国、人民、大自然、无限广阔与丰富的客观世界上去。

二　风格便是探求，固定风格便是风格的停滞乃至死亡

　　作家的任务是创造。创造，《辞源》的解释是：发明或制成前所未有的事物。就是说，要搞出新东西来。模仿别人，哪怕是模仿众所公认的巨匠大师，也算不上创造。那么，模仿自己行不行呢？也不大行。当然，旁人的特别是自己身体力行的成功的经验是要吸收的，一个经验丰富的老作家写作的时候与一个刚刚拿起笔写自己的处女作

的习作者是不同的,前者会熟练得多,会有许多经验教训可以借鉴。但即使是自己的经验也仍然是借鉴。同是自己的作品,前一篇成功的作品的主题、题材、结构、语言、剪裁不能照搬到后一篇来,因为后一篇是创造。第一千零一篇作品和第一篇作品,就其为创造、为言前人之所未言、写前人之所未写这一点来说,二者并无区别。是创造就没有现成的格式、现成的开头或者结尾、现成的对话或者旁白可以顺手拾用。是创造就是探求,就是试验,就是披荆斩棘,就有成功和失败两种可能,因而,创造带有冒险的性质。不敢冒险,不敢突破,不敢做试验的人也就没有创造。

风格是创造的产物,创造的成果,创造的过程。风格本身便是一个探求的过程。就是说,风格是一种追求,追求用最适合于自己的、最好的方式、最好的角度,来表现自己感受最深的生活。创造是无止境的,最好的方式与最好的角度是无止境的,因此,风格是无止境的。风格要求发展,风格要求突破,风格要求连续性和统一性,同时风格也要求多样性和连续性的中断——飞跃。

没有比过早地判定一个青年作家的风格更有害的了。他写了几篇成功的,甚至是很成功的作品,他在作品中开始表现了自己的一些特色——对他终身孜孜以求的、任重道远的创作活动来说,只能是一些特色,只能是刚刚开始,不是全部,不是完成,远远不是——他表现出的这些特色中往往是既有长处,也有短处,既有令人赞叹,也有令人忧虑的地方。在这种情况下,过分好心的读者和批评家便开始判定这位作家的风格了,就呼吁他要"保持自己的风格""坚定地走自己的路"了。这样,往往使一个青年作家以为自己的路子已经成功了,定下来了,不要轻易改变了。一旦这样固定下来,按既定风格写,就会走上写姊妹篇的窄路,一二三四,连写几篇,风格乎风格也,彼此模样相仿,不但是嫡亲姐妹甚至像孪生姊妹,读者的兴趣就会逐渐凉下来。研究研究吧,他写作的态度仍然是认真严肃的,写作的水平并没有降低,既不是由于骄傲,也不是脱离了生活，也不是得了几十块钱稿费以后变得腐化。把他的近作和处女作放在一起比较一下，显然还是近作提高了。但提高了的近作却硬是得不到早期作品得到过的那种成功，原因在哪里呢？

原因可能很多。原因之一便是固定了风格。文学作品贵在创新，风格同样也贵在独创性。按固定风格写的结果是似曾相识的旧货或再生货增加，新产品减少，当然会逐渐受到读者的冷遇。

同样，还有一种流行说法，叫做"一眼可以看出风格来"。风格而一眼能够看出来，鲜明则鲜明矣，独特则独特矣，丰富性和深度却不免可疑。既然风格产生于一个漫长的探索、追求、试验、冒险、突破、胜利、失败、再探求、再胜利的过程中，难道它不应该是具有相当广阔的容量，并且随着时间、社会情况的变化而发生某种变化的吗？一眼看出来的风格固然很好，两眼、三眼，甚至看了几遍再琢磨琢磨才能看出来，又有什么不好呢？以茹志鹃在粉碎"四人帮"以后发表的作品为例，《剪辑错了的故事》《儿女情》等难道都是一眼可以看出茹记老店的金印来的么？这又有什么不好呢？这不是很好吗？如果茹志鹃今天的作品与六十年代的《静静的产院》《阿舒》等风格差不多，那不是反倒值得遗憾么？

风格有个宽与窄的问题，这一点在歌唱演员身上表现得最明显。在刚刚粉碎"四人帮"以后，有些老歌唱家重上舞台，赢得了观众的可以说是狂热的欢迎，不但赢得了掌声，而且往往赢得了全场的欷歔和泪水。但时间长了以后，如果观众发现这位歌唱家唱的老是那么几首歌，老是那么一个味儿，就不可避免地慢慢凉下来。如果这位歌唱家路子宽呢？就会时有新创造、新突破、新变化，永葆（所谓永当然是相对的，任何一个文艺家的创造力都不会是直线上升的）艺术的青春。

三　风格的统一与追求

这么说,风格的特色究竟在哪里呢？难道风格必须变成无所不包的"文武昆乱不挡"的东西吗？

当然不是。任何具体的东西、任何个体都是有局限性的,没有局限就没有艺术,没有局限更没有风格。电影是局限在银幕里的,戏剧是局限在舞台上的,小说局限在语言—文字—篇幅里,诗歌就更局限在节奏和音韵里。只有生活才是无所不包的、无限的,但生活不是艺术。具体到一个作家,他的局限性就更大,生也有涯,和生活的大海、文化的大海相比较,他的创造活动不过是一滴水。但这是独特的、不可重复的一滴水。就是说,一个作家,在他所熟悉、所掌握的题材、体裁的局限之内,他应该有大大高于常人、深于常人、敏锐于常人的对生活的独特的感受、独特的思索、独特的进行艺术概括和进行艺术想象的路子。他应该时有创造,时有突破,这种创造和突破不仅能使读者惊叹,而且往往也使作家本人震惊。因为,创造的过程不仅有量变,也有质变;不仅有连续,也有连续性的中断——飞跃。当然,一个作家只有用其所长、弃(或避)其所短,才能写出水平,写出风格。例如我们提倡作家写自己熟悉的,而不要硬着头皮去写自己不熟悉的,这就是承认局限,掌握局限,使局限最大限度地发挥作用。

那么,风格的统一性就在于作家自己。不管一个作家做多少尝试、多少探索,试验多少种不同的手法,只要这些作品确实包含着他的真知灼见和真情实感,只要每一篇作品确实曾经孕育在他的心灵深处,只要这个作家确实是忠实于生活、忠实于他的读者,并把自己的心血、自己的汗水,特别是自己的灵魂贯注在他的每一篇作品里的,那么,万变不离其宗,风格的多样性离不开作家的同一性,文如其人,每篇作品都会带有作家自己的印记。尽管写的题材不同,表现出来的风格不尽相同,但它都是作家的全部个性、全部风格的各个有机部分。正像生物学家可以随便从一块残骨上断定它来自什么样的动物一样，一篇作品，甚至是其中的一段一节，都会带有自己的创造者的特殊信息，聪明的、有经验的读者，完全可以一眼、两眼或者三看五看地看出它的出处来。

在这个意义上，风格是自然而然地形成的，风格的统一性也是自然而然地形成的。风格是作品的外观，但这外观不是包装，而是作家的灵魂的显现。总是作品在先，而风格在后。作家在写一部作品以前，并不先验地给自己确定一种风格的模式。没有相当数量的成功的作品，就谈不到风格。离开作品的成败得失去谈风格，这乃是一种颠倒，一种舍本逐末。

那么，什么叫刻意追求某种风格呢？这里面有种种不同的情况。一个成熟的作家，总是有自知之明的，他像一个带兵的将军一样，知道自己的兵力、火力、士气、辎重各方面的情况，知道什么样的仗能打，什么样的仗不能打，什么样的仗必须怎样打，什么样的仗不能怎样打，因之，从选择题材、开始构思起，到字斟句酌、敷衍成篇，再到反复推敲、精雕细刻为止，他是知道仗的打法的——知道应该如何安排人物、如何抒情叙事、如何遣词造句的。这种自知之明，这种创作中的较多的自觉性和较少的盲目性，这种尽量发挥自己的所长、表现自己的独特性而避开自己的所短的努力，也可以说成是追求某种风格。

另一种情况，离开了对于生活、思想、感情、精神境界的追求去一味追求风格的独特，那么，刻意追求，过于"刻意"，其结果有变成矫揉造作的危险，有变成形式主义的危险。风格是不可强求的，因为灵魂、个性非强求而来。成功的作品往往是既有鲜明独特的艺术风格，又绝无刻意追求的痕迹，不但没有刻意追求的痕迹，连构思的痕迹都没有，行云流水，天衣无缝，返璞归真，浑然天成，信手拈来，即成妙趣。似乎作家是一个特别幸运的人，总是让他撞上现成的小说材料。此乃风格之上乘也。相反，矫揉造作首先是背叛了自己，歪曲了自己，因而也就失去了自己的风格。当然，如果强词夺理，认为矫揉造作也是一种风格,那我们也没有办法。但是,矫揉造作的风格——如果是一种风格的话,实在是一种沐猴而冠的风格或者东施效颦的风格。因而,它实际上是风格的对立物。

风格既然和某种局限有关,那么任何风格都和某种弱点有关,会打仗的将军绝不是全能全胜的将军,而是深深知道自己的弱点、承认自己的弱点、努力避开自己的弱点的将军。而对一个作家来说,仅仅避开弱点是不够的,特别是一个青年作家,他需要生活,需要学习,需要发展,需要清醒地认识、努力地弥补自己的弱点。这样说,并不意味着可以抛开自己的风格,因为弥补弱点并不等于抛掉长处。既不是抛开,也大可不必固守,而是在坚持自己的风格的同时求得风格的丰富和发展,求得风格的清新流动的活泼泼的生命力。

风格不可强求,一般地说也不必刻意追求。是不是一个作家可以不研究各种作品的风格,可以不关心自己的作品的风格,一概放任自流、听其自然呢?也不是。风格是个性的产物,风格又是修养的产物、劳动的产物。修养、实践创造着个性,创造着人。劳动创造着人,创造着风格。风格是有高低文野宽窄之分的,情调更有高低上下之分,而情调又是风格的一个特别重要的部分。为了追求更高尚、更宽阔也更深邃的风格,必须加强学习,加强创作实践,加强主观努力。因此,我们要努力深入生活,努力参加人民群众的火热斗争,努力用全人类的精神财富来充实自己,努力攀登精神境界的高峰,才能创造和发展自己的不可重复的风格,写出更有益也更富有诱人的魅力的好作品。

发表于《钟山》1980年第3期

短篇小说创作三题

一

　　粉碎"四人帮"以后,到一九七八年,我们文学创作,特别是短篇小说的一个又一个突破,都带有闯禁区的性质,有人说取得了"爆炸性的效果"。也许过很多年以后,会觉得这些作品并不很完善,但它们起的作用,是不能否定的。刘心武的《班主任》,对于恢复文学的现实主义传统,起了很大作用。我当时读完后,心怦怦跳。小说又这么写了,要是遭到批判,又会扣上种种帽子。但时代不同了。刘心武没有划成右派,说明我们国家、人民在前进,就这一点也给人增加了信心。爱情问题,悲剧问题,人物的命运,反对极左等等问题,都有突破。一九七九年以来,短篇小说又有了新的发展,不仅揭露林彪、"四人帮"所带来的伤害,而且探索更广了。比如《北京文艺》发表的作品,有描写一九五七年事情的,描写六十年代的,很感人。人物也越来越多样了,如方之的《内奸》,写一个资本家,这是过去不可想象的。作品也越来越接触现实中大家所关心的问题,着眼于当前的疗救,如《有这样一个青年》《梧桐雨》等等。从全国来说,更是这样,接触到一些更微妙的问题,如茹志鹃的《草原上的小路》,在文艺形式上、心理描写上,都取得了很大成就。

　　我们对创作的成就应该有足够的估价。我不懂外文,只能看翻译过来的作品,或者香港、台湾,美籍华人的作品。与他们的作品比较,我们没有气馁的理由。我们的作品说真话,描写现实生活和人的感情,发挥战斗作用、批判作用,发扬革命人道主义、民主精神等等,在很多方面都很有希望。尽管还没有产生伟大的作品,但是把这些作品加在一起,看我们的文学潮流,确实比历史上任何时候都更真实地反映了生活、反映了人民的心声、塑造了各种各样的人物,比历史上任何时候都更加勇敢地提倡人道主义精神、对人的尊重、对人的爱、对人的心理挖掘。一定不如资本主义国家吗?不见得。一定比外来的作品差吗?不见得。当然,我们也要吸取他们一些好的东西。但不论从哪个角度来否定我们文学创作成就,我都不能同意。

有一种人,用"左"的教师爷的语言说我们的文学"缺德",这种人是在害人害党。因为即使我们不去接触生活中的实际问题,那些问题照样存在。作品不写官僚主义者,他照样存在于生活中,如果都不写,反而会越来越多。"四人帮"时候写莺歌燕舞越厉害,没准饿死的人就越多。这些年来的情况就是这样。你不写问题还是存在的,老百姓也要议论,互相传小道消息,也还有各种民间故事、传说、政治笑话,这些东西是禁不了的。防民之口,甚于防川,禁绝的结果只能使人民丧失对文学的信任、对党的信任。因为我们的文学是党的事业,没有同路人的文学,没有非党的同路人刊物,没有"工商联文艺"。群众不信任你的文学,实际上就是不信任党。相反,我们的作品如果能接触一点问题,能用比较正确的——正确只能是比较而言——态度加以分析、加以引导,是有好处的。所以,"左"的教师爷的态度我不同意。

还有一种完全崇洋的态度。他们认为凡是"官"办刊物,没得可看,只有香港、外国的好。我看不出来。在他们那里,我没有看到像我们今天这样对人民负责的文学,他们不可能有这样的文学。这也不是说现在我们文学好得不得了,和人民的要求相比、和生活相比,还很不够。有些作品的格调不高,境界不高,再比如说题材的狭窄,竞相模仿,一拥而上,这种现象还相当严重。比如写一个婚姻事件,就到处都写这种题材,最近写骗子的也很多。这一方面说明大家都想解决这个社会矛盾,另一方面我又觉得奇怪,因为文学这个东西最怕拥挤,怕重样。怎么大家都看中了这样一个题材呢?真正的思想上、艺术上、反映生活的深度上力透纸背之作还是少,还有很多不足之处。

二

谈谈写人的问题。前一段的小说侧重于写社会问题,这是可以理解的,因为我们面临着一大堆社会问题。说老实话,中国人都有一脑门子官司,发牢骚已成了我们生活中不可少的内容之一,如大儿大女六口人住一间房,孩子毕业不能升学,落实了政策又不补工资,补了工资又不能恢复原职等等,这不都是问题吗?我们搞创作的人,不能回避问题。说我们没有失业,没有强盗,那是活见鬼。我们不接触这些问题,把一切都说得很美好,骗谁呀?我们要敢于接触这些东西,要分析,深入研究,力求使作品反映真实生活。

文学在物质、权力、暴力面前,是软弱的。文学与暴力对抗是不成比例的,那是以卵击石。造反队拿大棒来了,要作家跪下,大概也就得跪下。但文学也有点力量,就是能影响民心。棒子再大,不能使人心服,文学却能存在心灵里,所以它是不朽的。从肉体上消灭一个作家也许不难,但要想从人民的心目中消灭一个作家就没有门了。你可以把作品禁止三百年,但到时候它又会出来。历史上搞过禁止、消灭,《红楼梦》《水浒传》《三国演义》都被消灭过,但消灭得了吗?

作家的那点本事就是舞文弄墨。这点本事主要在人民心灵上发挥作用,靠小说直接解决社会问题是不可能的。林彪、"四人帮"干了一件大事,就是消灭人心,消灭人的灵魂、人的尊严、人的善恶观念。他们用两个方法,一个是暴力,不管你是政治局委员还是历史学家、艺术家,一律加以侮辱,让你跪就得跪,剃阴阳头,吐唾沫,这样不仅仅是几个人倒霉,而是让中国人感到世界上没有什么可尊敬的东西,因为对杰出人物的尊敬包含了人的向上心。比如我崇拜一个演员,因为她长得形象非常之好,这是一种好的心,说明人生本来很美的。我的爱情并不神圣、伟大,但有一部写爱情的戏深深地迷住了我,我便从中吸取了向上的力量,觉得自己的爱情也更美好了。人活着就要有这么个向上的力量。我看到中国女排赢了日本队、南朝鲜队,身上就来劲。我不是崇拜几个人,而是从她们身上看到了人的力量。人的形象可以是美的,体力可以是坚强的,智慧可以是很高的。我们崇拜革命领袖也是这样,我们热爱毛主席,也热爱周总理,我们也热爱刘少奇同志……所有这一切,"四人帮"把它都撕毁了,全是假的,全是混蛋,刘少奇也被打倒了,这个那个也是混蛋,漂亮的演员剃了阴阳头,可以走过去唾她一口,专登你崇拜的作家的丑闻……这样,你脑子里就没有美好的东西了,没有值得尊敬、向往、学习、爱戴的东西了,没有精神支柱了。人活得还有味没有?一个人一点盼头也没有了,只剩下动物本能了。我最近与一些青年接触,就感到了这个问题。我们批判小资产阶级的自尊心,批来批去大家脸皮都批厚了。确实"小资产阶级自尊心"克服了不少,但无产阶级的尊严也批没了。因为什么都见过了,都看透了。包括某些老干部,原来计较级别、待遇不是这样赤裸裸的,现在他也豁出去了,争待遇,争汽车。过去上公共汽车不让座就感到有失自己的尊严,现在大小伙子一坐,根本不管老太太和抱孩子的。人有了一定的尊严以后,有些事才有所不为。靠恐怖不能维持道德,阿拉伯有条规矩,偷了东西砍手,造谣言的割舌头,但是,如果偷某个东西是万无一失的,任何人也不可能知道,你偷不偷?我以为在这种情况下,也不能偷,因为对于正直的人来说,偷是可耻的。这就叫有所不为。如果把人起码的尊严摧毁了,那么也就可以无所不为了。公家的信封、木头、三合板都可以拿回家去,工地的东西也可以扛起来就走。你说:"别拿,那是公家的。"他说:"那怕什么,我人还是公家的呢。"他有一套理论,他不在乎。再如犯罪问题，十八九岁，动不动就掏刀子，莫名其妙，这就叫无所不为。

"四人帮"的另一个办法是靠理论，制造现代迷信。现代迷信是歪曲革命领袖的形象的，本来革命领袖是人民的同志、朋友，人民的勤务员，人民的儿子，人民最忠实的代言人。"四人帮"把革命领袖变成一个神，夸张到无限大，于是，从微积分来看，我们每个人就成了"零"，或接近于"零"。那时有个口号，一切为了什么什么，一心想着什么什么，这个口号说得很好听，实际上是使我们个人的生存、感情、爱憎，都变得没有意义了，没有什么盼头了，没有爱憎可言，也没有什么价值可言，只为了一个人才有意义。现在，说我要干一番事业的人很少，相反，自暴自弃的论调却很多。在这种情况下，我们要特别强调写人，写人的美好心灵，写积极向上的精神。

写问题的小说有时间性，有时能起到轰动的效果，但是往往缺乏较久的生命力。因为问题是经常变的。我们面临的问题与贾宝玉、林黛玉面临的问题就有很大不同，但是我们还爱读《红楼梦》，因为它写的是活生生的人，是人的感情，人的追求、愿望、痛苦、欢乐、希望，等等。面临的问题不同，但是作为人的感情、心灵，它可以打动我们，给我们某种启示。我们今天没有哪个男同志说要找一个林黛玉式的爱人，因为光手绢你也供应不起，但是林黛玉这种忠贞的爱情，这种痴情，仍然是感动人的。过去，我写过所谓干预生活的作品，现在也不是怕了，有创作为证。但干预生活的作品应该通过人的心灵的塑造来完成。做人类灵魂的工程师，培养社会主义的新人，是第一位的，干预生活是第二位的。直接服务于政治，直接去解决政治问题、经济问题、排队问题、选举问题、人事问题、制度问题等等，很难办到。但是一个热情地正视现实的作家，完全有可能使他的作品发挥巨大的政治作用。这种作用可以是自觉的，也可以是不完全自觉的。所以《红楼梦》成了封建社会的百科全书；恩格斯说，巴尔扎克的小说给予他政治经济学方面的知识材料，比当时的所有经济学著作加在一起还多。文学可以发挥这样巨大的作用,但这不是写作的主旨。这并不矛盾,要分清先后次序,文学写的是人,又是社会的人,因此,它影响社会,干预生活。

单纯地说社会生活是文学的对象,我觉得是片面的。说社会生活的整体就是文学的对象,那么它和社会学有什么区别呢?和历史学有什么区别呢?历史学难道不研究社会的整体吗?还是高尔基的那句话:"文学是人学。"我希望我们今后的创作在塑造人、研究人的心灵、美化人的心灵、提高人的心灵、开阔人的心灵、锻炼人的心灵、净化人的心灵这些方面起作用。通过做人类灵魂工程师,对生活起到促进作用,也可以叫干预作用。

三

谈谈短篇小说创作的路子。我想,短篇小说应该是路子最宽的,我简直不明白为什么会出现拥挤和撞车,两个人写的题材差不多。白桦在作协大会上有个发言,说没有突破就没有文学,我很欣赏这个提法。踩着别人的脚印走不行,踩着自己的脚印走也不行。你发了一篇,是大胆揭露的,再来一篇就不见得会受到好评,因为读者已见过类似的东西了。标新立异,花样翻新,这是合乎规律的现象。我们的能力有大有小,标的新可以大可以小,但它必须是"新"。他能创造一座新的大山,我本事小,就创造一粒沙。如果是模仿的,跟着行情拥上去的,哪怕你弄出来的是一座大山,也没有什么意义。现在好多刊物都谈到短篇小说越写越长,这是对的,但只是个现象。短篇小说为什么长呢?还是因为我们路子窄,一般都是按揭露矛盾、发展矛盾、解决矛盾这三段去写的。三段论小说一般是七千字以上,我们缺少那种一个镜头、一个片断、一点情绪、一点抒发、一个侧面的小说。一声呐喊也可以组成一篇小说,那样的小说一定会比较短。所以,长短的问题也是我们路子不够宽的反映。我们习惯于提出问题、阐释问题、解决问题的三段论法,而且我们小说受戏剧影响太大。戏剧与小说有密切关系,各种文学样式是互相影响的,但又有极大的不同。"文化大革命"的那几年,戏剧畸形发展,抬到样板的地位。大家都走戏剧的路子,流毒至今没有肃清。从结构、题材、主题上可以更多样,社会问题、政治问题可以成为主题,道德问题可以成为主题,心理问题也可以成为主题。一个人应不应该有良心,可以成为主题,对于美好的事物的一点记忆、幻想,一点爱恋,也可以成为主题。特别是美的主题,文学在这方面应该有更大作用。科学要解决真的问题,伦理学要解决善的问题。在我们国家,伦理学作为一门科学一直没有受到重视,所以现在要解决善的问题,文学要特别加以关心。还有美的问题,这个问题看起来不像某些政治口号、政治术语那样激动人心,但是我们最终是为了建立一个美好的社会,为了使每一个人都变得美好起来。我可以坦率地讲点看法,有些话剧受到大家的欢迎,我也欢迎,但是光靠说点尖锐的话,恐怕不够。现在受欢迎,引起热烈掌声的就是出气,因为每人都有一脑门子官司。有人把我们平时不敢说的,用精彩的话说出来了,拿到舞台上带着表情、慷慨激昂地讲出来了,实在是痛快,我们就拼命地鼓掌。但老是这样行不行呢?我看这类戏也很激动,也流泪,也跟着鼓掌,但看完了,一出剧场,也就完了。他的话说了,我的掌鼓了,有一种任务完成了、很轻松的感觉。可是看一个比较好的、有分量的作品是另一种感受。看时它非常吸引我,有时还有点糊涂,也积极鼓掌,看完后一夜不想睡觉,老在琢磨,这是怎么一回事呢?是一些什么人呢?这个人怎么会是这样的命运呢?怎么不能再改善一点呢?这些东西刺着你的心,余音绕梁,三日不绝,三月不绝,三年不绝,只要你一回忆起来,就忘不了。这两类戏是有区别的。如果我们把"大胆干预生活"这个口号作为一种廉价的东西,以为靠语言尖锐,或者骂得痛快,就能取得文学上的成功,我表示怀疑。

在主题上,写什么东西,一定不能与别人重样,也不能与自己重样。每个人有自己的风格,每一个作品既是对自己风格的保持,也是对风格的一个突破。文学创作的困难在这里,乐趣也在这里。如果我写出来的东西是似曾相识的,或在别人作品里曾经见过,或在自己的作品里曾经有过类似的影子,那不是成功。所以文学要标新立异,另辟蹊径,花样翻新。当然,弄不好也有危险,造成形式主义,像资本主义国家现代派那样。当然有这种可能,就像喝水也可能烫舌头。但我们不能因噎废食,我们要提倡花样翻新,提倡艺术想象的自由驰骋。我相信,我们文学创作发展下去,一定会在塑造人的灵魂上,在运用多种多样的手法、形式上,在对生活的探索上,有新成就,新收获,新的进展。

发表于《北京文艺》1980年第4期

谈短篇小说的创作技巧

××同志：

您让我谈谈短篇小说的创作技巧，您可真找错了人！我一向的偏见是，创作乃是心灵的搏动与倾吐，作家应该有一颗崇高的、火热的、敏锐的心。这又有多少技巧可言呢？靠的是对生活的真实的感受和思索。感受和思索使你的心跳了，于是，一个短篇开始孕育了。难道心的跳动也有什么技巧吗？

当然，我已经说过了，它是偏见，不全面也不正确。细想想，也许短篇小说还真需要点技巧。因为它要在有限的篇幅里表现尽可能完整和丰富的东西。这确实不易。

我觉得，短篇小说的构思主要在两个方面。一个是取材，选择题材。就是说，从广阔的、浩如烟海的生活事件里，选定你要下手的部位。它可能是一个精彩的故事，它可能是一个给人留下了深刻印象的人物，它可能是一个美好的画面，它也可能是深深地埋在你的心底的一点回忆、一点情绪、一点印象，而且你自己还一时说不清楚。这个过程叫做从大到小，从面到点，你必须选择这样一个"小"，这样一个"点"，否则，你就无从构思，无处下笔，就会不知道自己写什么。

在这个过程中，我以为最重要的是：第一，它不要太大，不要包罗万象，否则，很容易写得臃肿、拖沓、芜杂。相反，一般地说，要力求单纯。即使那些篇幅长的短篇，往往也有一个核心，一个聚光点。这一点，其实就是这个短篇的支点，没有这个支点，就没有你的短篇。

第二,它应该确实打动了你,哪怕你还不十分自觉也好。你不知道它在哪一点上触动了你的心弦,使你的心灵里充满了这一个音符的和声和共鸣,而且应该有一种美好的、正义的旋律在你的心灵里响起,而不是任何琐碎、卑微的"动心"都可以成为小说的由头。如果它没有打动你,那么不论这一点有多么合乎时宜、合乎"行情"、合乎某种意图或某种需要,你也不要硬着头皮去写。

在经历了由大到小,由面到点的选择过程之后,在你确定了一个短篇的主攻方向以后,往往面临的问题是如何生发、深化、丰富和发展那打动了你的心灵的一点,如何最大限度地挖掘这一点,使之成为一个有意义的、有价值的、有趣的、吸引人的故事(短篇小说是离不开故事的,所谓散文化的、无故事的小说,多半是用一系列小故事代替通篇的小故事。用没有多少戏剧性的故事代替戏剧性强的故事罢了)。这可以说是由小到大,由点到面。这就叫做构思,这就叫做艺术想象,这就叫做形象思维。你要设想从你的那一点发展下去或追溯上去或引申开去的成十种、成百种的可能,从里面选择最有思想意义、最美好、最动人的。这里,关键在于你的生活阅历的广度和深度,你的感情、印象、记忆的广度和深度,你的思想的广度和深度。瞧,这又不是技巧问题了吧?如果你的生活的积累、思想的积累、感情的积累是很丰厚的,如果你具有富足的生活经验和内心体验,那么,在这个生发、深化、丰富、补充的过程中,在这个从小到大、从点到面的过程中,你会感到左右逢源,俯拾即是。相反,如果你太贫乏,就难免捉襟见肘,瓜菜代食,因而把一个好好的题材糟蹋掉。

如果一定要在这第二步的过程中寻找技巧,我以为可说是想象的习惯,形象思维的自信,通俗地说,就是善编。完全不编是很难成为小说的,离开了现实的生活经验和内心体验凭空去编也搞不成好作品。所谓善编,绝不是指瞎编、神编,更不是指用套子去套,而是指以比较丰富的生活为基础,具有思维的灵活性,善于熔铸、善于重新排列组合、善于装配、善于加工生活。既不可过于拘泥实事,更不可架空而走上邪路。

构思得差不多了,靠写。写,不仅仅是把想好的东西记录下来,固定下来,写,是创造的最重要的阶段。正是在写的过程中,你的思维活动、感情活动、内心活动才空前活跃起来。你写的一行一行的字把你带入了你所要写的那个世界,你好像看到了你要写的人物,你好像经历了他们所经历的事情,你的分析和判断、追忆和联想、痛苦和欢乐、爱和憎、痛和痒、寻求和向往,一句话,从你的头脑到你的神经、感官,在写作的过程中将会怎样地活跃起来啊!只有这种活跃,才是文思的保证,才是写出来"栩栩如生"的保证,才是写得下去的保证。

当然,苦思冥想,惨淡经营,反复推敲,憋了半天硬是憋不出来的情形也是会有的。但我以为,遇到这种情况最好放一放,有意识地培养培养创作的情绪再写。写的时候不妨尽量放松一点,放松了,思维和内心的活动才能充分活跃、不受阻碍地进行。放松了,小说里的人物和事件才会自自然然地按照生活固有的逻辑去变化和发展。放松了就不会别别扭扭、疙疙瘩瘩的。我总觉得我们的某些小说的缺点是写的时候不够放松。硬着头皮写的,别人必定得三倍地硬起头皮才能卒读。不论劳动、体育、表演艺术,都要求从事者的放松,过分紧张、发僵发死,往往是外行或者私心杂念太多的表现。割麦子、扬场、打乒乓、跳水、写小说,莫不如此。

所谓放松,当然不是指坐待灵感。放松实际上是精神高度集中,充满信心,因而充满内在紧张。但这种内在的紧张带来的是无限的乐趣,而不是愁眉苦脸。愈说愈说不清楚了,也许这是心理学范畴内的事情,离开了技巧的题义了吧?就此打住。

并祝编安!

王　蒙
1981 年 4 月 29 日

发表于《人民文学》1980 年第 7 期

不拘一格写短篇

短篇小说不拘一格,其中,自然也应该包括一千字左右的"小小说"。本来,以小见大,从一滴水看大千世界,正是短篇这种体裁的特长。但是,长期以来,贪大求全的文风不但影响了理论文章,甚至也影响了小说。年年人人都提倡写短文章,但又往往有"叶公好龙"者,你真写短了,他就会说你写的"单薄""纤巧""缺少分量"。几年来,评选优秀短篇小说,占先的也多半是短篇中的"重量级"选手——两万字左右的,两千字甚至不到千字的"最轻级",则难以出线。其实,大刀、匕首各有所用,洲际导弹再了不起,也不能代替手榴弹和枪子儿。小小说,茶余饭后,花三两分钟一看,或博一乐,或长一识,或启迪心智,或贬恶扬善,算是达到文学作品的目的了。《工人日报》《百花》副刊今天登了四篇小小说,这种做法是值得赞扬的。即使有人说它不像小说,而像故事或散文,也无碍。有用就好,像不像什么,又有什么关系呢?

发表于《工人日报》1981 年 3 月 23 日

漫 话 小 说

古今中外,谁知道已经发表过多少小说?小说有多少样式、规格、品种、流派?我们多数人,所读过、所知道的都太有限了。我谈小说也不过是瞎子摸象,摸着腿就说像柱子,摸着鼻子就说像绳索。但愿不要因为我只摸到一根毛,便否认人家摸到别处,特别是摸到全象所得出的更加宏大、更加概括、更有价值的结论。

小说是对生活的发现。在各种文学体裁中,在语言艺术中,小说是用最接近生活的本来面貌的形式来反映生活的,小说是最生活化的。好的小说总是使人觉得如同身临其境,增加了一种生活的经验,扩展了、深化了人的生活。

这是因为,小说来自生活,来自对于生活的艺术发现。就是说,小说作者发现了生活中那些迷人的、有魅力的、有趣味的、美的、诗的、发人深省而又有教益的东西。通常,这些生活中的小说的因素、小说的种子和萌芽是无所不在、比比皆是的,一个优秀的作者总是觉得可写的东西太多,写不完、写不好。但同时,这些因素、种子和萌芽又往往是深藏的,不那么引人注目,像盐一样地溶化在生活的大海里。

所以说,发现是需要本领、需要敏感的。而这种本领和敏感的前提是对于生活的刻骨铭心、难分难解的爱。只有在生活的大海里游泳、浮沉、搏击的人,才能尝到海水里的盐。不是这样吗?

发现便是创造,至少是创造的开端与前提。发现者,见人之所未见,发人之所未发也。来自对于生活的发现的作品是有价值的,尽管可能它一时写得还不完整、不精美、不成样儿、甚或不成个儿。但它是言之有物的,它总有一点能打动你的东西,能使你击节拍案。

还有另一种作品,有开头,有结尾,有人物,有故事,有主题,有抒情……要什么有什么,就是没有创造性,没有一丝一毫作者自己对生活的新发现。它是套出来的,它是三分行情,五分模仿,最多两分表面的生活经验的产物,这样的作品也常常能够发表,但这样作品的发表也就是它的终结和死亡。

小说又是生活的发展和补充。小说不是新闻报道,不是有闻必录。我前面已经说到了迷人的、有魅力的、有教益的这样一些定语,对这些定语的理解已经是各有不同的了。所谓纯客观的描写,所谓生活的本来面貌,所谓忠实的记录,它可能表示一种冷漠,也可能表示一种勇敢;它可能表示一种逃避(例如对于社会责任的逃避),也可能表示一种宽容;它可能表示犹豫、动摇、无能为力,也可能表示一种理智、冷峻、探索……总之它也充满了各式各样的主观。

主观、倾向、激情、想象、虚构……这本身也是一种真实,我们能设想真实的生活可以摆脱掉人们的主观意志、倾向、激情、想象和虚构吗?如果没有起码的想象和虚构能力,就没有语言,没有概念,没有数学,没有生产劳动。从语言符号到它们代表的实体,从抽象的概念到具体的事物,从数目字到实际的数量关系,从对于收获的设想到种植,以及从对于利器的设想到磨利一块石头,这不都是离不开想象的吗?

而小说作者的想象尤其发达。他不仅发现了生活中未被别人发现的东西,而且他从生活出发,用生活实际提供的种种因子进行了一场奇妙的排列组合,设想了生活发展的种种可能性,用其他方面的经验补充了某一方面的有限的经验，甚至他还设想了从未发生过但有可能发生，或者千真万确地为某些人所向往又为另一些人所恐惧的尚不存在的事情。他通过尽情发挥自己的想象来带动、启发、推进读者的想象，他使读者进入了一个既是充分现实的又是充分虚构的，既是令人信服的又是莫须有的世界。

小说之吸引人，首先在于它的真实，其次（或者不是其次而是同时），也因为它是虚构的。如果真实到你一推开窗子就能看到一模一样的图景的程度，那么我们只需要推开窗子就可以看到小说了，何必还购买小说来读呢？如果虚假到令人摇头，又令人作呕的程度，又怎能被一篇小说感动呢？

虚构的来源在于作者的主观。作者通过对于生活的发现、发展和补充，把自己的见解、自己的感受和情绪、自己的假设想象心愿和忧虑、自己的追求放进去了。他给生活添加了新的东西，就像给一盘菜放进了盐，就像给一捆柴点上了火，就像给画上的一条龙点上了眼睛，就像给一株植根于大地的树照耀以阳光。于是，菜有滋味了，柴燃烧了，龙飞腾了，树生长了，绿叶之上有花，有果了。

所以说，小说又是作者的内心与作者的生活经验、作者的主观世界与他们所处的客观世界的完美的结合。

（当然，作者的内心也罢，主观世界也罢，并不是孤立的与先验的。这是唯物主义的常识。）

有不少这样的年轻的习作者，他们热情、敏感、激动，一肚子感受、思索，一肚子话要告诉读者。他们是这样急于把自己肚子里装的掏给读者。他们喜欢在作品里搞大段的抒情和哲理。他们不满足于传统的那种叙述、描写、交代、展开、慢慢道来的手法。他们更喜欢那种自由、奔放、神妙（他们以为）的什么意识流、内心独白、象征的手法，这是很自然的。

问题在于,他们往往不能把抒情和哲理与一定的活生生的、具体可触的生活故事结合起来,不能把叙述的巧妙、自由、奔放与叙述的严谨如实(注意:是如实,不一定绝对地实)精确结合起来,不能赋予热情以鲜明的形式,不能把被象征的内容的广博深邃与作为象征的形象的鲜明性和具体性结合起来,不能把深入与适当的浅出结合起来,也就是不能把主观感受与生活的客观的逻辑、客观的丰富多彩结合起来。他们的作品往往给人以空的感觉,给人以直、露、做作的感觉。

让我们举一个不伦不类的例子,如果你清晨走出室外,迎面碰到一个人,这个人一见你便嚎啕大哭,哭得死去活来,哭得非常真情,哭中夹带着前言不搭后语的诉说,你能同情她吗?你能与她共鸣吗?你会不会吓一跳以致躲开她呢?

如果这个人并不大哭,不急于哭,而只是娓娓动听地把她的悲惨遭遇告诉你,你不是更容易动心吗?如果这时又看到她的眼泪,听到了她的抽泣,你不是更可能为之泪下吗?

当然,也有的人并不诉说,而只是哭,哭得那么深沉,那么美善,因而打动了人心。当人们在夜深人静时听到箫声,不也是能怆然泪下吗?虽然箫声并不直接述说什么。

但小说毕竟不是音乐,虽然它不妨汲取音乐的某些经验。

当然,也许有更多的小说,是太一般、太平板、太实了。我们是多么需要给小说以更多青春的激情、奇丽的想象、大胆的假设与丰富多彩、花样翻新的形式啊!我们的童话、幻想小说,还是多么不发达啊!难道我们的想象力就比不上《西游记》和《聊斋志异》的作者们吗?在强调恢复现实主义传统的时候,难道可以须臾忽视浪漫主义精神吗?对于我们的艰难的平凡的但毕竟是大有希望、有所前进而且正在继续前进的生活,难道我们不应该用更瑰丽、更多样、更热烈也更新鲜的小说作品来表现、来点染吗?

当然,具体到每一个作者,每一个作品,特别是每一个短篇小说,可以有所侧重,可以侧重于白描,可以侧重于心理活动,可以侧重于性格刻画,可以侧重于情节引人入胜,可以侧重于如实表现,也可以侧重于强烈的对比和抒发,以及其他等等。

前面说到趣味,趣味是小说的一个重要的因素。小说毕竟不是必读文件,不是操作须知,不是农药使用说明,除了专业学生和研究人员,人们读它首先是因为它有趣,当然也要它有益,至少是无害。

趣味丝毫也不是一个低级的概念,但确实有的人趣味很低级。正是在趣味里,反映着一个人的品质、境界、情操、教养,极真实也极自然。当一个人发表冠冕堂皇的演说的时候,有时候你还不能辨别他的真伪高低,但是观察一下他的趣味吧,如果他是一只老鼠却要装成大象,他必然会在趣味里露出老鼠尾巴。

有一些作品——例如某些写得不成功的"推理小说",它可以使读者拿起来后不能释卷,甚至使读者废寝忘食,这是最强烈的趣味吗?不见得。不要忘记,读完这样的作品,待知道答案以后,一般读者往往产生一种失望之感,甚至懊悔自己花了这么多时间读这种毫无深意的东西。这不过是一种昙花一现的趣味罢了。

至于那种低级趣味,更是对于身心健康的戕害。利用挑逗来吸引读者,既廉价又无聊。

我们的小说要培养高尚的趣味,培养美的心灵。这样的趣味靠的是美,是清新,是崇高向上的精神力量,是对生活的爱。

应该把小说写得更有趣——更高尚些。

前面还说到了从生活中发现"诗"的东西。小说与散文,与诗,与戏剧故事,到底应该是一种什么关系呢?我说不清。但小说可以有散文的自由、诗的美、戏剧故事的引人入胜,当然小说也可以反其道而行之,创造另外的文体。

例如,有所谓非戏剧化的小说,它们的作者几乎可以说是羞怯地回避着那种惊心动魄的、奇巧的、戏剧性的情节。他们追求的是平淡中的内在的冲突和力量,是那种看来琐碎、漫无边际、漫无头绪、几乎没有一条明确的线索可言的内在的统一性。

生活有多么丰富,想象有多么丰富,小说就应该有多么丰富,小说的手法也就应该有多么丰富。

专门崇拜某一种手法是没有多大意义的,任何高明的手法也无法弥补形象的贫乏、经验的不足、思想的苍白、感情的浅陋、内心的空虚。正像不论用什么先进技法,也无法帮助一个体质上、意志上、训练上有缺陷的运动员取胜。事实恰恰相反,倒是一个体质上、意志上、训练上有良好的准备的运动员,可以更好地运用各种技法,发挥各种技法的可能性,创造新的技法,或者化腐朽为神奇,使某一种被轻视、被抛弃的技法复活,起死回生。

同样,看到某种不太习惯的手法就斥为异端,就准备挞伐,也是多余的偏见。

在小说手法问题上,我主张广采众家,不拘一格,为我所用,不断探求,不断发展。

叙述的节奏不等于生活的节奏。评书中的"说时迟,那时快",说时,指的是叙述的节奏,那时,指的是生活的节奏。过去的小说家往往在生活的节奏最紧迫的时候(如刀架到了英雄的脖子上,一颗手榴弹已经拉开了弦,再有三秒钟战役就开始),放慢叙述的速度,用以吊读者的胃口,评书艺人尤其精于这种技巧。

现代有的小说家大大加快了叙述的节奏,甚至把生活中几天、几个星期、几个月、几年乃至几十年发生的事情一口气叙述下来,组织在一起。这种叙述富有张力,使读者紧张得喘不过气来,既具体,又概括,既精炼,又丰腴。它传达了现代生活日趋纷繁和变化迅速的特点,同样给人以艺术的享受。

一篇小说从头至尾,疏密、快慢、虚实……是应该有变化的,同一作家写的几个短篇,更应该各有不同的节奏安排,以免给人以千篇一律的单调感。

写短篇小说的人不仅应该一篇一篇地考虑自己的创作,而且应该考虑到几篇。正像农学上有作物群体的概念,短篇小说作者不能不考虑自己的"群体"。美不仅存在于一篇小说中,而且存在于一组小说、一本小说集当中。参差中的匀称,明暗的相互照应,以至于思想、生活的互为参照,互为佐证,互为补充,都是值得斟酌的。

包括短篇小说的题目,如果一组小说的题目搭配得当,也是非常有趣、非常可爱的。须知,翻开短篇小说集,人们首先看到的是一页或者两页目录啊。

目录的排列使我想到诗。它有可能成为诗。

说到题目,太平板与太浅露的题目固然是大煞风景,那种雕琢的、装模作样的题目也令人不快。最近似乎很时兴那种既有语气词(感叹词)又有逗号和删节号的题目,却少有成功者。

好的题目朴素而又新鲜,含蓄而又明白,它不是外加的,而是小说本身的诗意,或者故事、或者追求、或者力量的自然的流露与形象的概括。

好的题目甚至可以成为小说内容的一个补充,甚至起某种程度的匡正作用。例如,一个积极的题目会使一篇有点伤感的小说增加一点亮色。一个隽永的题目会使一篇比较简明的小说多一点咀嚼的余地。

我说的是"一点",超出了"一点",就变成了故弄玄虚,舍本逐末,哗众取宠,欺骗读者。

真实的生活细节,虚假的(往往是某种意念做图解的)故事,有一些小说有这种毛病。这种小说好像糖衣包着的苦药片,不,那不是药,是假药。

图解思想、图解意念的小说,我总觉得是一种"按既定方针办"的小说。小说里的人物不过是作者的傀儡,小说里的事件不过是作者的强迫命令,看了头就会知道它的结尾。

还有一种小说,真实的故事里发生了虚假的细节,这大多是由于作者缺乏足够的生活经验和写作得过于匆忙。

这种虚假的细节描写就像落在牛奶里的苍蝇——至少是尘土。

没有充分的酝酿、充分的思考、设计、构思,没有方向、没有大纲或腹稿,大概不容易写好一篇小说。

酝酿、思考、设计到烂熟,以致能背诵下来,就能写好一篇小说吗?我也怀疑。

不管设计得多么纯熟,也不能代替写作,在写作的时候,不仅大脑是活跃的,神经和五官也是活跃的。当你描写寒冷的时候,你能不请教你的皮肤、你的司冷热感觉的神经吗?当你描写花香的时候,你能不请教你的鼻子吗?当你描写愤怒的时候,你能不倾听你的心跳,你能不体察你的血液循环的状况吗?所有这些都需要即兴,需要最迅速、最直接、最准确的捕捉与表现。

不仅如此,生活本身的逻辑,人物本身的逻辑,常常能决定一篇作品的成败。只有在写作的高度紧张中达到了精神的高度放松,才不会发生作者的既定方针与生活与人物顶牛、阉割与歪曲生活和人物的现象,也才能使作者的真情与生活、人物的逻辑融为一体,得到最充分的表现。

我们可以说,这是一种竞技状态,运动员们都知道,没有好的竞技状态就没有好成绩。当然,仅仅有好的竞技状态也不一定就有好成绩,这里还有众所周知的许多前提。

发表于《小说林》1982年第1、5、12期

翻 与 变

　　好多年以前,我在《世界文学》上读过一篇题为《外科医生比赛》的小说,作者是个埃及人,他用夸张的语调描写一次外科医生宣扬自己的手术成绩的年会,大致都是类似"断头再植"这样的骇人听闻的新纪录。最后,一位德高望重的老外科医生宣布,他的最大成就是割除了一个病人的扁桃腺。大家都知道,割扁桃腺是外科手术中最简单、最常见的一种,所以他的宣布淹没在嘲笑和嘘声中。但是,老医生不慌不忙地解释说,由于当时人民是不允许张口的,所以,他是从病人的肛门里插入手术刀而把扁桃腺割除的。这一下把众位医生给震了,最后,他的自肛门入刀割扁桃腺被一致评为当年最佳手术。

　　也许这不是一篇非常典型的小说,而更接近于辛辣的杂文或寓言,但它的奇突、夸张、入木三分而又令人忍俊不禁的结尾却是经久难忘的。它使人联想起中国的相声,联想起相声里甩包袱的圆熟技巧。如果这篇小说不是用这种讽刺、幽默、借寓和类似政治笑话的手法,而是以一种朴素的白描手法如实地表现当时人们的言论自由受到钳制的情形,反而收不到这样的效果。

　　这就是说,在写短篇小说的时候,每个作者都要寻找自己独特的立意、取材、角度、手段,务使有某种新意,不落窠臼。

　　在艺术欣赏上,喜新厌旧是普遍的规律,固然,由于读者和作者的学识、境界、经验的不同,他们追求的新,可能是真正的创造和突破,也可能只是一些廉价的噱头。但不论学识深的还是学识浅的,境界高的或是境界低的,没有一个人喜欢重复、喜欢模仿。如果短篇小说只是你模仿我我模仿你,那么,每个特定的年代全国或者全世界有一篇小说也就够用了。

所以说,创作就是突破,就是翻已有的案。第一,要突破别人,使自己写的不是跟在别人屁股后面走;第二,要突破自己,使自己的这一篇不是前一篇的复制品、仿造品。

这里我们可以拿张弦的一篇近作《银杏树》为例,这篇小说发表在今年的《钟山》第一期上,它描写一个当今陈世美式的人物无耻地、背信弃义地抛弃了他患难时期的情侣,于是出现了当今的包公式的县委书记,他用开除公职、吊销城市户口相威胁,使当今陈世美与秦香莲破镜重圆,二人结了婚,却无感情。但怀了孕的当今秦香莲对这没有爱情的婚姻非常满足。这篇小说内涵非常丰富,是一篇"翻案小说"。第一,它翻了当今多数爱情小说的案。针对"四人帮"不准写爱情和当今爱情生活中的商业化污染,我们的不少有才华的作家特别是女作家在她们的作品中表达了对于纯粹的、理想的爱情天国的追求,她们写得很美,有激情也有诗意,但许多作品有意无意地在宣扬一种感情至上的爱情乌托邦主义,那种感情有一种虚无缥缈、可望而不可即、不食人间烟火的劲儿。我完全不反对我们的小说园地中有几朵这样的天蓝色的花,美妙的、伤感的、软绵绵空洞洞的。但如果到处都是这种花,看多了也会让人烦腻,觉得这种温吞吞的空中楼阁也是大同小异。就在这个时候出现了张弦的《银杏树》,温吞水中突然出现了一股清流,凉爽、实在,从空中降落到了我们古老的祖国大地上,引人深思,发人深省,翻幻想的案而为平实,翻伤感的案而为沉思,翻唯情的案而为冷静,翻逃避现实的案而为紧盯着现实和国情,翻知识分子的神经末梢的案而为老百姓的日常生活。它的成功,它的引人注目绝非偶然。第二,作者在这里也翻了自己的案。在《记忆》《被爱情遗忘的角落》《未亡人》《污点》《挣不断的红丝线》里,作者着力写的是一些爱情的悲剧。而在《银杏树》里,几乎可以说是写了一个令人心满意足的喜剧,"陈世美"回头,"秦香莲"破涕为笑,令人揪心的恰恰是这喜悦与满足的后面的东西。这样,调子就更加冷静而含蓄,给人以一种更上一层楼的感觉。难矣哉,翻旧案而创新篇,妙矣哉,一篇新作带来了一股清新的空气。

写小说似乎有一些万古不易的带规律性的东西,例如,写人物应该写得鲜明、深刻,使读者读后有一种贴近感,似乎和书中的人物共同生活了一段,如闻其声,如见其人,甚至或爱或怨或急或恨,使人觉得书中的人物与生活中的人物难分难解,书中人物与读者也难分难解起来。这当然是作品的成功诀窍,许多书中的人物似乎至今与我们生活在一起。

但冯骥才在《上海文学》上发表的近作《高女人和她的矮丈夫》却对这种写法提出了挑战,小说描写一个奇高的女子嫁了一个奇矮的男人,两个长得都不美,然而经过十年动乱,经过女子的生病和去世,却显示了他们的爱情的诚笃、感人、美丽。作者不是通过贴近的描写、剖析、挖掘来写人物,而是以一种旁观者的目光,遥遥一看,勾勒出几个画面。例如写十年动乱中,一些没事起哄捣乱的红卫兵斗高个子女人,竟提出"你为什么嫁给他"这样一个混账问题,其含义是:"他这么矮,你嫁给他,必定别有所图。"女人只是轻蔑地一笑。她想了些什么,她和她的丈夫究竟有什么经历,什么遭遇,有什么样的刻骨铭心、足以倒海移山的情感,竟一字也没写。作品结尾处,写女人死了,丈夫下雨天仍然高举着伞(这是出自他与妻子共打一把伞的习惯),让人觉得他的伞下留了很大一块空白,给人以强烈的震撼,可以说是感人肺腑,摧人心肝。但你读到最后你也弄不清这两个人到底是怎么回事,没弄清怎么回事,却也受感动了,这就是同时作为画家的冯骥才在这篇作品中提供的新的审美经验:不是贴近的而是疏离的,不是工笔的而是写意的,不是分析心理的而是致力于外观的再现(却又使人觉得颇有深情)的创作与欣赏的经验。我们有些同志读了这篇作品很受感动,但由于一种传统习惯,总觉得这篇作品少了点什么,大概主要是少了主人公的经历和他们的感情的分析与抒发吧。其实,这正是这篇作品与众不同的地方,引人入胜的地方。不仅矮丈夫的伞下面留着很大一块空白,而且整个小说留着很大一块空白,耐人想象,耐人补充,耐人寻味。

如果说冯骥才的这篇小说在该贴近的地方采取了拉开距离的旁观的办法,因而给人以与众不同之感,那么,戴晴在今年的《收获》第四期上发表的《雪球》一反冯骥才之道,在明明无法贴近的描写对象上采取了"钻到肚皮里去写"的超贴近的办法。作者在这里写的是一只叫"雪球"的猫。小说里以动物为主人(?)公,当然不是自戴晴始,但这种写法在当今中国是颇为罕见的,这很可能与对现实主义的机械、庸俗的理解有关。戴晴的这一篇新作,十分圆熟地、细致入微地把一只大白猫写得活灵活现,"他"在主人家里的生活,对男主人、女主人、小主人和客人的感受,"他"对夜气的向往和迷惘,"他"离家出走后的遭遇,和一群"吃不上、喝不着,常常遭人踢打,浑身上下全是跳蚤和癞疤"的野猫的格斗,以及"他"和"三色圆头"——一只母猫、和"阿煤"——另一只小母猫的关系,全都写得惟妙惟肖。戴晴非常立体地写活了一只猫:"他"的孤独和"他"的朋友,"他"的自相矛盾与进退维谷,"他"的善与恶以及包围着"他"的善与恶,都是非常动人的。有一种简单化的判断,那就是说,作者是用拟人法来写猫的,表面是写猫,实际是写人,《雪球》中对于猫际关系、猫人关系的描写,正寄托着作者对于人际关系、猫人关系的描写,正寄托着作者对于人际关系——包括社会关系、家庭关系的观察和感受,当然,这样的判断大致是不差的。但这毕竟不只是一篇寓言,不论怎样拟人,"他"仍然是一只活灵活现的猫,拟人拟得再好,如果没有那么多对于猫的生活习性的刻画,作品也无法感人。反正写人也是写人,写猫也是写人,这种无视写猫的作品的特殊性的分析方法完全无法解释这篇小说的魅力。在一篇小说里,猫和人是不能互相代换的,我们无法想象例如在拙作《风筝飘带》里把主人公改换成猫,同样也无法想象把"雪球"改换成人。值得思考的不是《雪球》与"雪球"的一般性,而是它和"他"的特殊性。

许多人教导小说作者,短篇小说应该写得单纯,要善于写一斑、一片、一鳞、一爪,人物应该集中,结构应该紧凑,这当然是正确的。但是谌容发表在去年《当代》第四期上的《关于仔猪过冬问题》在某种意义上翻了这一案。这篇小说没有集中的人物,相反,写了从市委到农林局、到县委、到公社、到大队、到猪场的一系列人物,这看来是犯了写短篇的忌,但是,正是这种势如破竹的连锁结构,这种多米诺骨牌式的结构,这种解剖刀式的写法,这种把一个事件贯穿在不同层次的不同人物与不同场景中的拉洋片式的写法,构成了这篇作品的特色。这里,结构本身也变成了一种语言,结构告诉你的比情节本身(仔猪过冬安排)和那一系列人物告诉你的还要多,这篇小说提供了结构短篇小说的新经验,把结构在小说中的地位提到了前所未有的高度,可惜,很少人注意到这一点。

我列举这些例子,是为了说明一个"翻"字,一个"变"字,写小说要善于翻旧变新,要时时翻旧求突破,变法图新。写短篇最有可能锻炼这种翻与变的眼光、这种趣味和这种技巧。长篇总带有某种包罗万象的味道,人物、情节、环境、叙述、描写、抒情,总是要都有一些,当然各种不同的长篇会有各自的侧重点、特点。而短篇轻巧灵活,各取其便,彼此拉开的距离可以更大。我们现在穿衣服也是在百花齐放,花样翻新,但是衣服变的花样总是不如手帕变的花样多而快。这里,衣服好像是长篇小说,而手帕好像是短篇小说。就是在大家穿衣千篇一律的年代,似乎也还没有发生过把手帕规格化、模式化、样板化的事情。这是短篇小说的优势,我们写短篇小说的要善于发挥这种优势。

模仿别人是没有出息的,重复自己也是没有出息的。我最反对的就是写出三两篇较好的作品,受到鼓励肯定之后,便宣称"我要沿着这条路走下去",这实在是坑人!沿着某条路走下去,只能是渐失新意。好花哪有百日红？好小说哪能一篇接一篇驾轻就熟地生产？只有不断地开拓新领域、尝试新角度、探索新思想、试验新手法，乃至"打一枪换一个地方"的人，才能长葆（不是永葆，我不相信有人能永葆）艺术创造的青春。

而这种翻与变，并不决定于主观意愿，刻意求新未必就能新，弄不好只会矫揉造作乃至走上邪路。没有广阔的胸襟、深邃的思想、丰富的学识、多方面的经验、灵活的头脑、奇突的想象力与勇猛开拓的气魄，是无法赢得创作的独特性与新意的。在谈到翻与变的时候，我们不能不提醒一下，要防止为翻而翻，翻不过去硬翻，为变而变，变不过来硬变。形式主义的雕琢，细小技巧的卖弄，或可炫耀一时，终难成大器也。

发表于《花溪》1982年第10期

谈 触 发

写小说要有小说家的眼光。有了小说家的眼光,就会觉得生活无处不是小说,有多得写不完的题材、人物、情节、细节。写小说还要有小说家的触觉。有了小说家的触觉,就会常常被触发,被触动,觉得非提起笔来写点什么不可。

一篇短篇小说的诞生,触发是非常重要的。生活是创作的唯一源泉,这是不错的。生活往往能给人以触发,以提示,以暗示,告诉你:"快来写吧,这里正有一篇小说向你招手呢!"

并不是每个人都听得到生活的这种声音,并不是每个人都听得懂生活的这种暗示。

同样一种声音,同样一种暗示,经过不同的作家的手,会成为面貌颇为不同的小说。

一九八一年开中篇小说授奖会的时候,身材高大的冯骥才同志告诉我,他坐在火车上看到一对夫妻,丈夫个子很矮而妻子个子很高,由于这违反了惯例常规,全车厢的人都侧目而视,觉得别扭。但这两个人相亲相爱、相敬如宾,虽是在旅途中,也显得那么情深意长。由于两个人之间的这种诚挚深厚的情感的外在表现,全车厢的人都被"说服"了,原来觉得看着他们别扭的后来都觉得顺眼了,而且愈看愈觉得他们俩合适,为什么合适?就因为他们合适,所以就合适。

"我要写一篇小说。"大冯说完了他的见闻,说。

我很佩服他的敏感,他从不看风向、赶浪头,从来不是根据对文艺行情的揣摩来确定自己该写些什么。他有他独特的眼光,独特的触觉,独特的敏感。这样的人是会写出好小说来的,我想。

他讲的故事同样触动了我,我曾经想过,如果是我,我也许如实地记述这么一件事,在火车上。我非常喜欢使自己的故事发生在火车里。汽笛长鸣,车轮铿锵,高山、大河、树木、田野、城市、大地和人都在车窗边掠过,很有诗意。我会相当尖酸刻薄地挖苦一下我们的好管闲事、好干涉旁人的私生活的同胞。看到一个高个子女人和一个矮个子丈夫在一起就如坐针毡,这只能说明不安者的野蛮。讽刺一下这种野蛮,不是没有现实意义的。但同时我要写爱情本身的说服力,它的启迪人、教育人、改变人的野蛮心理的力量,这也就是美的力量,美战胜野蛮,这将是我的这篇小说的主题。

当然,我没有写,我等着大冯。直到一九八二年五月,《上海文学》上登出了他的《高女人和她的矮丈夫》,他写成了一个悲剧,勾勒了一个难忘的、催人泪下的画面:高个子女人死了,矮个子男人一如她生前,下雨天高举着伞,人们觉得,他的伞底下留了很大一块空白。

应该说,我与他的思路不是没有接近的地方,但他的构思是出我意料的,与我的遐想完全不同。除了其他原因以外,我想,第一,他比我更年轻、更温存、更富有某种伤感的气质。第二,他是画家,他善于构想和写出一种非常鲜明的、也许是惊心动魄的视觉形象,而这是我所最不擅长的。与画面相比,我宁愿写音响、旋律、节奏。与肖像相比,我宁愿写人的扑朔迷离的内心。

有一次我到戴晴家里,看到她养的一只大白猫,寂寞的大白猫拿一块水果糖当老鼠玩,玩腻了就把水果糖纸剥开,把糖块丢掉。戴晴告诉我:"我写了一篇小说,写的是它。"

我当时想,一只猫有什么好写的。

其实我也写过猫,《队长、书记、野猫和半截筷子的故事》最早的触发点是一只猫,一只我在"文化大革命"期间在伊犁农村劳动时房东家养的凶恶的猫。房东老大娘给这个猫起了个名字,叫"红造会",这是伊犁当时一派造反组织的名称。另外还有一只我养的比较温顺、聪明的猫,被老大娘命名为"筹委会",是当时军分区支持的另一派红卫兵组织的名称。当时伊犁两派斗得死去活来,但老大娘用以命名了两只猫。这里,既有维吾尔人的幽默感,也包含了对那令人厌烦的派仗的轻视,还表现了少数民族在"文化大革命"中的某种超脱感。我以为,后来小说中对于一只凶恶的猫的描写,也许是那篇小说的唯一可取之处。

由于在"文化大革命"中特殊的一种寂寞、孤独的心境,那只被叫做"筹委会"的猫曾与我相依为命,后来,这只猫死得很惨。我始终没有忘记此猫此事,说不定什么时候我会把它用在某一篇小说里,当然,我的意图不是追悼一只猫,而是表现在十年动乱中人对于友谊、对于生命、对于生活的珍重。

戴晴的小说发表出来了,一九八二年《收获》第四期,题名《雪球》。她寄托在猫身上的完全是别样的感受,它表达了更年轻的一代对于广阔的天地、对于更美好的人与人之间的关系的追求,表现了他们所受到的挫折,他们的失望、粗暴、成熟和永远不会灭绝的期待和希望,间或有一种嘲讽,更多的却是深情。

我觉得刘心武和蒋子龙在感受生活和取材方面要清醒得多,自觉得多。他们确实都很善于思考,不断地注视着、发现着、思考着、判断着生活中、观念中的问题,包括曾经引起小小的讨论的社会问题和人生问题、道德问题和哲学问题。一九七九年初,我听过刘心武的一次发言,他说他下一段将写关于探索人性和道德问题的题材,他是这样说的也是这样做的,《我爱每一片绿叶》《这里有黄金》《如意》《银河》等等接踵而来。同样,从蒋子龙的一些发言中你也能听出他正在思考什么,开掘什么,他将会写些什么(当然是大致的)。他非常了解社会,富有现实感,他不大看得起书斋里的书呆子。他有独立的、与众不同的见解。他的作品里经常出现惊人之论和惊人之笔。他的作品有一种非常实际,又非常富有战斗性、论战性、思辨性的调子。

每个人被生活所触发的原因、状况和触发点是与其他人不同的,刘心武或者蒋子龙看到火车上的一对个头不相称的夫妇,不知他们是否被触发要写一篇小说?即使他们也会写,肯定不会与冯骥才重复。

针对文艺世界某种题材撞车、垄断题材、抢题材的令人汗颜的状况,我曾有过一个奇想,约几位志同道合的作家,大家同写一个题材,同时拿出来,放在同一个刊物上发表。当然,这样做会有许多麻烦,因为所谓同一个题材不可能引起不同作者的同样的兴趣,但毕竟这是一个有趣的文学试验,是对于风格、创造性、独特性的一次有趣的考试。

同时,同一个作家,每次受触发的状况也与另一次不同。我刚从边疆调回北京以后,有一次到某单位去办某事而碰壁,给我印象最深的是我所去的迷宫一样的住宅区的一盏昏黄的灯。《夜的眼》就是这么来的,小说的题目也是这样来的。没有这盏灯就没有这个题目,没有这个题目就没有这篇小说。从见灯到写小说,相隔甚近。

《海的梦》就完全不同,一九七八年我曾去北戴河,曾经有一次月夜在海滨散步,意外地看到了一对情人,但我从来没有想到要写他们,这只是一次不无意味的内心体验。两年以后,我突然写出了《海的梦》,自己也不知道怎么回事。

而《说客盈门》的故事是听来的,有一次浩然同志闲谈时谈了类似的一件事,立即引起我极大的兴趣。后来,我正式取得了他的允许:我可以利用这个事件写一篇东西,但直到过了半年多之后,直到我确定用单口相声式的幽默笔调来写之后,我才写了出来。

有一次邓友梅同志说到他在被划为"右派"之后，有一次给一幢高楼擦玻璃，总共擦了十几层，站在窗台上，没有保护设施。我一听，立即跳了起来，我说这是一篇很好的中篇小说或电影剧本的结构，要写好擦每一层窗户的情况，怎么用抹布，怎么往下看，怎么看到窗内的人，要写出擦玻璃时的心理、情绪、回忆、意识流。心理结构与现实——擦玻璃的结构结合起来，最后，归结为主人公的胜利，他既在危险的条件下擦净了窗户以迎接盛大美好的节日，又战胜了在被委屈的状况下发生的精神危机，决定好好地活下去，挺起胸来做人……

邓友梅一怔，眼睛眨了眨，显然，他从来没有想到这一点。

"怎么样？你写不写？你不写我可写了！"我开玩笑地进逼道。

他说："我得考虑考虑……"

我说："一年为期，一年之内写不出来，我就接收了……"

不是一年，而是两年过去了，我们都没有写。但我没有忘情于生活对于一篇作品的结构的巧妙提示，早晚有一天，我会答谢生活的这种提示的。

一九八一年的初夏，我搞到一些中央乐团复制的音乐资料录音磁带，其中有美国哥伦比亚乐团演奏的柴可夫斯基的第一弦乐四重奏第二乐章《如歌的行板》。我已经有好多年没有听过这段乐曲了，在五十年代，这是我最喜爱的曲子。听完以后，我告诉我爱人说："我要写一部中篇小说，八万字，题目就叫《如歌的行板》。"

实际上只写了五万多字，因为我把腰腹部"砍"了。

一九七九年开文代会的时候，我曾经告诉一些年轻的朋友，我听到这样一件事，一个人救助一位被自行车撞倒了的老太太，反被诬为肇事者，连这位老太太也一口咬定就是他。我说，我要写这个故事。

一九七九年底，我搬入前三门新落成的居民楼。有一天，来看我的一个亲戚告诉我说，他看到一对青年男女在这个楼的公共通道阳台上谈情。"他们怎么会找到了这么个地方？"我要写这件事，我想。

怎么写？

我想起了我新近读的美国当代作家杜鲁门·卡波特的短篇小说《灾星》,它描写一个纯洁的、疲倦的女孩子把自己的梦卖掉了,这是一个美丽、忧郁、虚无缥缈的故事。这个故事激起我一种柔情。我也要写一个女孩子,她丢失了,然后终于重新找到了她的梦。

这就是《风筝飘带》的由来,当然实际情况还要复杂得多。

一九八一年初访美四个月回来,我就想写一部和美籍华人的心态有关的作品。一月份,我对新华社对外部的记者这样讲过,报道出去了,但是,写不出来,我抓不住一个核心。

到了十一月份,我终于开始写了,我已经写了快两万字了,但我还在犹豫,小说将要走向何处？它的重心、支点在哪里？而且,我不知道这篇小说应该起一个什么样的题目。

就在这时候我看了一篇何西来同志写的评我的作品的文章。何西来特别提到了李商隐的诗的意境对我的作品的影响。

对,我应该从李商隐的诗里找出这篇作品的题名。

哪个诗？

"相见时难别亦难,东风无力百花残。"这不是现成的吗？就叫《相见时难别亦难》。

又何必别亦难呢？《相见时难》这不已经够了吗？

一通百通,我终于找到了！作品的核心,作品的灵魂,正是写蓝佩玉和翁式含相见时各自的"难"的心情。

此后便势如破竹,写起来有了主心骨。

我感谢何西来同志给我的启发,我特意把这一点告诉了他。许多人夸奖我这个题目起得好,我自己也颇为快乐。

读书,也可以触发你写作的冲动。很可能你写的东西与你读的东西并无紧密的联系,但你读的书中的某一点,或从正面或从反面打动了你的心,于是,你拿起了笔。

张弦同志告诉我,他之所以要写《被爱情遗忘的角落》,恰恰是因为他看了一些粉饰农村生活的牧歌式作品,他不满足,他不平,他有话要告诉读者。

据说贾平凹同志也常常从读书中取得创作的灵感,不知是不是这样。

一九六二年我读纳吉宾的《冬天的橡树》,一边读着,一边构思起《眼睛》来,虽然,《眼睛》与《冬天的橡树》看来风马牛不相及。

创作的触发好像是偶然的,确实是偶然的,长期积累,偶尔得之。

所以必须敏感。敏锐的目光,敏锐的感觉,更主要的,是一颗敏感的心。对生活的真善美和假恶丑;对生活的色彩、旋律、推移、振荡、交错、消融;对生活的每一个声息,每一个提示,都要有足够的敏感。要能捕捉得住这种感觉,每当这种感觉攫住了你的心的时候(不论这种感觉是苦的还是甜的),你都会产生一种愉快的、微带神秘和某种恐怖的预感:一篇新作又要诞生了。

(请不要从神秘和恐怖两个词里找毛病,这里指的是一种创造的激动,一种从无到有的狂喜和忧心忡忡,每个妇女生孩子的时候都会有这种心情。)

但它又不是偶然的,为什么你对这一点敏感而他对另一点敏感?为什么这个触发使你完成了一篇新作,而另一个触发所引起的作品没等写完便流产报废?为什么一点小冲激使你写了洋洋万言,使另一个人只能写一篇小散文,使你写成了悲剧,使另一个人写成了讽刺喜剧?

这都不是偶然的,这都是你毕生的经验、学识、人格、才分、热情、修养的结晶。

只有一个小小的触发能触动你毕生造就的那根心灵的主弦的时

候,你才能写出有分量、有深度的作品来。

一九八一年听一次《如歌的行板》,用了五分钟。而《如歌的行板》的人物、情节、感情,我已经积累了四十年,这积累的代价有血,有泪,更有一万四千六百一十个日日夜夜。

并不是每一种、每一次触发都能保证一篇新作的诞生,更不能保证这篇新作的成功。例如一九七二年我在乌拉泊五七干校时,有一次去呼图壁雀儿沟林场为汽车装木材,装好车回程当中,林区公路的一座桥梁坏了,夜晚走近这座桥时看到挥舞的手电筒并听到了警告的喊声。是一个被审查的小小"走资派",他守卫着危桥,保护着过往的车辆。近几年我有好几次想写一个由此而触发的故事,一九八〇年还写过一个开头,但是没有写成。

没写成,可能是由于你还没有很好地理解、把握那一个生活事件,没有挖掘新意。也可能由于你的风格、你的惯用手法不适合表现那一种生活事件。你必须另辟蹊径,突破自己的轻车熟路。

多数情况下,问题在于你还没有找到一种联系,一座桥梁。我说的把你在一瞬间的强烈感受与你的一生相联系起来的那座桥梁,是现实和经验之间的一座桥梁,又是现实和想象之间的一座桥梁,又是现实和理性、直观的与幻觉的美相连接的一座桥梁,又是现实和理性、和思考、和民族的与人类的悠久深厚博大的文化传统相连接的一座桥梁。

那些伟大作家的伟大作品,便是这样的一座座桥梁。

一般地说,愈是缺乏经验的新手,愈不会改造、发展、变化生活给自己的原始触发。他们大致还逗留在桥的那一边,就事写事,就人写人,就现实写现实。

过了桥以后,就进入了一个全新的艺术世界,全部是生活的,又全部是想象的。全部是客观的,又是主观的。全部是具体的,又是抽象的。在这个艺术世界里,每一草一木,一砖一石都放射着人类的文明与智慧的光辉。

获得了某种触发以后,能否发展为充分的、勇敢的、高度凝聚的艺术想象,这是原始的触发——胚胎能否发育成人的关键。

此外还有一种假触发,我愿称之为恶触发。例如,投机取巧、投其所好也能使一个人提起笔来怦怦心跳或沾沾自喜。追求名利、追求成功也能使一个人写了又写。甚至嫉妒心也能成为一种触发,看到某人发表了新作于是自己急得如同热锅上的蚂蚁,恨不得自己写的立即变成铅字。报刊的约稿也可能促使你搜索枯肠,写不出来硬挤。

真正的触发应该有一种创造的激情,一种神圣的、崇高的心境,因为你是在缔造艺术世界。在没有体验到这种激情、这种心境的时候,还是不要动笔的好。至于那种假触发、恶触发,但愿我们永远远离它们。不懂得写不成就不要写的人,没有这种恬淡坦荡的心境的人,还是别从事文学创作这种旷日持久、徒劳无功的冒险吧。

1982 年

谈　创　新

　　如果用历史的眼光来观察,小说似乎是写得越来越自由、越来越散漫无稽、越来越无可无不可了。

　　让我们回忆一下那些以引人入胜的故事为其特点的小说,比如说唐宋传奇,或者"三言二拍",或者普希金的《驿站长》和《村姑小姐》吧。鲜明的形象,完整的情节,谨严的结构,简洁而又通俗的叙述,它们已经赢得了而且今后还将赢得许多世代读者的喜爱。

　　与这样的小说相比,海明威的《老人与海》已经叫人够难以忍受了(估计其之所以没有怎么被公开贬斥,很大程度上是由于被名人、名著吓得噤了声),在海上漂流了那么多天,竟没有任何堪足挂齿的遭遇。如果用一种比较被公认的写法,本来应该写他到了海上碰到了海盗、海妖、美人鱼、载着王子或者绝代佳丽的公主的帆船、逃亡的走私犯、恐怖分子或者至少是难民那才叫受欢迎呢!他总该在海上有一些奇遇:惊险的、曲折的、离奇的、骇人听闻的、出乎意料的、香艳的、令人拍案惊奇的、令人啧啧称羡的、令人热泪滚滚的……哼哼,叫我写保准比他写得吸引人得多呢!

　　什么世界名著,什么诺贝尔奖金,那只是因为他是海明威罢了。其实呢,单调、枯燥、乏味、沉闷、莫名其妙,看不懂。主题思想是什么?老人的身世乃至国籍是怎么回事,不过是一场空罢了。

　　如果再看点什么意识流、什么新小说派、什么黑色幽默的小说呢,你就更加愤怒了!这也能算小说吗?简直是信口开河的呓语!

简直是泥沙俱下的泥石流！简直是垃圾、危机、写不下去才搞出来的凌虚蹈空！简直令人惊讶！

如果我们都回到慈祥的老祖母的膝下，乖乖地去听那些惩恶扬善、具有永久魅力、清楚明白、雅俗共赏的狼外婆、呆女婿、孔融让梨和司马光打破水缸的故事，我们的文学，我们的小说将会少去多少污染，返璞归真、炉火纯青、纯洁朴素、天真烂漫，而我们的听众，也就做到了个个是祖国的花朵呀！

可惜，我们并不永远是托儿所的孩子。当然，任何正派人都不应该嘲笑儿童，任何善良的人都会珍爱自己的童年，甚至在长大了以后、在老迈以后仍然不失童心，而且我们都知道，童年和青年正是成年的基础和前提。论述童年和青年时代的重要性、必需性、必然性，当然是万古不移、颠扑不破的真理。但我们仍然不可能永远停留在童年的天真简明的阶段。不论是个体还是群体，人们在成长的过程中，人们的头脑会愈来愈复杂，对生活的理解会愈来愈深刻和全面，正像简单的因果报应的哲学解释不了日趋复杂和多变的生活一样，那种封闭的、脉络分明的故事也不可能满足日益发展的文学欣赏者的要求。人们在对客观世界的认识上，有一个不断突破现有的局限性、不断解放思想的过程，人们在文学创作和欣赏上，同样有一个不断突破、不断解放思想、不断地追求从必然王国进入自由王国的过程。

学写字当然要从楷书开始。小孩子看到一个人字写得干干净净、横平竖直、间架匀称，都写在格里而且个儿大小一样——像书报上的铅字似的，大概就会认为是最好的字了。即使自己不大认得字，也会认为这样的字是写得无懈可击的（无懈可击，却也无甚可取）。

行书就乱了一点，但因为它比较实用，因此麻烦还不大。草书可就要了命了，大大小小、粗粗细细、断断续续、歪歪斜斜，简直和胡写一样。

谁也无法为草书确立一个严格的规范,多数书法家或书法艺术的爱好者讲不清草书的书写规程或者书写纲要,或者书写三要三不要,或者几条标准。然而,这规范明明是有的,多数人都知道,草书不是胡写乱写,虽然它貌似最自由、最得心应手、最以意为之、最像胡写乱写。大多数心智正常的人仍能分辨什么是贫乏,什么是丰富,什么是蛮干,什么是熟练,什么是哗众取宠,什么是严肃而又勇敢的探求。而且,行家会告诉你,要写好这种自由的草书,在某种意义上,可能比写好规规矩矩的楷书更难。至于任意嘲笑草书,只不过是嘲笑者的轻薄或冬烘的表现罢了。

当然,楷书、行书、草书以至篆、隶、魏碑,并无高低贵贱之分。学书法往往从楷书开始,学好以后仍然可以回到楷书里去。草书是对于楷书的背叛和突破,草书又是楷书的高扬和发展。我想,一个掌握了草书的人回过头来写楷书,也许不无裨益,总归会给他的楷书增添一些俊逸灵秀之气吧!

以上说的是书法,这个道理大致也符合于小说。小说的写作看起来是愈来愈自由了,愈来愈多样了,愈来愈松散了,愈来愈不确定了,愈来愈可以随心所欲了,其实,自由的程度愈高,要求就愈高,规格就愈高,难度就更大。

小说手法的变异、突破和扩展往往会引起某种恐慌。这还得了!这样子还叫小说!谁能看得懂呢?

同时,在这种变异、突破和扩展中必然有各式各样的赝品、冒牌货、掩饰内容与心灵的空虚的形式主义者、自大狂以至疯子、骗子、呆子……混进来。什么事都有三六九等,打着现实主义旗号的人当中也有搞低级趣味的,打着浪漫主义旗号的人也有偷贩假、大、空的,打着无产阶级文化大革命旗号的还有"四人帮"的封建法西斯主义嘛。那么,打着创新、探索旗号的人们当中会搞出许多不成功的、不理想的乃至很不好的作品来,又有什么奇怪呢?

如果每个声称要创新的人都创出了新,如果每个声称要探索的人都发现了新大陆,那才叫狂想呢。

但是创作之为创作,就在于每篇作品里应该有一点新,一粒沙那么大的新,一粒微尘那么大的新,也比一座大山那么大的俗套子有价值。

一旦有了新的东西,而且被社会所认可,被评论家们所认可之后,紧接着会是一拥而上的。模仿,至少是受到启发而被引动出来一大批作品。这应该说是创新的胜利,但也会使创新变得愈来愈苍白,愈来愈庸俗,以至变成俗套子。

而某一点的创新的成功,也往往使创造者沾沾自喜,以为可以按这条路子走下去,与此同时,在他的名声扩大的同时,他的积累、激情、经验、才力却愈来愈缩小了。于是新变成了不新,变成了司空见惯,变成了不过如此,变成了每况愈下。

创新之难,不但在于任何较有意义的创新不可能不受到习惯势力的抵制,还在于它的效尤者和捧场者足以冲淡创新的鲜明的色彩。当创新变得时髦起来之后,创新这两个字的形象就会被歪曲成例如戴着贴有商标的盲公镜那个样子,而后随着时间的消逝,剩下的是灰溜溜。

于是懒惰的保守者就会振振有词,还是以不变应万变为好。

一般地说,艺术欣赏是离不开已有的经验的,欣赏的趣味和热情轨迹往往呈抛物线。比如说哪怕是很简单的一首歌,你听第一遍的时候和听得烂熟的时候都不会有太大的兴致。除去歌曲本身应该具备的条件以外,人们最有兴致的时候是在有了一点印象却又没有完全掌握的时候。

在我们谈论一个作品的时候,"似曾相识"是一个贬义词,它指的是模仿和雷同。但在"似曾相识燕归来"中,"似曾相识"的出句却是一句非常美的诗。"似曾相识"其实既包括着并不相识又包括着并不陌生的意思,既有新鲜感,又有亲切感,既有距离感,又有交融感,叫做恰到好处。

一个从来没有见过燕子的人,会因为春天的燕子的归来而感到喜悦或者慨叹吗？一个从来不知提琴为何物的人,会因为听上五分钟唱片就倾倒于帕格尼尼吗？一个从来没有看过任何画的人,会因为一幅蝌蚪而知道齐白石的价值吗？

对于完全没有或很少有艺术欣赏、美的欣赏的经验的人,更易于被接受的倒是十足模仿自然的口技(比音乐更像、更好懂)或者照片(照片的价值是不会被怀疑的)。

这可以说是经验与创造中间的一种制约与反制约的关系。创造是经验的产物,受经验的制约,这是一方面。创造要突破经验的制约,不安于走驾轻就熟的路子,这是又一个方面。

许多年轻的文学爱好者的自命创新的小说总是到处碰壁,其原因是多方面的,例如他们往往还缺乏足够的生活的、思想的和艺术修养的准备,往往眼高手低,热情高而熟练度低,形式新而内容单薄。另一方面,某些编辑部、某些读者有些胆小和守旧,对一切没有见过的东西都"看不惯"、顾虑重重乃至反感。

但还有一个问题,愈是有志于创新者愈要懂得充分运用读者已有的欣赏经验。

舞剧《丝路花雨》取得了空前的成功,成功的原因之一,是他们充分利用了人们对于敦煌壁画的欣赏经验。正是解放以来对于敦煌壁画的挖掘、整理、宣传、复制,使诸如飞天之类的造型已经几乎普及到家喻户晓的程度,当人们观看《丝路花雨》的时候,大多会自觉不自觉地想到敦煌、想到飞天、想到我们民族的古老而又灿烂的文化传统。《丝路花雨》是站在一块坚实而又沃厚的土地上表现它自己的。

另外有一个表演藏族传说故事的大型舞剧,其场面之大、舞蹈之精彩其实并不亚于《丝路花雨》,却硬是打不响,一个重要的原因是,它的"得天"不如《丝路花雨》厚。

所以说,有志于创新的闯将,绝不能鄙薄、忽视我们民族的文化传统。

问题的另一面是,我们的已有的欣赏经验完全不是最高和最完善的。我们的文化水平还有待提高,我们的艺术教育还有待普及,我们的见闻、知识还有待扩大,我们的精神文明还远远没有达到,永远不可能达到顶峰。因此,任何艺术创造都是对已有的经验的挑战,几乎都不可避免地遭受或多或少、或轻或重的非议。

驾轻就熟走老路是容易投其所好的,例如流行歌曲往往比"纯音乐"更易被群众接受。很遗憾,这种现象至今在我们身边仍然时有例证。流行歌曲为什么容易流行呢?一个原因恰恰在于它是陈词滥调,听起来像吃凉粉,不用思索、不用咀嚼,软塌塌、滑溜溜,毫不费力,不知不觉就咽到肚子里去了。而真正的音乐欣赏,却要多少费点精神、费点力气,起码要澄思静气,要专心,要有一种美的追求,要有一种对于高尚的艺术境界追求的热情。

有没有近似于流行歌曲的小说?肯定有,照我看还不少。其中一种最廉价却又相当有效的办法就是情欲挑逗。什么"水灵灵的眼睛"啦,"杨柳一样的腰肢"啦,"期待着一个甜蜜的吻"啦,沉鱼落雁、闭月羞花、眉目传情、秋波荡漾、似嗔似笑、半推半就、耳鬓厮磨、脸红心跳……前一段所以有"爱情成灾"的反映,与其说是因为爱情写得多了,不如说是因为写得太俗、太腻、太空虚无聊。

还有一种流行歌曲式的小说作法就是滥用巧合。巧合当然是不能排斥的,没有巧合、没有偶然就没有生活,就没有小说或者戏剧,正像没有个体就没有人类,没有具体就没有抽象一样。

无巧不成书,诚然。滥巧不成好书,也是事实。

能不能这样说,随着科学的发展,人类的进化,人们对于神秘的偶然与奇巧的迷恋和崇拜是愈来愈减弱了,也就是说,巧合的魅力已经没有从前那么强大了。比如说,在中世纪,一个人要与相隔千山万水的多年未见的老友相会几乎要全靠命运的恩赐亦即巧合,那么,在交通与通讯手段大大改善了的今天,与多年未见而又相隔甚远的老友见面的方法就不再是等待巧合,而是主动去写信、打电报、打电话、委托有关部门代为查询,然后约会时间地点,购买车、船、飞机票了。

在现代写小说,运用巧合,似乎应该更慎重一点。

当然,也有另一种巧合,另一种偶然,那正是必然性的一种表现。巧合仍然是构思小说的一个重要手段,只是不能过滥,不能因巧而违背生活的逻辑和人物思想、心理活动与行动的逻辑罢了。

总之,掌握好创新与继承、突破与因循、提高与普及、勇敢与谨慎、纵横驰骋与脚踏实地、从心所欲与不逾矩的火候是不容易的,用不着要求每一篇作品都恰到好处。具体到一篇作品,可以更各色一点,也可以更顺畅一点;可以更洋一点,也可以更土一点;可以更雅俗共赏一点,也可以更"雅"赏而"俗"不赏,或者更"俗"赏而"雅"不赏一点。在这里,能够充分地汲取、总结和运用自己的和别人的经验,却又不为这种经验所囿,不轻易抛弃旧传统又善于接受新事物,不怕一时不理解者的摇头却又不搞成象牙之塔里的自思自叹、自爱自怜、自吹自擂,是一个努力目标。有了目标不等于已经做到,但有了目标就更明朗、更镇静、更谦逊也更富于自信,这比没有目标强得多了。

1982 年

漫话文学创作特性探讨中的一些思想方法问题

一九八〇年我偶然读到一篇海明威谈创作的文章,他介绍说,他的经验是,要善于在写作之前抑制自己不去想自己要写的东西。这个简单的说法使我大为骇异,因为不管是别人的指教还是我自己的实践,我们写小说讲究的是反复酝酿,认真推敲,打好腹稿,烂熟于胸。在一个严肃的构思的过程中,我们探索和研讨故事发展、人物性格、叙述顺序的每一种可能性,从中选取最佳方案。有时候委决不下,废寝忘食,斟酌再三,朝思暮想,为伊消得人憔悴,在山重水复疑无路的情况下,偶有意会,柳暗花明又一村,蓦然回首,那人却在灯火阑珊处,便觉喜不自胜。所以说创作是艰苦的,所以又可以说搞创作其乐无穷。

有许多作家,例如陈建功,则不仅自己构思,还喜欢把自己的新作构想轮廓讲给自己的好友同道听,虚心听取意见,互相切磋琢磨,寻求最佳方案。

还有一些老作家,经常教导我们,好文章是改出来的,搞创作要殚精竭虑,精益求精。

我们的这些经验证明,创作是一种复杂的脑力劳动,既是劳动,便具有任何劳动所不能没有的目的性、自觉性,原材料的可选择性、工艺过程的可控制(因而是可修改、可改善)性以及产品的可检验(可讨论)性和整个劳动的可表述性。

海明威那头"老狮子"并没有展开他的将会令绝大多数中国作家骇然的奇谈怪论。但是,后来我在一些文章中,看到了介绍西方某些流派(当属于所谓"现代派"吧)的创作主张,那种主张说,文学创作应该是坐到桌前,信手写来,任凭下意识驱遣,自己也不知道自己在写些什么,只有这样彻底排除理性和有意识,才能进入艺术创造的极致。

原来这种主张也还有点来头。无怪乎听说西方有些人主张把文学创作心理的研究纳入精神病学,把写作看成一种类似白昼见鬼、幻视幻听、鬼神附体、天师下凡的精神病现象,倒也令人叹为观止。

那么,赵树理笔下的三仙姑,该是个大作家、大艺术家了吧?

一九八〇年夏,我访问西柏林,在西德著名作家根特·格拉斯的寓所与他谈起海明威的那一说法,根特·格拉斯当即表示:作家谈自己的创作的话是不可相信的。

根特·格拉斯的话使人放了一点心。但一个问题仍然苦恼着我,海明威为什么要那样说?故弄玄虚?骗人?事情没有这么简单。

于是我想起了另一些事情和一些说法:"下笔如有神""神来之笔""文章本天成,妙手偶得之""长期积累,偶然得之""只可意会,不可言传""不可思议""斗酒诗百篇""浮想联翩,欣然命笔""诗人兴会更无前"……这些说法都强调了创作活动的偶然性,不可控制性,不可表述(不可传授,故其他任何行业都多家传而写作很少家传)性,模糊性,情绪性。看来,创作与一般的计时或计件劳动不同,它是一种伴随着某种强烈和微妙的情绪(即"诗人兴会"也)的、不可强求(似乎是偶然的)的、非常全面和立体的一个心理过程。

创作中的趣谈轶闻就更多了。比如说巴尔扎克写完《高老头》,躺在地上呻吟。仆人以为他患了病,结果他喃喃地说:"高老头死了。"(有一点像——仅仅是像精神病呢。)

最近一些文摘性的报刊很喜欢登载作家的怪癖,例如某大作家必须在厕所大便时才能构思(估计那厕所一定不像我国农村的某些厕所)。怪癖宣传得愈多,创作给人的神秘感、怪异感就愈重,精神病院开办作家病房的必要性与合理性也就愈突出了。(但如果说有一些作家写作时有一些自己也不自觉的怪癖,毕竟是事实。)

与这些怪癖相比,讲一讲众所周知的小说中的人物与作者的意图打架,小说中人物的行为与命运发展使作者自己也大吃一惊的故事,这其实算是"卑之无甚高论"了。

在接触到那种未免神秘荒诞的"不想论""纯粹无意识论""精神病论"的时候,我有时也想起另一个极端,那是"最最最"的目的论和有意识论。例如:创作上搞"三结合""领导出思想、群众出生活、专家出技巧",于是出现了例如《虹南作战史》式的文学怪胎。随着"旗手"的倒台,"三结合"式的做法与"作战史"式的作品也就销声匿迹了。其实,我们从认识论、美学、创作论的角度探讨上述做法和作品还很不够,哪怕我们认定它们是百分之百的反面教材,我们也远远没有充分利用这些反面教材给我们不仅从政治上,而且从知识上、艺术上提供教益的可能性。

其实,如果我们只知道文学创作是一种社会劳动而不知道文学创作的其他一些侧面的特性,我们就无权一般地否定"三结合"创作的合理性、必要性,至少是可能性。

其实,创作活动是一个整体、一个立体。从整体来看,从文学的社会功能在社会中的地位来看,从创作的全过程、从作家从事创作的动机与效果贯穿地看,也就是说,宏观地看,创作是一种劳动,一种通常称为形象思维的思维方式,一种精神生产,一种自觉的、有目的有追求的脑力劳动。它不但受作家的理性、信念、世界观所指导、支配、制约,而且受时代、作家精神上所属的阶级与社会集团的利益与认识水平的制约,作家的一切活动都是可以分析与有规律可循的。文学是社会意识形态、上层建筑的一部分,是强烈地受到基础的影响和作用、并受到同属于上层建筑的政治的影响和作用的。完全不必把文学创作神而秘之。

绝大多数作家在写作之前对于他要写的东西是有一个大致的构想的,虽然有的人想得很粗,另一些人则想得很细。例如据说茅盾写小说要先写出一个非常详尽精确的提纲。一部小说就像一座建筑,如果对总体布局,对开头、发展伸延、结束,对主要人物与主要人物关系,对中心事件或虽无一个中心事件却总会有一系列小事件因而总会有联系一系列小事件的行动线索,或虽无行动线索却总不能没有的哲理线索或情绪线索没有一个大致的考虑、没有一个大的总体设计就去写,那是一件不设计就施工的冒险,其结果很可能是建筑坍塌,作品变成混乱的呓语。特别对于写长篇巨著者,事情更是这样。(但我并不绝对否认某个特别熟练的建筑师在特定情况下边设计边施工并取得喜出望外的成功的某种可能性。)

有一些非常有写作经验,但不善于概括推理与综合表述的作家,他可能自以为写某个东西的时候事先没有任何明确目的和构思准备,他完成一个作品只靠灵感、神来之笔、下意识。特别是完成一个短作品,似乎全然自动完成,自己也说不上原来打算写什么和要怎么写,这是完全可能的,这也并不神秘。笔者在市场活跃以后在街头看到过捏面人的,他全靠手指的灵巧动作,不假思索几下就捏出一个穆桂英,或孙悟空,或猪八戒来。音乐演奏家也往往在一种神经质的反射状态中奏出一支复杂深奥的曲子,只有一年级新生才一边演奏一边思忖演奏的要求和目标。运动员就更有意思,他的高难动作往往是在无意识中完成的,从中探讨品评,做出一篇又一篇的文章,那是教练员和体育记者的事。

熟能生巧,艺高人胆大。一个生活阅历、艺术修养、创作实践都非常丰富深厚的人完全可能略有所感便秉笔大书,边设计边施工而照样能保证工程质量,甚至比那种惨淡经营、刻意追求更少匠气,更多才气和灵气,这一点也不奇怪,这丝毫不能推翻创作作为一种脑力劳动所具有的目的性、自觉性、艰苦性和一定的规律性,更不要说否定创作的社会性了。

熟能生巧，熟是巧的基础，巧是熟的升华。熟是自觉劳动，是教育与训练的结果，是生活经验的积累也是社会责任感的果实；巧是"天成""神来"，举重若轻，自己都说不上是怎么回事——不可思议。熟是踏破铁鞋无觅处，巧是得来全不费功夫。熟是长期积累，巧是偶然得之。

问题在于，在文学创作中，熟与巧的关系有时候不那么合乎一般的劳动逻辑。

花力量大的东西一定就写得好吗？不见得，许多作家的经验表明，那些写得特别吃力的东西未必是最好的，而某些写得顺手的东西反而要好一些。

受过专门训练的人就一定写得更好一些么？当然不见得。尽人皆知，无需说明。

关于文学创作所需要的才智或才气问题，这里暂且不说。这里要说的是，文学创作是一种劳动，但又不仅仅是一种一般的劳动，它还是一种全面而又自然的心理活动过程。在这一点上，它比其他劳动要更复杂和奥妙些。

在文学创作过程中，形象与概念、感觉与思维、追忆与想象、喜怒哀乐的情绪活动与归纳演绎的推理判断、联想与梦幻、理性与直觉、有意识与无意识，都是怎样的活跃啊！当你描写严寒的时候，尽管你写作的时候是盛夏，你的皮肤上不是也感到那肃杀的冷气因而起了鸡皮疙瘩吗？正是在这种感觉之中你才能把严寒写真写活写神。那就是说，不仅大脑在指挥你的写作，皮肤也在帮助你的写作，这难道不是事实吗？

而当你描写一个人物——例如巴尔扎克的高老头——的死亡的时候，尽管你本人康泰亲友平安，你的全身心会感到这死亡的痛苦或者悲壮，恐怖或者庄严，你好像看到了人物的蜷曲的身体与衰弱的容颜，你好像闻到了一种特殊的气味，你好像听到了病人的愈来愈微弱的喘息，你的心在跳，你的手心在出汗，你的头不由得垂了下来……

只有在这种情况下你才写得出这个死亡来。

而心理活动不是完全由人的意志或理念控制的,它有自己的发生、发展、强化、高潮、衰减直到消散的规律。文学创作最忌做作,最忌作状,最忌雕琢。激情使人感奋,做激动状则令人作呕,激动不起来而抓耳挠腮令人觉得可笑亦复可叹,唯独真情实感才能征服读者的心。而真情实感并非召之即来,挥之即去。

对于其他的劳动来说,不是全部心理活动都能构成劳动的有机组成部分,据说数学也需要想象、灵感、热情乃至直觉,但它需要的只是属于数字与形体关系的那一部分想象、灵感、热情与直觉,而且决定性的不是这些心理活动而是严密的逻辑思维。而文学创作这个劳动要求(是要求而不能强求)的是全部心理活动的自然而然的活跃。全部心理活动的自然而然的活跃成为有时候作家自己也搞不清、表述不清并且掌握不住的成功的神秘的(其实不完全神秘)保证(或保证之一)。

所谓灵感,所谓神来之笔,所谓创作过程的模糊性,只不过是说明了这种全部自然而然的心理活动的难以掌握和表述(不是完全不能掌握和表述),并不是说真的在文学创作中要靠超自然的"灵"和"神"的帮助。夸大了这一点,或把这一点和整个创作劳动的目的性、自觉性、可掌握与可表述性对立起来,就难免走向神秘主义与非理性主义。梦笔生花、江郎才尽的故事虽然有趣,却并非科学。

局部地、微观地说,创作确是有点神秘的魅力,作家的心理活动之丰富、活跃,确实可以达到出神入化、奥妙无穷的境地。所以有神来之笔,所以有不可思议的绝唱,所以有某些作家的怪癖。所谓怪癖,往往是指在某种特异条件下某个作家的心理活动特别活跃,归根结底,怪癖不怪,它仍然是可以分析与可以解释的,一般情况下用巴甫洛夫的条件反射学说就可以解释个大致明白。

但是,一个作家从事创作时的心理活动又与他无事遐想或发高烧昏乱时的心理活动不同,它有更明确的方向性,它知道自己在趋于何方,虽然实际上它也许走到了你事先没有预料到的地方。一个作家不能像按电钮似的令自己激动,但是他明确知道他在写某个他有深切感受的人或生活面的时候他一定能激动起来,他是在有意识地进入角色、进入氛围或者意境,有意识地使自己激动起来,尽管激动起来以后他也许会有那么一段时间忘乎所以,如痴如狂,不知所止。但如痴如狂并非真痴真狂,不知所止最后也必然会戛然而止。巴尔扎克倒地以后仍能站起来,并不自以为从此姓高名老头,所以,作家的心理活动与精神病人的心理活动不是一回事,更无需认为非有怪癖不足以当作家。

作家的无事遐想与高烧昏乱时的内心体验也有可能成为他的写作素材,但素材只是素材,还不是包含着大致明确方向的创作心理活动本身。有些作家——例如陀思妥耶夫斯基,他在旧俄生活的矛盾和痛苦使他患有某种程度的精神病,他的某些作品透露了一定的精神病意识,但是从整体来说,他不是作为一个病人,而是作为一个作家而写作的。精神病意识加强了他的作品所表达的痛苦的感染力,虽然这种加强有可能包含着消极的——病态的方面。

文学创作过程中的心理活动与一般心理活动不同,除了它的方向性与可影响性以外,还有它特定意义上的非现实性。它可以是在夏天感受冬天,可以是在老年感受童年。这种非现实性也会给文学创作染上一种神秘、夸大一步甚至有可能变成病态的色彩。当然,任何正常人都具有追忆或想象能力,不过作家的这种追忆或想象的能力,追忆或想象的习惯往往大大超出于他人。

当这种追忆或想象变成成本大套的虚构、"庄严的说谎"(巴尔扎克语)以后,那就更加是作家的特殊劳动本领与特权了。因为我们都知道,除去文学艺术,在社会生活与科学研究的其他领域,我们是无权虚构的。

这种心理活动的非现实性使对于这种心理活动的研究和掌握更加困难。一个作家到海滨去了,他想写海,结果没有写出海的故事来,倒写了一段山中故事。一个作家进入了老年,却突然以童心童趣写起了精彩的童年故事。一个老单身汉写出了女人的热情、痛苦与隐私(像福楼拜写《包法利夫人》)……这都是常见的事。他们常常自身也感到困惑,说不上写作的动机和缘起,更说不清写作的过程,于是把作品的诞生归之于下意识或琐屑的偶然。他们也常常故意隐瞒自己写作的动机和缘起,可能是为了避免因牵扯到某人某事而找麻烦,可能是不愿读者和研究者洞悉自己的创作过程从而减少自己的作品本身的吸引力,也可能有各种各样的原因。

多数情况下,作者只愿把自己的已完成的作品拿给读者,有作品就足够了。正像一个厨师,一般情况下,他只愿把炒好的菜盛在干净雅致的碟子里,漂漂亮亮、齐齐整整地端上饭桌,而并不想让食客去厨房参观他怎样洗菜、剁肉、用手抓淀粉、用舌尖尝咸淡。厨房参观对食欲的作用往往不是积极的。

在这个意义上,根特·格拉斯的话有道理,不要尽信(尽字当然是笔者加的)作家谈自己的创作的话。

多数情况下,创作是长期积累的结果。某种生活经验和内心体验,某种对于社会、人生、各色人物与各种场面景色的观察与感受,以至某种情绪、某种形象或者意象、某种感慨或者见解包括某一句俏皮话或某一条机智的概述,很可能早在一年前、十年前、数十年前就积存到你的心胸中了。积存下来,但还零乱琐屑或模糊朦胧或平淡无奇,不足以成篇,自己也不自觉,也想不到它会有什么用处。但这种生活经验(包括内心体验)的积存并不是静止的,它在悄悄地不以意志与理念为转移地起着变化,在发酵、化合、分解、发热、发光或者发霉生锈,这种化学变化经过了一定的时间,达到了一定的程度,往往又是在同样也是来自生活的新的触发之下发生质变,突然大大加速加烈自己的化学变化过程,于是产生了连续性的中断,产生了飞跃,放出了异彩——一个质上完全不同于原有的生活经验贮存、却又来自原有的生活贮存的新作就诞生于人间。

这里试以拙作《海的梦》的写作为例，这篇东西的写作大概是最具有"模糊性"和"自动性"的了。写的时候我充满诗情和喜悦，一切都好像是从笔端自己流出来的。我一般习惯午睡以后是不大写东西的，如果要写也要在冷水洗面、外出散步二十分钟，彻底摆脱大脑皮质的残留抑制作用之后。但写《海的梦》时，睡完午觉，我不能自已，脸也不洗、汗也不擦、茶也不喝，笔硬是停不下来，直到终篇，才长出了一口气，才发现自己还没洗脸呢。

尽管如此，这种笔不能停的状况，仍然绝对不能与例如一贯道的扶乩混淆起来。细分析起来仍然有迹可求，有意识在起作用，有规律可以掌握。笔者一九七八年在北戴河海滨有过类似月夜惊动了一对恋人的经验，心中若有所动，当时我当然不会想到这能够成为某个短篇小说写作的一个契机，至少是由于当时"文艺黑线论"还没批，我个人的"政策"也还没有落实，我还没有去写它的心境、勇气，这方面的思路也还没有打开。但我的经验告诉我，那些使我心头蓦然一动的东西多半会成为一篇短篇小说的写作契机，我始终对这个海滨月夜的经验不能忘怀。直到一九八〇年，在我已经写了《夜的眼》，正准备写《春之声》的时候，我已打起了《海的梦》腹稿，并曾把后者的大致构思对《人民文学》的编辑崔道怡同志讲过。在写起来以后，那种角色，那种意境太吸引我了，使我有一种忘我的感觉，我忘记了这一切，似乎小说是奇妙地自动完成的。

笔者的经验告诉我自己，不论自以为是多么奇妙乃至神秘地写出来的作品，仍然是在一定的生活的积累的基础上、在一定的主客观条件下、在一定的意图（设计乃至计划）的推动和指引下完成的。你可以忘记这个意图，你可以不承认这个意图，但这个意图仍然存在着。这一切仍是可以分析、可以解释的。

那么，这个意图（意志、理念、目的、设计）能够指挥一切、决定一切、包办一切吗？当然不能，甚至在科学研究乃至基本建设或工业生产中意图也不能决定一切，何况复杂微妙的文学创作呢。

一个农民可以深耕、播种、施肥、浇水、除虫、锄草,却不可以揠苗助长,而且他的耕种管理必须符合作物生长的规律,而且即使他做的一切都符合规律仍然有可能达不到预先的意图,这都不足为奇。一个作家也是这样,他要构思,要设计,要有一定的社会性和创作意图,但进入写作过程以后,他必须充分尊重文学创作心理活动的自身的规律,他必须适当放松,让自己的形象思维、感情直至某些下意识充分活动起来,必须能够在某些时候进入一种如痴如狂的忘我的境界,只有这个时候,才可能妙语连珠,如有神助,才可能充分发挥,进入最佳竞技状态。如果写作当中不是这样而是处处以意为之,按既定方针办,生编硬造,强求豪言壮语或离奇情节或伟大哲理,正像一个领导者搞包办代替、瞎指挥,其结果必然是事与愿违,领导人变得碍手碍脚、讨嫌,成为发挥群众积极性的绊脚石。思想、创作意图,是在创作过程中起着指引、统帅的"领导"作用的,但创作不是光靠意图的"领导"就能完成的。一切服从意图,往往会搞出毫无艺术感染力的赝品来。在这个特定的意义上,某些时候确实应该少想一点自己的作品,写作时应该更放开手一些。

另有一种相反的例子,一个作家宣称他的写作动机是某种理念,但仍写出了非常成功的作品,这在古今中外也并非没有。例如茅盾曾经说,他写《子夜》的目的是为了驳斥托派关于中国社会性质、关于资本主义在中国发展情况的谬论。(大意如此,手底下没有原文,如不确切,由笔者负责。)这是因为,大作家茅盾对中国社会的许多方面,特别对于民族资产阶级的状况,早有丰富的感性、理性知识,早有丰厚的积累,他所需要说明的理念并非书本上的教条而是概括自活生生的生活,他可以驾轻就熟地将他意欲说明的理念"还原"为多彩的生活,他的丰富的生活经验与精湛的艺术素养完全可以使他在作品中提供的生活画卷大于他预定的理念乃至修正他的理念中的某些不尽准确的因素,这就叫做"形象大于思想",或者叫做"生活之树常绿"。

看来,对某些作家"写作是从意念出发"的说法,同样不能尽信。

在过去的一些岁月中,唯意志论不仅对经济生活产生了消极的影响,对文艺事业也是有影响的。"三结合"的创作方法之行不通,就在于它根本无视创作有自己的心理规律,以为领导意图可以决定作品的思想性。当然,那种把思想、生活、技巧割裂的想法和做法也早晚会进入"笑林广记"。

正是在这个意义上,研究创作过程中心理活动的某些特点,诸如论者提到的模糊性、整体性和自动性,一方面可以防止对创作不适当地横加干涉,一方面可以帮助作家进入最佳的创作——竞技状态。

但是不应该夸大这些特点,不应该夸大文学创作的神秘性。

上述的某些特点其实在其他脑力劳动甚至体力劳动中也有程度不同的表现。"有意栽花花不发,无心插柳柳成荫",从字面意义上讲,讲的是"绿化",但这种意图与结果不相或不尽符合的情形遍及生产活动、社会政治活动或文学艺术活动。中小学生做数学题也常常有苦思冥想不得解,忽然悟出办法甚至在梦中想出了解法的事情,说明做数学题也有"自动性"。而且,一个孩子解开一道难题之后你如果让他汇报"你是怎么想的",大概和一个运动员打过一个好球以后你让他汇报自己的判断决策过程一样,不会太清楚的,同样具有模糊性。

有时候我觉得文学创作的规律可以与体育竞技互为印证,关于有意识与无意识,关于主观条件与客观条件,关于理性、意志、经验的指导作用与生理、心理规律的客观性,关于竞技状态与创作心境,关于领导、群众、专门人才的关系以及关于偶然因素和必然因素等等。

任何好的劳动者(包括运动员)在从事自己热爱并精通的劳动的时候都有可能进入一种忘我的巅峰状态,那时候举重若轻、游刃有余、得心应手、如有神助。干活干得好、跳舞跳得好、打球打得好的人,外人看着都似不费劲。瞪圆了眼睛、撅高了屁股割麦子的人都是新下放的干部,而且常常割破自己的手。乌兰诺娃在舞台上好像可以飘起来。这些,大概也是一种类似"自动性"的表现吧。

在文学创作特别是艺术表演之中,常常会有即兴之作。我以为这种现象在体育竞技中也许更多。乒乓球运动员的每一拍,不都是即兴发挥吗?有哪个运动员是按"作战方案"临时决定每一球的打法呢?但不能没有方案,没有临场指导。方案与指导必须化为运动员的神经反射,化为"即兴"。同时不能死守方案,而要善于临场处置、随机应变。

作家也是这样,他有意图,但写作中意图化成了即兴,化成了"神来之笔"。不敢即兴、不会即兴、无兴可即的人未免太笨,只要即兴,不要意图设计,迷信自己的下意识的人未免太狂。当然,这种意图和即兴、理念和反射的关系,在不同的作家、不同的运动员、不同的作品、不同的比赛上,会呈现出完全不同的比例平衡或比例失调。

否定文学创作心理活动的特殊性与规律的客观性可能导致简单粗暴的瞎指挥或作品的概念化。

夸大文学创作心理活动的特殊性乃至神秘性,会使作家变成如狄德罗说的"发疯的钢琴",自以为宇宙的一切和谐都包容在自身之中,走到脱离社会、脱离生活、脱离人民的窄路或邪路上去。

总之,创作劳动是一个辩证的立体的过程,而且这个过程与不知道要漫长几多倍的生活过程、准备过程相联系。它的宏观的社会性、客观性、必然性、目的性与它的微观的个体性、主观性、偶然性、自动性构成了巧妙而又困难、有趣而又危险的统一。

说它危险,是因为人们在谈论它、研究它的时候很容易陷入瞎子摸象式的片面性、表面性与主观主义。

不可能全部穷尽地觉悟和表述一个作品的准备过程和写作过程,不可能全部穷尽地掌握和表述文学创作作为一项社会劳动和一项特殊的、立体的心理活动过程所包含的认识的与审美的、理智的与感情的、实在的与虚幻的、大脑的与全部感官全部神经全部心灵的、来自外部客观世界与来自内部主观世界的多向多线多面多层次的诸种信息、诸种因素、诸种变化发展飞跃。通常说的形象思维，也只是大致地表达了这种心理活动的目的性方面，而不能全面、深刻、立体地概括这种心理活动。正像对于物质的宏观研究与微观研究都是不可穷尽的一样，对于文学创作的研究也是不可穷尽、不可终结的，文学创作时时呈现出它的奥妙、多样与深邃，只是在这个意义上，文学创作会给我们一种神秘感，一种像海洋、像天空、像人生本身一样的神秘感和吸引力。

但也正像人类认识物质世界并认识自身一样，人们也在认识自己的文学艺术活动，包括创作活动。人们已经大致地和近似地认识了这种活动，并正在深化和拓展自己的认识，正是从这个意义上说，创作并不神秘，创作不是召灵术。

我们不反对某种神秘感，而且有时我们追求意境的悠远感与幽深感，用某种神秘感来吸引、陶冶、美化读者的情操，开阔读者的心胸，唤起读者精神上更上一层楼的追求。但我们反对神秘主义，反对不可知论，反对把创作吹得神乎其神。

"瞎子"们抓住文学创作这只大象身上的一斑一点，发挥一番，很容易显得荒谬，但批驳某种谬论并非喊几声打倒或表示要与之划清界限就能完成。辩证唯物主义者对于各种唯心主义的谬误并不是简单地斥之为胡说八道，并不简单地认为谬误之所以存在只是由于某些人思想反动或品行不端，而且要从认识论上找出谬误的根源，看看他们是在认识的螺旋形轨道上的哪一片段、哪一点上发生和失足的，从中得出必要的结论。用一般性的正确命题去批驳具体的谬误，不讲层次，有时也像用高射炮去打潜艇，虽然打得激烈，双方并不接火。只有理解谬误，才能真正驳倒谬误，并在战胜谬误中充实和发展自己，靠重复正确的结论与表示对于谬误的轻蔑并不能发展正确的认识。

一个结论、一个命题、一种说法是否有价值，它究竟意味着什么，要看它是从什么样的层次、什么样的角度、什么样的整体或者局部来提出问题,展开问题。

从我们整个社会主义中国的文学事业来说,"三结合"的说法并非没有根据。作家应该尊重艺术规律与自己的艺术个性,同时一刻也不应该否定或者削弱党的领导以及与人民群众的联系。文学事业并不单是作家个人或作家"群人"的事业,而是全社会的事业。

但是,企图用这样一个总体的认识代替作家的个人创作却是愚不可及的,其后果是灾难性的。

海明威是一个富有才能和经验的作家,又生活在崇尚标新立异、崇尚刺激的大洋彼岸,我们不必怀疑他的"不去想自己要写的东西"的说法的真实性,这种说法对于某些要搞创作但又缺乏艺术想象力又缺乏艺术激情的人来说,就像某些毒药对于某种病人,可能有特定的针砭或者启发作用,但不能一般地照此办理,不能否定创作的目的性、自觉性与构思的必要性。而且,只要再夸大一点,海明威的带着才气和狂气的不经之论就会变成纯下意识说、精神病说,其本身也变成发高烧的呓语了。

干脆承认各种说法都有理,承认所有的瞎子所摸到的都是象,半斤八两、二律背反,这也太表面、太简单,因为它太平面了。我们应该探讨的是,某一种说法是在认识的哪一个片段上发生的,为什么是可以理解的,又是怎样偏离了认识的螺旋轨道而沿着切线飞逸出去的,又是在哪些层次上大谬不然的。我们不能轻易地用"此亦一是非、彼亦一是非"的方法给各种互相矛盾的说法发放居住证与通行证。

关于文学创作的各式高见、奇谈怪论乃至异端邪说非常多,对于这个复杂的精神活动,抓住一点发挥一通似乎就可以自成一家。我们要善于抉微知隐,理解、分辨和扬弃种种谬说,同时,不拒绝任何新鲜独到的思想,不拒绝探讨文学创作的任何宏大或微小的侧面。只有在不断探讨、不断比较、不断接受实践的检验和各种不同观点论说的挑战或者补充的过程中,才能深化和拓展正确的文艺学和创作论。

近期《读书》杂志上有一篇有趣的短文,短文是论述美的定义的。短文引用了一个相当普遍流传的民间故事：一个老者临终前告诉他的儿子们后园埋有黄金，于是儿子们纷纷去挖掘。结果黄金虽不存在，挖掘却并非徒劳，深翻地的结果是大丰收。该文作者认为，美的定义就像那后园的黄金，并不存在，但人们不妨继续去深挖——耕耘，仍能得到一定的甚或是丰硕的收获。

看来我们比短文作者还要乐观一些。我们可以认为黄金代表绝对真理，而每一次挖地后的收成代表相对真理。绝对真理寓于不断发展、永无终极的相对真理之中，黄金蕴含在整个大地里，黄金便是这无限多的耕耘与无数次的收获的总和。

探讨文学创作的本质、特性、规律及有关各派学说的得失的尝试也可以视为挖掘黄金的耕耘，我们可以将作品及其评论视为文学的大厅而将创作过程视为文学的后园。后园的耕耘与整个文学领地有关，我们已经涉及到了许多其他的问题，诸如世界观的指导作用、文学艺术的起源、文学创作的生产性与游戏性（娱乐性）、主观与客观、自我与世界、作家与生活的关系等等，这些问题来不及论述，只有留待今后的挖掘了。

可能有人口头上不断确认黄金的存在却不肯挖一锨。可能有人否认黄金的存在并讥笑挖掘者是笨伯。可能有人挖出几片落叶便以为是发现了稀世奇珍。可能挖出了落叶与挖出了沙石的人正为了黄金究竟是落叶还是沙石而争论不休。但我们毕竟已有了多次挖掘和多次收获的经验，而且我们握着的是辩证唯物主义和历史唯物主义、是马克思列宁主义科学世界观这样一把利锨。我们将继续挖掘下去，脚踏实地，讲究挖掘的角度和层次，正确地评价每一次不拘一格的挖掘的意义，但不轻信任何浅尝辄止者的夸夸其谈，全面地、立体地、深入地、具体地开发我们的后园。

发表于《上海文学》1983 年第 8 期

短篇小说优势谈

人们抱怨短篇小说愈写愈长,已经好几年了。有人列出短篇精品的篇幅记录表,例如鲁迅的《孔乙己》多少字,契诃夫的《万卡》多少字,来劝导我们的作家去写同样短的作品。然而,这种呼吁和这种列表,似乎收效不大,还有一些短篇小说作家干脆写中篇小说去了。两万多字,标上短篇,就会被认为写得长了,就会被编辑同志要求删、砍、压,何不索性标以中篇?堂堂正正地取得了生存权,如果与写了十几万字的中篇相比的话,恐怕还要算惜墨如金呢!

近年来愈来愈多的短篇小说家"弃短从中",以写中篇为主要行当了。连一些一向以发表短篇小说为主的文学月刊,也竞相以头条地位发起中篇小说来了。于是,有人说这一二年是中篇的盛世,而短篇小说创作平平,甚至是不怎么景气。

中篇小说的繁荣兴旺当然是好事,但短篇小说就一定相对地蔫下去吗?窃以为不见得。关键在于,发挥短篇小说的优势,发挥短篇小说独特的、为任何中篇小说所不具有的优势。短篇小说的优势在于短,而这个短,绝不仅指格子里的汉字数量,而在于它独具的一些艺术特点。

我以为短篇小说的特点有二,一是机智巧妙,一是凝炼隽永。

这种机智巧妙首先表现在取材方面,从一斑窥全豹,从一滴水见大千世界,从一瞬见一时代,从一角一人一事见一个国家、一个民族、一个世界。真正的短篇小说,首先要求取材单纯。单纯容易变成简单,简单容易流于贫乏。因此,单纯又要具有内蕴,具有一种与众不同的或奇警、或深思、或象征、或概括的开掘,这就叫做机智巧妙。

比如说契诃夫的《苦恼》,写一个马车夫死了儿子无人同情,只好向一匹马诉说自己的苦恼,近乎荒诞的情节里包含了那么多辛酸,这比正面写马车夫生活如何困难、丧子如何悲痛要强烈得多,也精炼得多。这样的取材本身就注定了它不可能写得太长。

短篇小说取材的技巧,往往表现为对生活旁敲侧击、歪打正着的本领。如果什么事都是实打实地记录,正面攻坚,往往是写不成短篇的。欧·亨利的小说就是这样,他的取材令人叫绝。像《同病相怜》,写一个强盗发现被劫者"举起手来"时有关节炎的征象,结果两个人交流起关节炎患者的苦恼来了。这种情节就更加难以思议,然而又分明包含着一种趣味、一种温暖、一种机智的令人哭笑不得的幽默。

能不能这样说,短篇小说需要更多的艺术夸张和艺术想象。与中、长篇小说相比,短篇小说似应构想得更浪漫一些。

刚刚看到一九八三年第九期《小说月报》上选自《南苑》的《一个复杂的故事》,名为"复杂"也确实有点复杂,但全篇不到一千字,恕我不复述这个故事了,因为我找不到比原作更简略的语言。

至于凝炼和隽永,我的意思是说,好的短篇小说就像诗,诗的语言,诗的意境,诗的情感。

前几年我看过一篇英国作家谈小说的文章,这位英国人指出,在分类的时候,与其把短篇小说与长篇小说放在一起统称小说,不如把短篇小说归入诗的名下。

大概不会有任何文学教师或文学常识小册子作者会接受这位英国作家的建议,但我要说,他的建议实在是有道理的,妙极了!

试想,那些精粹的短篇小说,不是确实像诗一样的凝炼而又隽永吗?(作为编辑,我真想倡议对这样的小说按诗行而不是按字数来计算稿费。)

短篇小说作者确实应该诗人般地要求自己的结构和叙述语言,把一切可有可无的过场和交代性的东西删除。我们的某些长篇小说里,有多少"他微微一笑""'快请坐',书记连声说""他敲敲门,没有声响,再敲敲门,一声威严的吆喝:'进来'"之类的水分啊!而短篇小说,就像眼里不能揉沙子一样,绝不能容纳这样的废话。

　　因此,短篇小说的一个重要叙述手段就是留下空白,留下读者想象的余地。试想在契诃夫的《万卡》里,痛苦的小学徒给爷爷写了信,信封上写了"乡下爷爷收"便丢到了邮筒里,如果小说不是就此结束而是加上一句话:这封信他的爷爷是不会收到的,万卡的处境,是得不到改善的。那该多么煞风景!

　　这就是艺术的辩证法,以少胜多,以无声胜有声。我们的有些作家其实是很善于捕捉生活、构想短篇小说的,但我觉得他们有时写得太细太满、太茨威格化了,如果多留点空白,也许艺术魅力更迷人。

　　我无意在这篇短文里为短篇小说立法。短篇小说轻巧、灵便、容易花样翻新。我在一篇文章里比喻,长篇小说像成套衣服,而短篇小说像手帕,即使在衣服单调的年月,手帕始终没有单一化和模式化。可能有许多写短篇小说的经验还没有被我们注意。

　　但花样翻新也容易带来矫揉造作。没有思想与生活的真实货色的短篇小说,不管多么巧妙也没有价值,不管多么简短也是赘疣。

　　只有充分掌握短篇小说的艺术特点,才能真正写短,读起来方便简易,琢磨起来却余味无穷。篇幅短见识不短,感情不短,阅历不短。

　　《人民文学》一九八三年第九期集中发了十一题十三篇比较短的短篇,当然,这些作品也是各有短长参差不齐的,但它们至少是体现了我们认真地提倡短篇的努力,它们也说明,短篇小说,完全可以写得短。

发表于《文艺报》1983 年第 10 期

创作是一种燃烧

回忆我个人写作的过程,最难解决的也是经常碰到的一个问题,就是创作中主观与客观的关系。有时候这个问题不像哲学上的问题那么容易说得清楚、那么单纯,在文学创作上、文学作品里,往往是非常纠缠不清的一种关系。文学作品,它既是非常客观的,又是非常主观的。即使是最冷静、最含蓄的、最有节制的那种描写,有时也要透露出作者的思想感情。这问题我不想从理论上来讲,我只想从我个人写小说的体会来说,先谈这么几点:

一、创作是一种燃烧。巴金同志也讲过写作是燃烧。创作与进行别的活动不同,就在于创作是在一种激情催促之下。有时我想写小说的人更是这样,他的感情多了一点,主观上要表达的东西多了些。说话是表达,吵架也是表达,但仅仅靠日常生活表达还不够,还要把它形之于文字,形成故事、人物、形象。这里我想特别提一下理想、追求和有诗情。因为我们国家曾经有过政治生活不正常的状况,有许多语言也被歪曲了。如理想,现在一提理想有人就产生反感,这是一种自发的反感,怕受骗、怕受训。而实际上每个写作者都是特别有理想的,如果他没有理想就不写作了。理想本身和创作想象正是事物的两个方面。想象力是能力,理想是一种追求,他除了日常生活以外,还有精神上的要求,一种精神上和广大读者、和自己同时代人对话的要求。从这个意义上说,没有理想就没有艺术,也就没有人的精神生活。我个人写作是处于不写不能自已的情况下写的。有一种理想,希望生活更美好,就想要把这美好的生活记录下来,因为美好的东西又是转瞬即逝的。一种崇高的思想感情不可能二十四小时每分钟都是崇高的,但可以有那么一阵非常崇高的感觉,你希望把它记录下来。这也是一种理想。

另一个是诗情,是对生活的一种新鲜感觉。生活有时是普通的、平庸的,有时又是沉重的、单调的。但即使是平庸的、单调的生活,也是非常使人眷恋的。而我们的生活的主流里跳动着历史脉搏,跳动着亿万人民在党的领导下进行革命和建设新生活的进程。如果没有理想,这样的脉搏也是感受不到、表现不出来的。要写我们的生活,就要写出这种即使是沉重的,但又是非常使人眷恋的、令人鼓舞振奋的诗情。生活本身包含一种新鲜感,不管是起床、穿衣、吃饭,或者是到一个什么地方去接受一件任务,或是结识一个新人,走过一条街道,那街道有个临时搭起的小商店等等,它总会带给你一点新鲜感,有时可以构成一种诗情。虽然我们写的是小说,但我感到搞文学的人总有一种美好的诗情,所以写作的燃烧既是一件痛苦的事情,又是一件很快乐的事情。我不赞成把写作说得很轻松、容易,但我也总怀疑靠拈断胡子写出来的文字是不是精彩,因为靠拈断胡子写出来的文字就丧失了对生活的新鲜、活泼的感触。我说过创作之所以是创作,就在于它不仅仅是对读者来说是新鲜的,对写作者本人来说也是新鲜的。他写完了以后自己才知道,哦!我写了这么篇小说。我小的时候以为写小说是别人脑子里都想好的东西,然后把它写出来。我就想巴尔扎克的脑袋多大啊!他脑子里要装那么多书,要多大的脑袋才装得下去?后来我才知道,不是脑袋里已经装好了书,而是他在写的时候逐渐形成的。这种燃烧,这种深情,这种激情,有时又成为我的敌人,使我写不下去。为什么会成为我的敌人呢?因为任何一种感情不管是多么好的感情,当它以完全赤裸裸的情感、愿望、诗情样式存在时,它是不大能被接受的。一篇文章中用了那么多感情色彩非常强烈的词,有时效果适得其反,感情色彩越强烈,什么痛苦啊,悲愤啊等等,写得越多,人家越觉得可笑,不能接受。而你要表达这种感情就只有把这种感情赋予它生活的形式,使它变成平时可接触得到的、可以理解到的、被常人所能理解的一种生活样式,这时感情就蕴藏在里面了。

  在我写作的初期阶段,往往因为自己要写的感情太多、太强烈,因此无暇去找生活、去写故事,在一个长时间里直到现在有时也这样,总觉得写故事有点骗人,因为我知道这故事是我编出来的,我的感情是真实的,这是我的一种偏见。真正好的故事不是编出来的。如我在一九五五年写过一篇小说叫《春节》,开始写得非常散,当时不懂什么叫意识流,但那原稿有点初期的意识流的味道。后来我寄给了《新观察》,那位编辑很好,他退给我了,用毛笔写的复信,字也很漂亮,他说写得很有感情,但实在没有一个故事,所以不好发表。我一看心中就火了,只用了半小时,就编了个故事,重抄了一遍,寄给《文艺学习》立刻就发表了,反映还不错。但这也是一种经验,你要把它用一种生活的样式串起来,使你的感情有所寄托,不然你这种感情像股气一样,太虚之气,无影无形,无音无踪。这种主观的燃烧,有时很可以影响你去选择一个具体的生活故事。有时还成为你的敌人,往往会把你自己的、自我的东西强加于人,这毛病我至今也没有完全克服,在我许多作品中的人物身上,正面人物身上有我的某种影子,反面人物身上也有我的某种情感的寄托,有时候它的语言大致上是这个人物的,但到某种环节我实在憋不住了,就把我的话塞到里面去了。我明明知道这不符合人物的职业、性格、心理,但非塞进去不可。这样客观上往往形成一篇作品不协调的败笔,这种状况是有的。有篇评论,文章中有一段专门分析我作品中,哪一段调和,哪一段不调和,哪一段和谐,哪一段不和谐,我基本上接受他的意见,他说的是对的(指陈孝英论述拙作的幽默的那一篇,载《文学评论》)。再有个毛病就是容易写得过露,主观燃烧的东西太露;总是觉得不过瘾,那股气到那儿出不来,入木二分不行,入木二点九分也不行,非入木三分不可。这种燃烧是必须有的,但这种燃烧有一定的危害性,所以要控制住。

二、文学的客观性。文学确实是一个忠实的记录。前面我讲了这种燃烧,这种激情本身也是客观世界的反映。它是从生活中来的,而且在多数情况下,不是绝对的,它又要还原成生活,还原成生活本身的形式来表现生活,这就注定我们的许多作品是客观的,即使主观性非常强烈的诗歌,也必须遵循或者部分遵循客观生活规律。如"君不见黄河之水天上来,奔流到海不复回",这本身是非常主观的,因为黄河之水不是天上来的,而这里充满了李白对光阴、对人生的感慨。但它本身又是客观的,起码黄河水是从高处来的,而且到海中是不复回的,这都有它客观的依据。后来我慢慢地用另一种方法来写作,就是有意识地来控制主观,有节制地使用主观的激情、追求,而去记录各式各样的生活现象、各式各样的生活故事、人物。有时,这样的作品的好处是有比较强的认识价值。它总能反映生活的一个侧面,反映生活的一部分,有非常强烈的认识作用,甚至这个认识价值能超过自己所认识到的、所估计到的。你不受那些俗套子的影响,你把你自己所看到的写出来,这方面特别是写小说的,要求精雕细刻表现客观世界。除这方面以外,还有另一面,那就是经验、阅历、观察和见地。一个作者的兴趣应该广泛,最怕一个作者把自己关起来,只喜欢接触一些与自己臭味相投的人,只喜欢自己所感兴趣的某一种类型的工作。这样有一种危险,就是会脱离生活,但表面上看不出来。所以在这一点上,一个作者对生活的兴趣越广泛越好,生活的经历越多,经验越多,他所能理解、掌握语言的类型也越多。各式各样的人,各式各样的职业,各行各业,特别是那些与自己这种类型完全不同的人物和生活样式,更应该努力去熟悉,去掌握。如你是城市的,你能不能多少理解一点农村的生活?你可以完全不写农村,但如果一点不了解农村的生活,那是很大的缺陷。你是一个年轻人,你能不能试图去理解一下老年人?在这方面的阅历、经验、见地、理解越丰富越好。在表现生活时，有这么一种对生活客观的估计，比自己用很单纯的概念去解释生活要好得多。

我在农村待了多年，我对知识分子嘲笑农民自私至今印象很深。因为我发现当知识分子穷得和农民一样时，他所表现出来的自私比农民还要厉害。这些地方就需要我们用另外一种态度现实地、宽容地、公正地、细致地去观察、去表现生活。你不要急于给生活做个结论，但对客观生活的真实，还是要像我前面所讲的要带有理想啊，诗情啊，追求啊。否则这类作品你看多了以后，会感到缺少一种震撼人灵魂的东西，你会慢慢感到乏味。

三、创作的胸襟和境界。这种客观的忠实和主观的燃烧都可以升华，它可以在作品中表现出人更高的胸襟。如历史感，我们即使是写一点小小的私生活，我们是把它放在近百年的革命发展史中、放在历史的流程中来写，就能看出作品的气派。我还喜欢有一种悠远感，好像作者不仅仅告诉你现在，好像人生能经历到、感受到、体验到的东西之外，还有无限多的悠远。陈子昂的诗："前不见古人，后不见来者。念天地之悠悠，独怆然而涕下。"我们现在的小说常是就事论事，这类东西，缺少对人生无限的那种忧虑，哪怕是一种爱或是一种忧伤也好，这样的胸襟有时也可表现为一种幽默。幽默有各式各样的，有低级的，有插科打诨式的，有胡捣乱的，甚至有一种下流的。但是我总觉得有一种高级的幽默，它所表达的是人生的一种智慧，是对许多事情的一种彻悟，非常健康的一种乐观。我有这么一种印象，好像上海的作者没有北京的作者幽默，这样讲也许太武断了，至少是小说中比较少。因为我觉得北京文艺界的一个个都像活宝似的，所以相声发达。开会时一遇到李陀、苏叔阳在场，二人一唱一和，会议气氛十分活泼。我希望同行们加以注意，因为幽默也是生活的一种情趣。如只讲生活是沉重啊、寂寞啊、恶毒啊，那怎么办呢？希望我们小说里也幽默一下。这种胸襟还表现为一种公民的社会责任感，他忧国忧民，利国利民，先天下之忧而忧，故而总是用自己的笔来表达历史前进的要求,人民的心声。不论写什么作品,对祖国大地、对人民、对生活的热爱和对革命的追求,对共产主义理想的追求,都是我们的作品的主旋律。

发表于《文学报》1983年10月13日

我看微型小说

微型小说是一种敏感，从一个点、一个画面、一个对比、一声赞叹、一瞬间之中，捕捉住了小说——一种智慧，一种美，一个耐人寻味的场景，一种新鲜的思想。

微型小说也是多种多样的，幽默的，抒情的，淡淡的，强烈的，掐头去尾的，有头有尾无腰的，动态的，静态的，叙事的，比喻的，勾勒轮廓的，只写心理感受的……

微型小说之所以能"微"，多半在于一个"妙"字。汉语构词把微和妙组成一个词，叫做微妙，这本身就微而且妙极了！

微者体察入微也，还不仅是短。如果短而平，短而无味，短而有套子，再短也是冗长。

而妙即创造性与独特的内涵，见人之所未见，挖掘别人未曾留意的思想内涵、生活内涵与审美内涵，一以当十，短以胜长，句句抓到痒处，打到痛处，是谓妙。

微型小说微到了没有说教的余地。你对生活的感受本身就必须成为艺术，没有铺陈的余地，没有打扮的余地，没有贴膏药、穿靴戴帽的余地。微型小说是对作家的生活体验、作家艺术地感受生活的能力的最直接切近的考验。

当然，微型小说也是对语言和叙述方法的考验，微型小说必须有自己的叙事逻辑和叙事语言。仅仅说"电报体"是不够的，因为电报太干巴。微型小说的语言要精得多。

微型小说最忌的是寒碜、削足适履、压缩干粮。既是小说,不论多么微,仍然有自己的天地,自己的空间,自己的明暗与节奏,自己的概述与"详述"的方法和变化。

大的东西人家一下子看不周全,而微型小说可以放在读者的手掌中分析解剖赏玩,遮不住丑,掺不得水,总体构思全部裸露在严格的批评家与读者面前。

1984 年

再谈微型小说

尽管人们可以对微型小说这一名称提出不同的意见,微型小说的存在却是一个事实。

它是一种机智,一种敏感,一种对生活中的某个场景、某个瞬间、某个侧面的忽然抓住,抓住了就表现出来的本领。

因而,它是一种眼光,一种艺术神经。一种一眼望到底的穿透力,一种一针见血、一语中的的叙述能力。

它是一种情绪,怅惘、惊叹、流连、幽默,只此一点。

它是一种智慧。简练是才能的姐妹,微型小说应该是小说中的警句。含蓄甚至还代表了一种品格:不想强加于人,不想当教师爷,充分地信任读者。

它是一种语言,举一反三,以一当十,字字千斤重。

它又是自成体系的一个世界,并不窘迫,并不寒碜,肝胆俱全。

它是谦虚的,它自称微型,自称小小。它又是困难的,几百字,赤裸裸地摆在严明的读者面前,无法搭配,无法藏头露尾,无法搞障眼法。

它是一种机遇,踏破铁鞋无觅处。它也许是一种命运吧!命运啊,这一生,你能给我几篇像样的"微型"呢?

1984 年

风格散记

潇洒 一株挺拔的树在风里自然地飘摇，它没有固定的姿态，却有一种从容，一种得心应手的自信，一种既放得开又收得拢、既敢倾斜又伸得直、既不拘一格千变万化又万变不离其和谐的本领，不吃力、不做作、不雕琢、不紧张、不声嘶力竭。我们说这是潇洒。

潇洒也是一种心态，一种精神，一种拿得起放得下的豁达，一种饱经沧桑而又自得其乐的欢愉。

潇洒是一种火候。是一种迅速的推进、转化和移动。在这个火候上，苦与乐、喜与悲、沉重与轻松，如圆环之相结，如流水之无首尾，如流星之划破夜空，说来就来，说走就走。

一株花，独独有一枝伸展了出去，花朵欲飞还止，这是潇洒。

鱼在水里游，鸟在天上飞，马在原野上奔跑，这是潇洒。游着、飞着、跑着、戛然而止，这也是潇洒。

跳水运动员，高难动作，十分熟练，似乎毫不吃力，也是潇洒。

失败了，流泪了，掏出了手绢，终于抑制住了自己，破涕为笑，同样地向胜利者投掷鲜花，这也是潇洒。

所以潇洒也是一种风度，一种胸襟，一种大度，一种精神的解放，一种从必然王国到自由王国的飞跃。

机智 机智也是一种美，是用一种最简练的语言、最生动的方式、最直接的对事物本质的揭示。

机智的语言一句可以驱散一片雾。

机智是一种回答,对钻牛角尖的人、对无知的人、对有意无意地要为难谁的人的回答。

机智是对世界的一种主动。恼人的问题够多的了,压向我们的挑战够多的了,但机智使人们变被动为主动,反守为攻,机智是一种反击,永远把主动权掌握在自己的手里。

机智常常是一种比喻,一种"亏他想得出"的深入浅出的例证,把两个最不相干的事物接在一起,结果各自呈现了真实。

机智常常是一种夸张,只夸张了半毫米,一切便现了原形。

机智也是一种苦恼,它的每一次回答都提出一次新的问题。能够机智地对待对象的人也能够机智地对待自己,使自己的一切缺陷和弱点无法隐遁。

所以真正机智的人都敢、也都爱自嘲。

机智是一闪一闪的光辉。

幽默 幽默是一种酸、甜、苦、咸、辣混合的味道。它的味道似乎没有痛苦和狂欢强烈,但应该比痛苦和狂欢还耐嚼。

幽默是一种亲切、轻松、平等感。装腔作势、借以吓人是幽默的对头。

幽默是一种成人的智慧,是一种穿透力,一两句就把那畸形的、讳莫如深的东西端出来。它包含着无可奈何,更包含着健康的希冀。

幽默也是一种执拗,一种偏偏要把窗户纸捅破、放进阳光和空气的快感。

幽默的灵魂是诚挚的庄严,我要说的是:请原谅我那幽默的大罪吧,也许你们能够看到幽默后面那颗从未冷却的心。

激昂 最激昂的话往往是低声说的,也许更加激昂的时候完全失去了声音。

电闪雷鸣当然是激昂的,但我也往往震惊于那久旱的龟裂的土地,那土地的裂纹,那才叫激昂呢!

激昂是水到渠成,有时候是缓缓的发展的结果。

激昂又是突然的一击、一翻、一次灵魂的突然高扬。激昂是一次牺牲,一次慷慨就义。

激昂是一种不顾一切的傻气,没有一丝灵气的人是可笑的。没有一丝傻气的人是可悲的,有时候是可厌的。

激昂也要有自知之明。战马的激昂令人感奋,青蛙的激昂令人捂耳朵。真正激昂者一定不会记得自己在激昂,一定不承认自己激昂起来了。分明意识到自己正在慷慨激昂的人多半是在表演激昂。

清明 像秋水长天,像收割后的土地,像阳光下的落尽了树叶的冬天的枝干。

首先是一颗清明的心,删去心里的一切庸俗的、烦琐的、混乱的、粘连的杂念。

删去一切的多余。多余的计较,多余的嗟叹,多余的眼红,多余的纠纷,多余的闲言,多余的打扮。

删去了一切多余之后生活便活灵灵地凸现。晴川历历汉阳树,明月出天山,清水出芙蓉。冬天到了,春天还会远吗?

痛苦 痛苦并不是悲观。

痛苦是永远的追求,是永远的焦渴,是创造的火焰。

痛苦是灵魂的焦渴,是对劳动和友谊的呼唤。是直至海枯石烂不能解脱的爱情。

痛苦是天真和赤诚,是百折不挠的理想和毅力,是永远的不自满。

痛苦是一次接一次的失败,一个接一个的创伤。痛苦是鲜红的伤口、血、神经、咬紧的牙关、前额上的汗。

痛苦是牺牲的决心,痛苦是献身的庄严。

痛苦孕育着希望、新生、新的高峰、光明。

真正懂得痛苦的人脸上呈现着端庄的笑容。叫苦连天的人只有怯懦和牢骚,却没有痛苦。

痛苦是热情,痛苦是燃烧。当木柴燃烧的时候,它承受着焦灼煎熬的痛苦,它流出黑色的泪水,它献出金色的火焰的欢腾。

含蓄 含蓄是一种技巧。一以当十,言简意赅。

含蓄是一种智慧。它能看透并抓住事物最本质的方面,它能看透并抓住纷纭的、千变万化的众象中的共同性的东西。一说就明的根基在于一点就透。

含蓄是一种追求。言语永远是有限的,意趣却是无限的。只有懂得无限、感受得到无限的人才懂得并感受并去实行以有限的言语去追求无限的意趣,于是才有含蓄。

含蓄是一种风格,是一种礼貌、文明、深沉、文雅、婉约,它绝不那么浅薄、粗鲁而且咋咋唬唬地强加于人。

含蓄甚至是一种品德,尊重别人也尊重自己、尊重世界、尊重历史也尊重文学,因此永远不要喋喋不休。

含蓄是一种爱惜,一种珍重,一个恰到好处的微笑。

赤诚 可以有各样的作家,各样的作品:文采风流的,气吞山河的,谈笑风生的,多愁善感的,花团锦簇的,语不惊人死不休的,哭天抹泪的,捶胸顿足的,仪态万方的,忸怩作态的……

但读者首先需要的是作者的赤诚。

不但有自觉的"作状"、迎合、表白、隐晦、面具、脂粉,而且有多少不自觉的躲藏!

甚至可以做赤诚状,装疯卖傻,丑话丑说,口涎四溅,真假莫辨。

但是,你总得有那么几次,掏出你的心,敞开你的灵魂,发出你的呼号,才有真的人生,真的爱憎,真的文学。

去掉一切庸俗的计较吧,哪怕敞开的灵魂赢来了不止一个方位的明枪暗箭!人生能有几次大敞灵魂!

只有赤诚才能唤起赤诚,这本身就是最大的报偿。再说别的,便是多余。

神秘 贾宝玉的脖子上挂着一块通灵宝玉。大海有无尽的波浪和潮汐。景山古槐干枯多年之后突然发出了新枝。夏夜的流星,从无到有又从有到无。一个人生下来,几十年悲欢离合、爱爱仇仇,然后带着无尽的思绪愿望匆匆辞世。一朵小花、一只小虫以及一个太阳系、一个与几个银河系。夜静更深时候的风吹来的话声笑声……

你永远不可能穷尽,永远不可能完成,永远不可能大功告成,不论是艺术还是科学,不论是权力还是财富,不论是理想还是肉欲。

无限是不可观照、不可想象、不可思议的。无限又是观照、想象、思议的必然产物,无法逃避的一个终结——无终结。

艺术也是一座桥梁,连结着人们的渺小的躯体与无穷的热情、无穷的世界和天空、无穷的历史。

艺术是伸出来的手。向着永恒,向着无穷。

神秘感也是无穷感。言有尽而意无穷。生有尽而知无穷。技有尽而道无穷。解释有尽而奥妙无穷。

神秘就是差异,就是不等式。形象不等于思想,思想不等于形象,孪生姐姐不等于妹妹,妹妹不等于姐姐。在形象与思想之间,在孪生姐妹之间,互相都对应以神秘。

在有限与无限,必然和偶然,人类与非人类,太阳与月亮,动物与植物,东方与西方之间。

神秘是一种灵性,一种艺术家或者思想家的气质,一种热情、遐想、趣味、寻觅。

神秘是一个惊叹号,对于——一切。

神秘是一种光辉,至少是一种光泽。

神秘是永远的不自由。更反衬出帮助人们进入自由王国的科学、知识、技术、经验的可贵。

神秘当然不是糊涂,也不是迷信。神秘不过是面向超越地平线的地方投去的一瞥。

这一瞥不是从漆黑的夜投向夜的漆黑,而是寻找着、感知着拂晓时分的万里霞光。

老辣 从来不说一句废话的人有一种特殊的威严。(所以大政治家也喜欢说两句没有用的话以示亲切。)

没有一个多余的字的文章是威严峻厉的。

从来不夸张、从来不抒情、不喊叫、喜怒不形于色的人比大吵大闹的人厉害得多。

不要求读者接受什么,那样专心于精确客观的叙述,似乎全忘了读者的存在——这样的文章反而是无可抗拒的。

每个向读者有所求——共鸣、理解、赞赏、同情的眼泪——的作家都在暴露自己的弱点,就像伸出了讨钱的手一样。

更不要说向"上"要求赏识了。

专心于自己的叙述,对读者一无所求的作家,读者却往往对之五体投地。

真正厉害的人从来不暴跳如雷,从来不泼污水。

真正厉害的作品宽容地描写一切。都是好人,都正常,没有盗贼,没有小丑,没有偶然事故。然而,冷峻的发展无可更易。

这才像一把钢刀一样地刺入了读者的灵魂。

而且不落泪,不狂呼,不装扮,不引用新名词,不发高论,不俏皮,不上纲,不过激。

因为不屑。

闹剧 这里说的当然不是廉价的噱头。

这里说的是对人生的一种把握。

人生是什么?是诗,是散文,是连续剧,是正剧,是悲剧,是喜剧……是一切。

也是闹剧。是过来人的超脱,是站在高处的俯瞰,是对寂寞与孤独的对抗,是不可救药的乐观与不可救药的骄傲的混合。是悲天悯人的长叹。

从正剧中看出闹剧的人是勇士、是智者,却又未免冷眼旁观。

以闹剧显示真正的人生,从闹剧中看出正剧来的人是仁人,是志士,是至善至诚。

闹是人生的重要活动形式之一。小孩子是喜欢闹的,闹是一种赤子之心。

掌握闹的旋律、闹的音响、闹的气势吧,表现闹的可爱、可笑、可悲、可喜吧。

谁让我们有一个活泼的、好动的、嬉闹跳跃的灵魂。

奔腾 大河奔流,一泻千里,挟泥带沙,挟鱼带虾,无尽无休。

万马奔腾,马蹄嗒嗒,你拥我上,你嘶我鸣,尘土飞扬,遮天蔽日。

如井喷,如雪崩,如泥石流,如解冻的冰块相撞击咔咔作响的冰河,如戈壁滩上的卷起万丈黑沙柱的旋风。

关键在于一种势能,一种潜能的释放,一种思想、情感、智慧的内压强,一种不可阻挡的艺术的激情、艺术的力量。

而在这种情况下挖掘了一条生活的渠道,一条题材的渠道,于是有了落差,有了动能,甚至能推动涡轮发出电、光、热。

自以为是的论者以为这太随意了,太缺少雕琢了。然而这个随意的"意"却是千金难求、踏破铁鞋无觅处的。没有高屋建瓴的气势,没有超拔卓越的见识,没有积蕴久长厚实的情感,没有丰富的经验阅历,你倒随一下"意"试试,不但鱼虾泥沙冲不下来,电发不出来,连湿润一巴掌地皮的几滴水也流不出。

宁要随意的奔腾与奔腾的随意,不要枯涩的雕琢与雕琢的枯涩。

清新 好像是儿童的眼光。好像是初恋的心绪。好像刚刚下过了一场洗涤世界与洗涤魂灵的雨。好像突然打开了封闭多年、混沌沉闷的窗户。好像清冽的山泉汩汩流过。好像早晨深深地吸进的第一口空气。

它就是清新。它就是诱人的鲜活生动。它就是色泽、形状、嘹亮的歌喉。它就是永远不衰的兴味、好奇与遍及一切大小事物的情趣。它就是小草,它就是雪花,它就是翠柳上的黄鹂。它就是呼吸。它就是生命自己。

有生命的文字永远在你耳边呼吸,无需借助话筒和扬声器。没有生命的文字则只不过是僵尸,不论怎样打扮穿衣。

清新就是爱,就是兴致勃勃,就是生命的永远的发展与更新的活力。清新使一切司空见惯的事物那样生机盎然,美丽新奇。

温馨 是朝霞也是落日,是晨星也是灯光。是儿童的柔弱也是成人的善良,是始终不能泯灭的对于青春和爱情的记忆。

即使血与火、风与浪铸就了心的钢铁般的坚强,这里面仍然有一根柔软的弦。即使只是曾经有过这样一根弦也罢,你无权因为这根弦许久没有颤抖过便断定它不再颤响。

是道德和良心?是同情和怜悯——谁说怜悯总是包含着轻蔑?是一杯暖人肝肠的醇酒。是对失眠者的额头的抚摸。是梦里的飞翔的安琪儿。是对疲倦的旅人的一声问候:你好!

虽然千辛万苦,我们觉得还是想活下去。你甩不开。你割不断。你仍然觉得值得。你的眼泪仍然烫着你。

是邂逅的机缘。是重逢的欢欣。是离别的挥手。是新生儿的没日没夜的令人心碎的啼哭。是珍藏的褪了色的照片。甚至只是一朵牵牛花,一只小鸟,一只喵喵地叫着吻你的裤脚的猫。

却也可以是成熟的宽容,是饱经沧桑以后的和解,是一种遗憾、叹息、忏悔,是一种宁静、自信、友谊。

秋天的树叶,不也可以和春天的花朵一样灿烂吗?

雄浑 清水是可爱的,浑水却更加饱满雄奇。

你楚楚动人的花鸟,你喁喁私语的恋人,你历历如画的山水,却怎比得上你的狂风浊浪,你的浓烟滚滚的火焰,你的布满伤疤和烙印的不屈的肉体和灵魂?

你是大海。你要水。可不仅是朝露,不仅是梅花瓣上的融雪,不仅仅是各样的清流。你也从没有拒绝过泥土、盐、各种矿物、植物、动物乃至它们的腐烂。你能包容一切和消化一切,而你仍然是海,永远是海,永远有平静的无涯、有狂怒的冲撞,你永远不会变成小溪流,永远不会变成金鱼池,当然永远不会变成臭水塘。

它有美的魅力,却比美自身坚强。它有童心的纯真,却比纯真更丰富。它有爱的善良,却比爱和善良更有力。它有沸腾的热血,却比一切热血更威严。

它不可摧毁,因为它已经被摧毁过。它不怕歪曲,因为你至多只能歪曲它的微乎其微的一部分,却无法歪曲它的全体,说不定你的微乎其微的歪曲只是增加了它的一朵奇妙的浪花。它不怕污秽,因为它在运动中排除着和转化着污秽,它的强大的生命既能抵抗也能利用污秽。有了污秽才有了那么多海草和鱼。它不怕明枪暗箭,甚至明枪暗箭也充实了它的仪态,开阔了它的心胸,点缀了它的风光。

它就是宇宙,它就是社会,它就是你、我、他,它就是全历史、全人生。它就是美与丑、善与恶、真与伪的概括、熔炼、揭示、升华和再造。

它正对着你,不含笑也不含泪,不血淋淋也不甜蜜蜜,既有笑也有泪,也有血也有蜜,和——万有。

它胜利了。

豁达　说的是那种彻悟,那种远眺的悠然,那种顽强,那种精神的自主和自由。

而不是欲说还休的吞吐,麻木不仁的傻气,自吹自擂的醉态。

说的是对私欲私利的恬淡。是海水深处的平静。是大河的稳重。是大山的岿然。是天空的无言。是悲天悯人的鸟瞰。

超然而不旁观。清爽而不冷漠。有所不为是为了大有为。有所不动是为了不轻举妄动。

常年流泪的人是结膜炎而不是多情。豁达者才是有泪不轻弹的男儿。常年咋唬的人多半自身倒是胆小鬼。常年激动的人多半需要吃镇静剂。

豁达不是目的,不是结局,而是准备,是帮手。淡化的目的是为了那浓重的进击。豁达的后面才是强力。

单纯　如水之过滤,如蝉之蜕皮,如刹那间的忘却——忘却了才能记起,记起那久久被遗忘了的宝贵的情致。

唯有善良,始有单纯。唯有自然,始有单纯。唯有高尚的智慧与情操,才甘愿做那近乎荒谬的善良和单纯的文和事。到头来,才知道真正荒谬的是不单纯与不善良的丑恶。

有儿童的单纯也有老人的单纯。儿童的单纯是天性,老人的单纯是智慧,是更上一层楼又一层楼的谦虚。

单纯也是无畏。无畏方能无伪。

单纯是一切事物存在的最快乐的形式。单纯就是快乐。单纯就是不设防。单纯就是秩序。

单纯是一只鸟,你想捉它,它就飞去。单纯是一枝花,你折下它,它就枯萎。于是你才明了,单纯原来就是你自己。

空灵 不是出世的逃避而是入世的精微。不是弱者的无奈而是强者的胸有成竹。不是有闲者的无聊点缀而是工作者的从容一瞥。

体察精微方能有所抽象,胸有成竹始能摆脱庸俗,从容的一瞥却看到了更久远和广大的世界,更细小和微妙的瞬间。

是深思也是直感,是童心也是哲理,是无所指也是有所为,是空灵却也是斑驳的现实。

是斑驳的现实的常常被忽略的另一端。是巨大的容括却也是偶尔的发现。是苦苦的寻求却也是得来全不费功夫的神来之笔。是一种提炼,一种表现的方式,也是一种补偿。

是一种启示,一个教训,一个不可磨灭的印象,一颗流星,一枚橄榄,一阵清风,一个美妙的梦。是一个万能的容器,一种普遍的存在形式,一种人与天(宇宙)的无形的契合,一种奇妙的感应,一个我们都好像理解却又永远猜不中的谜语。

朦胧 你可能披上了各种恶名。你可能有各种过失。你可能被人所用,所爱憎。

你无法解释你自己,保护你自己,因为你朦胧。因为你朦胧,所以你不需要解释和保护。因为你朦胧,所以你既无法被赞扬,也无法被伤害。他们赞扬的不是你,伤害的也不是你,而是他们要找的你身后的那个友或者敌。

也许你只不过是来自自然的表象,来自光的折射、反射、衍射的日常的印象。也许你来自心灵深处,你老想探索一点心灵的秘密。也许你的罪是你的好奇心造成的？你不该知道那么多秘密？

接近一次,让我们再接近一次吧,那难以接近、难以把捉,更难以表述的心境意境。有的人一辈子为自己树立了一道与朦胧的意境隔开的墙,永远不理解你的美丽。只是不要从而流连忘返,从而走失,从而忘记朗朗乾坤和清明世界,从而钻牛角尖和作茧自缚。

自然 自然就是朴素,自然就是明白,自然就是单纯,自然就是真功夫。

行云流水,无迹无踪,有文气贯之,有意贯之,有真情贯之,有自然贯之。

自然就是真情。自然就是了然于心,得心应手。

自然最舒适。自然最养生。然而自然不是木然,不是自私的自欺欺人。自然的舒适是胸襟坦诚者不必乔装打扮自己的任何喜怒哀乐的舒适,是敢于见阳光的舒适。自然的养生是睁着眼的乐观者的养生。

有技巧却没有匠气。有小术却更有大道。有起承转合却看不到惨淡经营者的紧皱的眉头。有修辞却看不到炼字炼句者的苍白的面孔。圆熟而不油滑。丰赡却不卖弄。动情而不絮叨,思辨却没有端起肩膀。

所以说,自然是一种"度",恣肆而又节制的"度",事物与人心本身具有的分寸感。于是,自然便又成为经验、文化和修养的产物了。

发表于《中国》1985年第1—4期

故事的价值

偶读《上海文学》一九八八年第九期所载廖一鸣短篇小说《无尾猪轶事》，颇感兴趣，不禁愿与同好们探讨议论一番。

这篇小说描写"文革"时期一个知识青年，下乡后百无聊赖，一晚趁大家看新版电影《南征北战》之机偷偷割掉了大队书记三疤佬所养的猪的尾巴。第二天，人们发现有许多猪尾巴被割。（这是一个谜，始终未能解答。）不久，当地一些农民认定无尾猪长膘特快，以至纷纷割起猪尾巴来。（作者在小说中明确说明，这种畜养理论是无根据的。）是年除夕，依例祭祖，才发现所有的无尾猪都不符合要求——不算"全猪"，最后只好用一个富农陈叔所养的猪。小说结尾处写道：再后来，此地成了养猪万元户村，"我还弄不明白……是否跟我十多年前……割掉的那条猪尾巴有关"。小说是第一人称。

小说极流畅好读，符合传统的——标准的讲故事的程序，头绪井然，疏密得当，语言质朴含蓄，标点齐全，人称一贯，字体划一，叙述客观冷静，几乎看不到作者的"主体意识"，也看不出什么"现代感""沙龙感"。但看后又颇觉不俗，似乎与众不同，这是因为：

一、写了"文革""知青"等等，却绝无控诉、怀恋、歌颂、叹息等流行色彩。讲到重拍《南征北战》与"我"的无聊感，略有讽刺。同时居然讲了该年"年成极好，各户人家的五禽六畜都很兴旺"，这在描写"文革"时期的生活的作品中是绝无仅有的。显然小说不是突出彻底否定"文革"的主题的。当然，小说也绝无美化"文革"之嫌。

二、为何一晚上许多猪被割了尾巴？"我"只割了一条，还因害怕而扔掉了。（讲到尾巴割下来后仍在手里不停晃动一节，写得生动可信，细腻而又刺激。）书记认为这是敌人破坏之类的恶性事件。公社武装部的人来了压根儿没去调查。村民们则认为是鬼干的。而这种无尾猪居然大长特长其膘，并成为它们的主人的秘而不宣终于又走露全村的歪打正着的法门。描写极真实自然，逻辑却是一塌糊涂，读后令人琢磨不透、越不透越想琢磨。这就是说，我们读到的是一个明白晓畅却又糊里糊涂的故事。明白的形式，糊涂的内涵，这就造成了一种——妄用两个同样糊涂的新名词吧——张力和反差。

三、小说后半部讲祭祖的传统与无尾现实之间的矛盾，似是横生枝节，却也是"柳暗花明又一村"。

四、叙述语调平静极了。这篇小说使我想起许多外国小说——津津有味的故事与捉摸不定的意蕴。翻开《世界文学》或《外国文艺》我们常常会看到这样的小说，但当代国内很少有作家这样写。与之相近的有前几年高晓声的《绳子》。小说写一个新干部下乡参加土改，村干部借他的绳子捆一个恶霸地主去接受批斗，斗完了就枪毙。新干部不太愿意借，却又无法拒绝。最后绳子其实没用，地主也杀了。新干部接到还回来的未用的绳子后欣慰地感到自己成长了。这篇小说很吸引人但评论界对此毫无反应。

廖一鸣、高晓声的这两篇小说启发我们思考一个问题，故事在小说中的意义、价值的地位是怎样的？

我们许多作家常常认为：1. 故事（主要是靠悬念、巧合等方式）是吸引读者的浅层手段。2. 故事是人物性格的表现。3. 故事是主题思想和作者的意图至少是情绪的载体。4. 故事是社会生活的实质（规律、趋势等）的外化。5. 故事是严肃的文学描写（包括风景描写、肖像描写、心理描写、场面描写等）的联结媒介。

总之，常常认为故事是小说中表层的、非独立的东西。其意义不在自身，而在于它所负载体现的哲学、道德、审美观念，在于它所表现的历史逻辑、生活逻辑,在于它所凝聚结构起来的精美细致却又常常是零碎的文学描写与文学语言。就是说,一般认为故事起的是两个作用:载体作用与结构(主线)作用。这些看法并不错,确实故事是有这样的作用。但仅仅如此讲,实际上忽视了乃至抹杀了故事本身的文学价值。用这种观点去看本文所提到的两篇小说,就只能得到近似"莫名其妙"的结论,再进一步就要抱怨作者故弄玄虚,使文学修养如己者也"看不懂"了。(顺便提一下这个有趣的现象,专门弄文学的人比业余读文学书的人还常常反映"看不懂"。这大概是愈学过文学愈容易囿于既定的文学观念的原故。)

但是如果扩展一下我们的观念,把故事当做一个相对独立的文学本体范畴来看,一切就会大为不同。我们的文学理论一般注重强调文学作品的有机整体性质。各种文学因素——形式、内容、主题、题材、人物环境、故事、情节、氛围、语言、风格都是浑然的整体,在这个整体中,主题、题材和人物(典型)处于领衔的、中心的地位,组成了作品的内容,决定了作品的思想倾向。其他每个因素的意义都不在于它们本身而在于它如何为其他因素特别是为内容服务。阿Q与小D打架的故事的意义在于暴露"精神胜利法"。江姐受刑的故事的意义在于表现共产党人的崇高与国民党的丑恶。李顺大造屋的故事的意义在于批判极左(到了《陈奂生上城》,故事已经有点"闹独立性"了,记得当年颇有一些专家认为陈奂生上城的故事出了农民的洋相故不可取)。等等。

这种"有机整体论"的价值和优越性已为文学界所普遍承认与熟知,对此,笔者并无异议,故而不再赘述。只说一句:轻视这种"有机整体论",常常不过是一种趋时赶浪的幼稚病。

但仅有"整体论"是不够的,它可能或已经导致欣赏阅读解释的单一化、简单化、一条绳子化、非文学化、非审美化,最后造成越学文学越读"不懂"小说的怪现象。它可能或已经导致了文学评论的选题的单一化,理论命题的单一化、大而无当化。几十年来只会讨论文学与生活、与社会、与政治、与时代的关系这些大问题,而艺术分析与科学研究逐渐退化,近年来形式与内容、自我与社会、主体与世界、理性与非理性的讨论开始行时,但空论与旗号仍然大于学科建设。

因此,除了有机整体论,归纳、归根到底、溯本求源的解释方法,我们还需要分解的理论,分割研究、剥离研究的方法,需要尝试接纳各种文学因素相对独立、意义在于本身的观念,需要接纳多种多样的阅读与欣赏路数的观念。

本文试从《无尾猪轶事》提出以下观念,作为有机整体论的补充,而不是作为前者的否定。

一、故事本身就是有意义的。故事是文学的也是人生的一种风景、风光。我们完全可以像观赏一个风景点一样"穿行于"一个故事。这个故事本身的繁复或单纯、紧张或轻松、曲折或平直、参差或整齐、急促或缓和、幽深或明快、宏大或小巧、跌宕或冲淡、丰绰或质朴、出人意料或似曾相识、山重水复或一泻千里,都是十分诱人、吸引人、刺激人或愉悦人的。这就是说,故事本身就是审美的对象。故事就是故事,而好故事就值得一看,就有文学价值。读罢故事,探寻其背后的意义和逻辑当然是可以的,有时也是必要的。但如果探寻得过分执着、过分迂,就只会使我们与眼前的千姿百态的风光失之交臂。其状态如同没弄清设计图纸与建筑原理便拒绝接受故宫或者巴黎圣母院的游览,如同见到一个美人立即回忆追查她的档案与鉴定评语。这就是说,过分的与单一的"有机整体论"会成为审美的心理障碍。倒不如听其自然,尽情接受,再从容探求,尝试推敲。不仅对廖一鸣的这篇小说也不仅对故事,包括对诗,整个文学阅读如果能有一种更加开阔放心的态度,许多低层次的懂与不懂的争议就会迎刃而解。

二、故事本身还是人生经验的一种普遍的和凸出的形式,甚至有可能是人生的某种经历和体验的概括、象征和抽象。一个安娜·卡列尼娜或者包法利夫人的故事,概括了多少多情女子的不幸经验!

一个唐僧取经或者关云长过五关斩六将的故事,又概括着、象征着多少苦斗前进的人生经验;无怪乎人们把"九九八十一难""过五关斩六将"作为具有普遍意义的成语来使用。廖一鸣、高晓声的小说,不是都传达了一种貌似平淡却又刻骨铭心的人生经验吗？又平淡又难忘,这就是他们的故事的特殊形式,一种类型形式。任何一个个体或者群体,他或他们的出生、成长、高潮、衰老、灭亡,不都是一种故事吗？活着而又不陷入不扮演不制造或被制造任何故事,谁能做得到呢？谁能摆脱故事的形式呢？整个人类历史,不也是一个又一个故事吗？而所有的这些真实的、自然的故事,并不是为了体现、负载某种思想意义而编造出来的,历史、经验、故事,这是第一性的、原生的东西。而思想意义,往往是在历史、经验、故事发生乃至完成以后被探讨出来的。我们怎么能因为一时说不清道不明其意义就否定经验的存在与价值呢？毋宁说,我们所了悟的意义常常会落后于或小于我所经验过的故事,而直接用故事的形式提供经验,恰恰是小说的优势,是小说的可贵之处、耐咀嚼之处。

是的,故事正像其他文学要素一样,我们可以放在整体中研究,也可以把它剥离出来进行分析。任何好的、动人的故事本身,都有已经发现了或者有待发现的价值。那么,是不是说《无尾猪轶事》的意义就是轶事本身,再无别的意味可讲呢？甚至于再走一步,是不是可以断言文学者文学也,再无别的意义了呢？

非。问题在于,在《无尾猪轶事》这样的小说中,故事与意义的关系是一种辐射关系,故事是中心,将各种意蕴辐射开去,而不是千篇一律地将思想、典型人物作为中心,而将故事作为派生物、作为载体。怎么辐射呢？辐射的空间相当大。从理论上说,一个好故事的解法是没有穷尽的。作为一家之言,试将《无尾猪轶事》的内涵解释如下:

一、一种盲目性成了上帝。"我"割书记的猪的尾巴,是盲目的。老金头等村民笃信割了尾巴的猪长膘快,也是盲目的。果然长膘就快了,就更盲目,而且是神秘无解的盲目。群众把这种现象称为"信什么就有什么"。在中国这种"信什么就有什么"的"轶事"何止千千万万!要祭祖是盲目,要全猪就更盲目,再一想,连"我"的下乡,《南征北战》的重拍重映,武装部同志的调查,书记对祭祖的反对、屈服、自保,富农的歪打正着,不都是盲目的吗?抚今思昔,真像是一群瞎子的故事啊!

二、一种两难处境。割了尾巴猪长得快,这符合实用原则、经济效益原则。要用全猪祭祖,这符合古典(传统)浪漫主义、以求全为特点的理想主义原则,符合尽孝的形式主义原则与道德原则。呜呼,人生(乃至社会)是怎样地常常陷入这样的两难处境啊!

三、关于"黑洞效应"。一个晚上,竟有六头猪的尾巴被割,竟然到处响起了拉警报器一样的猪的惨叫声,这是怎样的一种气氛啊!连"我"都相信这是一次有组织的行动了,并从而不但不担心自己的恶作剧的败露,反而感到满意了,这是一种什么样的心气!损失了两条猪尾,而且猪的伤势特别严重,老金头却一改平日的蔫蔫的神态,反而满面红光起来了,"精神状态似乎极佳",这又是怎么回事?难道他和别人已经烦闷到需要灾难、损失的强心针的刺激的程度了吗?

这一段描写最精彩,最"神"。荒唐、神秘、可怖、可笑、不可解,是烦闷的沙漠中出现的海市蜃楼?是荒诞岁月荒诞人生的一个缩影?为什么后来无尾猪竟肥胖起来,以至老金头希望能把"割尾催肥术"当做专利垄断起来?这实在是全部风景中一个既刺激又诱人思量的"黑洞"!好像登山中发现的一个死亡峡谷,好像航海中发现的一个沉船旋涡!这太不合乎正常的逻辑了!是不是却符合一种更深层次的荒诞逻辑、偶然性的无序逻辑或反逻辑呢?反逻辑不也是一种逻辑吗?至少,它不也是一种极重要的人生经验——内心体验吗?打一个夸张的比喻,地震的发生和地震中心的居民的命运,能够全部用逻辑解释清楚吗?那么,处于政治地震或社会地震或人生地

411

震或感情地震中的人，怎么会没有对于"黑洞效应"的感受与体会呢？小说表现了这样的一种感受与体会，又怎么会是无意义的呢？

其他可以辐射发挥的解释还多。包括对"文革"的否定。对"知青下乡"的苦中带笑的回忆。书记这个人物的典型性。农民文化素质亟待提高，农村教育亟待普及。对现代文明的呼唤。对武装部年轻干部的作风的揭露与嘲讽。对祭祖之类的旧俗的慨叹。猪虽无尾，小说的光明尾巴差堪欣慰，等等。

因为这些分析是以故事为中心辐射出去的，便显示出小说思想内涵的某种弹性、多义性乃至不确定性。这可能使一些读者觉得不习惯、遗憾、不满，这是很自然的。但与此同时，我们会觉得这篇小说有余味，耐咀嚼，值得花力气去推敲。这不是更符合"接受美学"的原则吗？不是更有助于既审美又动用心智吗？不是更能考验一个读者一个批评家的理解感悟欣赏能力吗？或者可以用一个略显古老的命题来表达这一类作品的特点吧，那就叫做形象大于思想。

本文只限于谈故事的价值。用这种剥离分割、先孤立欣赏再辐射分析的方法同样可以分析不同小说的结构、语言、人物心态（包括意识流）、主调复调、主体情绪乃至节奏。对小说的整体把握是必要的，局部研究也是必要的。不同的小说有可能以不同的文学因素为中心。所以小说艺术分析也可以是多元的。"小说学"的功夫也是可以在某种程度上分割和剥离的。许多年前，笔者已经提出普遍重视这些文学因素的价值并确认它们在不同类型的作品中的各自不同的作用的主张了。我们确实已经拥有了不少可贵的可喜的整体性的文学主张与旗号（当然也有自吹自擂而又排他的赝品），我们还需要更多更细更各有侧重的局部研究、相对小一些的命题研究。没有后者，我们的文学评论难以摆脱千篇一律或千篇两律（如正统与新潮两律、民族化与西化两律）的面貌。

发表于《文艺报》1988年12月10日

我不想谈小说

越写小说就越不愿意谈小说了。

法国一家报纸向全世界的作家发出一个提问:"你为什么写作?"有的作家回答得很认真:使命、历史、社会、国家、民族、人民、理想、追求、艺术、道德、人生……

有一个德国作家好像就是那个著名的君特·格拉斯,他回答:"因为别的都干不成。"

很对。如果情场屡屡得手,那么与所爱者拥抱不是比写爱情小说更温热吗?如果能指挥本国军队战胜入侵之敌,不是比写军事爱国主义小说更见效吗?如果能当好一个场长、厂长,又怎么会有时间有必要去写"上任记"或者"别了……"呢?

年轻的时候,我以为小说最主要的好处是把一切记下来,而且让人家知道发生过这样的事。小说最诱人之处是让你的一切都变得有意义。快乐有意义,悲哀也有意义。大事有意义,鸡毛蒜皮也有意义。写了小说就觉得不白活一遭。

后来又知道:小说盯着的不仅是已经发生的一切,小说又伸胳膊又踢脚,老想在实在的世界之外建造一个自己的虚构的世界。实在戏弄着虚构,就像如来佛伸出手掌让孙悟空翻筋斗,即使你一个筋斗十万八千里,即使你连翻无数个筋斗,你如何离得开如来佛的手心?虚构又抵抗着实在,就像齐天大圣大闹天宫,踢翻了炼丹炉,放走了天马，打坏了蟠桃树，喝尽了琼浆玉液……

小说家各重一面。或重语言，拿着语言当花儿雕。或重故事，循循善诱，津津有味。或重题材，截取有术，选用有方。或重情趣，要的是那点味道，叫你咂摸咂摸。其实都有道理，都有成就，也都有可能写得很好，或不太好，或很差。

至于我写小说，有的是当散文诗写的，如《海的梦》《风筝飘带》，有的是当相声写的，如《说客盈门》《续聊斋志异》系列，有的是当回忆写的，如《初春回旋曲》《庭院深深》，有的是当寓言写的，还有的算是畅想曲，有的算是杂文。有的老老实实，有的不无油腔游戏，有的甚至是与读者开个玩笑。当然，玩笑也有格，有意思，有"道"。总之，不拘一格。

我过去说过多次，现在还要说。我不反对"老王卖瓜，自卖自夸"，不赞成"王麻子剪刀，别无分号"。不必吓唬人。

熟练的小说技巧，得心应手的小说形式，这一切都是值得羡慕的，却又是限制人的，而且是隔开人的。驾轻就熟的职业化其实是自己囿住了自己。比较起来，我宁可向往那种感受生活、感悟人生的非小说状态。悲、喜、沉思、困惑、光明，这一切来自宇宙、来自人生、来自灵魂的深处而不是来自作小说的习惯。抒情、描写、悬念、解剖，这一切来自由衷的真诚的心愿而不是来自作小说的经验。这是多么好啊！忘记了什么是小说，忘记了自己是在写小说，保持住小说的原生状态吧。

发表于《小说界》1991年第5期